CASADA CON AMRETH

Agencia Primaria

REGINE ABEL

DISEÑO DE PORTADA POR
Regine Abel

ILUSTRADO POR
Invidious
Vvevelur
Lau Isa San
Niklas Cloister

ÍNDICE

CASADA CON AMRETH

Él es el ángel oscuro de sus sueños.

Cuando Ciara asiste al Simposio Intergaláctico de Medicina, lo último que espera es encontrarse con Kayog, un casamentero empático infalible, que declara saber quién es su alma gemela. Su entusiasmo ante la perspectiva de conocer a Amreth, un magnífico y poderoso Señor del Infierno Obosiano, se ve truncado cuando un ataque pirata provoca que esté a punto de morir y sea secuestrada.

Tras años de soledad como Alcaide en el planeta prisión Molvi, Amreth se siente eufórico cuando Kayog le informa de que ha encontrado a su alma gemela. Devastado al enterarse de que ha sido secuestrada, y aunque nunca la ha conocido, no duda en ir a rescatar a su Ciara. Kayog nunca se equivoca. Pero una vez que rastrea a los secuestradores y conecta con su compañera, Amreth se da cuenta de que nada es lo que parece.

A medida que se desarrollan los trágicos acontecimientos, ¿ayudarán los esfuerzos de Amreth y Ciara a salvar a toda una especie de la extinción, o caerán también ante las malvadas fuerzas externas que les amenazan?

DEDICATORIA

A los profesionales médicos que se ponen en peligro a diario para salvar las vidas de innumerables desconocidos, reducir el sufrimiento y llevar esperanza donde antes no la había.

A los científicos y especialistas que trabajan incansablemente en la sombra para derrotar a los enemigos invisibles que atacan nuestros cuerpos y mentes, frustrar las epidemias que diezman a demasiadas comunidades y desarrollar nuevas medicinas y tecnologías que ayuden a prevenir tragedias.

Son los héroes anónimos de generaciones enteras. Algunos pueden negar o cuestionar los milagros que realizan, pero tengan en cuenta que una mayoría silenciosa los ve y les da las gracias

CAPÍTULO I
CIARA

Me llevé a los labios otro entremés de lujo mientras contemplaba la variopinta multitud que me rodeaba. No podía decidir si en mi interior dominaba la diversión o la repugnancia al ver cómo se hacían la pelota unos a otros. Aunque su comportamiento era de esperar, no dejaba de asombrarme que, tras haber alcanzado tan altos niveles de pericia en sus respectivos campos, tuvieran que degradarse de ese modo.

Por otra parte, no podía culparles. Conseguir una invitación para el Simposio Intergaláctico de Medicina constituía un logro en sí mismo. Siempre acudían los nombres más importantes de los campos médico y farmacéutico de nuestro sector de la galaxia. Constituía la oportunidad definitiva para presionar, competir por un puesto prestigioso, conseguir la financiación necesaria para un nuevo proyecto o investigación, así como convencer a posibles donantes para que se convirtieran en tus mecenas.

Personalmente, no tenía tiempo para este vergonzoso, pero necesario aspecto administrativo del campo de la medicina. Solo me alegraba de haber ganado un billete para poder conocer a mi héroe. Como epidemióloga de la Organización de Médicos Interestelares—una entidad galáctica similar a Médicos Sin Fronteras de la Tierra—siempre soñé con formar parte del tipo de descubrimiento que cambió la vida del Dr. Elias Jacobs hace una década.

Durante una misión rutinaria de investigación, su equipo fue atacado por una bestia salvaje de la que obtuvo el revolucionario Suero Simio 12—comúnmente denominado SS12. Ese maravilloso transmisor químico no solo detenía, sino que invertía las enfermedades degenerativas de múltiples especies sintientes. Enfermedades como la demencia, el Parkinson y el Alzheimer eran ya cosa del pasado. Y eso incluía sus equivalentes entre la mayoría de las especies no humanas.

Solo esperaba tener la oportunidad de conseguir aunque fuera un cara a cara de cinco minutos con el Dr. Jacobs. Pero eso me exigiría ser un poco más agresiva. La mayoría de mis colegas, actuales y anteriores, se acercaban audazmente a todas las personas con las que querían interactuar. Aunque yo no era de las que se asustan o intimidan fácilmente, no me gustaba tener que abrirme paso a codazos entre la multitud para llamar la atención de alguien. Aun así, sería una tontería desperdiciar esta oportunidad única en la vida solo porque no me apetecía salir de mi zona de confort.

Lanzando un suspiro, me tomé otro de esos amuse bouche excesivamente elegantes—pero increíblemente deliciosos—bebí los dos sorbos que me quedaban de vino espumoso, dejé la copa vacía en la esquina de la mesa y me dirigí hacia el otro extremo de la sala, donde las masas rodeaban a Jacobs.

Fue un progreso lento, con tanta gente de diversas especies formando grupos de distintos tamaños. Intercambié educadamente sonrisas, asentimientos e incluso algunas palabras con conocidos a lo largo del camino. Pero no fue hasta la mitad del camino cuando mis pasos flaquearon. Las plumas doradas y granates de un macho alto parecido a un pájaro llamaron mi atención. Hice una doble toma al darme cuenta de que era el famoso Kayog Voln.

Dirigía la muy reputada Agencia Primaria. Se especializaban en encontrar parejas para los alienígenas primitivos. A diferencia de la mayoría de las demás agencias matrimoniales, tenían un índice de éxito del 100% en todos los emparejamientos reales que realizaban. El reto consistía en encontrar pareja. A lo largo de los años, recibieron innumerables solicitudes. Pero no era como si ellos—aunque probablemente debería decir *él*—pudieran simplemente agitar una varita para revelar el nombre de tu alma gemela. Kayog necesitaba haber conocido a ambas parejas para poder reconocerlas como la pareja perfecta. Según tengo entendido, como Edal—un rasgo poco común entre la gente de su especie—podía oír las canciones de dos almas y reconocer que estaban en armonía.

¿Qué demonios hace en un simposio médico?

Apenas surgió la pregunta en mi mente, se reveló la respuesta. Una de las muchas personas que lo rodeaban se movió hacia un lado, revelando así la impresionante silueta de su compañera, Linsea Voln. Mientras que él era completamente granate, con plumas de plumón doradas en el pecho y la cara, y una cola esponjosa, larga y blanca, ella se compararía a un búho de las nieves, con sus plumas blancas inmaculadas y un salpicado de manchas oscuras en el pecho.

Linsea trabajaba como embajadora de la Organización de Planetas Unidos. Como tal, entre los muchos casos de alto nivel en los que se vio involucrada, la hembra Temern a menudo facilitaba la colaboración entre especies cuando se trataba de acceder a recursos médicos poco comunes, entre otras cosas.

No pude evitar detenerme en seco para admirar a la pareja. Iban cogidos de la mano como dos jóvenes amantes. Cada vez que él la miraba con sus ojos de plata, la ternura—por no decir adoración—que brillaba en su interior me derretía por dentro... por no decir que despertaba una pizca de envidia. Por lo que me parecía recordar, se conocieron en la universidad y llevaban casados algo más de treinta años.

¿Qué no daría yo por que alguien me mirara como él la miraba a ella después de tanto tiempo juntos?

A pesar de la rigidez de su pico, sonreía cálidamente a Demetra Stamos. No necesitaba estar a su alcance para saber que le estaba contando sus penas sentimentales. La pobre mujer se había casado y divorciado más veces de las que podía contar. Por desgracia, era de las que tienden a enamorarse más de la idea del amor que de su pareja real. Para ella, estar soltera aunque solo fuera un día significaba que, de algún modo, había fracasado como mujer. Me entristecía hasta el punto de que Demetra era, por lo demás, una persona hermosa, extremadamente inteligente y encantadora. Simplemente seguía conformándose con el tipo equivocado. Un cumplido y una sonrisa seductora bastaban para que se dejara seducir.

Esperemos que Kayog pueda darle el "felices para siempre" que busca desesperadamente.

Justo cuando iba a darme la vuelta y reanudar mi arduo camino hacia el Dr. Jacobs, Kayog frunció el ceño de repente. Su sonrisa se desvaneció y sacudió la cabeza para mirar algo que había al fondo de la sala, a su derecha. Su ceño se frunció aún más mientras miraba fijamente en esa misma dirección. Curioso por saber qué había provocado aquella extraña reacción, seguí su mirada.

Tardé un momento en darme cuenta de lo que había llamado su atención con tantos cuerpos moviéndose. Una mujer que no conocía se apoyaba en la pared para apoyarse, con el ceño fruncido. Respiró hondo un par de veces y luego se enderezó, lanzando discretas miradas a su alrededor como para asegurarse de que no había llamado la atención. Entorné los ojos hacia ella, en busca de cualquier indicio de que pudiera necesitar una intervención. Aunque por fuera parecía estar bien, una mirada a Kayog me indicó que su preocupación había aumentado.

Como en respuesta a ese pensamiento, el Temern se excusó

ante su compañera y Demetra y se dirigió hacia la mujer. Sin pensarlo, le seguí. El enjambre de gente dificultaba mi avance. Pero ya no me centraba en Kayog. En la frente de la mujer aparecían gotas de sudor mientras volvía a estremecerse. Comprendiendo que probablemente tenía algo demasiado grave como para limitarse a esperar, la mujer se dirigió hacia la salida.

Habiendo asistido a muchos de estos grandes eventos en los que se servía una gran variedad de alimentos alienígenas, me había acostumbrado a que al menos un puñado de personas enfermaran y se sintieran avergonzadas por ello tras comer algo que no debían. Pero, ¿en qué otro lugar tendrías la oportunidad de probar una selección tan variada de cocina alienígena?

La mujer salió de la sala un buen minuto antes de que Kayog o yo consiguiéramos llegar a la puerta de la enorme sala de recepción utilizada para el evento. Justo cuando estaba a punto de salir, el Temern sacudió repentinamente la cabeza hacia la izquierda para mirarme por encima del hombro. Por alguna estúpida razón, se me cayó el estómago, como si me hubieran pillado in fraganti cometiendo un delito o acechando. Me miró fijamente, con la tensión visible en sus ojos.

—¿Sois médico? —preguntó a forma de saludo.

—Sí —respondí.

—Bien. Seguidme. Esta mujer no se encuentra bien.

Sin esperar mi respuesta, se dio la vuelta y salió corriendo de la habitación. No corría, pero sus largas zancadas me hicieron medio trotar para seguirle. Sus enormes alas me taparon parcialmente la vista cuando salimos al gran paseo de la gigantesca nave en la que se celebraba el evento. Desde aquí, podíamos contemplar los cuatro pisos que había sobre nosotros, así como echar un vistazo a los tres que había más abajo. Cada nivel tenía su propio balcón, que se estrechaba cuanto más subías, dando casi la ilusión de que el paseo era un anfiteatro. Varios conjuntos de ascensores en cada extremo y en el centro de cada lado proporcionaban una vía rápida a las otras plantas. Sin embargo, las majestuosas escaleras también proporcionaban un acceso más informal.

Por fin vi a la mujer un poco más adelante. Parecía tambaleante. No sabría decir si pretendía ir a una de las salas de higiene, a sus aposentos o a la enfermería. Fuera cual fuera su plan, estaba claro que no lo conseguiría.

Con todo el mundo ocupado dentro, ninguna de las pocas personas que merodeaban por el paseo pareció darse cuenta de su angustia. Se me escapó un suave jadeo cuando, con dos poderosos aletazos, Kayog se lanzó de repente hacia delante. Apenas un par de segundos después, la mujer se desplomó. Lanzándose en picado, el Temern la atrapó justo antes de que cayera al suelo. Corrí hacia ellos, con los movimientos entorpecidos por el vestido de noche ceñido que llevaba y los tacones altos.

Eso no me impidió teclear unas instrucciones en mi brazal para activar mi escáner médico. El Temern se dio la vuelta para mirarme justo cuando estaba llegando a ellos. No dijo ni una palabra, contentándose con sostenerla como a una novia mientras yo le pasaba el escáner por encima. La mujer gemía de dolor y más gotas de sudor humedecían su frente.

—Parece que está teniendo una reacción anafiláctica —dije, echando un vistazo a los resultados del escáner que poblaban la pantalla holográfica que proyectaba mi brazal—. Tenemos que llevarla a la enfermería de inmediato.

Miré hacia los ascensores situados a unos cincuenta metros incluso mientras pronunciaba aquellas palabras.

—Subiré volando. Será mucho más rápido que esperar al ascensor —dijo Kayog.

—Buena idea. Nos vemos allí arriba —respondí asintiendo con la cabeza.

Con un potente aleteo, el Temern se elevó y voló rápidamente hasta el balcón superior, cuatro pisos más arriba. Mientras corría hacia los ascensores, no pude evitar admirar su fuerza y la gracia de sus movimientos. Según tenía entendido, Kayog rondaba los sesenta años. Y, sin embargo, no parecía mayor que alguien de unos cuarenta años. Esto se debía en gran parte a su increíble forma física.

Aquel hombre era musculoso, aunque con el cuerpo esbelto de un nadador más que el voluminoso de un culturista. No debería sorprenderme, ya que había sido deportista en la adolescencia.

Como era de esperar, el ascensor tardó demasiado en llegar y llevarme a mi destino. Uno pensaría que un crucero de lujo como éste tendría ascensores mucho más rápidos. Sin embargo, había sido un diseño deliberado hacerlos más lentos para que la gente pudiera disfrutar de la vista del paseo marítimo y de la relajante música orquestal del interior. Se esperaba que los clientes de estas naves fueran relajados, sin prisas como en un centro comercial. Pero esto también provocaba una experiencia frustrante cuando se tenía prisa.

Afortunadamente, los ascensores del personal no tenían esas restricciones de velocidad.

Aunque solo habían pasado un par de minutos, por fin llegué a la planta superior después de lo que me pareció una eternidad. Corrí a la enfermería y encontré a Kayog solo en la sala de espera de la recepción.

—Está dentro con la Dra. Alicent —respondió Kayog a mi pregunta no formulada.

—¡Oh, excelente! —dije con alivio—. Alicent es una doctora excelente. Esa pobre mujer está en buenas manos. Gracias por ser tan rápido. Debe de ser increíble poder sentir las cosas como vos. Como médico, sería el mayor de los dones.

Se rio entre dientes y me dedicó una sonrisa indulgente.

—En efecto, es muy práctico. La gente se convence tan a menudo de que está bien cuando en realidad no lo está. Pero aunque yo tengo ese don, vos tampoco careces de él. También fuisteis muy sensible a la situación.

Hice un gesto despectivo con la mano.

—Solo soy observadora. E incluso así, sin que me avisarais sobre la situación de ella, probablemente no me habría dado cuenta.

—Me parece justo —concedió—. Sin embargo, muchos otros se dieron cuenta de mi reacción, pero solo vos y mi compañera quisieron ayudar. Eso dice mucho de vuestro carácter. Sois bondadosa, lo cual es un rasgo maravilloso en vuestra profesión. Pero no me sorprende. Vuestra alma es muy hermosa.

Mis mejillas se sonrojaron cuando sus palabras me conmovieron profundamente. Aunque eran maestros en el arte de la diplomacia, los Temern no eran conocidos por ser aduladores. No diría algo tan amable a menos que lo dijera de verdad, lo que lo hacía aún más especial.

Me esforzaba por encontrar una respuesta adecuada sin hacer el ridículo cuando se abrió la puerta de las salas de reconocimiento

—¡Ciara! ¡Qué agradable sorpresa! —dijo Alicent, con los ojos azules brillantes mientras las líneas de la sonrisa arrugaban sus comisuras—. ¿Debo entender que eres la doctora que evaluó rápidamente una posible reacción alérgica?

Asentí con la cabeza.

—Pues has dado en el clavo. El marisco alienígena del entremés no le sentó bien —dijo la señora mayor con un exagerado aire de desaliento.

Resoplé.

—Un clásico. ¿Necesitas ayuda?

Alicent sacudió la cabeza, sus rizados mechones negros salpicados de canas rebotaban alrededor de su rostro enjuto.

—Estoy bien. Ve a divertirte. Y gracias por traerla tan rápidamente. Le habría resultado muy desagradable llegar hasta aquí sola —dijo Alicent, sonriéndonos a su vez al Temern y a mí.

—Fue un placer —respondió Kayog.

Nos despedimos con la mano y salimos de la enfermería con una inclinación de cabeza hacia la enfermera que también hacía de recepcionista.

—El Simposio Intergaláctico de Medicina parece un cambio de aires para vos —dije burlonamente mientras nos dirigíamos a los ascensores.

Enarcó una ceja en forma pluma mientras me miraba de reojo con un deje de diversión.

—¿Qué os hace decir eso?

—¿No sois el famoso Kayog Voln, el Dios Casamentero de la galaxia?

Echó la cabeza hacia atrás y soltó una carcajada. Era plena, gutural y potente, de una forma increíblemente contagiosa. Yo también me eché a reír.

—Dios Casamentero... Eso suena muy bien. Mi amada Linsea no aprobará que acariciéis mi considerable ego en ese asunto —dijo burlonamente—. Pero tenéis una ventaja injusta sobre mí.

—¿Ah, sí? ¿Y cuál es? —pregunté mientras pulsaba el botón del ascensor para que nos llevara de nuevo a la planta principal, donde se celebraba el simposio.

—Sabéis quién soy, pero solo oí vuestro nombre cuando la doctora os saludó —dijo con aire dramático de herido.

No pude evitar reírme de nuevo mientras sacudía la cabeza. Había oído hablar de su personalidad juguetona y traviesa, pero nunca esperé que fuera tan encantador en persona.

—Disculpadme —respondí de la misma forma exageradamente dramática mientras me presionaba el pecho con la palma de la mano—. Perdonad mi épica grosería, Maestro Voln. Me llamo Ciara Stark, doctora especializada en epidemiología y orgullosa miembro de la Organización de Médicos Interestelares desde hace catorce años.

—¡Fantástico! Estoy impresionado. Bueno, Dra. Stark, ¿sería

demasiado atrevido por mi parte dirigirme a vos por vuestro nombre de pila?

Sonreí.

—En absoluto, Kayog. Estos eventos pueden ser un poco sofocantes, pero yo soy mucho más relajada.

—¡Gracias al Creador! —respondió con un alivio exagerado que me hizo sonreír aún más—. Mi Linsea me pone constantemente los ojos en blanco por mi falta de decoro en este tipo de ambientes.

Le dirigí una mirada comprensiva, aunque sabía que estaba tergiversando groseramente lo mal que se portaba. Aunque breve, el periodo durante el cual le observé con su compañera demostró que se manejaba perfectamente en esas situaciones engreídas.

—Solo puedo imaginármelo. Lo que me cuesta más imaginar es cómo han acabado casándose un casamentero y una embajadora. Nunca pensé que un emparejamiento así pudiera funcionar y, sin embargo, parecen absolutamente perfectos juntos —musité en voz alta.

Su rostro se derritió con la misma ternura que mostraba las pocas veces que le sorprendí mirando a su mujer.

—En efecto, somos perfectos el uno para el otro. Ella es mi alma gemela. Y este emparejamiento es bastante útil. Cada vez que acompaño a mi amada a este tipo de actos, conozco a innumerables personas, lo que me ayuda aún más a encontrar la pareja adecuada. Y eso suele ocurrir en los lugares más inesperados.

Asentí con la cabeza cuando el ascensor se detuvo.

—Eso tiene sentido —dije mientras salía de la cabina.

—¿Pero qué hay de ti, Ciara? —preguntó mientras caminábamos de vuelta hacia la sala de reuniones a paso tranquilo—. No veo ningún anillo en tu dedo. Pero no dudes en decirme que me ocupe de mis asuntos.

Me encogí de hombros.

—No pasa nada. Mi vida no se parece en nada al tipo de historias que probablemente hayas oído mil millones de veces. No hay anillo porque se lo tiré a la cara antes de echarle a la calle en cuanto descubrí que me estaba robando mi investigación.

—¡Oh, no! —exclamó Kayog con auténtico aire de simpatía.

Por alguna tonta razón, eso me conmovió. Le dediqué una sonrisa resignada.

—Lamentablemente, fue así. Collin también trabajaba con la Organización de Médicos Interestelares. Como yo, estaba especializado en epidemiología. Trabajamos juntos en un par de proyectos y empezamos a salir. Me gusta enorgullecerme de ser una mujer inteligente, pero estaba jodidamente ciega. Nunca me amó. Todo el tiempo me utilizaba para preparar el tipo de artículo que *le* abriría muchas puertas.

—La ambición puede ser un cáncer en muchas relaciones —respondió Kayog con expresión de disculpa.

—Cierto, salvo que en nuestro caso fue una completa estupidez, ya que nunca he sido del tipo ambiciosa. Lo único que tenía que hacer el idiota era pedirme ayuda, y yo se la habría dado gratuitamente. No necesitaba la gloria. Habría sido totalmente bienvenido —dije, resurgiendo el viejo enfado.

—Lo siento. Sin duda te merecías algo mejor. ¿Fue reciente? —preguntó, de forma suave, casi paternal.

Sonreí tranquilizadoramente y negué con la cabeza.

—No. Todo acabó hace unos años.

Vaciló y pareció elegir cuidadosamente sus palabras mientras se detenía cerca de la barandilla, al borde del paseo, mirando hacia los pisos inferiores. Yo también me detuve y le miré con curiosidad.

—¿Sigues sintiendo algo por él?

Resoplé y le miré como si hubiera perdido la cabeza.

—¡Dios mío, no! Definitivamente, no estoy suspirando por ese idiota. Lo que todavía siento por él son unas ganas tremendas de darle un puñetazo en la garganta. Pero no, ya lo he superado.

Me quedé destrozada cuando ocurrió, pero me alegro de que así fuera. Esquivé una bala importante. La próxima vez, me alejaré de cualquiera que también esté en el campo de la medicina y tenga grandes ambiciones.

Ladeó la cabeza de aquella extraña manera que solían hacer los pájaros mientras me miraba con gran intensidad

—En ningún campo médico... Hmm. ¿Y qué más te gustaría o no en una pareja potencial?

Me reí entre dientes, dándome cuenta de repente de que estaba haciendo lo suyo de evaluar a cada persona que conocía como candidato potencial para que él lo emparejara. Aunque llevaba un tiempo soltera, no estaba buscando pareja activamente. Dicho esto, ahora que tenía toda la atención del Dios Casamentero, de repente me vi atrapada en el juego y me pregunté si realmente podría encontrar a mi alma gemela.

—Bueno, ya que lo preguntas, querría a alguien que fuera lo contrario de Collin en cuanto a valores. Tendría que ser honesto, con una moral sólida, generoso, desinteresado y estar en esta relación por mí, no por lo que pueda sacar de mí.

El Temern asintió, estirando el pico en una sonrisa tan amplia como le permitía su rigidez

—¿Alguien digno de confianza y con grandes principios como un Obosiano?

—¡Oh, Dios! —dije, abanicándome de forma exageradamente dramática—. Deberías saber que no se debe tomar el pelo a una mujer con la perspectiva de casarse con uno de esos magníficos especímenes —añadí, lanzando una mirada no tan sutil a uno de los dos guardias Obosianos que patrullaban el paseo—. Lástima que no nos den ni la hora.

A él le tocó reírse.

—Recibo un número demencial de peticiones de hembras humanas para que las empareje con uno de estos impresionantes machos. ¿Significa eso que te encantaría emparejarte con un Obosiano?

—Por supuesto. Qué pregunta más tonta —dije, lanzándole una mirada burlona.

—¡Excelente! Porque resulta que tu alma gemela es uno de ellos —exclamó Kayog con entusiasmo

Se me congeló el cerebro y me quedé boquiabierta, preguntándome si me estaba tomando el pelo.

—¡¿En serio?!

Asintió con la cabeza.

—Mientras me ayudabas con esa pobre mujer, me di cuenta de que tu alma me resultaba familiar. Quise hablar contigo para confirmar mis sospechas. Y no me cabe la menor duda de que eres el alma gemela de Lord Amreth Vahna. Es un Alcaide de Molvi, y un macho maravilloso.

—¿Lo dices en serio? —insistí, mi mente se tambaleaba ante semejante perspectiva.

—Sí, Ciara. Hablo en serio. Puedo ser un mocoso travieso cuando me lo propongo. Pero cuando se trata de emparejar almas gemelas, nunca juego, y nunca me equivoco. Tú y Lord Amreth están hechos el uno para el otro. De eso estoy seguro.

—¡Dios mío! —susurré, apretándome las mejillas con las palmas de las manos.

Un Obosiano... ¡Mi alma gemela era uno de esos putos Señores del Infierno!

Kayog sonrió.

—¿Estoy percibiendo que lo apruebas?

—¡Pues claro! —respondí, como si hubiera dicho una tontería.

Se echó a reír.

—Me alegra oírlo. Lamentablemente, ahora no es el momento de discutir. Mi amada me espera. Pero por la mañana, antes de partir, tú y yo deberíamos seguir hablando.

Asentí con entusiasmo.

—¡Por supuesto!

—Bien. ¿Por qué no vienes conmigo? Te presentaré a mi Linsea.

—Me encantaría —dije mientras nos dirigíamos de nuevo hacia las grandes puertas de la sala de reunión.

No pude evitar estirar el cuello para echar otro vistazo a uno de los guardias Obosianos, y mi fértil imaginación se desbocó preguntándome cómo sería el mío. Sentía especial curiosidad por los piercings que tanto gustaban a su gente. Inmediatamente reprimí aquellos traviesos pensamientos por miedo a que las capacidades empáticas de los Temern me delataran.

—Por cierto, debes saber que la Agencia Primaria no se ocupará de su emparejamiento —explicó con cuidado—. Como ninguno de los dos pertenecen a una especie primitiva, no podemos intervenir oficialmente. Sin embargo, haré las presentaciones entre ustedes como amigo.

—Gracias —dije con auténtica gratitud mientras nos dirigíamos a su hermosa compañera.

—¡Ahí estás! —dijo Linsea con un tono ligeramente desaprobador, aunque no pasé por alto la jocosidad subyacente —. Empezaba a sentirme abandonada.

—Nunca, mi amor. Jamás —dijo Kayog, atrayéndola hacia su abrazo antes de frotar suavemente su pico contra el de ella.

El amor que irradiaba entre ellos parecía una entidad viva. Esta vez, la oleada de envidia que quería surgir en mi interior fue rápidamente aplastada por una abrumadora sensación de anticipación. ¿Tendría yo también algo tan poderoso con mi Amreth?

—Mi Linsea, te traigo una nueva amiga. Te presento a Ciara Stark —dijo Kayog, tras liberar a su compañera—. Ciara, te presento al amor de mi vida, Linsea Voln.

—Es un placer conocerte, Ciara — dijo Linsea con una voz amistosa que se sentía como si te envolvieran en una manta cálida.

—El placer es todo mío, en más de un sentido —dije con un tono similar.

—¿Debería tranquilizarme saber que mi compañero no estaba tramando ninguna travesura? —preguntó burlonamente.

Kayog se burló como si hubiera dicho algo ofensivo.

—*Siempre* estoy dispuesto a hacer travesuras... *y* a buscar emparejamientos....

—¿Buscar emparejamientos? —repitió Linsea, abriendo mucho los ojos.

Él asintió con una expresión de suficiencia, mientras yo le dedicaba una tímida sonrisa, sintiéndome de repente cohibida sin una buena razón.

—Por supuesto. Olvidé añadir que Ciara también resulta ser el alma gemela de Lord Amreth.

—¡No! —exclamó Linsea, apretándose ambas palmas contra el pecho con aire de incrédula felicidad—. ¡Es la noticia más maravillosa! Amreth es un hombre increíble y desinteresado. Por no decir que es muy agradable a la vista.

—¡Oye! —exclamó Kayog con falsa indignación.

Linsea y yo nos echamos a reír. Ella le dio un codazo juguetón mientras le lanzaba una mirada desdeñosa.

—Oh, calla, esposo. Cualquiera con ojos puede ver lo guapo que es. Hasta tú lo has dicho.

—Claro, pero yo soy un macho, y además patéticamente inseguro —dijo en tono de puchero.

Ella resopló.

—Tu ego es demasiado inmenso para que puedas siquiera empezar a comprender lo que puede ser alguien inseguro. Y aun así, te amo a pesar de todo.

—Porque soy adorable, abrazable e increíblemente encantador —dijo con suficiencia, rodeándola con un ala para acercarla a él.

Su compañero hizo una mueca mientras yo me reía. Los dos eran ridículamente adorables. Abrí la boca para decir lo mismo cuando una fuerte explosión sacudió la nave.

Gritos de miedo llenaron la habitación cuando sonó la alarma y empezaron a parpadear luces amarillas en los bordes del alto techo.

—La nave está siendo atacada —dijo la voz tranquilizadora de la inteligencia artificial de la nave a través del comunicador —. Bloqueo de emergencia activado. Todos los civiles, refugiarse en sus puestos.

CAPÍTULO 2

CIARA

Dos de los cinco guardias Obosianos que había en el interior de la sala se precipitaron hacia Elias Jacobs. Otros dos se dirigieron al exterior, mientras que el último abrió un compartimento oculto en la pared, revelando un impresionante arsenal de armas—principalmente escudos, espadas y bastones. Aunque comprendía su reticencia a tener armas de alcance accesible, me angustiaba que solo dispusieran de un puñado de blásteres, todos los cuales parecían ser pistolas aturdidoras básicas.

Para mi consternación, el primer grupo de dos guardias escoltó al Dr. Jacobs fuera de la sala a través de un pasadizo secreto. A juzgar por su expresión, no le sorprendió.

—Jacobs se lo esperaba —dijo Kayog con voz gélida, como si hubiera leído los pensamientos que cruzaban mi mente.

El brillo duro de sus ojos me sorprendió. Había desaparecido el hombre mayor jovial y travieso que solía representar.

—Quédate con mi Linsea —ordenó.

Le hice un gesto rígido con la cabeza, mientras intentaba sofocar el pánico que quería arraigar en lo más profundo de mi ser. Acarició la mejilla de su esposa y luego caminó enérgicamente hacia el compartimento oculto con las armas. Linsea me apretó el hombro de forma tranquilizadora, aunque mantenía los ojos clavados en su marido, con la espalda tensa.

Miré hacia atrás, hacia la dirección por la que Jacobs había huido. Los paneles ornamentados de las paredes que se habían abierto para dejarle pasar estaban ahora cerrados de nuevo. Si no lo hubiera visto abierto para que escapara, nunca habría sospechado su existencia. Había planeado esta probabilidad

¿Qué demonios está pasando?

Kayog tomó un impresionante bastón de combate antes de dirigirse hacia nosotras. Momentos antes de que pudiera llegar a nuestro lado, otra serie de explosiones sacudió la nave. Esta vez, la gente se dejó llevar por el pánico. Las luces amarillas que se volvían naranjas no contribuyeron a calmar los ánimos. Un par de personas se precipitaron hacia las puertas y se produjo una estampida.

El único Obosiano que quedaba en la sala voló hacia la entrada, con sus ojos azul plateado brillando. Tardé un momento en darme cuenta de lo que hacía cuando empezó a dar vueltas sobre las masas. El frenético empuje que amenazaba con aplastar a la gente de delante contra las puertas selladas disminuyó. Estaba utilizando su aura tranquilizadora llamada *bakaan* sobre los invitados. Pero eran demasiados. Con las continuas explosiones, solo sería cuestión de tiempo que su miedo superara su capacidad para apaciguarlos.

El hecho de que Kayog deslizara un brazo protector alrededor de mis hombros me sobresaltó. Linsea se aferró a su otro brazo, en el que mantenía el bastón firmemente asido en la mano. Con expresión decidida, nos acercó con cuidado a las puertas, pero fuera de la aglomeración principal.

El sonido de la alarma adquirió un tono más agudo instantes antes de que la voz de la I.A. volviera a resonar.

—La nave ha sido violada. Todos los pasajeros, por favor, mantengan la calma y diríjanse ordenadamente a las naves de escape más cercanas. Repito, la nave ha sido violada. Todos los pasajeros, por favor, mantengan la calma y diríjanse ordenadamente a las naves de escape más cercanas.

Sus palabras abrieron las compuertas que ni siquiera los poderes apaciguadores del Obosiano pudieron contener. Durante un terrible instante, temí que las personas más cercanas a las puertas fueran aplastadas contra ellas. Afortunadamente, las cerraduras automáticas se abrieron y las enormes puertas dieron acceso, permitiendo que la gente se apresurara a salir. Eso no impidió que algunos de los que estaban delante cayeran al suelo.

Antes de que pudieran ser pisoteados, utilizando tanto su aura tranquilizadora como las habilidades aturdidoras de su Lumiak, el Obosiano obligó a la multitud que huía a alejarse de los caídos justo antes de abalanzarse sobre ellos para recogerlos y ponerlos de nuevo en pie para que pudieran escapar. En otras circunstancias, me habría maravillado al presenciar de primera mano cómo un Obosiano utilizaba sus poderes de forma no letal.

Entre otras cosas, podían invocar su Lumiak, que era esencialmente un rayo. Sus zarcillos luminosos se retorcían alrededor de sus manos y salían disparados de las puntas de sus dedos. En un nivel bajo, simplemente te daban una pequeña sacudida. A nivel medio, actuaban como una pistola eléctrica. Pero a intensidad máxima, podían reducir literalmente a cenizas a su objetivo.

Se me escapó un aullido de asombro cuando el brazo de Kayog se deslizó alrededor de mi cintura y me levantó sin esfuerzo. Apenas tuve tiempo de aferrarme a sus hombros antes de que batiera las alas y sobrevolara a la multitud aterrorizada que salía al paseo marítimo. Por encima de su hombro, vi cómo Linsea levantaba a una frágil mujer mayor de forma similar y alzaba el vuelo con ella, siguiendo nuestra estela. Salimos al paseo marítimo, donde nos recibió un caos total.

Un mar de gente invadió el espacio. Se empujaban y tropezaban imprudentemente. La mayoría intentaba llegar a los ascensores, mientras que otros subían y bajaban apresuradamente las escaleras. Lamentablemente, la gente que viajaba en direcciones opuestas dificultaba la circulación. Las únicas zonas razonablemente controladas eran las plantas superiores, ya que la mayoría de los huéspedes estaban con nosotros en la planta principal.

Aunque en todos los niveles había recipientes de escape, todo el mundo intentaba llegar a los más grandes, creando cuellos de botella que avivaban aún más las llamas del pánico. Como los ascensores eran lentos, la gente se daba codazos para intentar entrar cada vez que volvían los ascensores. La I.A. probablemente debería haber bloqueado su acceso.

Media docena de Obosianos volaban por el enorme hueco entre el paseo, lanzando su aura apaciguadora e interviniendo allí donde la gente parecía a punto de ser aplastada contra la barandilla o de caer al vacío.

Asimilé esta escena apocalíptica en los segundos que tardó Kayog en llevarme volando al piso más alto, donde se había reunido la menor multitud para acceder a una de las naves de escape. Me puso en pie, con el rostro tenso, mientras su compañera aterrizaba instantes después con la anciana.

—Sube a la nave y márchate inmediatamente —ordenó Kayog.

—¿Y ustedes? —pregunté, con una preocupación audible en mi voz, mientras miraba a su vez a él y a su mujer.

—Debemos ayudar a sacar a los más vulnerables de esta locura. Te seguiremos en breve. Ve —dijo en un tono que no admitía discusión.

Con la garganta entrecortada, asentí con la cabeza.

—¡Gracias!

Sonrió, se dio la vuelta y emprendió el vuelo con su compañera. Una parte de mí se sentía culpable por haber escapado en vez de quedarme también para ayudar. Pero, por experiencia, sabía muy bien cómo la gente llena de buenas intenciones a menudo acababa creando muchos más problemas a los primeros intervinientes al interponerse en lugar de seguir las instrucciones de evacuar cuando se les pedía. Yo no sería una de esas personas.

La anciana que Linsea había traído ya estaba de pie con la multitud que se abría paso a través de las puertas abovedadas de la nave de escape del noreste de la cuarta planta. Me uní a ellos, agradecida de que la gente de aquí siguiera siendo en su mayor parte civilizada, en gran parte gracias a que la fila avanzaba sin cesar.

Cuando faltaban unos cinco metros para que pudiera entrar en el pasillo que conducía a la nave de escape, otra violenta explosión sacudió la nave. Me pareció fugazmente extraña la ausencia de humo bramante en el paseo o de cualquier señal de incendios aparentes.

Me quedé boquiabierta cuando los Obosianos interrumpieron de repente sus esfuerzos de control de multitudes y convergieron todos hacia la esquina noroeste del paseo, en el nivel principal, tres por debajo del que yo me encontraba. Mientras que antes lanzaban débiles rayos Lumiak sobre los pasajeros presas del pánico para sacarlos de sus comportamientos problemáticos, esta vez disparaban algo que parecía letal contra objetivos que yo no podía ver desde mi posición.

Solo podía significar que los piratas nos habían abordado.

¿Cómo era eso posible si esta nave poseía la tecnología de defensa más avanzada de este sector de la galaxia?

Pero fue lo que siguió lo que me dejó sin aliento. A los pocos segundos de pasar a la ofensiva, los Obosianos dejaron repentinamente de lanzar sus rayos, la mitad de ellos parpadeaban mientras que los demás se agarraban la cabeza con ambas manos, como si reaccionaran a un fuerte dolor de cabeza o sacudieran la cabeza para despejarse. Sus patrones de vuelo se volvieron erráticos, lo que obligó a la mayoría de ellos a realizar un aterrizaje de emergencia en el nivel más cercano del paseo.

Los invasores debían de estar utilizando algún tipo de ataque psiónico contra ellos.

Para mi sorpresa, Kayog se abalanzó de repente, con la palma de la mano derecha levantada en la dirección en la que los Obosianos habían estado lanzando sus rayos, mientras sus ojos plateados brillaban. En cuestión de segundos, los Obosianos más cercanos a él parecieron recuperarse de lo que les había estado afectando, y volvieron a cargar contra los invasores. En mi mente se dispararon demasiadas preguntas. ¿Utilizaba algún tipo de habilidad cinética o tenía algún tipo de habilidad psíquica perturbadora?

Sabía que Kayog poseía poderes especiales que eran extremadamente raros para su pueblo, pero esto desafiaba todo lo que había oído sobre las habilidades de un Temern.

Otro pasajero que chocó conmigo con demasiada fuerza me recordó que debía ponerme en marcha. Aparté los ojos del espectáculo que se estaba desarrollando y avancé unos pasos más, solo para oír un grito estridente a mi derecha, momentos antes de entrar en el pasillo que conducía a la nave.

Mi sangre se heló al ver a una hembra Darwandir colgando de la barandilla. Alguien debió de tropezar accidentalmente con ella en su prisa por llegar a la salida, haciéndola caer por encima de la barandilla. Para mi consternación, media docena de personas pasaron corriendo junto a ella, ignorando sus gritos de auxilio mientras luchaba por agarrarse.

Maldiciendo en voz baja, empujé a la gente que tenía detrás, muchos me miraban o gritaban por bloquearles la salida. Ignorándoles, me abrí paso hasta que pude correr hacia la mujer. Alcancé sus brazos excesivamente largos y delgados. En cuanto cerré las manos en torno a sus muñecas y empecé a tirar, algo pareció romperse en el interior de la hembra mayor. Chilló como una banshee, un sonido doloroso para mis oídos, mientras trataba frenéticamente de subirse encima de mí.

En un momento de puro pavor, me di cuenta de que se había aterrorizado demasiado, de que sus instintos de supervivencia eclipsaban cualquier pensamiento racional en sus esfuerzos desesperados por salvarse. Grité mientras hundía sus garras en mí.

—¡PARA! —grité—. Estoy intentando ayudarte. ¡Estás haciéndome daño!

Pero estaba demasiado ida. Seguía chillando, arañándome, mientras la sangre empezaba a chorrearme por los brazos. Intenté apartarme de la barandilla, con la esperanza de que al caer hacia atrás la arrastrara conmigo en el proceso. Una vez a salvo, dejaría de lacerarme. Pero mi movimiento solo consiguió asustarla más. Intentó saltar, impulsándose hacia arriba con los pies en el borde inferior de la barandilla y clavándome las garras en los hombros.

Como no se había dado un golpe lo bastante fuerte, volvió a caer, sacudiéndome hacia delante en el proceso con tal fuerza, que me encontré doblada en dos sobre la barandilla. Grité de dolor y miedo mientras me agarraba ciegamente a la barandilla para no caer hacia mi muerte: y la suya. Pero, más aterrorizada que nunca, la hembra Darwandir enloqueció en sus desesperados intentos de utilizarme como escalera para ponerse a salvo.

La cabeza me daba vueltas mientras la presión sobre el pecho dificultaba la expansión de los pulmones y me permitía respirar. Mis gritos mientras ella seguía lacerándome hasta hacerme pedazos no ayudaban. Sentía que las manos me hormigueaban y se me entumecían mientras sus garras se clavaban en mi carne a cada lado de la columna vertebral. Se me escapó un sonido ahogado cuando apoyó la rodilla en mi nuca mientras seguía trepando sobre mí.

Recordaba vagamente que moriría en cualquier momento por una fractura de cuello o de columna. Entonces algo—probablemente alguien que pasaba corriendo junto a nosotros—golpeó violentamente mi cadera izquierda. Desestabilizó a la enloquecida hembra, haciéndola caer hacia atrás. Chilló aterrorizada, clavándose aún más en la parte posterior de mis muslos para impulsarse hacia delante, pero solo consiguió arrojarnos a las dos por el precipicio.

Mi grito se mezcló con el suyo mientras caíamos en picado hacia la muerte.

En los breves segundos que duró, un millón de pensamientos y arrepentimientos pasaron por mi mente. Debería haberme subido a la nave de salvamento. O al menos, debería haber observado las medidas de seguridad al rescatar a una persona presa del pánico. Debería haber pedido ayuda. Debería haber...

Debería haber tenido la oportunidad de conocer a Amreth.

Justo cuando me vino ese pensamiento a la cabeza, y a pesar de la bruma de agonía de mis innumerables cortes y laceraciones, me di cuenta de que mi descenso se había ralentizado, como si un campo de fuerza lo amortiguara. Me detuve por completo en el aire y empecé a deslizarme lateralmente, hacia la seguridad de uno de los pisos inferiores del paseo. No sabría decir cuál, pues luchaba por mantenerme consciente.

—Calla —dijo una mujer, con voz suave aunque afectada por una vibración de lo más extraña.

Durante una fracción de segundo, creí que me estaba hablando. No creía que estuviera emitiendo ningún sonido, aparte quizá de gemidos de dolor. Pero el espantoso ruido que asaltó mis oídos y que cesó de repente me hizo darme cuenta de que había sido la hembra Darwandir que seguía chillando

A través de una visión borrosa, me quedé mirando a un macho de una especie que nunca antes había visto. Tenía un suave pelaje marrón y rasgos simiescos, aunque parecía erguido como un humano. A su lado, una hembra—también de una especie que nunca había visto antes, pero diferente de la suya— me observaba con una expresión ilegible. Su piel pálida y gris blanquecina estaba adornada con vetas oscuras.

A pesar del insoportable dolor que amenazaba con abrumarme, fue el miedo lo que me arrancó un gemido cuando el macho se inclinó hacia delante para pasarme un extraño aparato por la cara. De repente me di cuenta de que era una especie de escáner.

—Es una de ellas —dijo a la hembra.

—Pero no Elias. El cobarde huyó —respondió ella en tono cortante.

—Ya nos lo esperábamos —dijo el macho con desdén, aunque la ira persistía en su voz—. No importa. Esta hembra servirá.

—Yo... ¿yo haré qué? —tartamudeé, con otra oleada de miedo recorriéndome.

Me enseñó los colmillos y siseó con rabia. Simultáneamente, emanó de él una poderosa ráfaga de energía. No me golpeó físicamente, pero sentí como si me hubieran dado una bofetada en el cerebro. Un velo de oscuridad descendió ante mis ojos y el olvido se apoderó de mí.

CAPÍTULO 3

AMRETH

Me deleitaba con la intensa sensación de poder que siempre me proporcionaba la explosión de mi Lumiak. Me hormigueaban los dedos mientras la electricidad pura fluía de mis manos al rellenar los cristales de mi Cuadrante de Luz. Los cristales proporcionaban energía a los reclusos que cumplían condena en la zona menos salvaje de los cuatro Cuadrantes de mi Sector. Dichos Cuadrantes estaban clasificados de Claro a Oscuro: el primero albergaba a los criminales menos peligrosos, los Cuadrantes Grises Dos y Tres a individuos cada vez más repugnantes, y el último contenía a los peores de todos, en su mayoría irredimibles.

Las posibilidades de supervivencia de los presos disminuían exponencialmente en función del Cuadrante en el que estuvieran encarcelados, al igual que su calidad de vida. De acuerdo con la ley, como Alcaide de mi Sector, tenía que proporcionar a mis presos los requisitos mínimos para su supervivencia. Eso significaba cierta cantidad de comida, energía para alimentar sus necesidades eléctricas básicas, un lugar donde cobijarse y los medios para mejorar su suerte

Se les proporcionaba comida y recursos energéticos en una

cantidad fija cada mes. Sin embargo, si lo deseaban, los prisioneros podían trabajar en la recolección y transformación de algunos de los recursos naturales situados en su Cuadrante. Era totalmente voluntario. Pero yo compraría a precio de mercado lo que produjeran. A su vez, podían utilizar esos créditos para mejorar sus condiciones de vida, adquirir cristales adicionales para disponer de mayores reservas de energía que gastar durante ese mes, o ingresar en una cuenta de ahorros que les proporcionaría una cómoda ventaja una vez fueran liberados.

Como solía ocurrir en la mayoría de los Sectores gestionados por otros Alcaides, a mi Cuadrante de Luz le fue mucho mejor en ese aspecto. Los reclusos hacían un esfuerzo coordinado por ser productivos, en lugar de pasarse todo el tiempo protegiéndose de los demás presos—o conspirando contra ellos—que solía ser la norma en los Cuadrantes Dos a Cuatro.

Y, sin embargo, por primera vez en nueve años, los cristales extra que los reclusos habían adquirido en mi Cuadrante de Luz no se llenarían, ni les sobraría nada. Gracias a Gaelec, disfrutaron de esa comodidad extra durante un tiempo. Durante su condena de doce años, realizó impresionantes trabajos de mantenimiento y optimización. Dedicó sabiamente la mayor parte de su tiempo a aprender nuevas habilidades que le permitieron mejorar la vida de todos ellos en el proceso.

Los primeros signos de deterioro aparecieron después de la marca del séptimo mes. Los tontos seguían quejándose de cómo se habían deteriorado sus condiciones de vida. Pero eso era culpa suya. Siempre habían sabido que el tiempo de Gaelec entre nosotros se acercaba rápidamente a su fin. Alguien debería haber dado un paso adelante y haber aprendido lo que pudiera de él para poder continuar su trabajo tras su marcha. Pero habían sido demasiado perezosos.

Ellos se lo pierden.

Aun así, me reconfortaba saber que, nueve meses después de su liberación, Gaelec no solo prosperaba, sino que se había emparejado con su alma gemela, que ahora esperaba su primer hijo. A pesar de los innumerables programas de rehabilitación que ponía a disposición de mis reclusos, eran demasiado pocos los que los aprovechaban, y especialmente los de su especie. Solo podía esperar que su historia de éxito sirviera de inspiración a otros Nazhrals como él.

En cierto modo, pensar en Gaelec me hacía sentir como un padre orgulloso. Bueno, más bien como un orgulloso hermano mayor. Después de todo, yo no era *tan* viejo.

Pero me hago mayor y me siento solo.

El rostro de Malaya que pasó ante los ojos de mi mente me llenó inmediatamente de vergüenza. Demasiadas veces, en los últimos años, resurgía el pensamiento fugaz de que podría haber sido mi compañera. Me avergonzaba aún más que fuera el alma gemela de mi mejor amigo. Es cierto que no estaba *enamorado* de Malaya, pero la quería. Aunque una auténtica felicidad llenaba mi corazón por mi amigo Kronos, no podía acallar la envidia que siempre despertaba verlos en lo más profundo de mi ser.

Yo anhelaba ese mismo tipo de conexión maravillosa que ellos compartían. Sentía su amor como una entidad viva a la que solo querías agarrar y sostener para siempre.

Eso significa que tu estúpido yo necesita socializar más para encontrar a tu única e irrepetible persona.

Por desgracia, era más fácil decirlo que hacerlo. No había muchas hembras demasiado dispuestas a establecerse en un planeta prisión. Lo peor era que Kayog ni siquiera podía ayudarme en esta empresa. Los Obosianos éramos demasiado avanzados para caer bajo el paraguas de la Agencia Primaria. Y las probabilidades de que otra compañera injustamente acusada aterrizara convenientemente en Molvi necesitando la protección de un Señor del Infierno—como había ocurrido con Malaya—eran ínfimas.

Justo cuando empezaba a llenar los cristales del Cuadrante

Dos, sonó mi comunicador. Me quedé boquiabierto al ver el nombre del remitente. Kayog solicitaba una llamada conmigo dentro de cuarenta y cinco minutos.

—En nombre de Tharmok, ¿de qué va esto? —susurré para mis adentros.

Mi mente se volvió inmediatamente loca de especulaciones. ¿Eran noticias de Gaelec? ¿Habrían encontrado los Temern una pareja para otro recluso? ¿Podría haber aparecido realmente la improbable compañera acusada injustamente en la que había estado pensando momentos antes?

Me obligué a centrarme en mis tareas en lugar de perderme en conjeturas sin sentido. Rápidamente llené los cristales de mis otros Cuadrantes. Aunque era un firme defensor del cumplimiento de las leyes y de imponer castigos justos, pero severos a quienes las infringían, no era despiadado. Observar lo poco que habían producido los prisioneros del Cuadrante Cuatro durante el último mes me desanimó. Sus ganancias apenas alcanzaban para cubrir sus reservas básicas de energía. Como no racionaban en absoluto su consumo, se les acabaría antes de tiempo y sufrirían este mes... otra vez.

Pero eso era problema de ellos. Cumplida mi tarea, emprendí el vuelo desde la pequeña isla sobre la que descansaban los cristales. Una pequeña masa de agua la rodeaba, repleta de criaturas diabólicas que destrozarían a cualquiera lo bastante insensato como para intentar cruzarla con el fin de manipular la red eléctrica del Sector.

Sobrevolé el bosque que dividía mi sector en los cuatro Cuadrantes. No eran necesarios guardias para evitar que los prisioneros escaparan, ya que las criaturas aún más terribles que habitaban el bosque aseguraban que cualquiera lo bastante insensato como para aventurarse demasiado profundo encontraría una muerte horrible. Seguí distraídamente la pista de los Faernych que poblaban mi bosque. Aquellas gigantescas criaturas dracónicas de cinco cabezas constituían los principales guardianes del lugar. Su veneno ácido y letal podía matar en cuestión de minutos. Además, su endiablada velocidad de vuelo hacía casi imposible dejarlos atrás.

Encontrándolo todo en orden, volé hacia la montaña que bordeaba mi Sector, y en cuya cima se había tallado mi morada directamente dentro de ella. Incluso antes de aterrizar en una de las innumerables terrazas que dominaban la impresionante vista del paisaje, transmití telepáticamente mis emociones a mis Nundars. Al percibir mi llegada, empezarían a preparar la cena de inmediato. Pero yo quería esperar a que terminara mi llamada con Kayog.

Como todos los Obosianos, albergaba un clan de Nundars, a los que solíamos llamar nuestros familiares. Esta especie altamente inteligente vivía recluida y se alimentaba de la energía que emitíamos. A cambio, se encargaban de todas las tareas de la casa, incluidas la limpieza, la cocina e incluso las reparaciones o la construcción. Lo mejor era que también poseían una magia propia impresionante, que les permitía defender nuestros hogares en nuestra ausencia contra posibles invasores, así como tremendos poderes curativos. Esos talentos habían permitido a los propios Nundars de Kronos salvar a Malaya cuando unos Faernychs renegados atacaron su hogar.

Al entrar en mi despacho mientras me quitaba la pechera, un pensamiento me asaltó de repente. Malaya estaba esperando su primer hijo. ¿Podría ser ésta la razón por la que Kayog se dirigía a mí? Había mostrado un afecto casi paternal hacia ella. ¿Estaban él y Linsea planeando algún tipo de regalo para el bebé y querían mi opinión?

Unos minutos más tarde, mi comunicador volvió a sonar con la llamada entrante. Me acomodé frente al ordenador para aceptarla, proyectándola en la pantalla. Mi cálida sonrisa al ver su rostro se endureció de inmediato. Aunque no podía leer auras a través de la tecnología, su rostro carecía del habitual entusiasmo alegre que siempre asociaba a los Temern.

—Saludos, Kayog —dije con cuidado—. Es un placer verte, como siempre.

—Como lo es verte a ti —respondió Kayog, con voz extrañamente cansada.

—¿Qué ocurre? —pregunté, esta vez con voz preocupada.

Lanzó un suspiro y se frotó un lado del pico con una expresión de inquietud que puso en alerta todos mis sentidos. Nunca le había visto así.

—Los dos últimos días han sido bastante estresantes y perturbadores —dijo Kayog, como si eligiera sus palabras.

—¿Cómo es eso? —insistí, sorprendido por su respuesta un tanto evasiva.

Por mi experiencia con él, Kayog solía preferir el enfoque directo. ¿Qué podía hacer que se comportara de un modo tan extraño?

—Quizá no lo sepas, pero mi compañera y yo estábamos a bordo del Gladius —respondió con expresión abatida.

Mis ojos se abrieron de golpe.

—¡¿Para el simposio?! —exclamé.

Asintió con gesto adusto

—Sí.

—¡Tharmok llévame! ¿Estás bien? ¡¿Linsea está bien?!

Volvió a asentir y me dedicó una sonrisa triste, pero tranquilizadora.

—Sí. Los dos estamos bien. Gracias por preocuparte.

Suspiré aliviado.

—Me alegra oírlo. Por lo que vi en las noticias, hubo muchos heridos, pero afortunadamente no hubo muertos.

—Es cierto. Algunas personas sufrieron heridas graves de las que, afortunadamente, se recuperarán totalmente. Pero todas se debieron a la estampida de gente presa del pánico y no al ataque en sí. Lo que las autoridades no han hecho público es que se llevaron a doce personas durante el ataque.

—¿Qué? ¿Quiénes? ¿Y por qué? —exclamé, asombrado de

que mantuvieran algo así en secreto después de más de cuarenta y ocho horas.

—Todos los secuestrados trabajaban para la Organización de Médicos Interestelares —respondió con calma.

—¡¿El Dr. Jacobs?! —pregunté, con la mente tambaleante ante la revelación.

El Temern negó con la cabeza.

—A Jacobs se lo llevaron en cuanto empezó el ataque. Salió sano y salvo.

Entrecerré los ojos, sospechando al instante.

—Qué raro. ¿Por qué sentirían la necesidad de *ponerlo* a salvo? Muchos funcionarios de alto rango asistieron al simposio. ¿También les escoltaron a la salida antes de tiempo?

Kayog volvió a negar con la cabeza. El duro brillo de sus ojos—algo que nunca antes había presenciado—hizo que la semilla de la sospecha echara más raíces.

—Todos los médicos desaparecidos tenían especialidades diferentes. Sin embargo, ayer fueron devueltos nueve de esos médicos —continuó.

—¿¡Devueltos!? —hice eco, totalmente desconcertado—. ¿A cambio de qué?

—A cambio de nada. Se les colocó dentro de unas cápsulas de escape que se lanzaron sobre la luna Delta 5. Una hora después de su aterrizaje se activó una baliza que nos informó de su ubicación para que pudiéramos rescatarlos.

—Los secuestradores querían tiempo suficiente para marcharse —dije con comprensión instantánea, mientras Kayog asentía—. Es una noticia muy buena, aunque extraña. Cabría esperar que los secuestradores pidieran un rescate o mataran a los prisioneros considerados inútiles. Dicho esto, ¿por qué me cuentas esto?

—Porque de las tres personas que siguen desaparecidas, una de ellas es de gran importancia para ti —respondió el Temern, con una extraña expresión de culpa, tristeza y conmiseración en el rostro que me dejó perplejo.

—¿Para mí? —repetí, confuso—. ¿En qué sentido? ¿Quién es?

—Se llama Ciara Stark. Es una humana de cuarenta y un años. Como los demás, trabaja para la Organización de Médicos Interestelares, especializada en epidemiología. Lleva con ellos más de catorce años —explicó Kayog antes de mostrar una imagen de ella.

Mi corazón dio un vuelco al ver a la impresionante hembra. Durante medio segundo, casi pensé que era una Obosiana. Tenía la piel morena y el pelo blanco. Una mancha blanca en forma de V orgánica en la frente casi parecía un anillo de plata. Sin embargo, sospeché que se debía a piebaldismo, lo que explicaría el color inusual de su pelo para alguien de su etnia. Evidentemente, carecía de los cuernos, las orejas puntiagudas y las alas de murciélago de mi pueblo, pero eso no le quitaba lo impresionante que era.

—Es despampanante —solté.

—No me sorprende que digas eso —respondió con la misma expresión comprensiva, haciéndome fruncir el ceño.

—¿Qué significa eso? ¿Y por qué esa cara triste? —pregunté, con un nudo de tensión en el estómago, mientras asomaba otra sospecha aún más potente.

—Ya sabes por qué, Amreth —dijo abatido.

Le miré fijamente mientras sus palabras se hundían en mi interior, y me di cuenta de que me negaba a reconocerlo.

—No puede ser. No puedes estar insinuando lo que yo creo —dije, sacudiendo inconscientemente la cabeza.

—Sí, Amreth. En efecto, estoy insinuando lo que piensas. Ciara *es* tu alma gemela.

—¡Eso es imposible! —exclamé.

—Es innegable. La conocí la noche del ataque al Gladius. Reconocí al instante que su alma te pertenecía. De hecho, ella y yo mantuvimos una larga conversación en la que le hablé de ti. Se suponía que íbamos a proseguir esa conversación por la mañana para que pudiera poneros en contacto a los dos. Pero se produjo el asalto.

—¡Eso fue hace dos putos días! —espeté, repentinamente enfadado, con el pecho contraído al pensar que podría haber perdido a mi alma gemela antes de tener siquiera la oportunidad de conocerla—. ¿Por qué me lo dices hasta ahora?

Aunque visiblemente molesto por mi reacción, forzó una expresión estoica en su rostro y respondió con voz controlada y razonable.

—Porque había más de dos mil seiscientos pasajeros y compañeros de tripulación a bordo. Llevó tiempo poner a salvo a toda esa gente y dar cuenta de todos ellos. No quería enviarte un mensaje con noticias terribles antes de saber con certeza qué había sido de ella.

—¿Dónde estaba ella cuando se produjo el ataque? —pregunté, con la mente aún en blanco.

—Ciara estaba con mi compañera y conmigo.

—¡¿Y la dejaste atrás?! —grité, conmocionado, furioso e incrédulo.

Esta vez, el Temern apretó la mandíbula, sus ojos plateados se oscurecieron de indignación, aunque su borde parecía brillar ligeramente, como si lo hicieran al restringir algún tipo de poderes psiónicos. ¿Poseía alguno?

—¡Claro que no! —espetó—. En cuanto abrieron las puertas de la sala de reunión, la llevé volando a la salida más segura para que pudiera embarcar en una de las naves de escape. Debería haberse marchado sin peligro mientras yo iba a luchar y a ayudar a otras personas en apuros. Pero mientras yo luchaba, ella fue a rescatar a alguien que se aferraba por su vida a una de las barandillas del balcón. Y, por desgracia, ambas se cayeron.

—¡HA MUERTO! —grité, poniéndome en pie de un salto, con el horror arañándome el corazón.

—¡No! —exclamó Kayog, levantando las palmas de las manos en un gesto apaciguador—. No murió por la caída. Los atacantes la atraparon a ella y a la hembra Darwandir que intentaba rescatar. Liberaron a la Darwandir, pero se quedaron con Ciara.

Me pasé una mano temblorosa y nerviosa por el pelo largo y blanco como la plata mientras me dejaba caer de nuevo en la silla. El alivio y la preocupación me retorcían por dentro.

—¿Pero por qué? ¿Qué quieren de ella?

—No lo sé, Amreth —dijo Kayog con desaliento—. Los videos de seguridad mostraban cómo se la llevaban como a los otros nueve que han sido devueltos.

—Entonces, ¿hay alguna posibilidad de que también la devuelvan? —pregunté con una pizca de esperanza, aplastada al instante por su expresión derrotada.

—Todo es posible, amigo mío, pero es muy dudoso. Si pretendían liberarla, ¿por qué no lo hicieron al mismo tiempo que a los otros nueve?

Evidentemente, ese pensamiento había entrado en mi mente. Simplemente quería aferrarme a cualquier posibilidad de que me la devolvieran sana y salva. Examiné al Temern con confusión mientras intentaba ordenar mis emociones contradictorias respecto a toda esta situación.

—¿Por qué me traes esto a mí en vez de a los Enforcers? ¿No están preparando una misión de rescate? —pregunté.

Sus hombros se encorvaron y movió con inquietud sus enormes alas granates.

—Porque actualmente no hay planes para que los Enforcers se encarguen de esta misión. No se ocupan de casos en los que "solo" hay tres civiles implicados. Un asunto así se deja en manos de los Pacificadores locales.

—¡Tú y yo sabemos que serán inútiles en ese asunto! —dije con enfado—. ¿Qué ha sido de las nuevas y severas normas de la OPU contra la piratería? Esos secuestradores fueron a por un navío de alta gama a bordo del cual había innumerables funcionarios de alto rango. ¿Y se lavan las manos?

—No se están desentendiendo de todo este incidente —enmendó Kayog con voz tranquilizadora—. Pero su atención se centra en identificar a los piratas, así como en comprender el tipo de tecnología que se utilizó para inutilizar la nave sin dañarla realmente. También quieren saber por qué se marcharon después que Elias.

—Así que lo que estás diciendo es que los desaparecidos no son lo bastante importantes como para merecer el tiempo de los Enforcers —siseé.

Estaba siendo injusto con el Temern al dirigir mi ira contra él. Nada de lo que dijo me sorprendió. No solo eran los procedimientos habituales, sino que también tenían sentido. Sería ilógico enviar al equipo de élite de las fuerzas del orden a investigar cada pequeño caso de personas desaparecidas. Sus habilidades serían más útiles abordando específicamente los problemas que perseguían en ese momento. No facilitaba las cosas saber que las personas encargadas de rescatar a mi alma gemela poseían muchos menos recursos y talento.

Por suerte, Kayog pareció leer mi remordimiento por haberle gritado en la expresión de mi cara. Me dedicó otra sonrisa de disculpa y comprensión.

—¿Y Maeve? —pregunté, de repente asaltado por un pensamiento—. Ella y Helio ayudaron mucho a Malaya y Kronos. Técnicamente, ya no son Enforcers.

La sonrisa de aprobación que estiró su pico indicaba que siempre había querido que llegáramos a este punto. Estuve a punto de preguntarle por qué no lo había dicho desde el principio, pero sospeché que se estaba pasando de la raya en cuanto a lo que podía decir o las sugerencias que podía hacer.

Aunque técnicamente no era más que un agente casamentero, Kayog Voln poseía una autorización de seguridad extremadamente alta. En teoría, se debía a su matrimonio con una de las embajadoras de alto rango de la Organización de los Planetas Unidos. Pero, al igual que Maeve y Helio—que oficialmente eran cazarrecompensas, pero extraoficialmente agentes secretos de los Enforcers—cada vez sospechaba más que los Temern también realizaban misiones encubiertas para la OPU.

—Técnicamente, tienes razón —respondió de forma poco comprometida—. La razón principal por la que Maeve renunció a su puesto dentro de los Enforcers fue para poder asumir el tipo de casos que ellos considerarían demasiado pequeños. Dicho esto, aunque no dudo de que estaría dispuesta a ayudarte, tanto ella como su compañero ya están trabajando en una misión importante. Pero eso no debería impedirte de acudir a ellos. Lo que puedan hacer, lo harán.

No tuvo que entrar en más detalles para que yo comprendiera su significado subyacente.

—Me aseguraré de ponerme en contacto con ellos enseguida —refunfuñé—. Necesito ver todos los archivos disponibles sobre el ataque, y especialmente la grabación. ¿Sabemos siquiera quiénes eran los atacantes?

Una expresión de lo más extraña recorrió sus facciones. Vaciló un segundo antes de que pareciera decidir la respuesta que quería darme.

—No tengo los archivos. Al fin y al cabo, solo soy un agente matrimonial. Tú, en cambio, eres un Señor del Infierno. Seguro que tienes acceso a muchas más cosas que yo.

Resoplé y sonreí.

—Correcto —concedí.

Como Alcaide de alto rango, tenía acceso a muchas cosas. Pero en este caso concreto, tendría que estirar el límite de mi autorización y ser creativo a la hora de ampliar esos límites para obtener las respuestas que buscaba.

—Encuéntrala, Amreth. Ciara tenía muchas ganas de conocerte. Tiene un alma hermosa.

—La encontraré y la traeré a casa. Gracias, Kayog.

Sonrió y terminó la comunicación. Inmediatamente me puse en contacto con Maeve. Gracias al fantástico trabajo que hizo ayudando a demostrar la inocencia de Malaya, también colaboré con ella, compartiendo mi propio testimonio e información sobre la condena ilegal que había dictado el juez corrupto.

La rapidez con la que Maeve respondió daba a entender que había estado esperando mi llamada.

—Hola, Amreth —dijo Maeve con voz amable—. Es una pena que volvamos a hablar en estas circunstancias.

—Saludos, Maeve. Me alegra saber que te va bien. Las circunstancias son ciertamente desafortunadas, pero me atrevo a esperar que puedas ser de alguna ayuda.

Frunció los labios de un modo que indicaba que estaba eligiendo cuidadosamente sus palabras antes de responder.

—Como ya sabrás, mi compañero y yo estamos trabajando en una misión muy delicada de la que no podemos apartarnos. Sin embargo, ayudaré en lo poco que pueda.

—Aceptaré todo lo que pueda conseguir. Ahora mismo, no tengo nada, ni siquiera la especie de los atacantes.

Ella asintió, con el ceño ligeramente fruncido

—Se trata de una situación muy poco habitual. Nuestra mayor baza es el hecho de que todos los miembros de la Organización de Médicos Interestelares que salen en misiones de campo están obligados a recibir un implante rastreador orgánico. Ayuda en los esfuerzos de rescate si les ocurre algo mientras están en algún planeta remoto.

Me animé al instante y mi corazón se llenó de esperanza. Pero una sola mirada a su rostro empañó mi floreciente entusiasmo. Por supuesto, no sería tan fácil.

—La buena noticia es que pudimos seguirla hasta el borde del Cuadrante Norte antes de perder la señal —dijo disculpándose.

—¿Perdiste la señal? —hice eco—. ¿Detectaron el rastreador y lo bloquearon?

Sacudió la cabeza.

—No tenemos satélites de comunicación ni repetidores en esa zona. Es la Zona Muerta antes de entrar en el Cuadrante Este.

Mis ojos se abrieron de sorpresa e incredulidad.

—¿Estás diciendo que los piratas son Sectarios? —exclamé.

Frunció el ceño y se encogió de hombros, expresando incertidumbre.

—En realidad, no lo sabemos. Algunos hechos parecen apuntar en esa dirección, pero no tenemos suficientes pruebas concretas para confirmarlo. Y por eso los Enforcers se empeñan tanto en averiguar su identidad

—¡Exacto! —dije como si fuera evidente—. ¿Qué mejor manera de identificarlos que encontrarla a ella?

—Porque dondequiera que la dejaran no es adonde se dirigieron después en última instancia —explicó Maeve—. Verás, la nave que conseguimos captar en las cámaras de vigilancia del Gladius no pertenece a ninguna especie de nuestro Cuadrante, al menos ninguna que conozcamos. Además, las cámaras de a bordo seguían fallando, lo que nos impedía realizar cualquier tipo de reconocimiento facial o de especies. Incluso los escáneres biológicos fallaron.

—Así que sabotearon deliberadamente nuestra tecnología —respondí.

Ella asintió.

—Pero no dañaron nada. Solo les interrumpieron durante la redada, lo que confirma que querían ocultar su identidad.

—¿Pero qué hay de los guardias? Tengo entendido que lucharon contra los piratas. Seguro que los vieron y podrían dar algún tipo de descripción —desafié.

—Todos los guardias eran Obosianos. Todos y cada uno de ellos informaron de que habían sufrido algún tipo de ataque psíquico que les había trastornado por completo la cabeza e incluso la capacidad de volar —respondió Maeve—. Los enemigos que podían ver llevaban una especie de disfraz holográfico que los hacía parecer borrosos e inconexos. Era imposible decir qué eran, salvo que parecían humanoides. Si no hubiera sido por Kayog, no habrían podido defenderse en absoluto.

—¿Kayog? ¿Qué hizo? —pregunté, sorprendido.

—Es un Edal. Eso le otorga una amplia gama de poderes únicos que otros miembros de su especie no tienen. Su capacidad para reconocer almas gemelas es solo la que hace pública. Los Temern son más de lo que parece —añadió en tono misterioso—. Puede interrumpir los ataques psíquicos, lo que permitió a los guardias reanudar el retroceso de los enemigos. Pero su tecnología era demasiado poderosa, y sospecho que implicaba algo más que eso. Sinceramente, no tenemos ni idea de a qué nos enfrentamos.

—¿Estamos hablando de una posible invasión? —pregunté, con la mente aturdida por estas revelaciones.

El alivio me inundó cuando Maeve sacudió la cabeza con convicción.

—Eso era un objetivo. Querían algo, aunque creíamos que era a alguien.

—¿A Ciara? —pregunté con confusión.

Volvió a sacudir la cabeza.

—Creemos que iban tras Elias Jacobs.

—¿Por qué? —pregunté, resurgiendo las sospechas que habían arraigado mientras hablaba con Kayog.

—No estamos seguros. Él afirma que tampoco lo sabe, pero miente. Su temprana huida parece demasiado conveniente. Sospechaba que un ataque era inminente y lo planeó en consecuencia. Ten por seguro que estamos investigando.

—Pero, ¿por qué llevarse a Ciara y a los otros dos médicos? ¿Qué podrían tener que quisieran los secuestradores? —insistí.

—Esa es la cuestión principal. Ciara es epidemióloga. Mehreen es inmunóloga y Ernst es biólogo molecular —dijo pensativa—. Los tres juntos forman un equipo ideal para investigar una epidemia.

—¿Crees que están enfermos? ¿O están intentando desarrollar algún tipo de guerra biológica? —pregunté, y mi sensación de inquietud aumentó aún más.

—Nos inclinamos por la primera hipótesis —respondió Maeve—. Su ataque fue quirúrgico. Todas las heridas que sufrieron los pasajeros procedían de su propio pánico, ninguna de las acciones de los secuestradores. Como en el caso de la hembra Darwandir que cayó con tu compañera, los atacantes protegieron a todas las personas que cayeron o habrían sufrido lesiones graves. Quieran lo que quieran, no creemos que sean malvados. Pero su tecnología les convierte en una amenaza innegable que debemos evaluar.

—Sea como fuere, aun así secuestraron a tres personas tras atacar a una nave que causó heridas a sus pasajeros, a pesar de sus esfuerzos por limitarlas. Si solo necesitaban ayuda, podrían haberla pedido. ¿Por qué esto? ¿Por qué venir del Cuadrante Este para esto? ¿Adónde los han llevado?

—A decir verdad, empezamos a sospechar que los secuestradores podrían haber sido contratados por un tercero —dijo Maeve con cautela—. Como mencioné antes, perdimos la señal de Ciara al borde de la Zona Muerta. Pero después de que la nave soltara a las nueve personas que liberaron, abandonó nuestro Cuadrante desde otra dirección. Esa nave ha vuelto al Cuadrante Este, pero el implante de Ciara nunca salió de la Zona Muerta.

—¿Qué hay allí? —pregunté, desconcertado.

—Solo un puñado de planetas extremadamente primitivos bajo las directrices más estrictas de la Directiva Primaria. Las únicas especies de allí con las que se permiten interacciones estrictamente controladas son los Sangoths. Poseían cierto nivel tecnológico, e interactuamos con ellos en una medida comparable a la que tenemos con los Ordosianos.

—¿Crees que la tienen?

—Es una posibilidad remota y pura especulación —admitió con una mirada de disculpa—. Los Sangoth no tienen capacidad para los viajes interestelares. Tenemos que acudir a ellos. Pero tienen formas de contactar con nosotros a través de relés muy lentos.

—Aun suponiendo que algún sectario viniera a nuestro Cuadrante a ayudarles, ¿por qué no iban a solicitar simplemente nuestros médicos si ya tenemos relación con ellos? —desafié.

—No lo sé, Amreth. Pero quizá se deba a que se violó la confianza. El suero que hizo famoso a Elias se derivó de un suceso aleatorio ocurrido en Kestria, el mundo natal de los Sangoths.

—Por el amor de Tharmok, ¿¡por qué no lo has mencionado antes!? —exclamé—. ¡Es la conexión obvia!

—Puede que sí, pero puede que no. Tenemos que manejar todo esto con sumo cuidado. Si Jacobs les ha perjudicado de algún modo, avisar demasiado pronto podría poner en peligro el bienestar de los prisioneros. También está la cuestión de las restricciones extremadamente estrictas para entrar en ese planeta. Ni siquiera las fuerzas de paz podrán aterrizar sin una causa probable suficientemente sólida.

—¡Tienes los implantes de los tres médicos! —dije en tono evidente.

—Sí, pero los Guardianes de la Paz no disponen de tecnología suficientemente potente para rastrearlos sin entrar en la atmósfera de Kestria, cosa que no pueden hacer sin causa.

—¡Entonces dales la maldita tecnología!

—No podemos. Es demasiado poderosa y se podría abusar de ella en las manos equivocadas. Por eso los Enforcers controlan estrictamente quién tiene acceso a ella.

—¿Se supone que tenemos que sentarnos y no hacer nada? —exclamé, con la rabia impregnando mi voz.

—No, Amreth. Solo te explico que los Enforcers están

ocupados en otra parte. Y los Pacificadores no disponen de las herramientas necesarias para entrar en Kestria sin motivo. Pero si una nave civil que atravesara esa región sufriera una avería inesperada, nadie podría culparla por realizar un aterrizaje de emergencia.

Me quedé boquiabierto mirándola. Ella sonrió descaradamente.

—Los Pacificadores, y los Enforcers en realidad, solo necesitan la más mínima prueba de causa probable. Una imagen o un video de una de las tres personas desaparecidas bastaría para justificar su entrada en la atmósfera de Kestria.

Me removí incómodo en mi asiento.

—Sería una violación deliberada de las leyes —dije.

La mirada de "¿Me tomas el pelo?" que me dirigió Maeve hizo que me ardieran las mejillas de vergüenza.

—En serio, Amreth... Me doy cuenta de que tu especie se cría adoctrinada sobre la importancia de defender la ley. Pero, con el debido respeto, tienes que sacarte ese palo farisaico del culo y centrarte en lo que importa. ¿Qué es más importante para ti? ¿Rescatar a tu alma gemela o defender con rectitud alguna ley?

—¡Es una pregunta injusta! Por muy buenas intenciones que uno tenga al infringir la ley, ésta se creó por una razón. ¿No tienen los humanos un dicho que dice que el camino al Infierno está empedrado de buenas intenciones? ¿Y si al ir yo allí con un accidente convenientemente programado acabo creando aún más problemas diplomáticos?

Se encogió de hombros.

—Entonces no vayas y espera lo mejor.

Le enseñé los colmillos y su mirada poco impresionada me escocía aún más. Evidentemente, nunca me quedaría de brazos cruzados mientras mi otra mitad podía estar en peligro en algún lugar y retenida contra su voluntad. ¿Pero violar la ley...?

—Mencionaste interacciones ocasionales con los Sangoth.

Creo recordar que ofrecían contratos para trabajadores comerciales estacionales. Si me uniera a uno de esos equipos, entraría legalmente en su espacio aéreo —ofrecí.

Maeve asintió lentamente

—Has oído bien. Por desgracia, no habrá misiones comerciales de este tipo hasta dentro de cinco meses. ¿Estás dispuesto a esperar tanto?

No tuve que responder. Mi cara habló por mí. Volvió a dedicarme una sonrisa comprensiva, aunque sus ojos castaños oscuros chispeaban de picardía.

—Mira, sé lo difícil que debe ser para ti siquiera contemplarlo. A veces, es necesario saltarse las normas. ¿Qué crees que estoy haciendo ahora mismo al compartir todo esto contigo? La mayoría de las veces, los Enforcers, y la gran red de la que formo parte, no tienen más remedio que cumplir las normas, y a veces incluso pisotearlas. ¿Qué crees que les habría ocurrido a Malaya y a Kronos si no hubiéramos infringido esas normas? ¿Cuántas vidas inocentes más habrían destruido el Juez Wuras y su padre?

Le asentí con la cabeza.

—Te cuento todo esto porque confiamos implícitamente en ti. Eres un Alcaide muy apreciado y un Guerrero de élite. Tanto Kayog como Linsea avalaron tu extraordinaria brújula moral y tus dotes diplomáticas. Eres el mejor candidato que los Enforcers podrían haber querido para investigar la situación en esa zona sin hacer escándalos.

Se me desencajó la mandíbula al comprenderlo de repente. Los Enforcers no se estaban lavando las manos respecto al destino de aquellos tres desaparecidos. Me estaban reclutando como su agente silencioso para proteger su negación plausible.

—Entiendo lo que dices —dije al fin.

Sonrió con aprobación.

—Transferiré toda la información de seguimiento que necesites a tu comunicador. Entra con sigilo. En la medida de lo posible, evita el contacto con los lugareños a menos que sea absolutamente necesario. Consigue las pruebas que necesitamos y luego vete. No intentes hacerte el héroe. Las comunicaciones serán lentas, ya que cualquier mensaje que envíes tendrá que viajar hasta el repetidor más cercano antes de ser recogido. Pero mantennos informados todo lo que puedas sobre cualquier novedad. Te ayudaremos en todo lo posible.

—Gracias, lo haré.

—Buena suerte, Amreth. Y trae a tu chica a casa. Te mereces toda la felicidad.

En cuanto terminamos la comunicación, empecé a preparar mi partida inmediata.

CAPÍTULO 4

CIARA

Me desperté sobresaltada. Las brillantes luces de la sala me hicieron parpadear un par de veces antes de que mi visión se ajustara. Una mirada a mi alrededor me reveló que era la bahía médica más lujosa que había pisado nunca. En todos mis años, había visitado las enfermerías y laboratorios de innumerables naves y especies. Ninguna rivalizaba con ésta.

Me pregunté fugazmente si pertenecería a los Xurgens. Al fin y al cabo, eran la especie más avanzada de nuestro sector de la galaxia. Pero por haber babeado con su tecnología más veces de las que podía contar, podía afirmar con gran seguridad que aquello no formaba parte de su línea de productos.

Intenté incorporarme, pero me di cuenta de que una especie de campo de energía me mantenía inmóvil. Mi confusión inicial dio paso rápidamente a una pizca de pánico cuando los recuerdos de los últimos acontecimientos se agolparon en mi mente. El dolor de haber sido despedazada por la aterrorizada hembra Darwandir pasó por mi mente. Sin embargo, una rápida autoevaluación no reveló ninguna molestia real, aparte de un poco de rigidez y dolor. Teniendo en cuenta las graves heridas que me infligió, debería estar en completa agonía sin una sedación fuerte. Como mi mente estaba despejada, esto significaba que quienquiera que atacara la nave y detuviera mi caída mortal, aparentemente también me había curado.

Quería creer que aquello era una buena señal de que tal vez sus intenciones no eran tan malvadas como sugería mi fértil imaginación. El corazón me dio un vuelco cuando giré la cabeza hacia un lado. A través de una pared de cristal, contemplé estupefacta a una extraña mujer con el hombre de aspecto simiesco que recordaba vagamente de la nave. Estaban hablando con Brett Dunham, otro de mis conocidos de la Organización de Médicos Interestelares.

¿Qué quieren de nosotros?

Cualesquiera que fuesen las preguntas que le formulaba, sus respuestas provocaban en ella una reacción poco impresionada. Su colega permanecía estoicamente de pie, hablando de vez en cuando. Habría dado cualquier cosa por poder oír su conversación. Aunque solo fuera por eso, me reconfortó saber que Brett no parecía asustado, solo confuso.

Un vistazo al lado opuesto de mi habitación reveló una segunda pared de cristal que me separaba de otro miembro del personal de la OID. Descubrir a una Mehreen Aziz inconsciente me asustó. Claro que muchos médicos y profesionales de la medicina habían estado a bordo del Gladius. Pero también habían estado presentes innumerables políticos, inversores, magnates empresariales, defensores sociales y de la ética, y personas de otros ámbitos. ¿Por qué tenía la sensación de que solo los miembros de la Organización de Médicos Interestelares habían sido el objetivo?

Mencionaron algo sobre Elias Jacobs...

El hecho de que fuera una de las figuras más destacadas de nuestra organización parecía confirmar que, efectivamente, iban tras nuestros miembros.

Se me hizo un nudo en el estómago cuando volví a mirar a Brett y a nuestros secuestradores. Parecía estar discutiendo con la mujer, que de repente agitó la mano con aire de agravio. Se me escapó un grito ahogado cuando la cabeza de Brett cayó sobre la almohada y pareció perder el conocimiento.

¿Tiene poderes psiónicos?

Mientras ese pensamiento cruzaba mi mente, recordé cómo el simio parecía haberme dejado inconsciente en la nave. Pero no se había movido ni había parecido reaccionar cuando la hembra hizo aquel gesto.

El colchón—que se había inclinado hacia arriba para tener a Brett en posición semisentada—volvió a moverse hasta quedar horizontal. Al hacerlo, los dos alienígenas empezaron a caminar hacia la pared de cristal que separaba mi habitación de la de Brett.

Todo el cristal se abrió con un suave ruido. Con el corazón palpitante, los vi acercarse en silencio, evaluándome con sus miradas. A pesar de la ausencia de agresión aparente por parte de ninguno de los dos, el miedo me retorcía por dentro.

A medida que se acercaban, y ahora sin el dolor debilitante que me había nublado la vista en la nave, pude ver mejor a la pareja. No había duda de que nunca había visto a ninguna de las dos especies. Los más extraños dibujos negros adornaban la piel blanco grisácea de la hembra. Durante un brevísimo instante, me recordaron a la enfermedad que antes afectaba a los Xelixianos, una especie situada en el Cuadrante Oeste. Pero más allá del hecho de que su enfermedad se había curado hacía más de una década, sus marcas eran mucho más organizadas, no el caos aleatorio de la enfermedad que había extendido zarcillos negros y venosos de por todo el cuerpo de los Xelixianos. Esto se parecía más a los patrones de un tigre, pero restringidos a zonas concretas de su cuerpo.

Tenía el pelo largo y negro como el carbón, los ojos muy pálidos y, por lo demás, un aspecto muy humano. Su acompañante también poseía el cuerpo de un humano, aunque cubierto del mismo pelaje marrón de un simio. Su rostro tenía rasgos innegablemente simiescos, sobre todo la nariz y los ojos. Pero su boca podría haber pertenecido a uno de nosotros. El pelaje más espeso que rodeaba su cabeza actuaba como una melena esponjosa y lustrosa. También él me observaba con unos ojos marrón amarillento rebosantes de inteligencia. Afortunadamente, estaban desprovistos de la ira que mostró en la nave antes de noquearme.

Cuando terminaron de acercarse, la mitad superior de mi colchón empezó a inclinarse hacia arriba, colocándome en la misma posición semisentada en la que había estado Brett. No vi a ninguno de los dos activar el interruptor ni emitir ningún tipo de orden que hubiera puesto en movimiento mi cama.

—Saludos, Ciara Stark. Soy Svira, y éste es Kald Aku Ebaki —dijo la mujer con voz pulida mientras señalaba a su acompañante—. Tenemos unas preguntas para ti.

Por alguna tonta razón, mi cerebro se fijó en su acento indefinible. No sabría decir por qué me vino a la mente Sudáfrica. Aunque hablaba en universal—lo que supuso un gran alivio—mi traductor se puso en marcha cuando pronunció la palabra *Kald.* Al principio supuse que formaba parte de su nombre, pero la palabra Cacique seguía queriendo colarse. Solo podía suponer que mi implante intentaba traducir lo que percibía como una lengua extranjera.

Quise devolverle el saludo, pero mi boca tenía otras ideas.

—¿Dónde estoy? ¿Por qué me han secuestrado? ¿Qué eres? ¿Y qué le has hecho a Brett? —solté de golpe.

Svira resopló, mientras que Aku se limitó a enarcar una ceja.

—Más despacio, humana —respondió Svira con un deje de diversión—. Por si no habías prestado atención, dije que teníamos preguntas para *ti.* Pero es justo. Te complaceré esta vez para que podamos proceder con los asuntos importantes. Brett está bien. Solo está durmiendo, pues no nos es útil.

—¿Quiénes son *ustedes*? —pregunté, con la mirada entre los dos.

—Soy una visitante de este Cuadrante y amiga de los Kreelars, la especie de Aku. Necesitan ayuda para reparar el daño que les han hecho los humanos —respondió, y su voz adquirió un tono un poco más duro.

—¿Qué? ¿Qué daño les hemos hecho? Nunca había visto ni oído hablar de su especie —exclamé, aunque no me extrañó que evitara convenientemente nombrar su propia especie.

—Y nunca lo habrías hecho en tu vida sin la intrusión de Elias Jacobs.

Se me heló la sangre. Sus palabras me recordaron lo extraño que parecía que Jacobs fuera escoltado tan rápidamente fuera de la nave en el momento en que comenzó el ataque. ¿Qué había hecho? ¿Cuándo y dónde interfirió en la vida de la gente del Cuadrante Este

La OPU y la Alianza Galáctica controlaban distintas zonas de la galaxia conocida. Nosotros permanecimos en el Cuadrante Norte. La Alianza Galáctica controlaba los Cuadrantes Oeste y Este. El Cuadrante Sur seguía siendo una tierra de nadie muy disputada. Los habitantes de cada Cuadrante observaban normas estrictas que les prohibían cruzar los territorios de los demás.

La Tierra era uno de los pocos planetas miembros tanto de la OPU como de la Alianza Galáctica. Este privilegio se debía a que nuestro sistema solar estaba situado en la Zona Muerta, entre los Cuadrantes Oeste y Norte. Una vez que conseguimos viajar a velocidad factorial, tanto la OPU como la Alianza Galáctica intentaron atraernos a su bando. Fuimos lo bastante codiciosos como para exigir formar parte de ambas y nos salimos totalmente con la nuestra.

Aunque benefició enormemente a nuestro mundo natal, no nos sustrajo de las estrictas normas observadas por todos los demás. Cualquier humano que saliera de la Tierra no podía ir y venir entre los territorios Sectarios de la Alianza Galáctica y los territorios aliados de la OPU. Los habitantes de los cuadrantes Oriental y Occidental odiaban que se refirieran a ellos como los Sectarios. Pero era una descripción apropiada, ya que los planetas de allí estaban extremadamente divididos y firmemente adoctrinados en seguir sus propias reglas, a su manera. Además, mientras que los planetas del Cuadrante Occidental seguían aún en gran medida las religiones organizadas, principalmente el culto a la Diosa, el Cuadrante Oriental había abandonado toda forma de fe y tenía normas bastante interesantes sobre la servidumbre y la capacidad de someterse a casi cualquier cosa mediante un contrato vinculante.

Por lo tanto, la presencia de Svira aquí violaba suficientes normas como para desencadenar un incidente diplomático importante entre los Aliados y los Sectarios. Habían atacado una nave que albergaba a innumerables funcionarios de alto rango de varios planetas de nuestro Cuadrante. ¿Qué mal podían haber causado los humanos que fuera tan grave para que Svira se arriesgara tanto?

—¿Qué ha hecho Jacobs? —pregunté, con la mente en blanco.

—¿Qué sabes de la SS12? —preguntó Svira en lugar de responder a mi pregunta.

Me sentí palidecer. ¿Había hecho algo inmoral para obtener el suero que le propulsó a la cima de la excelencia médica de esta generación?

—Es una cura revolucionaria que el Dr. Jacobs descubrió hace una década durante su estudio de los Sangoths —respondí con cuidado—. Según tengo entendido, uno de los miembros de su equipo fue atacado por una bestia rabiosa y enfermó. Pudieron localizar a la bestia y derivaron de ella el milagroso tratamiento.

—¿Una bestia, no? —intervino Aku por primera vez, con la rabia impregnando su voz—. ¿Es ésa la descripción que dio?

Era profundo y un poco jadeante. En otras circunstancias, me habría parecido atractivo. Pero bajo la superficie latía a fuego lento una profunda ira. Hiciera lo que hiciera Jacobs, tuvo que haber sido terrible.

Me lamí los labios nerviosamente y asentí.

—Obviamente, todo el mundo en la comunidad médica tenía innumerables preguntas sobre el origen de la cura. Pero Jacobs, junto con todo su equipo, afirmó que se trataba de una especie de bestia salvaje que no podían identificar. Se descomponía con demasiada rapidez a causa de la enfermedad que la devoraba por dentro. También había mutado demasiado como para permitirles identificar la especie original a la que pertenecía.

—¡¿Y tú te lo crees?! —preguntó Svira con evidente incredulidad.

Dudé y luego me encogí de hombros.

—En efecto, era una contabilidad bastante inquietante —concedí—. Bastantes personas expresaron sentirse preocupadas por el hecho de que ni siquiera tuvieran bocetos o muestras conservadas que pudieran haber permitido a ordenadores más avanzados que los de campo intentar recrear la criatura original a partir del ADN. Pero no se puede desafiar a todo un equipo de científicos de gran prestigio sin pruebas sólidas o, al menos, una causa convincente.

—¿Y nadie pensó en volver? —desafió Aku.

—Muchos de nosotros queríamos hacerlo. Pero el mundo natal de los Sangoths se rige por estrictas directrices de la Directiva Primaria. Esa *bestia* no habitaba de forma natural en las zonas habitadas por los Sangoths. Intentar localizar a una criatura de cuyo aspecto real ni siquiera estaban seguros habría supuesto un gran riesgo de perturbar el ecosistema. No parecía justificado dadas las circunstancias. De todos modos, todo el Cuadrante estaba demasiado entusiasmado por seguir investigando la SS12.

—Pues les mintieron a todos —rechinó Aku entre dientes—. Esa bestia salvaje era mi hermana mayor. Estaba entrenando a su hijo en el salto de árboles cuando tropezó con dos humanos. Estaban acoplándose junto al río, donde habían estado comiendo. Nunca habíamos visto humanos. Pero mi sobrino, que entonces solo tenía cinco años, se centró en la comida que quedaba a la vista. Huyó de su madre para ir a comer un poco.

—¡Oh, no! —exhalé.

Si aquella pareja hubiera estado en una escapada romántica, de ninguna manera habrían llevado las raciones estériles que se autorizaban cuando se comía en entornos protegidos. Solo Dios sabía qué tipo de reacción negativa podría tener la población local al respecto. Como si hubiera oído los pensamientos que cruzaban mi mente, Aku confirmó mis temores.

—El macho humano se dio cuenta de que mi sobrino estaba tomando la comida. Le persiguió. Naturalmente, mi hermana intervino para proteger a su hijo. El humano le disparó —gruñó Aku.

—¡Dios mío! —susurré, horrorizada. Me habría llevado la mano a la cara, pero el campo de energía me contuvo.

—Aun así, consiguió luchar contra él. Le mordió y le arañó. La hembra humana también disparó a mi hermana. Consiguió dejarla inconsciente. Y ambos huyeron, abandonando a mi hermana y a mi sobrino angustiado por el estado de su madre.

—¿Murió? —pregunté, con la voz entrecortada.

—No. Le dispararon con tranquilizantes —respondió.

Me estremecí al oír sus palabras. Nunca se inyectaba a nuevas especies ningún tipo de droga antes de realizar pruebas exhaustivas para ver cómo reaccionarían. En este caso concreto, además de que nunca deberían haber estado allí, deberían haber utilizado una pistola aturdidora para incapacitar a su objetivo. ¿Cómo coño cometieron tantos errores al mismo tiempo?

—Lo que tienes que saber es que el río donde ocurrió esto se encuentra a más de un día de camino de la aldea Sangoth más cercana —añadió Aku con enfado.

—Esto significa al menos una hora de vuelo en una lanzadera personal —especificó Svira—. Esos humanos no tropezaron allí por accidente. Fue una elección deliberada, sabiendo que violaban la Directiva Primaria solo para poder disfrutar de un bonito escenario para fornicar.

—Lamento lo ocurrido. La forma en que lo manejaron fue más que deficiente. Sin duda entraron en pánico, lo que les hizo actuar de forma irracional —dije en tono de disculpa.

—¿Y eso lo hace aceptable? —siseó Aku.

—Claro que no —dije en tono tranquilizador—. En primer lugar, nunca deberían haber estado allí. Pero, ¿qué ha pasado? Si estoy aquí, supongo que tuvo algún tipo de reacción negativa.

—Al principio, pareció recuperarse totalmente cuando se le pasó el efecto de los sedantes. Pero empezó a ponerse enferma una semana después. Como era nodriza, amamantaba a muchos de nuestros bebés, incluido mi sobrino.

—¡Oh, cielos! —susurré, con el pecho contraído.

—Los pequeños enfermaron, al igual que los que ya no mamaban sino que jugaban con ellos. Y luego pasó a sus hermanos, a sus padres y a todo el pueblo. Nuestras crías toman el pecho hasta los seis o siete años. La mayoría de nuestras hembras solo tienen dos, o como máximo tres, bebés a lo largo de su vida. En los dos meses que siguieron al incidente, cuatro de cada cinco de nuestros bebés murieron. Apenas queda un tercio de nuestras hembras. Algunas empiezan a mostrar de nuevo signos precoces. Nos estamos extinguiendo.

A pesar del horror que despertaron en mí sus palabras, mi mente científica se puso en marcha, gracias a años de lidiar con este tipo de situaciones.

—¿Solo las hembras, no los machos? —pregunté.

—Afecta a ambos sexos y tiene tasas de mortalidad similares, salvo que resulta aún más mortal para las hembras, si se infectan después de la pubertad —explicó Aku

¿Podría verse afectado por los niveles de estrógenos?

Si su desarrollo hormonal siguiera un patrón similar al de los humanos, machos y hembras tendrían niveles similares de testosterona en su infancia, pero las hembras experimentarían un aumento significativo de estrógenos una vez alcanzada la pubertad.

—¿Qué dicen sus médicos al respecto? —pregunto con cuidado.

—Nuestros sanadores no poseen una tecnología lo bastante avanzada como para poder comprender plenamente lo que está ocurriendo —dijo Aku a regañadientes.

—Los Kreelars están bajo las directrices más estrictas de la Directiva Primaria por una razón. Hace poco que han desarrollado la electricidad básica. Ni siquiera tienen conectividad —explicó Svira.

—¡Pero *tú* sí! —desafié antes de echar una mirada significativa a la bahía médica de alta tecnología que nos rodeaba.

Sacudió la cabeza, con el rostro cerrado.

—Hemos llegado al límite de lo que podemos interferir en este asunto.

—¿Qué demonios se supone que significa eso? —pregunté, desconcertada.

—Las Oráculos vieron los caminos. Si seguimos entrometiéndonos, las cosas acabarán muy mal para los Kreelar, y para muchos otros. Nuestra contribución para salvar a su pueblo está llegando a su fin.

—¿Oráculos? —resoné con confusión antes de que mis ojos se abrieran de par en par por la sorpresa y la repentina comprensión—. ¡Espera! ¿Estás diciendo que ustedes son Korletheanos?

Retrocedí y el corazón me dio un vuelco cuando enseñó los dientes, con un aire de puro odio descendiendo por sus facciones.

—¡*No* somos Korletheanos! ¡*Odiamos* a esos hijos de krilliks! Nos han hecho lo mismo que ustedes a los Kreelars. ¡Pero lo han hecho con malicia!

—¡Alto ahí! —exclamé con indignación—. *Yo* no les hice nada a los Kreelar. *La Humanidad* no les hizo nada. Por lo que me cuentas, parece que el equipo de Elias sí lo hizo. Lo que puedo prometer a es hacer todo lo que esté en mi mano para ayudar a deshacer parte del daño y evitar que esta tragedia vaya a más. Pero... pero tú tampoco pareces Xelixiana.

Por lo poco que recordaba de la historia sectaria, los Korletheanos habían dañado a un montón de especies con experimentos imprudentes. La única que se me ocurría en aquellos Cuadrantes que tuviera una piel grisácea con marcas oscuras eran los Xelixianos. Pero tenían iris sobredimensionados sin pupilas, crestas óseas en forma de chevrón en la frente y orejas estriadas poco comunes, nada de lo cual coincidía con el aspecto de Svira.

Ella resopló y sacudió la cabeza.

—Tampoco somos Xelixianos.

—Entonces, ¿qué...?

Hizo un gesto despectivo con la mano, interrumpiéndome.

—Eso no importa. Lo único en lo que debes centrarte es en reparar el daño causado a los Kreelar. Tienes una formación en epidemiología que te será de gran utilidad para el reto que te espera.

—Por supuesto. Puedo y quiero ayudar. Pero Elias no debería...

—Nos ocuparemos de él —volvió a interrumpir Svira—. Por algo huyó en cuanto nuestra nave atacó la tuya. Sabía lo que se le venía encima.

Aunque no lo dije, lo había sospechado. Sin embargo, entrecerré los ojos hacia ella, pues aún me costaba entender por qué estaban llevando las cosas de aquella manera.

—De acuerdo, pero ¿por qué atacar al Gladius? Si lo que dices es cierto, y no tengo motivos para dudarlo, ¿por qué no desenmascararlo sin más? La OPU y la comunidad galáctica le exigirían responsabilidades y harían todo lo posible por hacer lo correcto con los Kreelar. Este ataque podría desencadenar un gran conflicto político entre tu Cuadrante y el nuestro.

Ella asintió.

—Créeme, Ciara, ése había sido el plan original. Por desgracia, todos esos caminos conducen a la tragedia. Pero tú...

Para mi sorpresa, su voz se apagó y sus ojos se desenfocaron. Lancé una mirada confusa a Aku, que se limitó a observar en silencio. Unos instantes después, Svira parpadeó y volvió a centrar toda su atención en mí. Una sonrisa triunfante se dibujó en sus labios.

—Tú puedes ser la clave —dijo al fin—. Mientras trabajes con tu compañero, encontrarás la solución.

Volví a retroceder, esta vez realmente confusa.

—¡¿Mi compañero?! ¡Yo no tengo!

Me dedicó una sonrisa misteriosa.

—Todavía no, pero pronto.

¡Dios mío! ¿Está hablando de Amreth?

Su sonrisa se ensanchó como si hubiera leído el pensamiento que pasó fugazmente por mi mente.

—¿Qué eres? —susurré más para mí que para ella—. No eres una Xelixiana ni una Korletheana, y muestras el tipo de poderes que poseen las Veredianas. Y, sin embargo, está claro que no eres una. Entonces, ¿qué eres?

—Somos la peor pesadilla de los Korletheanos —dijo con un atisbo de crueldad en sus pálidos ojos. Luego se volvió hacia Aku con algo parecido a una sonrisa triunfal—. Ella es la elegida.

Le invadió un aire de alivio.

—¿Soy la qué? —pregunté, preocupada de nuevo al instante.

Ignoró mi pregunta y el borde exterior de sus ojos empezó a brillar mientras me miraba fijamente con gran intensidad.

—Ciara, obedece mis órdenes. En cuanto abandone esta habitación, te dormirás y olvidarás que me has visto, así como cualquier discusión y alusión que se haya hecho durante esta discusión sobre mi pueblo, los Korletheanos, las Veredianas y los Xelixianos.

—¿Pero por qué? ¡Espera! —exclamé cuando ambos se

dieron la vuelta y empezaron a caminar hacia la pared de cristal que separaba mi habitación de la que ocupaba Mehreen.

Antes de salir, se detuvo una última vez y me miró por encima del hombro. Al principio pensé que iba a responder a mi pregunta, pero sus ojos volvieron a desenfocarse ligeramente.

—Nunca debe haber rocas rojas en el río. Recuérdalo bien.

—¡¿Qué?!

No respondió y volvió a mirar hacia la habitación de Mehreen. La mitad superior de mi cama empezó a bajar de nuevo mientras llamaba una vez más a Svira. Pero en cuanto atravesó la puerta de cristal abierta, sentí que mi conciencia era engullida por un vacío oscuro, y ya no supe nada más.

CAPÍTULO 5

CIARA

A diferencia de la vez anterior, no me desperté con una repentina sacudida de pánico. En cambio, salí cómodamente de lo que me pareció el mejor y más reparador sueño que había tenido en años. Eso no impidió que una brutal oleada de confusión se abatiera sobre mí en cuanto percibí mi nuevo entorno. A pesar de la niebla que ahora envolvía mi memoria de los acontecimientos recientes, sabía sin lugar a dudas que me había dormido en un entorno completamente distinto. Recordaba vagamente una nave, pero no cuál había sido.

Ahora estaba tumbada en una cama increíblemente cómoda dentro de lo que parecía una casa de barro de tamaño decente. Unas contraventanas de madera cubrían unos grandes ventanales. Me quité el edredón de felpa que me cubría y me levanté con cuidado de la cama. Aquel movimiento me trajo a la memoria el hecho de que me habían inmovilizado anteriormente. Era extraño que recordara ese detalle, pero no el lugar real en el que me habían retenido. Me dirigí a la ventana para abrir las contraventanas. La luz del día inundó inmediatamente la habitación. A primera vista, parecía media mañana.

Las vigas de madera vistas y las paredes de barro daban al

espacio una sensación de calidez. Los muebles, que incluían una cama de matrimonio, una cómoda y dos mesillas de noche, estaban todos tallados en la misma madera pálida. Aunque era beige, tenía un ligero tinte verdoso, como el bambú seco.

Por desgracia, la ventana daba a lo que supuse que era un jardín privado, lo que me impidió hacerme una mejor idea de lo que ocurría fuera. Aunque seguía ligeramente preocupada, no sentía miedo. Me invadió una extraña sensación de determinación.

De repente me di cuenta de que llevaba una especie de camisón ligero, pero recatado. La tela me resultaba desconocida, al igual que su diseño. En un rincón de la habitación, escasa, pero decorada con gusto, había una silla cerca de la ventana, con un conjunto de ropa debidamente doblada encima. A los pies de la silla me esperaban unos zapatos cómodos de mi talla. Mis mejillas se calentaron al darme cuenta de que habían añadido ropa interior nueva al montón.

Quería creer que una de las hembras Kreelar me las había proporcionado. Me parecía incómodo que Aku se hubiera encargado de ello.

Y sin embargo, incluso mientras ese pensamiento pasaba por mi mente, con una certeza que no podía explicar, creía que otra persona, que no era de su especie, las había conseguido para mí. Por un momento, consideré la posibilidad de ponerme aquellas prendas de inmediato, pero decidí explorar el resto de la vivienda antes de actuar.

Salí del dormitorio y me encontré con una sala de estar bastante agradable. Un gran sofá y una silla, ambos de madera y con unos cojines beige de aspecto muy cómodo, estaban ubicados delante de la puerta del dormitorio. A la izquierda, una mesa con seis sillas daba a otra gran ventana, y al otro lado había un pequeño mostrador con un fregadero y armarios. Aunque estaba claro que era la zona de comedor, no pude ver nada que se pareciera ni remotamente a una cocina o un refrigerador. Pero tampoco recordaba haber visto ningún tipo de lámparas de noche ni nada que insinuara que tuvieran electricidad.

Sin embargo, una parte de mí creía que alguien había mencionado que los Kreelars eran lo bastante avanzados como para aprovechar la energía eléctrica. De repente se me ocurrió que, si no lo hacían, ayudarles sin la comodidad de la tecnología avanzada que siempre había tenido a mi disposición resultaría extremadamente difícil.

Aun así, me acerqué a la mesa sobre la que habían dejado unos cuantos platos cubiertos. Levanté la tapa del primero y encontré panes secos, mermelada, lo que supuse que era queso, embutidos, frutas y una especie de zumo transparente. Para mi sorpresa, justo al lado del plato que contenía las frutas, vi mi brazal.

El corazón me dio un vuelco cuando lo alcancé con avidez. Aunque me lo esperaba, no pude evitar una pizca de decepción por la ausencia de conectividad. Pero eso no lo hacía inservible. Como miembro de la Organización de Médicos Interestelares, me habían vacunado contra prácticamente todo y cualquier cosa bajo el sol. También recibí una serie de nanobots inteligentes que podían detectar la mayoría de las toxinas y hacerles bastante daño en caso de que me encontrara varada en algún lugar sin acceso a medicina.

No obstante, examiné la comida en busca de cualquier riesgo potencial. No era sensato pensar que, por tener protección, debía exponerme imprudentemente a bacterias innecesarias. Aunque mi organismo pudiera luchar contra casi todo, no ganaba nada sometiéndome a las molestias—e incluso a la agonía—de una enfermedad cualquiera.

La luz verde de la interfaz de mi brazal indicó que todo estaba despejado. Le di un mordisco a la carne curada. Sabía como una versión suave del chorizo. Las lonchas de color blanco amarillento resultaron ser algún tipo de queso, que sabía fuertemente a queso suizo, mi favorito. Combinaba perfectamente con un poco de mermelada en el pan que podría haber sido alguna galleta multigrano. Aunque tenía un poco de hambre, no me dispuse a comer y decidí completar primero la visita.

La puerta cercana al comedor estaba cerrada. Supuse que era la entrada principal. Decir que no me molestaba estar encerrada sería mentir. Pero, dadas las circunstancias, comprendía que Aku no quisiera que un humano cualquiera merodeara por su aldea. Por lo que yo sabía, su pueblo odiaba a los de mi especie por lo que les había ocurrido.

Retrocedí hasta la puerta que había al otro lado de la sala de estar. Resultó ser un segundo dormitorio. La cama era un poco más pequeña que en la que había dormido. La cómoda también era más pequeña, lo que dejaba mucho espacio para una gran mesa de trabajo que sería perfecta para utilizarla como despacho. La puerta de la pared trasera del salón daba al patio trasero. Era pequeño y acogedor, con altas vallas para mayor intimidad. Solo tardé un segundo en darme cuenta del motivo. No tenían un cuarto de baño tradicional, sino una ducha exterior junto a una letrina.

Para mi alegría, la letrina no era tan rudimentaria como esperaba. Como médico de campo, ya había pasado por bastantes letrinas y baños químicos. Éste parecía estar conectado a algún tipo de sistema de alcantarillado, lo que me pareció perfecto. Estaba limpio, con un papel higiénico de lo más extraño, casi como servilletas, y un pequeño lavabo probablemente conectado a un sistema de pozos. Vacié rápidamente la vejiga y me duché. En un estante empotrado había un juego de toallas. Tomé una, me sequé y me la envolví alrededor del cuerpo antes de volver al interior de la casa. Me puse la ropa que me habían dejado. Me perturbó lo bien que me quedaban. Eran cómodas, el tipo de ropa duradera que solíamos llevar en este tipo de misiones.

Volví al comedor y comí mientras evaluaba mi situación actual. Los agujeros abiertos en mi memoria me molestaban seriamente. Debería estar preocupada por ello, pero una parte de mí sentía que aquella pérdida se la había esperado. Era como si me hubieran avisado de antemano, aunque en realidad no tuviera sentido.

La pregunta principal era: ¿a quién más habían traído aquí? Recordaba claramente a Brett Dunham y sabía sin lugar a dudas que no estaría aquí. También recordaba haber visto a Mehreen. Tenerla aquí sería maravilloso. Solo deseaba poder ponerme en contacto con alguien fuera de este planeta para hacerle saber que me encontraba bien. Mis padres estarían enloquecidos, pues sin duda ya les habían avisado de mi secuestro

Sin saber qué hacer, empaqueté ordenadamente las sobras en un solo plato que tapé y llevé los vacíos al fregadero. Justo cuando iba a empezar a lavarlos, unos golpes en la puerta me sobresaltaron.

—Pasa —grité, con la palma de la mano pegada al pecho.

La cerradura chasqueó y la puerta se abrió. Junté las manos delante de mí, sintiéndome repentinamente nerviosa cuando el ancho cuerpo de Aku llenó la puerta. Sus ojos me miraron rápidamente antes de dirigirse a la mesa.

—Bien, ya estás lista —dijo en tono de aprobación—. No te preocupes por los platos. Alguien se encargará de la limpieza. Ven.

Me hizo un gesto para que le siguiera e inmediatamente salió de la casa sin esperar mi respuesta. Me apresuré a seguirle, fascinada por el lento movimiento de su larga y esponjosa cola. Me sorprendió que tuviera una. Los primates más avanzados, como los humanos y los simios, no tenían cola, a diferencia de los monos. Y este Kreelar poseía claramente un nivel de inteligencia y sensibilidad equiparable al de un humano.

Salí de la casa y entré en un patio interior bastante encantador. Dentro, otras ocho viviendas similares a la mía se alineaban en los bordes de la zona circular. Para mi total deleite, junto a la última vivienda, enfrente de la mía, había un laboratorio de campo desplegable con paneles solares. La tierra compactada servía de pavimento, aunque una serie de flores y pequeños arbustos adornaban los bordes frontales de cada pequeña residencia. A nuestra derecha, una alta verja restringía nuestro acceso al resto de la aldea. Un solo guardia vigilaba frente a ella.

Al igual que Aku, llevaba unos pantalones largos abombados, un cinturón adornado y un taparrabos decorativo encima. Su pecho desnudo no ocultaba nada de sus abdominales bien definidos. Los brazales de cuero que rodeaban su muñeca tenían el mismo tono verde oscuro que los de su líder. La principal diferencia entre ambos era el intrincado circulo tallado en la frente de Aku, que supuse servía para marcarle como el Jefe, o *Kald*, si había interpretado correctamente a mi traductor.

Al acercarnos al laboratorio, reconocí que era propiedad oficial de la Organización de Médicos Interestelares. ¿Lo habían robado?

—¿Cómo te has hecho con este laboratorio? —me sorprendí a mí misma diciendo.

—Fuimos creativos —respondió Aku de forma indiferente.

—¿Cómo de creativo? —insistí.

Una sola mirada suya bastó para dejar claro que debía abandonar el tema. Aunque en realidad no importaba dadas las circunstancias, odiaba trabajar en la oscuridad y tener tantas preguntas sin respuesta. También me preocupaba hasta el punto de que disponer de un equipo de primera y fiable era esencial en mi línea de trabajo. Un equipo defectuoso significaba resultados en los que no se podía confiar. Lo que, a su vez, se traducía en curas que, de hecho, podían ser incluso más perjudiciales que la enfermedad que intentábamos combatir en un principio.

Pero todos esos pensamientos errantes se esfumaron de mi cabeza cuando la puerta se abrió para revelar la presencia de dos rostros familiares.

—¡Mehreen! ¡Ernst! —exclamé, y se me iluminó la cara cuando ambos científicos se levantaron de los puestos de trabajo en los que habían estado sentados cada uno.

—¡Ahí estás! —dijo Mehreen.

Aunque nos llevábamos bien, no diría que ninguna de las dos era amiga íntima. Sin embargo, enseguida corrí hacia ella y le di un fuerte abrazo, que me devolvió encantada. A sus cuarenta y ocho años, esta mujer menuda de ascendencia libanesa apenas aparentaba más de treinta. Tenía una piel perfecta y luminosa, el pelo largo y castaño oscuro, los ojos marrones pálidos y unas pestañas naturales obscenamente largas que me hacían babear de envidia. Se había ganado el respeto de la comunidad científica con su impresionante trabajo en inmunología.

Tras soltar a Mehreen, me volví hacia Ernst Wagner. Alto y larguirucho, me aventajaba en una buena cabeza. La calidez de su abrazo me sorprendió un poco. Le conocía incluso menos que a Mehreen. De mis escasas interacciones con él, aunque no lo llamaría frío y distante, nunca me había parecido del tipo demostrativo. Como si se diera cuenta, soltó el brazo y se enderezó antes de pasarse los dedos por el pelo corto y castaño claro. El brillo de vergüenza en sus ojos azules sería adorable si no fuera tan extraño en un hombre de cincuenta y cuatro años, normalmente muy estoico.

Como biólogo celular y molecular, era experto en investigar las ramificaciones fisiológicas para la salud de las interacciones químicas de las plantas en los tejidos vivos de las especies animales, con especialización en xenobiología

—Me alegra ver que ya se conocen —dijo Aku, reclamando nuestra atención—. Facilitará las cosas a todos. Por favor —añadió, señalando la mesa de reuniones que había en el centro de la sala.

El espacio tenía cuatro puestos de trabajo a izquierda y derecha. Una gran puerta al fondo daba acceso al laboratorio propiamente dicho, dividido en tres secciones. A una de ellas solo se podía acceder tras atravesar un espacio de descontaminación. Otra sección tenía dos suites de aislamiento para pacientes, y la última ofrecía una variedad de jaulas y celdas donde podíamos tener animales.

Tomamos asiento alrededor de la mesa, Mehreen y yo a la izquierda, Ernst frente a nosotros y Aku acomodándose en la cabecera.

—Los han elegido a los tres porque tienen las habilidades y la brújula moral adecuadas para arreglar la tragedia que causó Elias —dijo con voz tranquila antes de volverse hacia mí—. Como Mehreen y Ernst podrán indicarte, estos dispositivos contienen toda la información que necesitan.

Señalaba los ordenadores de cada puesto de trabajo. Sin conectividad, seguiríamos estando limitados en algunas de las tareas que podíamos realizar y en la información a la que podíamos acceder. Sin embargo, estos laboratorios se habían diseñado específicamente para funcionar en zonas remotas, a menudo para especies primitivas que tampoco poseían este tipo de tecnología. Por lo tanto, las unidades locales poseían una extensa base de datos con casi todo lo que pudiéramos necesitar para referencias cruzadas y análisis.

—Si tienes alguna pregunta, mi gente y yo estaremos encantados de responderla. Puedes examinar a Yekka, el último miembro de nuestra tribu que ha presentado síntomas —continuó—. La hemos instalado en la primera casa, justo al lado del laboratorio.

—Encontramos un archivo sobre ella en el sistema —dijo Ernst frunciendo ligeramente el ceño—. ¿Ingresaste allí esos datos?

Aku negó con la cabeza.

—Nuestros amigos lo hicieron.

—¿Tus amigos también son los que te enseñaron Universal? —pregunté.

Me miró con extrañeza antes de asentir.

—Sí, lo hicieron. Pero basta de hablar de ellos —añadió

cuando abrí la boca para seguir indagando sobre ellos—. No son la razón de tu presencia aquí.

—Dijiste que responderías a nuestras preguntas —desafió Ernst.

—Dije que respondería a las preguntas sobre la enfermedad que nos aqueja, nada más —replicó, endureciendo el tono.

Mehreen lanzó a Ernst una mirada que daba a entender que debía dejarlo. Yo también quería insistir, pero me di cuenta de que llevaban ya un rato en este laboratorio. Solo Dios sabía lo que había ocurrido mientras tanto. No me parecía prudente hacer conclusiones hasta que comprendiera mejor lo que estaba ocurriendo.

Se volvió hacia Aku

—Basándonos en los problemas a los que se enfrenta tu pueblo, si tuviéramos más ayuda…

—No vendrá nadie más —interrumpió bruscamente—. Ustedes tres ya son demasiados, por no hablar de su compañero. Los alienígenas son una lacra para este mundo. Solo los hemos traído aquí porque no teníamos otra opción. Tengan por seguro que queremos que se vayan tanto como ustedes quieren marcharse.

—¿Su compañero? —repitió Ernst, confuso.

Aku hizo un gesto despectivo con la mano, claramente desinteresado en profundizar en el asunto. Una parte de mí deseaba que hubiera respondido, mientras que otra realmente no quería discutir el improbable estado de mi vida personal con los demás.

—Son libres de moverse por este patio —continuó—. Al principio lo construimos para mantener a los enfermos aislados del resto de la tribu. No intenten escapar. No deseamos hacerles daño, pero esperamos que hagan todo lo que esté en su mano para arreglar lo que su gente ha provocado. Si necesitan salir del patio, pregunten a uno de los guardias. Tengan en cuenta que el bosque que hay más allá no es seguro. Si se aventuran allí sin compañía, no sobrevivirán. Comprendan que esto no es un juego ni hay amenazas vacías. ¿Alguna pregunta?

Tenía un millón de ellas. A juzgar por las expresiones de mis colegas, ellos también tenían muchas sobre las que querían interrogarle. Sin embargo, una comunicación silenciosa pasó entre nosotros mientras intercambiábamos miradas. Necesitábamos discutir algunas cosas entre nosotros antes de hacerle una inquisición completa.

—¡Bien! —dijo, poniéndose en pie cuando todos asentimos en respuesta—. Las comidas se servirán en el invernadero a la 1:00 y luego a las 6:00. Si necesitan sustento antes, no tienen más que avisar al guardia. Se llama Enre. Siempre habrá cosas para picar en esa misma vivienda. Que su día sea productivo.

Con eso, se levantó y salió del edificio desplegable.

—¿Qué coño ha sido eso? —susurré mientras observaba cómo se cerraba la puerta tras él.

—Era nuestro anfitrión gruñón, Kald Aku Ebaki —dijo Mehreen con un suspiro de sufrimiento—. Pero ya era hora de que dejaras de echarte la siesta y te unieras a la diversión.

—¿Cuánto tiempo estuve fuera? ¿Y cuánto tiempo llevan ustedes aquí? —pregunté.

—Llegamos aquí hace dos días —respondió Ernst—. Mehreen y yo empezamos a revisar los archivos ayer. Todo esto es un lío épico.

—¡¿Ayer?! ¿Por qué no me despertaron? —exclamé.

—Sufriste graves heridas en el Gladius —explicó Mehreen —. Tus nanobots han estado trabajando horas extras para recuperarte al 100%.

—Pero estaba bien cuando me desperté antes de llegar aquí —argumenté.

Sacudió la cabeza.

—Estabas solo parcialmente curada y disfrutabas de los efectos de unos analgésicos increíbles. Ayer habrías odiado estar en pie.

—Ya veo. Pero, ¿y ustedes dos? ¿Están bien?

Ambos asintieron.

—Nos han tratado muy bien —dijo Ernst—. Nadie nos ha amenazado ni ha intentado hacernos daño. Nuestras viviendas están limpias y son cómodas, y nos proporcionan comida en abundancia.

—Me alegro de oírlo. ¿Pero sufres algún tipo de pérdida de memoria? —pregunté.

Una vez más, ambos asintieron.

—Nos borraron la memoria —dijo Mehreen con firmeza—. Había alguien con Aku en aquella nave, pero no recuerdo quiénes eran, qué aspecto tenían, ni siquiera en qué tipo de nave viajábamos.

—Lo mismo —respondí con una pizca de frustración.

—¿Pero por qué? —preguntó Ernst.

—Por la misma razón por la que no nos dicen de dónde han sacado este laboratorio. Quienquiera que les esté ayudando se metería en un buen lío —dije pensativa—. Por mucho que me gustaría que nos contaran sobre ellos, Aku tiene razón en que eso no es relevante para nuestro propósito actual. Pero esas acusaciones contra Elias son descabelladas.

—Descabelladas, pero ciertas —dijo Ernst con aire de disgusto.

—¿Qué? —pregunté, asombrada por la profundidad del desprecio que podía leer en sus facciones.

—He trabajado con Jacobs. Ese hombre es tan sucio como despiadado. Basándome en mi experiencia con Elias, todo lo que ha dicho Aku suena probable. Por eso dejé su equipo. Ese desgraciado es una sanguijuela. Hace pasar por suyo el trabajo de sus becarios. Lo que la mayoría de la gente no se da cuenta es que SS12 le salvó la carrera. Estaba a punto de perder su financiación. Y con tanta gente que se negaba a trabajar con él, se estaba desesperando.

—¿Qué estás diciendo? ¿Crees que toda esta tragedia ha sido causada deliberadamente? ¿Le estás acusando de juego sucio?

Se me cayó el estómago cuando vaciló. Me afectó mucho ver que alguien a quien tenía en tan alta estima resultaba no parecerse en nada a la imagen idealizada que había construido en mi cabeza.

—No —dijo al fin—. Dudo que hubiera provocado algo así a propósito. A pesar de todos sus defectos, Jacobs es un oportunista, no un genio del mal. Simplemente se ha vuelto cada vez más perezoso con los protocolos, y eso se ha transmitido a los miembros de su equipo. Cuando salgamos de este planeta tras resolver esta crisis, te darás cuenta de que nos vamos a meter en un buen lío, ¿verdad?

—¿*Cuando* nos vayamos o *si* nos vamos? —replicó Mehreen.

Fruncí el ceño mientras estudiaba su rostro.

—¿Por qué dices eso? ¿Crees que nos harán daño una vez que hayan conseguido lo que querían?

Sacudió la cabeza.

—No he percibido malicia por parte de esta gente. Así que no creo que intenten hacernos daño, sino que querrán retenernos.

—¿Para qué? Le has oído expresar claramente que ansía a que nos vayamos —argumenté.

—Así es —admitió—. Pero también han visto cómo la enfermedad reapareció un año después de que Jacobs la curara inicialmente. Su pueblo está al borde de la extinción. En su lugar, yo no me apresuraría demasiado a permitir que se marcharan las únicas personas capaces de arreglarlo, sobre todo porque no tienen forma directa de comunicarse con nosotros si ocurre algo más.

Hice un gesto despectivo con la mano.

—Ya se ha violado la Directiva Primaria en lo que a ellos respecta. Tras este incidente, nos vemos obligados a hacerles controles periódicos.

—Nosotros tres lo sabemos. Pero *ellos* no. Y aunque les

digamos que volveremos para asegurarnos de que todo sigue bien, no tienen motivos para confiar en nosotros.

—Entiendo lo que dices, pero estoy convencido de que querrán que nos vayamos para poder olvidar que existimos. El tiempo lo dirá. Por ahora, tenemos que volver al trabajo. Les agradecería que me pusieran al día de lo que han descubierto hasta ahora.

Y con esto, comenzamos nuestra carrera contra el reloj.

CAPÍTULO 6
AMRETH

Tras dieciocho horas de viaje hasta el borde de nuestro sector de la galaxia, y cuatro días después del secuestro de Ciara, por fin inicié el descenso a la atmósfera de Kestria. A pesar del mandato extraoficial que me habían dado los Enforcers, la arraigada parte Obosiana de mí que exigía que cumpliera las leyes aún se estremecía ante la idea de violar la Directiva Primaria. En realidad, esperaba sentirme físicamente mal ante esa perspectiva. Pero la necesidad de rescatar a mi compañera—una mujer a la que ni siquiera conocía—prevalecía sobre todo lo demás.

Mi corazón se aceleró cuando, solo unos minutos después de atravesar la atmósfera, mi rastreador se activó, indicando que por fin captaba la señal del implante de Ciara. Dos señales adicionales confirmaron que Mehreen y Ernst también estaban con ella. Fue un gran alivio. Si hubieran estado separados, se habría complicado mucho el rescate.

Para mi sorpresa, la señal no procedía de ningún lugar cercano a las aldeas de Sangoth, sino del otro lado de la cordillera donde habitaban. Estaba en el valle, a casi dos horas de vuelo de allí. Aunque esto me confundió, también me produjo cierto alivio. Los Sangoth habitaban en los picos helados de las montañas. Sin el equipo invernal adecuado, los humanos tendrían dificultades en aquellas temperaturas heladas.

Durante todo el viaje hasta aquí, desenterré todo lo que pude sobre mi Ciara. Todo lo que leía alimentaba aún más el orgullo que sentía al saber que era mía. Más allá de su expediente estelar y su impecable comprobación de antecedentes, había sido un prodigio en la escuela, obteniendo su primer doctorado a los veintitrés años. Recibió innumerables premios y galardones a lo largo de los años, muchos de los cuales le abrieron el tipo de puertas a las que la gente rogaría tener acceso

A pesar de las numerosas ofertas de citas lujosas que recibió, Ciara las rechazó todas para dedicarse a misiones desinteresadas en planetas primitivos muy necesitados. También se centró en investigaciones que podrían tener un enorme impacto en el mundo médico, pero que no le darían el tipo de glamour y exposición que buscaban muchos de sus colegas, como Elias Jacobs.

¿Pero querrá conformarse con Molvi?

Esa pregunta me atormentaba sin cesar. Obviamente, como Alcaide de mi Sector, no podía marcharme. En realidad, los Sectores pertenecían a un linaje. Mi familia había dirigido el nuestro durante muchas generaciones. Fue un gran honor ser el Guerrero elegido para asumir esa responsabilidad. A pesar de todos sus retos, me encantaba lo que hacía. Incluso ahora, me sentía culpable por estar ausente y descargar mis obligaciones sobre mi mejor amigo Kronos y mi primo Silas.

Me avergonzaba aún más que Kronos ya estuviera ocupado de su propio Sector, además de preparar la llegada de su primer hijo. Solo me quedaba esperar que pudiéramos resolver los problemas rápidamente. Al menos, me consolaba el hecho de que había mantenido mi Sector en buen estado y, a menos que algo totalmente inesperado desbaratara las cosas, ocuparse de mis prisioneros en mi ausencia no debería ser una carga demasiado pesada.

Mientras sobrevolaba el denso bosque enmarcado por un ancho río, escudriñé distraídamente en busca de la fauna local. Aunque la mayoría parecían bastante pequeños, unos cuantos más grandes que viajaban a gran velocidad indicaban que algunas zonas podrían no ser seguras para deambular. Definitivamente, aquellas criaturas parecían feroces depredadores.

Mi confusión fue en aumento a medida que me acercaba a la ubicación de los implantes. Emanaban claramente de una aldea en expansión situada más adelante. Aunque de aspecto agradable y construcción robusta, era innegablemente primitiva. Aparte del hecho de que claramente no habían conseguido viajar por el espacio, dudaba que siquiera poseyeran electricidad.

En mi viaje hasta aquí, especulé mucho sobre lo que podía estar pasando. Mi teoría principal era que una especie avanzada había establecido secretamente una base aquí, y que habían secuestrado a estos científicos para completar el proyecto que habían iniciado ilegalmente con Jacobs.

Pero esto definitivamente no lo era.

Sobrevolé la aldea en modo sigiloso para obtener una primera visión de la disposición del terreno. El número increíblemente elevado de machos frente a la proporción mucho menor de hembras me inquietó. El número drásticamente bajo de crías levantó aún más alertas. En mi camino hacia aquí, no había detectado a ninguno de ellos merodeando por la naturaleza circundante, lo que podría haber explicado tal desequilibrio si hubieran salido de excursión o de caza.

Que todos permanecieran en la aldea—al menos en apariencia—también parecía extraño. Unos treinta hombres y un puñado de mujeres trabajaban frente a las puertas principales de la aldea, arando los campos que se extendían a ambos lados del camino principal hacia la entrada. Desplacé la vista para echar un vistazo a sus almas. Para mi alivio, tenían en general los tonos pacíficos de la gente común y decente. Ninguno de ellos mostraba el tono anaranjado o rojizo de la maldad o malas intenciones.

Pero, ¿qué aspecto tiene el mal para ellos?

A lo largo de los años, me encontré con algunas especies raras que nunca reunirían los requisitos para unirse a la Organización de los Planetas Unidos. Sus valores morales chocaban demasiado radicalmente con los nuestros. Cosas que nosotros consideraríamos inconcebibles y atroces las consideraban normales y formaban parte de la supervivencia del más fuerte. No cometían esos actos por crueldad. Nuestra conmoción e indignación les confundía de verdad. ¿Cómo enjuiciabas a personas que veían el mundo a través de lentes completamente distintas de las tuyas?

Acerqué el zoom a los machos que estaban fuera para verlos mejor. Su aspecto simiesco me desconcertó. El bioescáner confirmó que no había registros de esa especie en nuestra base de datos.

—En nombre de Tharmok, ¿qué está pasando? —susurré para mis adentros.

El escáner indicó un único edificio de alta tecnología, que resultó ser un laboratorio desplegable desaparecido de la Organización de Médicos Interestelares. ¿Cómo demonios se había apoderado de él una especie tan primitiva? ¿Por qué tenían a esos tres científicos trabajando en su interior? No se me iba de la cabeza la idea de que los invasores Sectarios estuvieran utilizando esta aldea como zona de reagrupamiento. Y, sin embargo, no detecté ningún implante cerebral ni collar de control que pudiera indicar que esta especie simiesca había sido esclavizada al servicio de poderosos alienígenas.

Tras una breve vacilación, regresé al patio interior donde se encontraba el laboratorio. Procedí a otro escaneo para confirmar la ausencia de cualquier tipo de tecnología que pudiera detectar la señal que me disponía a enviar a los implantes de los tres médicos. El dispositivo orgánico estaba diseñado de tal forma que engañaría a la mayoría de los escáneres haciéndoles creer que se trataba de un simple lunar en la piel de la persona.

Una vez señalizado, el anfitrión sentiría una pequeña pulsación que indicaría que estábamos intentando contactar con él. Según los protocolos, si el objetivo podía moverse, se esperaba que salieran a al aire libre para permitir el reconocimiento facial. Si no podían salir al exterior, debían dar una de las cuatro respuestas posibles.

El primero indicó que no podían salir, lo que generalmente significaba que estaban restringidos físicamente, ya fuera encerrados en un espacio o encadenados. El segundo expresó que necesitarían un poco de tiempo antes de poder salir. En ese caso, intentaban dar un margen de tiempo para la espera. La tercera señal nos informaba de que estaban heridos y, por tanto, no podían salir o necesitaban ayuda inmediata. La última señal indicaba peligro y nos obligaba a salir de inmediato antes de que nos atraparan o atacaran.

El objetivo podía responder con una mezcla de todo lo anterior. El reto era que requería que aplicaran presión sobre el implante subdérmico siguiendo un patrón específico. Si estaban encadenados o heridos, esa tarea resultaba casi imposible.

Mi corazón dio un salto cuando las puertas del laboratorio se abrieron menos de un minuto después. Contuve la respiración y acerqué la cámara mientras tres humanos salían del edificio. ¡Por los dientes de Tharmok! ¡Mi compañera era aún más hermosa en persona!

Tenía el rostro de una diosa, con pómulos altos, nariz delicada, labios carnosos y sensuales, y unos ojos impresionantes cuyo color no sabría definir. Su ficha los calificaba de grises, pero eran demasiado oscuros para describirlos como tales, pero demasiado pálidos para ser negros. Su piel morena estaba como para lamerla, y contrastaba de la forma más maravillosa con los sedosos mechones de su pelo blanco plateado. Bajo la luz del sol de primera hora de la tarde, brillaban como un mar de diamantes.

A pesar de ser muy genérico, su uniforme de campaña se ajustaba perfectamente a las curvas de su cuerpo. Necesité toda mi fuerza de voluntad para no aterrizar inmediatamente y correr hacia ella.

Ver que Ciara levantaba la mano derecha y se acariciaba la mejilla derecha antes de deslizar la palma por el lateral del cuello me sacó de mi aturdida fascinación. Era la señal que indicaba que estaban ilesos y no corrían peligro. Les devolví la señal acusando recibo de su respuesta, mientras seguían fingiendo estar charlando despreocupadamente mientras estiraban las piernas

Se quedaron unos segundos más antes de volver a entrar. Un último escaneo confirmó que no había nadie más dentro del laboratorio con ellos. Solo detecté a dos simios hembras en la vivienda contigua a ellos. Las lecturas superficiales parecían indicar que estaban dormidas. Un guardia individual vigilaba despreocupadamente junto a las puertas que cerraban el patio interior donde estaban detenidos los médicos.

Tras un último sobrevuelo para evaluar la mejor forma de sacarlos, volé a una distancia relativamente corta—aproximadamente diez minutos de vuelo alado para mí—hasta una formación rocosa alta con un saliente resistente sobre el que aterricé mi nave aún en modo sigiloso. No podía arriesgarme a dejarla en el bosque o en cualquier otra zona abierta donde los lugareños o un animal pudieran toparse con ella.

De todos modos, yo no sacaría a los prisioneros todavía.

En primer lugar, quería entrar en la aldea, posiblemente organizar algunas distracciones para ayudarles a escapar e, idealmente, hablar con alguno de ellos para hacerme una idea más clara de lo que estaba ocurriendo. Antes de abandonar la nave, envié un mensaje a Maeve con las coordenadas de la aldea, así como los datos y fotos obtenidos hasta el momento de mis exploraciones. Como no había repetidores cerca, el mensaje viajaría durante un rato antes de ser captado.

Sin embargo, una parte de mí sospechaba que alguien podría estar convenientemente al acecho en las inmediaciones de Kestria, dispuesto a intervenir si las cosas se ponían realmente feas. Aunque mi interacción diaria con los Enforcers era limitada, había visto suficientes informes sobre algunos de los convictos más repugnantes encarcelados en mi Sector como para saber qué métodos creativos utilizaban para capturarlos. Los Enforcers rara vez dejaban las cosas al azar. Sencillamente, destacaban en la búsqueda de soluciones para mantener una negación plausible. Del mismo modo que me permitieron venir aquí, no dudaba de que tenían a alguien más preparado para seguir cualquier pista que pudiera conducirles hasta la identidad de los Sectarios que amenazaban la soberanía de nuestras fronteras.

Incluso sin pruebas de esa especulación, me proporcionaba cierto consuelo. Si las cosas me iban mal, al menos alguien sabría con certeza dónde estaba mi compañera para poder ponerla a salvo.

Abrí la escotilla de mi nave, activé mi escudo sigiloso personal y emprendí el vuelo. Una vez más, me maravillé ante la belleza del paisaje. Me recordaba a mi hogar, con los frondosos bosques, la colorida flora, los cielos despejados y el aire fresco suavemente impregnado del dulce aroma de las fragantes flores. El sol acariciaba mis alas con sus cálidos rayos, el tiempo era perfecto para una estancia prolongada al aire libre sin el tipo de humedad aplastante que podría arruinar lugares como éstos.

Por mucho que quisiera volar directamente hacia el patio, no podía arriesgarme a que el sonido del batir de mis alas me delatara. Aunque mi escudo sigiloso también tenía una potente función de amortiguación del sonido, no lo silenciaba por completo. No sabía lo suficiente sobre esta especie como para descartar la posibilidad de que tuvieran un oído muy sensible. La posición del guardia junto a la puerta haría casi imposible aterrizar sin llamar la atención.

De todos modos, el objetivo de la infiltración de hoy era principalmente ver cómo podía sacarlos a pie de forma segura o hacer planes para sacarlos volando individualmente en el momento más apropiado. Aterricé en el bosque situado frente a la aldea, la línea de árboles comenzaba a unos cien metros por delante de la última hilera de su campo de cultivo.

Empecé a caminar con cuidado hacia la aldea. Al menos veintitrés hombres y cuatro mujeres trabajaban los campos a cada lado del ancho camino que conducía a las puertas. Agradecí el ruido que hacían, que ahogaba aún más el discreto sonido de mis propios pasos. Incluso sin él, no habrían podido oírme desde aquella distancia y con el efecto amortiguador de mi escudo. Pero no podías tener demasiadas cosas de tu parte. Estaban cosechando lo que parecían ser una especie de mazorcas de maíz, aunque la forma difería ligeramente, al igual que el color. Otros parecían estar arrancando malas hierbas y trabajando la tierra.

Sin embargo, fue el color de su aura lo que retuvo mi atención. Durante mi vuelo, tenía un tono blanco azulado bastante seguro. Teniendo en cuenta la distancia y el efecto de bloqueo de la propia nave, no era raro que nuestras lecturas se vieran afectadas o sesgadas. Ahora, en persona, todas tenían un tinte pálido y amarillo que me inquietaba. Como seguía estando lejos de cualquier cosa que pudiera traducirse remotamente como peligro, continué mi avance, con los ojos revoloteando de un lado a otro mientras los observaba, en busca de cualquier señal de posibles problemas.

El hecho de que todos se centraran en su trabajo, aparte de la charla ocasional, disminuyó parte de mi tensión. A mitad del camino, noté el primer cambio en el color de sus auras. El matiz amarillo se intensificó notablemente. No se había vuelto naranja ni roja, lo que habría sido terrible en este último caso. Aun así, me hizo plantearme abortar la misión. Odiaba no tener una línea de base para la paleta de colores de la gama emocional de estas personas.

Seguían sin prestarme atención. Un par de machos y una hembra recogieron las pesadas cajas llenas de verduras para llevarlas a un carro situado junto a la entrada de la aldea, antes de volver a sus puestos. La forma sin esfuerzo con que las llevaban atestiguaba su tremenda fuerza. También me decía que sus hembras—al menos ésta—eran tan fuertes como los machos. Por otra parte, aunque más esbeltas y con los hombros más estrechos, las hembras estaban a la altura de sus homólogos, los músculos de sus brazos bien definidos como los de un modelo de fitness.

Justo cuando me acercaba a los últimos cinco metros de la entrada de la aldea, donde las puertas estaban abiertas de par en par, el color de su aura volvió a cambiar, esta vez con un matiz anaranjado. Se me cayó el estómago y me detuve en seco. Era imposible que aquello fuera una coincidencia. Mientras que el amarillo original solo me decía que debía ponerme en guardia, el aumento de intensidad insinuaba que podrían estar tramando algo. Pero ése era el color que solían mostrar mis convictos cuando esperaban el momento oportuno para tender una trampa a su desprevenido objetivo.

No sabía si aquellos colores tenían un significado diferente para aquella gente, pero todo mi instinto me gritaba que me marchara. Silenciando mi impulso de avanzar y establecer contacto con mi compañera, empecé a retroceder lentamente, con los ojos revoloteando en todas direcciones en busca de cualquier señal de que estuvieran tras de mí.

Y efectivamente llegó.

Solo había dado tres pasos hacia atrás cuando todos los simios sacudieron la cabeza en mi dirección. Se me heló la sangre cuando todos me miraron directamente a los ojos. Instintivamente miré mi escudo para asegurarme de que seguía activo. Y así era. De algún modo, podían ver a través de él. Todos al mismo tiempo soltaron sus herramientas de jardinería y corrieron hacia mí.

Agité las alas y corrí hacia el bosque. Para mi consternación, corrían a velocidades imposibles, acercándose a mí. Su perfecta coordinación, acompañada de un silencio espeluznante—aparte del golpeteo de sus pies—resultaba aún más aterradora. El corazón me dio un vuelco cuando un macho con un collar saltó al menos cuatro metros de altura, rozando con la punta de los dedos mi talón izquierdo. Solo un par de centímetros más y me habría agarrado del tobillo para tirarme hacia abajo.

Volé aún más fuerte mientras una extraña sensación de hormigueo se manifestaba en el fondo de mis ojos. Mi plan inicial de perderlos en el bosque se frustró rápidamente cuando todos saltaron a alturas demenciales, enganchándose a las primeras ramas bajas de los árboles circundantes, balanceándose con una fuerza increíble unos metros sobre el siguiente árbol. Muchos trepaban al mismo tiempo. Un par de ellos lanzaron un grito agudo, que recordaba a los emitidos por los monos. No sonaban al azar, sino que parecían actuar como una especie de dirección táctica que les ayudaba a coordinar mejor su ataque.

Con el creciente malestar en el fondo de mis ojos, tardé demasiado en darme cuenta dc que estaban intentando conseguir la altura suficiente para poder saltar sobre mí y derribarme al suelo.

Inmediatamente me elevé, con la esperanza de poner suficiente distancia vertical para que las ramas superiores fueran demasiado débiles para soportar su peso, dándome una oportunidad de escapar. Pero apenas inicié mi ascensión, un fuerte ruido estalló dentro de mi cabeza. Se me nubló la vista y de repente me encontré luchando por controlar mis movimientos. Sonaba como un ruido blanco antinatural, que confundía mis sinapsis y revolvía mi sistema motor.

Empecé a caer y a duras penas conseguí recuperarme lo suficiente para entrar en planeo y no caer en picado al suelo. El ruido disminuyó, recuperando parcialmente el control sobre mis alas y mis sentidos. Pero en cuanto intenté huir de nuevo, el ruido volvió con fuerza, haciéndome vacilar un poco más.

Al no tener más remedio que aterrizar o arriesgarme a sufrir lesiones graves, volé hacia el suelo, pero me estrellé brutalmente, mi visión borrosa me hizo calcular mal la distancia. Los dientes me traquetearon en la cabeza, pero rodé con el impulso y volví a ponerme en pie de un salto. El ruido implacable me hizo llorar los ojos y temblar los músculos. Intenté concentrarme en las siluetas que se acercaban a mí mientras invocaba mi Lumiak. Las yemas de mis dedos hormiguearon con la energía eléctrica medio segundo antes de que se desvaneciera. Se me doblaron las rodillas y caí al suelo. Una oleada de vértigo se abatió sobre mí. Arrodillado, con las palmas de las manos apoyadas en el suelo del bosque, luché por mantenerme consciente.

En un último esfuerzo desesperado, hice estallar mi *bakaan*. Aunque solo fuera eso, podría evitar que me mataran. No sabría decir si tuvo éxito, pero después de los múltiples golpes de los Simios que bajaban de los árboles y aterrizaban a mi alrededor, el ruido de mi cabeza se atenuó y todos se quedaron quietos.

—¿Un aura tranquilizadora? —dijo una voz masculina con un deje de diversión—. Debe de ser un talento muy útil con los infantes turbulentos. Pero no es necesario que nos apacigües. No somos tus enemigos, Obosiano. Puedes calmarte y soltar tu escudo. Te esperábamos.

¿Cómo, en nombre de Tharmok, sabían lo que yo era si nunca había oído hablar de su especie? ¿Cómo podían esperarme? ¿Cómo hablaban Universal con tanta fluidez? Y sobre todo, ¿cómo mierda podían verme?

En cierto modo, esa última pregunta era estúpida. Estaba claro que poseían algún tipo de poderes psiónicos. Yo, como Obosiano, tenía el poder de ver las almas, incluso a través del camuflaje. Al parecer, compartían habilidades similares.

Con la mente aún en blanco, desactivé mi escudo. Miré al macho alto y musculoso que parecía ser su líder, aunque solo fuera a juzgar por el anillo que llevaba en la frente y que ninguno de los demás poseía.

—¿Me esperaban? —pregunté, odiando encontrarme en una posición tan vulnerable.

Asintió con la cabeza.

—No nos des motivos para hacerte daño y todo irá bien.

—¿Quién eres? —pregunté, mientras la presión sobre mi cerebro seguía desapareciendo. Para mi alivio, sus auras cambiaban constantemente a azul, el color estándar de la ausencia de amenaza.

—Me llamo Aku. Soy el Kald de Bryst, la aldea en la que intentabas entrar sigilosamente. Y estos son mis compañeros de tribu. Nuestro pueblo se llama Kreelars. Pero ponte en pie. Ya deberías estar lo bastante firme.

No tuvo que decirlo dos veces.

Me levanté y me quité el polvo de encima antes de reajustarme mi pechera. No había palabras para describir el grado de mortificación que sentía en aquel instante. Como Guerrero Obosiano de élite, considerado el mejor de mi linaje—lo que me había valido la dirección de nuestro Sector en Molvi—nunca debería haber sido derrotado tan fácilmente. Es cierto que me superaban en número. Pero eran primitivos, alienígenas sin armas. Yo tenía mis propios poderes psiónicos. También poseía una pistola bláster y una espada, ninguna de las cuales utilicé.

Teniendo en cuenta el resultado actual, al menos por el momento, me alegré de no haberlo hecho. Atacar o matar a aquella gente era lo último que necesitábamos si queríamos que los prisioneros tuvieran alguna posibilidad de volver ilesos a casa.

Simplemente manejé mal todo el asunto. Las señales de advertencia habían sido altas y claras. Pero en mi arrogancia y exceso de confianza en mi capacidad para escapar gracias a mis alas había estado mi perdición.

Si Padre se entera, jamás lo olvidaré.

Aunque dudaba de que pudiera leer la mente, el Kreelar llamado Aku me dedicó una sonrisa burlona que parecía insinuar que sospechaba qué pensamientos autodespreciativos se arremolinaban en mi cabeza.

—Te relevaremos de tus armas por el momento —dijo Aku, extendiendo una mano hacia mí—. Te las devolveremos más tarde, cuando estemos seguros de que hemos llegado a un acuerdo. No temas, no las manipularemos.

Acallé mi impulso instintivo de discutir. El brillo inflexible de sus ojos desmentía la educada dulzura de su voz. El aura de autoridad que emanaba de él gritaba a los cuatro vientos que podía convertirse en un enemigo formidable si era necesario. Afortunadamente, un vistazo a su aura me confirmó una vez más que no tenía malas intenciones hacia mí. No es que hubiera cambiado nada. Si intentaba resistirme, no tendrían ningún problema en golpearme hasta la sumisión y aun así me quitarían las armas, como demostró la facilidad con la que me capturaron.

Pellizcando los labios, obedecí, lo que solo hizo que la sonrisa del Kreelar se ensanchara un poco más. Se los entregó a otro macho, comparable en tamaño y musculatura, pero de pelaje gris-beige. Al menos, el cuidado con que aquel segundo macho los manejaba me tranquilizó. No gritaba miedo a lo desconocido, sino más bien respeto hacia los objetos de valor.

—Camina conmigo, Obosiano —dijo Aku, señalando hacia la aldea.

—Me llamo Amreth —dije malhumorado.

—Entonces será Amreth —respondió en tono conciliador, mientras empezábamos a caminar.

—Pero no has respondido a mi pregunta inicial. ¿Cómo es que me esperaban? —pregunté.

Me miró de reojo y levantó una ceja que indicaba claramente que estaba siendo demasiado arrogante. Evidentemente, yo no estaba en una posición de poder. Sin embargo, los míos tenían tendencia a ser bruscos y directos en todo. A veces parecía grosero, con derecho o arrogante, lo cual no era mi intención.

Para mi sorpresa, me concedió la respuesta a mi pregunta.

—Nuestros amigos nos advirtieron de que vendrías a rescatar a tu compañera. Pero ella no necesita ser rescatada. Ella necesita tu ayuda —dijo Aku de forma objetiva.

—¿Ayuda con qué? —pregunté, confuso.

—Con completar su tarea. Una vez hecho esto, todos podrán volver a casa —respondió en el mismo tono neutro.

—¿Y qué tarea sería ésa? —insistí, empezando a sentirme molesto por el lento goteo de información.

—Reparar el daño extremo que los humanos nos infligieron —respondió, endureciendo los ojos y la voz.

—¡¿Humanos?! —exclamé, atónito—. ¿Cuándo? ¿Cómo? Tu planeta está sometido a restricciones muy estrictas de la Directiva Primaria.

—Y los humanos la violaron al viajar por zonas prohibidas mucho más allá de los territorios de Sangoth —gruñó Aku—. Por su descuido, los humanos nos infectaron con una enfermedad mortal que ahora tiene a mi pueblo al borde de la extinción.

—¡Por la sangre de Tharmok! —Exhalé, y el asombro dio paso a la comprensión—. Así que por eso te llevaste a los prisioneros. Quieres que encuentren una cura.

Asintió, con expresión sombría, cuando dejamos atrás la arboleda y entramos en el ancho sendero que conducía a la aldea. Con un gesto rígido de la cabeza, Aku indicó a sus compañeros de tribu que podían volver a sus tareas de cuidado de los campos. Todos obedecieron, salvo dos machos que permanecieron con nosotros mientras continuábamos por el ancho sendero hacia la aldea.

—Pero si encontraron la forma de viajar fuera de este mundo para secuestrar a esos científicos, ¿por qué no hicieron público simplemente que los humanos los habían agraviado? —pregunté, desconcertado—. La OPU y todos los planetas aliados habrían puesto todos los recursos a su disposición para arreglar las cosas y hacer que los culpables respondieran de su crimen.

Aku sacudió la cabeza con una convicción que me sorprendió.

—Hemos explorado todos esos escenarios. Cada uno de ellos acaba en un destino mucho peor para nosotros. Algunas personas poderosas de tu mundo pueden perder mucho si esto sale a la luz como es debido. Exterminar a una especie primitiva de la que nadie ha oído hablar para mantener su secreto puede ser tentador para quienes disponen de los medios para conseguirlo.

Mi espalda se agarrotó, mis instintos protectores se pusieron en marcha, mientras mi profunda necesidad de justicia me exigía dar caza a los culpables y someterlos al justo castigo que merecían.

—¿Cómo sabes que correrán peor suerte si los llevas ante la justicia? No se les puede permitir que se salgan con la suya en algo tan atroz, si es cierto. Más allá del hecho de que deben responder por sus crímenes, si se les indulta, ¿qué les impide causar un daño similar o tal vez mayor a otra persona? —desafié con vehemencia.

Me dedicó el tipo de sonrisa indulgente que se dedicaría a un niño demasiado excitado

—No temas, Amreth. Los responsables pagarán por ello.

—Necesitamos justicia, no justicieros —repliqué frunciendo el ceño, con voz severa.

Resopló, y su diversión subió de tono.

—No habrá actividad justiciera de por medio. *Tú*, Amreth, te encargarás de castigarlos.

Retrocedí, aturdido no solo por sus palabras, sino también por la seguridad con que las pronunciaba.

—¿Yo? —repetí.

—Sí, *Alcaide* —dijo, su énfasis en mi título me hizo sentir aún más curiosidad.

—En nombre de Tharmok, ¿quiénes son tus amigos?

—Solo buenos amigos —respondió Aku en un tono que dejaba claro que no se extendería más.

—¿Cómo te dan esa previsión? —insistí.

—Simplemente lo hacen —dijo encogiéndose de hombros, con una expresión que transmitía en voz alta que debía dejar el tema.

Molesto, ordené los mil millones de preguntas que quería hacerle, sobre todo cuando se trataba de la identidad de las personas poderosas a las que había aludido. Pero no me dio la oportunidad de hacerlo.

—Ésta es nuestra aldea, Bryst —dijo Aku cuando por fin atravesamos las puertas principales abiertas.

Aunque primitivo para los estándares galácticos, el pueblo era en realidad bastante bonito. Nos recibió una gran plaza, cubierta de pavimento de colores que formaba un motivo abstracto. No dudé de que normalmente servía para reuniones multitudinarias, y posiblemente para un mercado al aire libre. A su alrededor, varios edificios de una sola planta hechos de madera y barro creaban pequeñas agrupaciones parecidas a bloques de calles. Habían levantado un puñado de edificios mucho más grandes con piedra y ladrillos. Todos ostentaban colores claros de beige, marrón y caqui, con ventanas de cristal adecuadas. Las calles eran todas de tierra compactada, delimitadas por un borde decorativo de piedra o pavimento. Muchas plantas, árboles y flores de colores daban al lugar un aire acogedor.

No detecté señales claras de energía eléctrica ni de ningún tipo de tecnología de transporte, como vehículos. Muy poca gente merodeaba por las calles, en su mayoría mujeres y un puñado de niños que me miraban con indisimulada curiosidad. Para mi alivio, ninguna de sus auras expresaba hostilidad. Quienesquiera que fuesen sus amigos—sin duda Sectarios—convencieron a estas personas de que yo sería una especie de aliado. Aunque eso sirvió a mi propósito e impidió que mi metedura de pata inicial tuviera un desenlace desafortunado, me hizo sentir aún más ansioso por averiguar su identidad y cómo se habían involucrado en primer lugar.

Inmediatamente giramos a la derecha, hacia la otra puerta que controlaba el acceso al patio interior donde se encontraban mi compañera y sus colegas. Se me aceleró el pulso ante la perspectiva de conocer a mi Ciara en persona. Parecía estar bien cuando había salido antes del laboratorio. A juzgar por mis interacciones con Aku hasta el momento, no tenía motivos para preocuparme de que hubiera sufrido algún tipo de maltrato.

Pero, ¿cómo se sentirá ella con mi presencia?

¿Aku le había dicho que sus amigos habían previsto mi llegada? ¿Lo estaba deseando? Según Kayog, estaba ansiosa por conocerme. Sin embargo, no esperaba que fuera en estas circunstancias.

Para mi sorpresa, en lugar de conducirme al laboratorio, Aku me llevó a una vivienda situada en el lado opuesto del patio interior, directamente frente a él. Eché un vistazo al edificio desplegable por encima del hombro, solo para ver cómo uno de los dos machos que nos acompañaban se dirigía hacia él. El que permanecía con nosotros sujetaba mis armas.

El líder Kreelar abrió la puerta de la vivienda y me hizo señas para que entrara.

—Compartirás esta morada con tu compañera —dijo en cuanto entramos en la humilde, pero confortable sala de estar.

—¡¿Qué?! —exclamé, mirándole atónito.

—Paz, Amreth —dijo Aku con ese odioso tono burlón con el que empezaba a familiarizarme—. Soy consciente de que no se conocen. Hay dos dormitorios. Ella tendrá su intimidad. Pero si compartir vivienda es realmente problemático para alguno de ustedes, haremos los arreglos necesarios para trasladarlos a otro lugar.

—Ya veo —dije, la tensión me sangraba por los hombros.

Evidentemente, prefería compartir un hogar con Ciara,

aunque solo fuera para poder protegerla en lo que pudiera. Pero quería que se sintiera cómoda conmigo, y no como si mi presencia le fuera impuesta simplemente porque un Temern nos había declarado almas gemelas.

—No te pondremos grilletes ni te espiaremos —dijo Aku, y su rostro adoptó una expresión seria con un matiz de advertencia —. Confiaré en tu honor para hacer lo correcto con mi pueblo antes de partir, y en que no intentarán escapar antes de que se resuelva esta situación.

—¿Confiar? No me conoces. Eso parece un temerario acto de fe —desafié, con mi desdichada boca Obosiana diciendo lo que pensaba cuando debería alegrarme por ello.

—Puedo encadenarte si insistes —replicó, con un tono solo parcialmente burlón—. Pero no, Alcaide, cuando se trata de este asunto concreto, ninguna decisión que tomo es imprudente. ¿Pero un acto de fe? Sí, lo admito. Tengo una fe total y completa en mis amigos. Dicen que se puede confiar en ti, y que te quedarás hasta que se resuelva este asunto, igual que previeron que vendrías aquí. Así que sí, confiaré en tu honor.

Incliné la cabeza hacia un lado, incapaz de resistir la necesidad de hurgar en su lógica, pero también de hacerme una mejor idea de con quién estaba tratando.

—No conozco a tus amigos ni sé cómo funciona su previsión. Pero, ¿y si no quiero ayudar a tu pueblo? ¿Y si decido desafiar su afirmación de que los ayudaré? Al fin y al cabo, por muy buenas que sean tus intenciones, has cometido un crimen para conseguir tu propósito.

Para mi sorpresa, se encogió de hombros, aparentemente imperturbable ante mis palabras.

—Me entristecerá y retrasará la resolución de esta tragedia. A su vez, probablemente causará más muertes innecesarias. Pero no puedo coaccionarte para que ayudes a resolver una situación que tú no has creado. Así que si te niegas a ayudar, simplemente tendrás que permanecer aquí hasta que sea seguro para nosotros liberarlos a todos.

Me quedé mirándole atónito. Un vistazo a su aura no reveló ningún engaño. Realmente no me retorcería el brazo ni utilizaría a mi compañera como garrote para obligarme a obedecer sus exigencias. Para mi vergüenza, me pareció mucho mejor persona de lo que yo quería creer que era.

Abrí la boca para responder, pero una luz brillante en el borde de mi visión atrajo mi atención.

—Tu compañera se acerca —dijo Aku con voz suave.

Se me secó la boca al instante cuando la luz más hermosa que había visto nunca—aunque amortiguada por la puerta cerrada que nos separaba—me cautivó. El resplandor del aura de su acompañante me molestó sobremanera al mezclarse con la suya debido a su proximidad.

Momentos después, la puerta se abrió y mi cerebro dejó de funcionar.

Golpéame Tharmok, ¡es pura perfección!

—Te dejaremos con tu compañera —dijo Aku.

El ligero tono burlón de su voz apenas se reflejó en mi mente. Estaba demasiado cautivado por mi mujer. Jadeó y sus ojos se abrieron de par en par al mirarme fijamente, antes de lanzar una mirada confusa a Aku.

—¡¿Mi compañero?! —exclamó, segundos antes de que pareciera asaltada por un pensamiento. Volvió la cabeza hacia mí para examinarme con asombro e incredulidad—. ¿A... Amreth? —preguntó Ciara con voz vacilante.

—Sí, Ciara. Soy yo —dije, aturdido por haber conseguido siquiera formar alguna palabra.

La suave risita de Aku me sacó de mi aturdido trance. Miré al Kreelar solo para descubrir que nos miraba a mi compañera y a mí con una sonrisa de satisfacción. En un destello de comprensión repentina, me di cuenta de que, de algún modo, había sabido que se produciría exactamente esta escena. Algo en la forma en que se desarrollaba le complacía.

Sin decir ni una palabra más, nos despidió a cada uno con una inclinación de cabeza y salió de la casa con su compañero de tribu.

CAPÍTULO 7

CIARA

Demasiados pensamientos se disparaban simultáneamente en mi cerebro como para permitirle funcionar correctamente. La impresionante belleza de Amreth dificultaba aún más que mi mente actuara racionalmente. Desde el momento en que Kayog me habló de mi alma gemela, mi fértil imaginación empezó a crear todo tipo de escenarios sobre cómo sería nuestro primer encuentro. Entonces todo mi mundo se vino abajo durante aquel ataque.

—¿Qué haces aquí? —solté de sopetón, estremeciéndome al instante de que ésas hubieran sido las primeras palabras que salieron de mi boca después de que él confirmara su identidad.

Por la forma en que parpadeó y la incertidumbre que se reflejó en sus impresionantes facciones, ésa no había sido la reacción que él esperaba o posiblemente esperaba.

—He venido a rescatarte —dijo con cuidado.

—¿A *rescatarme*? —repetí, con mi confusión perceptible en la voz—. ¿Cómo has llegado hasta aquí? ¿Cómo nos has encontrado? ¿No eres un Alcaide?

Me llevé las palmas de las manos a las mejillas y sacudí la cabeza, avergonzada por aquella repentina oleada de diarrea verbal. No pretendía bombardearle con tantas preguntas, pero toda aquella situación parecía surrealista.

—Sí, Ciara. Soy un Alcaide en Molvi, y he venido en cuanto me he enterado del destino que te ha deparado —respondió con expresión cautelosa.

—Pero... ¿te ha hablado Kayog de...? —Hice un gesto entre los dos cuando mi voz se entrecortó.

Asintió con la cabeza.

—En cuanto se confirmó tu desaparición, Kayog se puso en contacto conmigo para hablar de ti.

—¿Y has venido a por mí? —susurré, con la voz llena de incredulidad.

—Por supuesto —respondió como si fuera evidente—. ¿Qué clase de macho no acudiría al rescate de su alma gemela?

Me quedé mirándole, sin habla. Una parte de mí quería derretirse por el hecho de que no hubiera dudado en venir a buscarme cuando nunca nos habíamos visto, y mucho menos hablado. Otra estaba demasiado asombrada para comprender del todo mis emociones contradictorias. Aku mencionó que mi compañero vendría, pero yo seguía descartándolo por considerarlo demasiado descabellado. Y sin embargo, aquí estaba, con un aspecto lo bastante bueno como para comérselo.

—Vaya —dije al fin, con una mezcla de asombro y desconcierto—. ¿Quién más está aquí contigo? ¿Los Enforcers?

Mi ceño se arrugó aún más de confusión cuando sacudió la cabeza con expresión de disculpa.

—Me temo que estoy solo. La situación es un poco delicada —respondió Amreth, eligiendo cuidadosamente sus palabras.

—Déjame adivinar —dije con tono poco impresionado—. Tres médicos interestelares no son lo bastante importantes como para enviar a la artillería pesada.

Volvió a asentir

—Los Enforcers no podían justificar asumir esta misión por tres civiles, ya que debería ser un asunto del que se ocuparan los

Pacificadores. Tampoco ayuda que este planeta se encuentre dentro de la Zona Muerta. Aquí no hay forma sencilla de rastrearlos.

—Pero tú lo hiciste —desafié, con el ceño cada vez más fruncido.

—Tuve que... hmmm... eludir ciertas normas para venir aquí —dijo de mala gana.

En otras circunstancias, la mirada mortificada de su hermoso rostro habría sido adorable. Este macho era realmente impresionante.

Debía de medir al menos 2,10 m, con hombros anchos y bíceps abultados que quedaban al descubierto por la pechera de cuero sin mangas y adornada que llevaba. Su piel estaba en el espectro más oscuro para un Obosiano. Al igual que los elfos oscuros, tendían a tener una piel muy sombría, normalmente del tono azul noche o gris muy oscuro. La suya tenía mucho más marrón grisáceo en lo que yo llamaría carbón. Su esclerótica negra hacía resaltar sus ojos blancos como la plata, atrayéndome de un modo casi irresistible. Tenía una nariz noble y los labios más sensuales y carnosos, hechos para besar.

Como todos los de su pueblo, una serie de escamas oscuras adornaban su frente, desplazándose hacia el conjunto principal de cuernos negros de la parte superior de la cabeza, con un conjunto recurvado más pequeño detrás de las orejas. También contrastaban con su largo pelo blanco plateado, del mismo color que el mío. Mientras que esa tonalidad era habitual en los Obosianos, en mi caso se debía al hecho de que poseía el raro rasgo piebald humano. Incluso plegadas, sus alas de murciélago de cuero negro parecían enormes, por no decir letales, con las afiladas garras en las puntas y en los bordes inferiores.

Naturalmente, no pude evitar que mis ojos se detuvieran en sus numerosos y visibles piercings faciales. Era algo cultural para los Obosianos y un gran motivo de orgullo. Su pueblo no podía simplemente ponerse un piercing. Necesitaban ganarse ese privilegio a través de una multitud de logros potenciales por los que recibían una cantidad variable de un metal raro llamado algarium. Con él, podían forjar el piercing con la forma que quisieran para el lugar de su cuerpo que más les tentara.

Amreth tenía un pequeño aro en el lateral de cada una de sus fosas nasales, un pequeño pincho en el labret—el lugar situado justo debajo del labio inferior, pero por encima de la barbilla—dos aros en la ceja izquierda y algunos más a los lados de las orejas. No pude verle ningún piercing en los brazos, pero no dudé ni un instante de que escondía algunos más bajo la pechera.

Inmediatamente se me pasó por la cabeza la idea de si también tendría un poco en sus partes íntimas. Según todos los indicios, tanto los Obosianos como las Obosianas se aseguraban de tener un poco en sus zonas íntimas para aumentar las sensaciones. Teniendo en cuenta que poseían poderes eróticos que a menudo les hacían ser etiquetados como íncubos y súcubos, no era tan sorprendente.

—Vaya —dije al fin, sinceramente conmovida—. Sé lo importante que es para tu pueblo respetar las normas. Así que significa mucho para mí que te las saltes un poco para venir a salvarme.

—Siempre lo haré, Ciara —dijo con una suave sonrisa que suavizó su rostro de la forma más maravillosa.

—¿Y qué has hecho? ¿Simplemente te acercaste a la aldea? —pregunté con sincera curiosidad.

La repentina expresión avergonzada de su rostro y la forma en que se movió inquieto sobre sus pies me desconcertaron, además de disparar mi curiosidad.

Se frotó un punto detrás del cuerno inferior derecho, justo encima de la nuca, mientras buscaba una respuesta adecuada.

—No exactamente. Intentaba explorar la zona para encontrar la mejor forma de sacarlos a los tres cuando me capturaron —dijo avergonzado.

Parpadeé.

—Utilizaron contra mí poderes psiónicos que no pude contrarrestar. Casi me paralizaron —añadió rápidamente, sonando un poco a la defensiva.

—Cierto —respondí pensativa—. Recuerdo que los guardias Obosianos del Gladius casi se estrellan en el paseo marítimo cuando les afectaron ataques similares. De hecho, Kayog hizo algo que les ayudó a resistirlo. Me sorprende que no te lo mencionara.

Amreth giró los hombros y estiró el cuello, tratando visiblemente de aflojar parte de la tensión que allí se acumulaba, mientras su vergüenza parecía subir otro escalón.

—Kayog mencionó sus capacidades psiónicas —admitió.

—¿Y has venido sin estar preparado para ello? —solté, con la voz entrecortada por la incredulidad, e inmediatamente volví a estremecerme por dentro.

¡Que me jodan! ¿Podría sonar más sentenciosa y desagradecida? Mi desgraciada boca tenía tendencia a decir lo que pensaba, lo que a veces podía resultar involuntariamente mezquino o hiriente.

—No entré imprudentemente —dijo, sonando aún más a la defensiva—. Tenía activado mi escudo sigiloso. Teniendo en cuenta que mis escáneres no revelaron ninguna forma de tecnología, aparte del laboratorio desplegable en el que estabas trabajando, no tenía motivos para pensar que poseyeran poderes que pudieran ver a través de él. Después de todo, mi pueblo disfruta de algunas de las tecnologías más avanzadas que existen. Solo planeaba entrar y salir rápidamente y tal vez sembrar un par de distracciones para ayudarlos a escapar.

—Ya lo veo —dije en tono conciliador, sintiéndome como una auténtica zorra con el pobre macho—. En tu lugar, yo habría supuesto lo mismo. Nadie sospecharía que tuvieran el tipo de poderes psiónicos que mostraban. En realidad, no solían tenerlos. No es un rasgo normal de los Kreelar. Lo que les ocurrió hace una década provocó esta mutación.

—¡¿Qué?! —exclamó Amreth, atónito.

Asentí, con el ceño fruncido

—Pero, por favor, siéntate. Estoy siendo una mala anfitriona —añadí riendo nerviosamente.

Sonrió.

—No pasa nada. Toda esta situación es un poco surrealista. No se puede esperar que ninguno de nosotros actúe de la forma habitual.

Tras un incómodo momento de vacilación, le guie hacia el comedor en vez de hacia la sala de estar. En un lado de la mesa había un banco ancho, mientras que en los otros había sillas. Supuse que la ausencia de respaldo sería más cómoda para acomodar sus alas. Pareció compartir esa idea, pues se dirigió hacia el banco. Aun así, permaneció de pie hasta que me acomodé primero frente a él, al otro lado de la mesa. Resultaba extraño que observara algunas de las viejas cortesías humanas.

En cuanto me senté, recordé de repente que no le había ofrecido nada de beber ni de comer.

—No, Ciara. Estoy bien —dijo con expresión divertida cuando volví a soltarle si necesitaba algún refresco—. No te preocupes tanto. Te avisaré si necesito algo.

—Vale —dije, sintiéndome increíblemente torpe. No era la primera impresión que quería dar a mi alma gemela.

—Así estabas a punto de hablarme de la mutación de los Kreelar. Pero antes, me gustaría saber cómo te encuentras —preguntó, y sus ojos blancos como la plata me estudiaron con atención—. Según las grabaciones del Gladius, estabas gravemente herida.

Por la forma en que su mirada se desenfocó ligeramente, sospeché que estaba escudriñando mi alma o mi aura para obtener información adicional sobre mi estado emocional actual.

—Estoy bien, los tres estamos bien. Gracias por preguntar —respondí con una sonrisa—. Los Kreelar y sus amigos me han curado por completo. No sé qué tipo de tecnología tienen sus amigos, pero podrían competir con los Xurgens. Y desde nuestra llegada aquí, nos han tratado como huéspedes estimados. Nos necesitan... mucho.

—Agradezco que hayan podido curarte. Nada de esto tiene mucho sentido. ¿Qué has averiguado desde tu llegada? —preguntó—. Aku afirma que los humanos les hicieron daño.

Asentí con gesto adusto.

—Lo que ha ocurrido es un auténtico desastre y la razón por la que existen directrices estrictas de la Directiva Primaria. Es aún más exasperante que toda esta tragedia haya sido causada por las mismas personas que deberían saberlo mejor.

—¿Qué quieres decir?

—Todo este lío empezó hace poco más de diez años. Probablemente hayas oído hablar del incidente que llevó a la OPU a establecer contacto con los Sangoth por primera vez, ¿verdad?

Asintió con la cabeza.

—Los contrabandistas robaban algunos de los metales raros de sus montañas. La competencia por esos recursos raros llevó a algunas facciones criminales a luchar por esa riqueza. Si no recuerdo mal, la facción perdedora delató a la ganadora.

—Así es. Al cártel de Timmons no le gustaba perder. Pensaron que si ellos no podían aprovechar esa riqueza, nadie más lo haría. Si no hubieran avisado a la OPU, nunca habríamos sabido de la existencia de los Sangoth. Salvo que ya se había hecho mucho daño a su población. La OPU entabló conversaciones diplomáticas y los Sangoths accedieron a permitir que algunos de nuestros científicos realizaran estudios no intrusivos de su pueblo.

—Y ahí es donde entra Elias Jacobs —dijo con repentina comprensión.

Asentí con la cabeza.

—Su equipo estuvo allí para un estudio de un año. Los Sangoths tienen huesos extremadamente fuertes, casi irrompibles.

Se debe a los residuos minerales del agua que corre por su montaña. Jacobs esperaba encontrar una forma de adaptarlo a otras especies y ayudar a resolver cosas como la enfermedad de los huesos frágiles y la osteoporosis. Pero esa investigación no llegó a ninguna parte. Los Sangoths poseen rasgos genéticos únicos que les permiten asimilar esos minerales como ninguna otra especie podría hacerlo.

—Pero le permitió descubrir ese suero SS12. ¿O era una invención? —preguntó.

—Los Sangoth no tienen nada que ver con ese suero —dije enfadada—. Durante ese tiempo, dos de los médicos de su equipo decidieron hacer una escapada romántica al valle junto al río. Estaba fuera de la zona autorizada. Practicaban sexo junto al agua después de hacer un picnic. Una madre Kreelar y su hijo tropezaron con ellos.

—¡Diablos! Supongo que no fue nada bien —preguntó Amreth frunciendo el ceño.

—Eso es quedarse corto. Nunca habían visto humanos, pero ése no habría sido el problema. El niño de cinco años fue a por la comida y empezó a comérsela. El hombre se dio cuenta y fue a detener al niño.

Amreth se estremeció, sin duda adivinando lo que seguía.

—Pensando que intentaba hacer daño a su hijo, la madre le atacó y le mordió. La pareja consiguió escapar disparándole con tranquilizantes.

Amreth maldijo en voz baja.

—Ni siquiera soy médico y sé que no se deben inyectar sustancias químicas a especies primitivas sin tener ni idea de cómo pueden reaccionar.

—Exacto. Estuvo inconsciente unas horas. Al final se le pasó el efecto de los sedantes y pudo llevar a su hijo de vuelta a la aldea. Al principio, todo iba bien. Pero a la semana siguiente empezó a mostrar síntomas de enfermedad. El problema era que era la nodriza de su pueblo.

—¡Por la sangre de Tharmok! ¿Infectó a otros? —preguntó Amreth sombríamente.

Asentí con la cabeza.

—Lo triste es que dejó de mamar en cuanto aparecieron los primeros síntomas. Pero el daño ya estaba hecho. Pocos días después de que enfermara, también lo hicieron muchos de los niños a los que había estado amamantando. Los Kreelar amamantan a sus hijos hasta que alcanzan la edad de seis o siete años.

—¿Y el equipo de Jacobs no hizo nada? ¿Investigaron siquiera las posibles consecuencias de lo que causaron? —preguntó, indignado.

—En realidad, lo hicieron —concedí—. Enseguida se dieron cuenta de que algo no iba bien e intervinieron. Por desgracia, fue demasiado tarde para ocho de los niños que murieron. Consiguieron salvar a la madre, Sora, pero ella deseó no haber sobrevivido.

—¿Qué? ¿Por qué? —exclamó Amreth.

—Sora se culpa de lo que ocurrió entonces, de lo que ha ocurrido después y de lo que está ocurriendo ahora —dije, frustrada.

—¡Pero eso no es culpa suya! Solo defendía a su hijo. No tenía forma de saber que el desconocido le habría transmitido alguna enfermedad —argumentó.

—Estoy totalmente de acuerdo contigo, pero las cosas se han convertido en algo mucho más grande de lo que nadie había previsto. Solo llevamos tres días en esto, pero todo lo que hemos descubierto hasta ahora solo me enfurece aún más.

—¿Qué quieres decir? —preguntó inclinando la cabeza hacia un lado.

—Hemos realizado algunas pruebas a Sora. ¿Y adivina qué? El gran descubrimiento de Elias, el SS12, procede en realidad de ella. Derivó el suero de los anticuerpos que ella desarrolló al sobrevivir a la enfermedad que le transmitió el médico humano.

—¿Así que no fue el sedante a lo que reaccionó negativamente? —preguntó Amreth, sorprendido.

Sacudí la cabeza.

—No. Procede de la mordedura, que le hizo tragar parte de su sangre. Pero el problema es que lo que ella padecía no es la misma enfermedad que está matando a los demás. Si hubiera sido así, podríamos haber obtenido una cura rápida para todos ellos. Pero ocurrió otra cosa.

—¿Crees que Elias hizo algo a su gente? —preguntó Amreth, su expresión se ensombreció mientras la sospecha llenaba su voz —. ¿Podría haberlos enfermado a propósito para validar aún más su suero?

Dudé.

—En realidad, no. No creo que la enfermara a propósito. Al fin y al cabo, según nuestro análisis y su relato de los hechos, fue pura casualidad que ella le mordiera y se infectara con esa enfermedad. El problema es que, en cuanto la curó, se marchó y nunca miró atrás. Se trata de una grave infracción de la Directiva Primaria. Se debería haber informado imperativamente de las terribles consecuencias. Los Kreelar deberían haber permanecido bajo discreta observación durante al menos cinco años para asegurarse de que nada resurgía.

—¿Por qué no lo hizo? No fue culpa suya que esos dos médicos insensatos rompieran el protocolo. Se habrían atenido a las consecuencias. En el peor de los casos, habría sido una ligera mancha en su reputación, pero no habría sido un golpe devastador —argumentó Amreth.

—Y esa es la parte que realmente me molesta. Las consecuencias ahora por haber sido desenmascarado van a destruir su carrera. ¿Por qué arriesgarse? El increíble descubrimiento del SS12 habría hecho que la vergüenza de esta situación se desvaneciera en un santiamén. Era el momento ideal para él, por muy trágico que hubiera sido para las víctimas. Hay algo más que se nos escapa.

—Aku mencionó que tenían que mantenerlo en secreto porque gente extremadamente poderosa habría hecho las cosas aún más trágicas si lo hubieran hecho público en lugar de secuestrarte —dijo Amreth pensativo.

—También insinuó eso —dije frunciendo el ceño—. Una vez que hayamos salvado a estas personas, tenemos que llegar al fondo de esto.

—De acuerdo —dijo Amreth con una determinación que casi me hizo sonreír.

Era realmente la encarnación del Obosiano respetuoso extremo de la ley.

—Resulta frustrante que nadie haya indagado realmente en algunas de sus incoherencias. En primer lugar, etiquetó su descubrimiento como SS12, que significa Suero Simio. Aunque los Sangoths tienen vínculos muy lejanos con los simios, la mayoría de las veces los comparamos con los Yetis. Mientras que los Kreelar tienen claramente rasgos simiescos. Cuando le pidieron que describiera la especie de la que había obtenido el suero, Elias dio una explicación aleatoria según la cual la enfermedad que padecía la criatura actuaba como una virulenta bacteria carnívora que no solo consumía la carne a un ritmo acelerado, sino que también hacía que se descompusiera con demasiada rapidez para que pudieran disponer de tejido viable que les permitiera identificar su especie.

—¡Eso es ridículo! —dijo Amreth, incrédulo.

Resoplé.

—Dímelo a mí. Pero la gente estaba demasiado ocupada delirando sobre el suero y sus aplicaciones como para detenerse realmente en sus orígenes. Y aquí abajo, todo fue bien durante casi un año después de su partida. Y entonces, la enfermedad volvió. Pero era diferente. Nadie mordió a nadie, y no se limitó a un subgrupo concreto como había ocurrido con Sora y las crías que amamantó. Empezaron a enfermar miembros aleatorios de la tribu de todas las edades y sexos.

—¿Algún tipo de virus? —preguntó.

Sacudí la cabeza.

—No. Sea lo que sea, no se transmite por el aire, no es un patógeno de transmisión sanguínea y no es físicamente transmisible mediante el tacto. Provoca fuertes dolores de cabeza e inflamación del cerebro. Es casi como una encefalitis con los dolores de cabeza, la fiebre, la fatiga, el dolor articular y, finalmente, la confusión y las alucinaciones. La contraen ambos sexos, pero las mujeres que la contraen después de la pubertad raramente sobreviven. El mayor problema es que empezó a afectar a todas las demás tribus, no solo a la gente de Bryst.

—Eso no tiene sentido. Cuando Sora enfermó por primera vez, ¿infectó a un niño de otra tribu?

—No. La enfermedad atacó exclusivamente aquí. Así que ocurrió algo más que ahora se está extendiendo a otros Kreelars, pero no a los Sangoths. Pero esas dos especies no interactúan entre sí. En los últimos nueve años, desde que regresó la enfermedad, o más bien desde que se manifestó esta versión de ella, las hembras Kreelar han sido diezmadas. Ahora representan menos de un tercio de su población. Si no encontramos una cura rápidamente, se extinguirán. Así que, como puedes suponer, no podemos irnos. Tenemos que solucionarlo.

Asintió lentamente, con el ceño fruncido.

—Aku dijo que puedes resolverlo, pero aún más rápido con mi ayuda.

Me animé.

—Lo hizo. Tienen una especie de vidente que dijo que vendrías y que ayudarías. Esa primera parte era claramente exacta.

—Así fue. Lo que significa que debo ayudar. Lo que necesites, es tuyo.

Aunque sus palabras me complacieron, por una razón que no podía explicar, sentí la necesidad de cuestionar su motivación.

—¿Seguirías ofreciendo tu ayuda si yo no estuviera implicada? —pregunté.

Retrocedió ligeramente y pareció un poco ofendido.

—Sí, Ciara. Seguiría ofreciéndome. Puede que haya venido aquí específicamente por ti, y como tu alma gemela es mi deber ayudarte en todo lo posible. Pero también tengo el deber de conciencia de hacer lo correcto por los necesitados. Los Obosianos pueden parecer fríos y rígidos a veces, pero no somos desalmados. Solo somos... estirados cuando se trata de defender la ley y seguir las normas.

—Entonces puede que te resulte bastante problemático tenerme como compañera. Soy del tipo rebelde —desafié.

Aunque entrecerró los ojos al mirarme, sus labios se estiraron en una sutil sonrisa con un toque de provocación.

—¿Ahora sí? —preguntó en tono dudoso—. Suena un poco contradictorio para un epidemiólogo.

Me encogí de hombros.

—Esas normas, las sigo. Pero otras... —Hice un gesto despectivo con la mano mientras mi voz se entrecortaba.

—Pues entonces tendrás que ser disciplinada.

Resoplé y le dirigí una mirada incrédula, sin saber cómo interpretar su expresión, que era la mezcla perfecta de seriedad con una pizca de picardía.

—¡Buena suerte con eso! —dije con un desafío.

—En ese sentido, no necesito suerte, Ciara —dijo, y su voz bajó una octava de un modo que sonaba amenazador y lleno de promesas a la vez.

Me dio un vuelco el estómago y, de repente, volví a admirar su aspecto increíblemente atractivo. No sabía lo que sentía por él. Físicamente, era un mil millones sobre diez. En cuanto a la personalidad, tardaría algún tiempo en adaptarme a él. Me tranquilizaba ver su lado juguetón.

Una parte de mí deseaba no saber que era mi alma gemela, pues así nuestra relación tendría la oportunidad de crecer orgánicamente. En lugar de eso, me sentí obligada a dejarme llevar porque sabía que estábamos hechos el uno para el otro. Eso habría estado bien si no fuera por mi estúpida mente excesivamente analítica, que siempre necesitaba buscar los posibles defectos que podrían tener malas repercusiones más adelante. Necesitaba relajarme y dejar que las cosas sucedieran. Al fin y al cabo, él había recorrido media galaxia para rescatarme en un acto de fe

Y Kayog nunca se equivocaba.

—Pero hablando más en serio, ¿qué puedo hacer para ayudar? Soy muchas cosas, pero desde luego no soy científico —dijo con una mirada de disculpa.

Sonreí.

—En realidad, tu llegada no podría haber sido más perfecta. Esta gente aún no dispone de sistemas avanzados de transporte o comunicación. Disponen, eso sí, del equivalente de los CB para comunicarse por radio. Pero como puedes suponer, eso es demasiado restrictivo para nuestras necesidades. Debemos visitar las demás aldeas para intentar hacernos una mejor idea de cuál podría ser la causa de la propagación de la enfermedad a otras tribus.

—Por supuesto, estaré encantado de llevarte. Dudo mucho que Aku quiera que te lleve en mi lanzadera —añadió pensativo.

—De acuerdo. Al menos, no ahora. La gente aquí en Bryst ha sido amable con nosotros, pero los otros pueblos nunca han conocido a un humano en persona. Como lo único que saben de nosotros es que nuestras acciones pueden ser la causa de lo que está destruyendo a su pueblo, dudo que acepten una lanzadera hasta que hayamos tenido la oportunidad de establecer algún tipo de relación. Iba a montar en una de sus monturas, tardaríamos horas en llegar a nuestro destino. Así que sería estupendo que me llevaras en avión, suponiendo que no pese demasiado.

Me estremecí en cuanto pronuncié la última frase. Los Obosianos tenían fama de fuertes. Yo tenía un peso saludable que le supondría muy poca tensión. No quería que pensara que solo lo decía para pescar cumplidos.

La emoción más extraña pasó fugazmente por sus ojos blancos como la plata.

—¿Me estás llamando débil, mujer? —preguntó con falsa indignación.

Resoplé y me relajé al instante.

—No rotundamente, pero tengo que tener en cuenta que ser alto y ancho de hombros no significa necesariamente ser fuerte. No sería ninguna vergüenza estar en el lado débil —dije burlonamente.

—Pronto descubrirás que tu alma gemela es muchas cosas, pero no débil.

Abrió la boca para decir algo más, dudó y decidió no continuar. Aquello me hizo arder de curiosidad. Con una seguridad que no podía explicar, estuvo a punto de decir algo coqueto. Era un asco querer cortejarnos, pero tener que andar de puntillas debido a las graves circunstancias en las que nos conocimos, además de lo inusual de nuestra situación.

Y, sin embargo, me alegré en secreto de que nos metieran en una relación así. No había mayor prueba para la fortaleza de una pareja que enfrentarse juntos a la adversidad. Hasta ahora, me gustaban mucho sus respuestas a todo esto.

—No te importe que ponga todo eso a prueba —respondí con una burla antes de recuperar la sobriedad—. Pero también podrías ser de gran ayuda en otro frente. Tengo entendido que los Alcaides son grandes cazadores. Por lo que me ha contado Aku, han encontrado cada vez más casos de bestias salvajes que se vuelven rabiosas en los últimos nueve años.

—¡Casi al mismo tiempo que empezó la segunda oleada de la enfermedad! —exclamó—. ¿Había ocurrido este tipo de rabia antes de entonces?

Sacudí la cabeza, impresionada por su capacidad analítica.

—No. Y sospechamos que están relacionados. O más bien

Ernst emitió algunas hipótesis sobre cuál podría ser la causa. Pero aún necesitamos más datos para estar seguros.

—¿Hipótesis como cuál? —insistió Amreth.

—Nuestras pruebas preliminares no indican ninguna anomalía en su pueblo. Pero sospechamos que podría tratarse de un prión mal plegado —dije pensativo.

Enarcó una ceja y su rostro adoptó una expresión de confusión que me hizo arder inmediatamente las mejillas. Como rara vez hablaba de mi trabajo con personas no científicas—porque suele dormir a los profanos—solía olvidarme de explicar algunas de las nociones que me eran comunes.

—Oh, perdona. Los priones son como proteínas dentro de cosas orgánicas como personas, animales, plantas, etcétera. Pero si algo contiene un prión mal plegado, es decir, deformado, y lo consumes, es posible que provoque una enfermedad catastrófica.

—¿Consumirlo? ¿Crees que comen algo que les envenena? —preguntó Amreth, con cara de sorpresa.

Asentí con la cabeza.

—Como he dicho, aún estamos especulando, pero parece la teoría más probable.

—Si está en los alimentos, ¿por qué solo enferma un pequeño número de personas? ¿Por qué no todos? Por lo poco que he visto, parece que cultivan alimentos para todos. Supongo que también cazan como tribu para toda la aldea. ¿O he malinterpretado las cosas?

—Tienes razón. Sin embargo, algunas personas ya son inmunes porque enfermaron antes y desarrollaron anticuerpos contra ella —expliqué—. Para otros, quizá acabaron comiendo del lote seguro. Pero, de nuevo, es demasiado pronto para decirlo. Podríamos estar completamente equivocados.

—¿Has comprobado sus reservas de alimentos? —preguntó.

Sonreí, sintiéndome estúpidamente orgullosa del gran interés que mostraba, así como de la facilidad con la que me seguía y hacía preguntas perspicaces. No necesitaba un cerebrito, pero sin duda quería a alguien ingenioso que pudiera pensar con rapidez.

—Eso es exactamente lo que hemos estado haciendo. Por desgracia, hasta ahora no hemos tenido suerte. Pero no es de extrañar. Si estamos en lo cierto al suponer que es un prión mal plegado el que causa la enfermedad, los síntomas pueden tardar días o semanas en aparecer. Por tanto, si la causa fuera un lote contaminado, ya hace tiempo que habría desaparecido. Por tanto, acotar la causa será complicado. Pero podrías ayudarnos a escanear la fauna local en busca de la posible fuente en los próximos días.

—Lo haré con mucho gusto. Te será difícil encontrar a un Obosiano que no disfrute volar, sobre todo en un entorno tan impresionante y puro como éste —respondió con una sonrisa.

—Gracias. Significa mucho para mí. Averiguar la fuente es la parte más difícil del trabajo de investigación. Por favor, ten paciencia conmigo si me pongo ñoña. En cuanto empiezo a hablar de estas cosas, tiendo a divagar. Así que no dudes en mandarme callar —dije tímidamente.

La forma suave y casi tierna en que sonreía me hacía gracia.

—Nunca te disculpes por sentir pasión por algo, y menos por tu trabajo. Y el tuyo es extremadamente importante. Cambias a mejor la vida de otras personas. Es un honor para mí poder ayudarte en este empeño.

Puede que se me doblaran un poco los dedos de los pies al oír su respuesta. Justo cuando abría la boca para hablar, sonó el sonido de unas campanas. Amreth se puso rígido, alertado de inmediato.

—¡No pasa nada! —dije, levantando la palma de la mano en un gesto apaciguador—. Es solo la campana que indica que los cazadores han vuelto con carne. Debería ir a comprobar si hay algún signo de contaminación.

—Te sigo, mi compañera.

CAPÍTULO 8
AMRETH

Seguí a Ciara fuera de la casa mientras intentaba ordenar mis emociones contradictorias. Desde el momento en que Kayog me reveló su existencia, imaginé un millón de escenarios diferentes sobre cómo sería nuestro primer encuentro. Por mucho que me enorgulleciera de ser un tipo racional y estoico, no había podido resistirme a fantasear con innumerables escenas heroicas en las que yo la rescataba, surcando los cielos con ella en brazos mientras me perseguían enemigos diabólicos. Se aferraría a mí, confiada en mi capacidad para mantenerla a salvo a pesar del peligro extremo al que nos enfrentábamos.

Ser capturado en mi primera excursión, en gran parte porque no me había preparado adecuadamente, no podía estar más lejos de aquellas grandiosas expectativas. Aún me ardían las tripas por la vergüenza de que me lo reprochara.

Aunque era innegable que se sentía físicamente atraída por mí, Ciara no había parecido especialmente impresionada por mí como individuo. Eso me dolió. Pero, ¿qué había esperado? No creía en el amor a primera vista, aunque me dejó sin aliento en cuanto Kayog compartió su imagen conmigo. Aun así, había esperado más de una química instantánea que hubiera confirmado lo que afirmaban los Temern sobre que estábamos hechos el uno para el otro. En realidad, sin esa afirmación, probablemente no la habría perseguido más, en vista de su tibia respuesta hacia mí.

Sin embargo, me animaron los dos casos en los que pareció bajar la guardia y mostrar un lado menos distante y reservado de su personalidad. Resultaba enriquecedor viniendo de un Obosiano. Teníamos fama de ser bastante rígidos. Y eso siempre me había ocurrido a mí.

Pero realmente había deseado un abrazo suyo.

Por una razón que no podía explicar, sentí en lo más profundo de mis huesos que sería necesario el contacto físico entre nosotros para iniciar el vínculo. Y no me refería a algo sexual. Incluso algo tan sencillo como tomarnos de la mano ayudaría a romper la barrera invisible que nos separaba.

Una parte de mí se preguntaba si estaba dándole demasiadas vueltas a las cosas. Pero otra sentía fuertemente que si no conseguíamos llenar el vacío que había entre nosotros desde el principio, simplemente se ensancharía y cada uno de nosotros lucharía cada vez más por encontrar la forma de establecer esa conexión. En cierto modo, saber que estábamos destinados a estar juntos creó esta extraña expectativa de que las cosas debían fluir de una determinada manera. En otras circunstancias, si nuestro primer encuentro hubiera sido en una cita romántica cuidadosamente planeada por nosotros, creo que habría sido mucho más fluido que esta torpeza.

Eso no impidió que mi Ciara me impresionara aún más. Más allá de su belleza física y de la maravilla encantadora que era su alma, mi mujer era inteligente, fuerte y nada pusilánime. Me encantaba que expresara sin rodeos lo que pensaba en algunas ocasiones, aunque me dejara en mal lugar. Era muy Obosiano por su parte. No me servía de nada una hembra mansa y asustadiza que no supiera decir lo que pensaba ni llamarme la atención por mis fallos. La ausencia de crueldad al hacerlo y la pizca de culpabilidad que emanaba de ella por haber podido herir mis sentimientos me tranquilizaron en cuanto a que era una persona amable.

Pero fue su determinación de hacer lo correcto por los que habían sido agraviados y de utilizar las habilidades que había perfeccionado a lo largo de los años para mejorar la vida de otras personas lo que realmente me calentó por dentro. A menudo la gente asumía erróneamente que los Obosianos teníamos un lado sádico que nos hacía disfrutar con el sufrimiento de los prisioneros. No podían estar más equivocados. De hecho, se me partía el corazón cada vez que uno de mis convictos no conseguía redimirse o encontraba un final funesto a causa de sus malas decisiones.

No veían la cantidad de esfuerzo y trabajo que hacíamos para que los reclusos utilizaran su tiempo en prisión para mejorar de modo que pudieran tener un futuro mejor tomando mejores decisiones gracias a las nuevas habilidades y riqueza que adquirían.

Aunque no podía negar que sentía mucha menos simpatía por los criminales de nuestros Cuadrantes Oscuros, algunos de ellos se esforzaron por redimirse. Teniendo en cuenta la atrocidad de los crímenes que les habían llevado allí, ver a uno de ellos cumplir su condena y dar un giro a su vida fue probablemente uno de nuestros mayores logros.

Mi compañera se acercó a toda prisa a los dos humanos que reconocí como Mehreen Aziz y Ernst Wagner y puso fin a mis pensamientos errantes. Sus dos compañeros ya se habían reunido alrededor del carro con ruedas tirado por una bestia que no reconocí. Un gran animal yacía muerto sobre él. Ernst estaba mirando la interfaz de un aparato de análisis, pues probablemente había extraído algo de sangre de la bestia. Mehreen pasaba un escáner manual por cada centímetro de su cuerpo.

Mi compañera los alcanzó e intercambió unas palabras con Ernst, que le mostró la interfaz. Dio unos golpecitos en ella y luego sacó lo que parecía una aguja larga de la parte superior del aparato. La sostuvo en alto mientras Ernst sustituía la aguja por otra nueva y jugueteaba con el aparato mientras Ciara pinchaba de nuevo a la criatura.

Como no quería entorpecer su trabajo, me aparté y observé a los aldeanos. Bastantes de ellos habían entrado en el patio interior, aunque permanecían junto a las puertas como si les preocupara traspasarlas. Observaban a los científicos con innegable recelo, pero sin ninguna agresividad. Entonces me di cuenta de que probablemente su preocupación se debía más a la seguridad de sus alimentos que a la de los propios médicos.

Una vez más, hizo que mi mente se sumiera en una espiral de especulaciones sobre quiénes eran, en nombre de Tharmok, los amigos que tanto les habían convencido de que se podía confiar en nosotros para hacer lo correcto con ellos. Necesitaba escribir a Maeve para ponerla sobre la pista de cualquier entidad poderosa con la que Elias pudiera estar confabulado.

¿O podría estar en deuda?

Tomé nota mentalmente de las cosas que querría que investigara. Como una de las mejores hackers de los Enforcers, no había demasiados secretos que se le escaparan a Maeve una vez que se proponía descubrirlo. Siempre que tuviera algún tipo de huella digital, ella lo encontraría.

La idea de que no podía largarme ahora mismo e ir a mi nave no me sentaba bien. Odiaba estar prisionero en aquel patio. Qué ironía para un Alcaide. Mis reclusos no me dejarían ni oírlo si supieran mi situación actual. Técnicamente, podía marcharme. Estaba claro que nos daban suficiente libertad de movimiento para que pudiera tomar a Ciara y volar hasta mi nave antes de que pudieran acercarse lo suficiente como para inutilizarme con sus poderes psiónicos.

Pero nunca lo haría.

Más allá del hecho de que sentía un fuerte deber moral de ayudarles, tenía el honor de quedarme. Con una certeza que no podía explicar, sabía que Aku no era de los que conceden fácilmente su confianza. Y él me había concedido la suya. No importaba que la predicción de algún Vidente cimentara esa convicción. Una parte de mí creía que nuestras interacciones le habían convencido de que yo era un hombre de palabra. Si hubiera creído que no se podía confiar en mí, Vidente o no, no dudaba de que me habría encadenado.

De todos modos, intentar salir ahora sería la forma más segura de torpedear cualquier esperanza de una relación fluida con mi mujer.

Volví a centrarme en los científicos justo cuando terminaban sus pruebas. Por su lenguaje corporal, no habían encontrado nada sospechoso o que pudiera ayudar a su investigación. Ciara hizo un gesto a los cazadores Kreelar, indicándoles que podían llevarse la carne. Luego me miró mientras sus compañeros se volvían hacia el laboratorio, pero se detuvieron en seco al fijarse en mí.

—¡Un Obosiano! —susurró Ernst con asombro, rápidamente sustituido por excitación.

Se acercó rápidamente a mí, seguido por las dos mujeres. Permanecí inmóvil mientras él acortaba la distancia que nos separaba.

—Mi Lord, nos alegramos mucho de veros. ¿Dónde están los demás? —preguntó mirando por encima de mi hombro.

—He venido aquí solo. No hay nadie más, solo yo —respondí con voz tranquila—. Y puedes llamarme simplemente Amreth.

En teoría, debía dirigirse a mí como Lord Amreth, ya que era de ascendencia noble. Muchos de mis coetáneos eran rigurosos con la jerarquía. A mí no me importaba especialmente. Y dadas las circunstancias, aquellos rígidos protocolos no parecían apropiados. El brillo de aprobación en los ojos de mi compañera me produjo algo delicioso. No lo había hecho para impresionarla, pero agradecía cualquier cosa que pudiera ayudar a que se sintiera atraída hacia mí.

Parpadeó confundido

—¿Solo? ¿Para qué?

Con voluntad propia, mis ojos se desviaron hacia Ciara. Me detuve justo antes de decirle que había venido a rescatar a mi compañera. Aunque era cierto, no me parecía apropiado exponer la naturaleza de nuestro vínculo sin su consentimiento. Aunque había reconocido conocer nuestra conexión, aún no había expresado ningún deseo de llevarla a cabo.

—Vino a por mí —respondió Ciara en mi lugar, dejándonos a todos atónitos.

—¿Por ti? —resonaron simultáneamente Ernst y Mehreen.

La expresión de timidez más adorable apareció en el rostro de mi mujer, aunque intentaba parecer indiferente.

—Chicos, les presento a Amreth Vahna, un Alcaide de Molvi, que también resulta ser mi alma gemela. Kayog nos emparejó justo antes de que atacaran el Gladius.

La forma en que sus colegas se quedaron boquiabiertos y casi se les salieron los ojos de las órbitas habría sido divertidísima si yo no hubiera estado demasiado ocupado pavoneándome de haber sido así reclamado públicamente. Ciara no me parecía del tipo al que le gustara presumir. Para mí, que lo revelara abiertamente a los demás transmitía que estaba lo bastante comprometida con que hiciéramos ejercicio como para no tener reparos en compartirlo.

—¿Kayog? ¡¿El casamentero Temern?! —exclamó Mehreen.

Ciara asintió.

—¡Santo cielo! No sabía que habías recurrido a sus servicios —añadió.

Mi compañera resopló y sacudió la cabeza.

—No lo hice. Nos conocimos en la nave y empezamos a hablar después de asistir a una mujer que se sentía un poco indispuesta. Y lo siguiente fue que me dijo que conocía a mi alma gemela.

—Pero... ¡¿cuándo pudieron hablar antes de que nos secuestraran?! —desafió Ernst.

—No lo hicimos —respondí de forma objetiva—. En cuanto se confirmó que Ciara estaba entre los desaparecidos, Kayog se puso en contacto conmigo.

—¡¿Y por eso decidiste venir a rescatarla?! —preguntó Mehreen, con un aire de puro asombro descendiendo por sus facciones.

—Por supuesto. ¿Qué clase de macho sería si no lo hiciera?

Mi compañera se echó a reír, mientras Ernst ponía los ojos en blanco con falsa desesperación cuando Mehreen se llevó las dos palmas de las manos al pecho y me miró con aire de asombro.

—¡Me va a dar algo! Qué romántico. Por favor, dime que tienes un hermano soltero.

Me tocó a mí soltar una carcajada.

—Sí —respondí asintiendo con la cabeza.

—Exijo una presentación formal —dijo Mehreen antes de batir descaradamente las pestañas.

—Mujer, contrólate y deja de flirtear con mi hombre —dijo Ciara con falsa severidad.

Eso también me hacía gracia. Era una tontería el placer que me producía su exhibición posesiva hacia mí, por muy juguetona que fuera la situación actual.

—Aguafiestas —respondió Mehreen con un mohín exagerado—. De todos modos, me llamo Mehreen, y él es Ernst.

—Ya lo sabe y ha leído todos nuestros expedientes de camino hacia aquí. Ahora vamos a comer. Podemos ponerle al día de las partes que me faltan.

Todos seguimos su ejemplo. Empezaba a parecerme evidente que los dos científicos se sometieran a la autoridad de mi mujer. Nos condujo a una de las casas adyacentes al laboratorio. Para mi sorpresa, el interior había sido acondicionado como sala de reuniones junto a un comedor. La mesa ya estaba cargada con una generosa cantidad de comida. Para mi consternación, cuando tomamos asiento, me fijé en el considerable porcentaje de frutas y verduras, con solo una pequeña porción de carne y algunos panes secos.

Ciara soltó una risita al ver mi expresión, y su rostro adoptó un aire de conmiseración mezclado con una pizca de burla.

—¿Alguien no es vegano? —preguntó burlonamente.

—Desde luego que no —respondí en tono malhumorado—. Nuestros Nundars preparan los platos gastronómicos más deliciosos que uno pueda soñar.

—¿Nundars? ¿Qué son? —preguntó con curiosidad.

—Los llamamos nuestros familiares. Son una especie espiritual de ermitaños que necesitan vivir con un Obosiano para prosperar. Son muy inteligentes y poseen poderes psiónicos extremadamente poderosos. Se alimentan de las emociones, pero también son extremadamente sensibles a ellas. Las emociones negativas les angustian mucho, lo que explica su necesidad de aislamiento —expliqué.

—¿Por qué prosperan alrededor de tu especie en concreto? —preguntó Ciara.

—Como mi pueblo, se alimentan principalmente de emociones. Los Obosianos emitimos constantemente, de forma natural, un aura energética determinada, de la que podemos gastar más deliberadamente según sea necesario. Por eso, cuando alcancemos la madurez, nos rodearemos de jóvenes Nundars con la esperanza de que a algunos de ellos les guste nuestra energía. Los que lo hagan nos elegirán como su patrón y se instalarán con nosotros en la sección de nuestra morada reservada para ellos.

Consideré más prudente omitir la parte en la que esa selección se producía durante las semanas salvajes en las que los jóvenes Obosianos alcanzaban su madurez en torno a los dieciocho años. Antes de eso, éramos básicamente asexuales. Pero una vez llegado ese momento, prácticamente nos volvíamos rabiosos y nos lanzaban a una orgía con otros adolescentes de nuestra edad mientras ejercitábamos nuestra libido desenfrenada con todo y cualquier cosa que se moviera. Los jóvenes Nundar nos supervisaban, asegurándose de que nos mantuviéramos hidratados, alimentados y descansados durante ese tiempo en que nuestras mentes estaban completamente embriagadas. Vernos en nuestro estado más descontrolado y primitivo les ayudaba a evaluar mejor si podían verse sirviéndonos el resto de sus vidas.

—¿No es un poco invasivo? Parece que podrías acabar con un montón —preguntó Ciara con cuidado.

Resoplé y le dediqué una sonrisa tranquilizadora.

—Realmente no lo son. Como he dicho, les gusta vivir aislados. Tendrás suerte si los ves aunque solo sea una vez al mes. Normalmente, solo eres consciente de su existencia porque se encargan de todas las tareas de la casa, como cocinar, limpiar y lavar la ropa. Pero como pueden sentir nuestra presencia y estado de ánimo, saben exactamente cómo hacerse escasas y solo aparecen si sienten que queremos hablar o interactuar con ellas.

—Vaya, ¿ayudantes invisibles y eficientes, que cocinan comida estupenda y se ocupan de todas las tareas de la casa? Apúntame —dijo Mehreen, con una voz que destilaba envidia, aunque su tono seguía siendo juguctón—. Sobre la presentación de tu hermano....

Todos resoplamos, y mi compañera sacudió la cabeza con falsa severidad hacia su colega, como si fuera un caso perdido.

—Entonces es cierto que los Obosianos son como los Íncubos —dijo Ernst pensativo.

—En la medida en que nos alimentamos de las emociones de nuestras parejas, sí, lo hacemos. No lo necesitamos, pero nos sacia mucho más que la comida normal. Sin embargo, al hacerlo no drenamos la fuerza vital de nuestras parejas. No les afecta negativamente en modo alguno —dije burlonamente.

—Pues ya está todo listo —dijo Mehreen con exagerado entusiasmo—. No hace falta que te tortures con toda esa comida para pájaros —añadió, señalando con la mano la comida mayoritariamente vegetariana que había sobre la mesa, antes de lanzar una mirada significativa a Ciara.

—¡Oye! ¡No soy comida! —exclamó Ciara con falsa indignación.

—Técnicamente, sí que lo eres —dije con una sonrisa sarcástica—. O más bien lo son tus emociones.

Silencié la parte en que su placer sería el banquete más suculento que me daría cuando llegara el momento.

—Pero no temas, Ciara. Nunca me alimentaré sin tu consentimiento expreso —dije en tono tranquilizador.

Aparentemente decidida a causar el mayor daño posible—aunque sin ninguna intención maliciosa—Mehreen siguió molestando juguetonamente a mi compañera en un claro intento de hacerla sonrojar.

—En vista de que son almas gemelas, por no hablar de que están buenísimos, estoy segura de que Ciara estará encantada de concederte ese consentimiento —dijo Mehreen con un gesto despectivo de la mano—. Por cierto, ¿debemos suponer que compartirán la casa de Ciara?

Ernst se mordió el interior de las mejillas para no echarse a reír, mientras mi compañera jadeaba de incredulidad, todavía atascada en aquel primer comentario. Mehreen me estaba agradando. Era extraño, ya que mi gente tendía a ser más estirada. También supuse injustamente que los científicos serían aburridos y muy serios. Una parte de mí sospechaba que su humor también era un mecanismo para sobrellevar la estresante situación a la que se habían visto abocados.

—Uhm... según Aku, sí que estamos destinados a compartir su vivienda. Le desafié, diciendo que era muy inapropiado. Me informó de que había una habitación de invitados, así que no debería ser un problema. Pero si era realmente problemático para alguno de los dos, me proporcionaría un alojamiento diferente —expliqué, objetivamente.

—¡Vaya! —susurró Ciara, mirándome con una expresión

dolida que me sorprendió—. ¿Tan espantoso te parece compartir casa conmigo?

Retrocedí y la miré boquiabierto.

—¿Qué? No, en absoluto. Solo me pareció muy presuntuoso por su parte suponer que te parecería bien.

Sus hombros se relajaron.

—¿Te dijo por qué quería que compartiéramos casa?

—Dijo que éramos almas gemelas —respondí con calma.

—Lo cual es exacto —dijo Mehreen con tono evidente.

—Sí, pero ¿cómo lo sabe? —desafié antes de mirar a mi compañera—. Dudo que Kayog o tú se lo hayan dicho.

—Su amigo lo hizo —dijo Ciara con seguridad antes de arrugar la cara en señal de frustración—. Odio que nos hayan borrado la memoria. Solo sé que su amigo afirmó que todos desempeñamos un papel importante que conducirá al éxito de nuestros esfuerzos.

—Parece la visión de un Vidente u Oráculo —dije pensativo —. ¿Podrían ser Korletheanos esos amigos?

Para mi sorpresa, los tres humanos respondieron al unísono con un no rotundo. Aquello les sorprendió, e intercambiaron miradas divertidas antc su rcacción instintiva.

—No sé por qué puedo afirmarlo con total certeza, pero los amigos de los Kreelars odian absolutamente a los Korletheanos —dijo Ciara con cautela, a lo que sus colegas asintieron.

—Sí, siento algo muy asqueroso cuando sale su nombre. Tiene que venir de esos amigos misteriosos —dijo Ernst frunciendo el ceño—. Me pregunto si sus amigos podrían ser Sarenianos.

Ciara asintió

—Es plausible teniendo en cuenta que poseen poderes de control mental. Con una sola orden, podrían haber borrado nuestros recuerdos. También odian a los Korletheanos. Pero, ¿qué harían aquí, en la Zona Muerta? Se limitan sobre todo a su propia región, en el extremo opuesto del Cuadrante Este.

—¿Acaso importa? —replicó Ernst.

—¡Por supuesto! —exclamé con severidad—. A diferencia de los humanos, que también forman parte de la Alianza Galáctica de los Cuadrantes Este y Oeste, el resto de los que estamos aquí, en el Cuadrante Norte, sabemos muy poco sobre los Sectarios. Ayudaron a realizar un ataque contra una de nuestras naves aliadas más poderosas. ¿Fue un hecho aislado o traman algo más nefasto?

—Buena pregunta —dijo Ciara en tono apaciguador—. Pero los Kreelar necesitan realmente nuestra ayuda. Sin la intervención de sus amigos, podrían haberse extinguido por completo en los próximos años. Además, hasta ahora, no he percibido absolutamente ninguna maldad o engaño por parte de Aku y sus compañeros de tribu. Solo quieren salvar a su pueblo.

Asentí a regañadientes.

—Tampoco percibo ninguna traición por su parte. Pero, ¿por qué son tan reservados sus amigos?

—Ya sabes por qué —dijo Ciara en tono de reproche—. Han quebrantado la ley para ayudar a los Kreelar. Aunque lo hayan hecho por buenas razones, les respirarías en la nuca si pudieras ponerles las manos encima.

—¡Con razones válidas! —exclamé.

Me miró con dureza y su rostro se cerró de la forma más desagradable. No me gustaba provocar ese tipo de respuesta en ella.

—Si tengo que infringir la ley para salvar a una especie moribunda, lo haré sin dudarlo —dijo en tono duro.

—Había otros caminos que no exploraron —argumenté.

—¿Los había? —desafió ella—. Creen que somos la única esperanza con el mejor resultado para todos. Hasta ahora, su previsión ha sido acertada, incluida tu venida aquí.

—Un delito es un delito —dije tercamente—. La gente salió herida por su ataque.

—E hicieron todos los esfuerzos razonables para mitigar las

lesiones, incluso salvarme la vida y curarme por completo —dijo Ciara con la misma voz severa—. Violaste la Directiva Primaria para venir a rescatarme. ¿Deberían condenarte a Molvi?

Hice un gesto despectivo con la mano.

—Se hacen algunas excepciones cuando se ayuda a familiares y también en función de las intenciones de la persona que cometió la intrusión.

—¡Exacto! —exclamó Ciara como si eso debiera resultarme obvio—. No sabes cuáles eran sus intenciones.

—Es justo —reconocí—. ¿Pero qué hacían aquí, en Kestria, en primer lugar?

Ciara se encogió de hombros.

—¿Qué hacíamos aquí también nosotros, los humanos? ¿Qué hacían aquí Elias y su equipo? Esto es la Zona Muerta. La OPU no tiene más jurisdicción sobre los Sectarios que vienen a este planeta que la que ellos tienen sobre nosotros. Sean quienes sean sus amigos, puede que tuvieran razones legítimas para estar aquí. Y está claro que tienen un fuerte vínculo que me parece que ha durado muchos años. Así que, técnicamente, si hay intrusos, me parece que somos *nosotros*.

Fruncí los labios mientras reflexionaba sobre sus palabras antes de asentir lentamente.

—Tienes argumentos válidos. Pero, ¿por qué los proteges tanto? —pregunté con auténtica curiosidad.

Parecía sorprendida por la pregunta. Para mi alegría, en lugar de negar instantáneamente o ponerse a la defensiva, Ciara se tomó un momento para evaluar sus pensamientos y sentimientos al respecto antes de responder. Eso me complació mucho.

—Cuando me hice médico, me comprometí a no hacer daño y a ayudar a los necesitados. Los Kreelar lo necesitan desesperadamente. Sin sus amigos, su muerte estaba garantizada. Hablaste de un ataque, pero no de una matanza. Aku juró que no habían hecho daño a nadie, ni siquiera a los guardias, a los que también habían perturbado psíquicamente. Tú lo confirmaste. Sí, hubo heridos en el pánico. Pero eso no fue culpa de los Kreelar, o mejor dicho, no directamente. La forma en que me salvaron demostró que intentaban mitigar cualquier daño causado a inocentes.

Una vez más, me vi obligado a asentir a regañadientes en señal de concesión. Eso pareció complacerla y envalentonarla.

—Creo que los Kreelar son buena gente, y sus amigos también lo vieron. Podrían tratarnos como a una mierda por lo que han soportado, aunque Elias y su equipo sean los responsables —continuó.

—Han sido extremadamente amables con nosotros —coincidió Ernst, mientras Mehreen asentía en señal de apoyo

—Ciara dice que podrías haber encontrado un rastro. ¿Crees que puedes ayudar? —pregunté.

Ernst asintió, con el rostro iluminado por la esperanza.

—Hemos encontrado los priones responsables, los agentes infecciosos que causan esta variación de las enfermedades priónicas —añadió rápidamente en tono de disculpa, aunque esa explicación seguiría siendo poco clara para la mayoría de la gente.

Sonreí de forma tranquilizadora.

—Ciara ya me explicó muy bien qué son los priones.

—¡Excelente! —exclamó—. Así que hemos encontrado los priones en las células cerebrales de los cuatro pacientes actuales que hay aquí. Dos de ellos no empezaron a presentar síntomas hasta ayer. Sabíamos con certeza que se trataba de una enfermedad priónica por la formación inicial de placas esponjosas en su tejido cerebral, observada en los escáneres. Como probablemente te haya dicho Ciara, los priones deben ingerirse. Hemos escaneado todos los alimentos del pueblo, así como sus fuentes de agua. Todo está limpio. Debemos encontrar qué están comiendo que lo esté causando, y eso es como buscar una aguja en un pajar.

No tenía mucho sentido esa expresión para mí, pero en el

contexto, sospeché que significaba que sería una tarea extremadamente difícil de conseguir.

—Lo importante es que, como esto está ocurriendo en otros pueblos, sabemos que el problema no se limita a un rebaño o una granja. Hay algo ahí fuera que está infectando a estas personas —afirma Ernst.

—¿Puedes curarlo? —pregunté.

Los tres negaron con la cabeza.

—No se conocen curas para las enfermedades priónicas. Normalmente, solo podemos hacer que los pacientes humanos estén lo más cómodos posible mientras la enfermedad progresa hasta su fallecimiento —dijo Ciara con expresión preocupada—. Pero con los Kreelar se comporta de forma diferente.

—¿Cómo así? —pregunté con auténtica curiosidad.

—Los síntomas aparecen más rápidamente, mientras que con la mayoría de las demás especies pueden tardar entre semanas y meses en manifestarse. Pero lo más importante es que algunos de los Kreelar sobreviven, mientras que los humanos mueren al cabo de dos años. Sora fue el primer caso, y sigue viva. Es la hermana de Aku y la nodriza que atacó a los médicos junto al río. No solo tiene anticuerpos, sino que su tejido cerebral también mutó para otorgarle poderes psiónicos.

—¿Los demás, como Aku, tienen los mismos anticuerpos? —pregunté, fascinado.

Ciara vaciló, parecía no saber qué responder.

—Los anticuerpos son bastante similares, pero no iguales —dijo Mehreen—. Creemos que los priones compartían el mismo origen, pero que la fuente de contaminación era distinta, y que la variante que Sora consumió a través de la sangre de aquel médico era una versión mutada de la que ha estado infectando a los demás.

—Todavía estamos intentando averiguar por qué las hembras tienen más probabilidades de morir —dijo Ciara.

—Habría supuesto que se trataba de un factor hormonal —dije con cuidado.

—Eso es lo que sospechamos también, pero ¿qué específicamente? ¿Cómo interactúa con los priones para precipitar los fallos catastróficos que los mataron? —dijo pensativa.

—Al menos, ahora podemos detectar quién está infectado, aunque todavía no muestre síntomas —dijo Ernst—. Debemos hacer pruebas a todo el mundo y proporcionarles kits de pruebas para asegurarnos de que las madres y nodrizas infectadas no están transmitiendo nada a sus hijos.

—Supongo que tienen muchas aldeas repartidas por un vasto territorio. ¿Tienen sistemas de comunicación rápidos? —pregunté, tratando de evaluar a cuántas aldeas podríamos llegar en el menor tiempo posible.

—Sí y no —contestó Ciara—. Tienen el equivalente de los antiguos CB, que básicamente solo necesitan una antena y un receptor para captar las frecuencias de radio. Pueden hablar por ellos, pero no hay vidcom. Así que no podemos enseñarles virtualmente lo que tienen que hacer. Al menos permite a Aku avisarles de lo que ocurre y de que empezaremos a visitarles a partir de mañana con kits de pruebas y medicinas.

—¿Medicina? —repetí frunciendo el ceño—. Creía que habías dicho que no había cura.

—Hemos preparado algo derivado de los anticuerpos de Sora con inmunoglobulinas sintéticas que ayudarán a impedir que los priones normales se vuelvan anormales. Esto debería ralentizar considerablemente el avance de la enfermedad y dar al cuerpo del paciente la oportunidad de contraatacar y mutar en lugar de morir. Hasta ahora, ha funcionado bien en nuestros dos primeros pacientes.

Me asaltó un pensamiento repentino

—¿Existe alguna posibilidad de que, de hecho, fuera lo que fuera que estén consumiendo, lo estén haciendo a propósito? ¿Existe la posibilidad de que los Kreelar quieran someterse a esta mutación? Después de todo, les ha proporcionado el tipo de poderes psiónicos ofensivos que a muchos cazadores les encantaría tener.

Para mi sorpresa, todos negaron simultáneamente con la cabeza.

—Desde luego que no —dijo Ciara con seguridad—. Eran felices tal como eran. Pero preferirían la mutación a la muerte. Solo temen qué otros cambios puedan producirse en el futuro y les encantaría tener la confirmación de que esta mutación es el resultado final de su exposición a los priones.

—Me parece justo. Entonces, ¿cuál es el plan? —pregunté.

—Viajamos a las aldeas cercanas con un par de escoltas Kreelar por la mañana —dijo Ernst—. Con tus alas, podrías llevar a Ciara a una de las más lejanas.

Asentí con la cabeza

—Lo estuvimos discutiendo antes de que los cazadores regresaran con sus capturas. Sin embargo, mi lanzadera sería mucho más eficaz. Con suerte, las cosas irán lo suficientemente bien mañana como para que su gente se sienta más cómoda con nuestra avanzada tecnología. Les permitiría a Mehreen y a ti viajar más lejos mientras yo vuelo con mi compañera.

Me estremecí interiormente cuando me sorprendí utilizando aquel término cariñoso. Era la segunda vez que lo hacía. Eché una mirada nerviosa a Ciara, pero me alivió ver que sonreía con aprobación. Dudaba que fuera porque la había reclamado. Pero me alegré de que no pareciera molestarla ni disgustarla.

—¡Parece un plan! —dijo Ciara.

Terminamos nuestra comida de "pájaros" en un ambiente agradable. Después, Ernst y Mehreen volvieron a hacer más medicinas mientras Ciara me enseñaba a administrar la prueba para que pudiera ayudarla por la mañana.

De una forma que no podía explicar, me sentí bien.

CAPÍTULO 9
CIARA

Por fin tan listos como podíamos estar para la mañana, intercambiamos nuestras buenas noches y me dirigí a mi casa acompañada de mi compañero. Aún me costaba hacerme a la idea de que era mío. No es que me molestara, sino que no sabía cómo hacerlo. Por primera vez, me di cuenta de lo torpe que era en el aspecto romántico.

Amreth hizo un par de intentos de flirteo desde su llegada, pero también estaba siendo cauto. Era difícil encontrar el equilibrio para no parecer demasiado atrevido, demasiado pronto. Su comentario anterior sobre disciplinarme había bordeado esa fina línea. La cuestión era que no podía jurar que su intención fuera insinuar unos azotes pervertidos. Su gente se dedicaba a disciplinar el mal comportamiento. Por lo tanto, sus palabras podrían haber sido totalmente inocentes.

Pero yo siempre había sido del tipo inconsciente cuando se trataba de eso. El traidor de mi ex prometido tuvo que decirme directamente que estaba interesado y que se le estaban acabando las formas sutiles de expresarlo antes de que me diera cuenta de que, efectivamente, había estado flirteando conmigo.

Y ahora, mi yo romántico se iba a casa con el completo desconocido que supuestamente era la otra mitad de mí.

Si hubiera sido de cualquier otra especie—excepto quizá un Temern como Kayog—no podría jurar que me hubiera parecido bien que pasara la noche bajo el mismo techo que yo tan pronto. Las habitaciones separadas no significaban nada si la persona era un psicópata o del tipo que no respeta los límites. Pero Amreth inspiraba confianza con una intensidad que desafiaba la lógica.

Para mi sorpresa, a mitad de camino por el patio hacia mi casa, Amreth me hizo un gesto para que esperara un momento y se dirigió hacia la puerta, haciendo señas a Enre, el guardia Kreelar sentado en lo alto de la pequeña torre al borde de la puerta. Enre bajó de un salto los tres metros, aterrizando sin esfuerzo con la gracia de un gato. Se acercó a nosotros con una actitud tranquila y llena de curiosidad.

—Siento molestarte, pero debo hacer un recado a mi nave —dijo Amreth.

Me quedé boquiabierta mirándole antes de recomponer rápidamente mis facciones. Enre entrecerró los ojos castaño oscuro hacia él con un atisbo de sospecha.

—¿Por qué?

—Si voy a quedarme aquí, necesito ropa limpia y algunos de mis objetos personales —respondió Amreth con naturalidad.

El Kreelar estudió sus rasgos en silencio con una expresión ilegible. Sus ojos brillaron ligeramente. Siempre me asustaba cuando hacían eso. Para mi disgusto, cuando le pregunté a Aku por sus poderes, me dijo que ese conocimiento era irrelevante para el cumplimiento de mi tarea aquí. Cuando desafié esa idea, diciendo que una mejor comprensión de sus poderes podría llevarme a hacer ciertas asociaciones que ayudarían a identificar y resolver el problema más rápidamente, me rechazó de plano. Al parecer, aquellos desgraciados amigos suyos confirmaron que darme ese conocimiento no ayudaría a su causa.

Teniendo en cuenta las ocasiones en las que utilizaban esa

habilidad, sospechaba firmemente que les permitía leer las emociones o las intenciones de su objetivo. No creía que pudieran leer la mente. Más de una vez se habían quedado realmente sorprendidos por algo que habíamos dicho o revelado. Si pudieran leer la mente, habrían sabido de antemano lo que nos disponíamos a decir o hacer.

—Ésa es una decisión que debe tomar Aku —dijo por fin Enre.

—Por supuesto —respondió Amreth amablemente.

Aunque ahora no era el momento de colmarle de cumplidos, le dediqué una sonrisa de agradecimiento por mostrar tanta consideración y ser tan cooperativo. Técnicamente, como no era oficialmente un prisionero, podría haberse escabullido y luego intentar volver discretamente una vez que hubiera terminado con lo que fuera que le llamaba a su nave

Lo habría odiado. No podía saber si lo habría conseguido, pero después de la traición de mi ex prometido, tenía algunos problemas de confianza. Cualquier acto suyo que insinuara siquiera remotamente que faltara a su palabra socavaría significativamente cualquier relación que pudiéramos tener.

Para mi sorpresa, menos de diez segundos después, Aku atravesó la puerta y entró en el patio. Por la forma en que Amreth entrecerró los ojos, supe que por su mente cruzaba la misma pregunta de si Enre había utilizado alguna forma de telepatía para llamarle. Eso podría explicar el brillo de los ojos.

—¿Enre dice que quieres irte? —preguntó Aku de forma no conflictiva, confirmando mis sospechas.

—No *irme* —corrigió Amreth—. Solo necesito ropa limpia y cosas personales. Cuando aterricé, no esperaba quedarme aquí.

Aku frunció los labios mientras le lanzaba una mirada evaluadora.

—Escucha, volaré a una aldea cercana con Ciara por la mañana. Si mi intención es escapar, ocurrirá de todos modos en ese momento. Tu "amigo" dice que se puede confiar en mí, y me he comprometido a llevar esto a cabo. Así que si vas a confiar en mí, tiene que ser ahora. No he venido aquí a jugar.

—Nuestra gente desconfía de los extraños. Que vengas y te vayas tan pronto solo hará que se sientan aún más incómodos —argumentó Aku.

—Amreth es un Obosiano —intervine en voz baja—. Su palabra es su vínculo. Si dice que volverá, puedes contar con ello. Tu amigo ha tenido razón en todo hasta ahora. ¿Por qué dudar ahora?

Para mi sorpresa, me dirigió una mirada extraña antes de lanzar otra aún más extraña a Amreth. Habría dado muchos créditos por saber qué pensamientos cruzaban su mente.

—No es *mi confianza* la que tienen que ganarse. Ambos ya la tienen. Mi pueblo está muriendo. Necesitan a alguien a quien culpar. Da la casualidad de que tú eres lo más cercano a lo que pueden recurrir. Por favor, sean rápidos y discretos.

Me quedé boquiabierta, sin palabras. De todas las cosas que podría haberme contestado, no esperaba esto.

—Lo haré —dijo Amreth, saliendo del mismo estupor que yo sentí primero.

Miró hacia el nordeste, donde se divisaban en el horizonte una serie de cordilleras bajas, y luego se volvió hacia mí.

—¿Necesitas que te traiga algo de mi nave? —preguntó.

Sacudí la cabeza.

—Tenemos todo lo que necesitamos. El laboratorio desplegable es perfecto. Pero sea lo que sea lo que vayas a buscar allí, ¡*no* traigas comida!

Me eché a reír al ver cómo fruncía el ceño. Dudaba de que realmente se hubiera planteado hacerlo, pero este recordatorio de que no disfrutaba de la comida mayoritariamente vegetariana que tenían aquí me hizo partirme de risa. Parecía un niño pequeño haciendo pucheros por tener que comerse el brócoli.

—Entendido. Volveré pronto —respondió.

Luego, con un poderoso batir de alas, levantó el vuelo. No

pude evitar admirar su gracia y su fuerza. Amreth era magnífico. Evidentemente, su aspecto físico no me hacía daño a la vista. Pero lo que había visto hasta entonces de su personalidad me estaba gustando mucho. Era muy pronto en nuestra relación, así que aún nos quedaba mucho por conocernos. Sin embargo, me encantaba su inteligencia y su capacidad para entender las cosas con rapidez y centrarse en temas que normalmente hacían que los ojos de la gente se volvieran vidriosos en cuestión de segundos.

Mi principal preocupación era lo rígido que parecía ser a veces cuando se trataba de observar la ley. Comprendí que estaba casi adoctrinado en su pueblo desde el nacimiento. Pero nunca nada era completamente blanco o negro. Al menos, estaba abierto a los argumentos, escuchaba con la mente abierta y parecía dispuesto a hacer concesiones.

Una fuerte sensación de ser observada me hizo mover bruscamente la cabeza hacia Aku. Al ver que él y Enre me miraban con expresión ligeramente divertida, mis mejillas ardieron de vergüenza.

—Te complace —dijo Aku de forma objetiva.

Me moví sobre mis pies, sintiéndome un poco incómoda y me encogí de hombros con desdén

—Eso espero. Al fin y al cabo, somos almas gemelas.

—Aún no le conoces —desafió Aku.

—Tienes razón, pero eso no significa que no pueda haber química natural. Tu amigo dijo que estábamos hechos el uno para el otro, al igual que el mío —dije con indiferencia—. A veces, no hace falta conocer a alguien durante mucho tiempo para hacerse una idea de quién es y de su verdadera naturaleza. Yo no te conozco y, a pesar de que nos secuestraste, confío en que eres una buena persona. Tus acciones y tu devoción por tu pueblo se ve a un kilómetro de distancia. Siento lo mismo hacia Amreth.

Una extraña expresión recorrió su rostro y el de Enre.

Aku asintió lentamente.

—Tus palabras son amables. Pero, como ya he dicho, el sentimiento es mutuo. Dicho esto, es fascinante presenciar esta atracción entre especies tan diferentes —añadió pensativo, lo que hizo que Enre asintiera con la cabeza.

Sonreí.

—Es muy común fuera de este mundo. Personas de muchos planetas de nuestra alianza se casan entre sí. Las almas gemelas no están determinadas por la especie. Tu propia alma gemela podría ser humana.

Aku retrocedió.

—¡Oh, no! ¡De ninguna manera! —exclamó con la misma expresión de horror que Enre.

—¡Ay! —dije, apretándome una palma contra el pecho como si me hubieran herido de muerte, con una expresión demasiado dramática en el rostro.

—Disculpa —dijo Aku, con las orejas oscurecidas por la vergüenza, mientras yo me echaba a reír—. No pretendía faltarte al respeto. Tú y tus compañeros son bastante encantadores, pero no, que yo acabe con una humana es muy improbable. En realidad, una compañera forastera no sería bienvenida aquí después de todo esto. Mi pueblo tardará bastante tiempo en curarse y en ver a los extraños como algo más que portadores de la perdición.

—Claro —dije, recapacitando.

—Pero me alegro por ti —dijo Aku en un tono más suave—. Parece verdaderamente honorable. Si te sirve de algo, no fue fácil capturarle, aunque él lo crea, y eso hiere su orgullo. Diez de nosotros tuvimos que utilizar nuestros poderes en Amreth para acabar con él. Y aun así, se defendió. Hacía tiempo que no teníamos que perseguir a nadie ni a nada durante tanto tiempo. Normalmente no llegan a la línea de árboles.

—¡Oh, vaya! Deberías decírselo. La verdad es que se sintió bastante mortificado por haber sido capturado —dije, con una tonta oleada de orgullo recorriéndome.

—¡No puede ser! No quisiéramos que eso se le subiera a la cabeza, ¿verdad? —dijo en tono burlón.

Resoplé y le negué con la cabeza.

—Entonces quizá lo haga yo misma. En cierto modo, se lo debo. Vino hasta aquí para rescatarme sin que ni siquiera nos conociéramos —añadí con nostalgia antes de mirarle con seriedad—. Entiendo que no puedas decirnos nada sobre tus amigos. Pero, ¿son una amenaza para nosotros?

Aunque no tenía motivos para confiar en que no mintiera para protegerlos, la rapidez y la convicción con que negó con la cabeza al menos me convencieron de que creía sinceramente que no lo hacían. Aunque eso no probaba nada.

—No. Sus asuntos están en los Cuadrantes Este y Oeste. Allí se están gestando cosas oscuras. Solo puedo rezar para que salgan vencedores cuando todo esté dicho y hecho —dijo Aku en un tono misterioso mezclado con una pizca de preocupación por sus amigos—. Pero ahora te dejaremos. Tus colegas y yo partiremos temprano. Enre partirá esta noche hacia la aldea de Jaln antes de su llegada. Descansen bien.

—Lo haré —dije con una sonrisa.

Tras una última y dura inclinación de cabeza como respuesta, Aku se dio la vuelta y salió con Enre siguiéndole de cerca. Los observé hasta que desaparecieron de mi vista y luego me dirigí a mi casa. Para mi sorpresa, me sorprendí a mí misma entrando a toda prisa para ducharme y elegir la ropa que me pondría de entre la respetable selección que me habían proporcionado. Había unos cuantos camisones, bastante sexys sin dejar de ser correctos y respetables, el tipo de ropa de dormir que podía ponerme delante de él sin que pareciera que intentaba ponerme juguetona. Aun así, sospechaba que quien había elegido aquella ropa para mí sabía que estaría con Amreth.

A juzgar por los atuendos que llevaban los Kreelar, ellos no habían creado estas ropas. Su gente—tanto hombres como mujeres—vestía en su mayoría pantalones que recordaban a esos pantalones de harén abullonados con cinturones de colores o taparrabos encima. Ninguno de los dos sexos llevaba tops, aparte de algún fajín ocasional, correa de arma, pero más a menudo una serie de cuentas de colores y collares alrededor del cuello, que caían hasta la mitad del pecho.

Sus mujeres no tenían pechos prominentes como nosotras, solo un par extra de pezones. No sabría decir si sus ropas pretendían ocultar su desnudez o eran simplemente una declaración de moda. Pero agradecí no tener que mirar sus partes íntimas. El único paciente macho que examinamos nos dio más de una mirada. Si los Kreelar estuvieran hechos todos iguales, tendrían rasgos simiescos, pero estaban dotados como caballos.

Tras decidirme por un picardías coral sin mangas que favorecía mi tez morena, me cepillé el pelo y los dientes, asegurándome de que no tenía nada raro entre ellos. Era esa persona que sonreía salvajemente a los demás sin darse cuenta de que tenía un trozo de espinaca entre los dientes delanteros.

Un rápido vistazo a mi reloj me indicó que habían pasado veintiún minutos desde que Amreth voló hacia su nave. Teniendo en cuenta que dijo que eran casi diez minutos de vuelo en cada dirección, probablemente tardaría otros veinte en volver. Inquieta, volví al portátil para intentar trabajar un poco más, pero mi mente seguía divagando.

Llevaba aquí menos de un día y, sin embargo, sentía como si toda mi vida se hubiera puesto patas arriba. Deseaba que no estuviéramos aquí, que todo este asunto ya estuviera resuelto para que pudiéramos centrarnos en conocernos y explorar nuestra relación

Entre otras cosas, necesitaba averiguar cómo quería manejar las cosas entre nosotros durante los próximos días. ¿Debía dejar que las cosas siguieran su curso normal e ir con la corriente? ¿Debía sugerir que dejáramos todo entre nosotros en suspenso mientras resolvíamos este lío y que empezáramos de nuevo con la mente tranquila una vez que hubiéramos terminado? ¿Qué esperaba?

—¡Dios mío! ¡Basta ya! —me susurré enfadada.

Tenía tendencia a pensar y analizar demasiado las cosas. A veces, las cosas no tenían por qué encajar perfectamente en un pequeño recipiente con una etiqueta adecuada. El caos tenía su propia belleza.

Casi me salgo de mis casillas cuando oí que llamaban a la puerta principal. Con el corazón palpitante, me levanté de un salto y salí corriendo de la habitación de invitados, donde había estado trabajando—o más bien soñando despierta— y corrí hacia la puerta. No estaba cerrada. El corazón me dio un vuelco cuando vi a Amreth de pie detrás de ella, con las manos cargando dos grandes bolsas.

—Pasa —dije, sintiéndome un poco incómoda al apartarme.

Sonrió con una pizca de diversión, sin duda al percibir lo nerviosa que me hacía sentir de repente su mera presencia.

—Técnicamente, como vas a vivir aquí ahora, no tienes que llamar en el futuro —dije con una risita nerviosa.

—Gracias. Me pareció presuntuoso no hacerlo al menos esta vez —respondió.

—Y te agradezco que seas tan considerado —dije, acomodándome un mechón de mi pelo blanco plateado detrás de la oreja—. Pero, por favor, por aquí. Tus maletas parecen pesadas —añadí, señalando hacia la habitación de invitados.

Me siguió a la habitación solo para que mi estúpido cerebro se diera cuenta por fin de que la había estado utilizando como despacho. Durante todo el tiempo que estuve esperándole, no se me ocurrió ni una sola vez que debía sacar mis cosas. De acuerdo, solo era un portátil y una pantalla holográfica en 3D, pero aun así debería haberlo pensado.

—¡Oh, perdón! —exclamé, apresurándome a quitarlas—. Había estado utilizando esta habitación como despacho.

—Puedes dejarlas aquí —intervino Amreth mientras dejaba

una de las bolsas sobre la cama—. Solo necesitaré esta habitación para dormir. Puedes seguir trabajando aquí el resto del tiempo.

—No quiero molestarte ni invadir tu intimidad —dije tímidamente.

Se encogió de hombros y me miró como si hubiera dicho una tontería.

—Tu presencia nunca puede molestarme. Pero la mía sí podría *molestarte* —añadió burlonamente.

—Lo dudo. Hasta ahora he disfrutado mucho de tu compañía, y eres mucho más agradable a la vista que todos esos datos médicos —repliqué burlonamente.

Resopló.

—No es por presumir, pero no podría estar más de acuerdo contigo en ese último punto. Me pongo bizco con solo mirar esos informes que tú y tus colegas han estado estudiando a fondo. Prefiero mirarme a mí mismo que a eso —dijo con un escalofrío exagerado.

Me reí entre dientes, pues me gustaba mucho su lado juguetón. Dudaba que se diera cuenta, pero mientras que la gente a veces decía que yo tenía cara de amargada, él tenía la típica cara de arrogante Obosiano. Cualquiera que no lo conociera asumiría que era un engreído y un santurrón.

—Pero también eres muy agradable a la vista, Ciara. Me encanta el color de este camisón. Hace que tu piel brille.

Mi estómago se agitó con la sensación más agradable. No fueron solo las palabras, sino la forma suave en que las pronunció y la admiración en sus ojos desprovistos de matices escabrosos. Esto podría haber ido en muchas direcciones diferentes. Me gustó que no pareciera mirarme solo como un juguete sexual.

Me miré a mí misma con una tímida sonrisa, mientras mi mano derecha aplanaba distraídamente unas arrugas inexistentes en la corta falda de mi camisón.

—Gracias. Quien me eligió la ropa tenía muy buen gusto. No suelo decantarme por la ropa de colores, pero la selección que me han proporcionado me ha hecho replantearme esa postura. Cuando me vaya de aquí, mi vestuario se actualizará notablemente. Solo me gustaría que aquí hubiera un baño y no solo una ducha. Me encantan los baños de burbujas mientras leo un buen libro.

—Tengo una bañera de hidromasaje en mi nave que personalmente nunca utilizo. Si las ganas se te hacen demasiado grandes, tendré que convencer a Aku para que te permita una merecida escapada de una hora o así.

Sonreí.

—Eres muy amable, y sin duda tendré en cuenta esa oferta. De hecho, la estableceré como recompensa para cuando localicemos el origen de la enfermedad que les aqueja.

—¡Trato hecho! Ahora tengo un incentivo extra para procurar que ocurra cuanto antes. Pero dicho esto, a mí también me vendría bien una ducha —dijo Amreth, echando un vistazo a la habitación—. No me fijé en la sala de higiene cuando Aku me trajo aquí por primera vez.

—Este lugar es bastante primitivo —dije en tono de disculpa, como si de algún modo fuera mi casa lo que temía que no estuviera a la altura—. Tienen una ducha exterior y un retrete.

La expresión cabizbaja de su rostro me hizo soltar una carcajada. No pretendía burlarme de él, pero como noble que era, probablemente no estaba acostumbrado a las duras condiciones. Además, sus alas eran enormes. Aunque la ducha no era diminuta, probablemente le resultaría un poco estrecha.

—Debería haberme escuchado a mí mismo —murmuró en voz baja.

—¿Sobre qué? —pregunté, curiosa.

—Sobre ducharme en mi nave antes de regresar. Pero ya había estado fuera bastante tiempo y no quería que Aku pensara que había faltado a mi palabra. Bueno, será un buen recordatorio de lo que fue mi entrenamiento como guerrero. Se aseguraron de que olvidáramos el significado del confort de las criaturas durante aquellos cuatro años brutales —dijo con resignación.

Se me derritió el corazón.

—Gracias. Eres realmente muy considerado. Aku ha dado un gran salto de fe al confiar en nosotros. No esperaba que dijera lo que dijo antes de que te fueras. Es una tontería, pero eso me hizo estar aún más decidida a demostrar que tenía razón al depositar su confianza en nosotros.

—Opino lo mismo, sobre todo porque era sincero cuando pronunció esas palabras. Tiene un alma inusualmente agradable.

—No me sorprende. Pero admito que estoy muy celosa de tu capacidad para ver almas. Eso me habría librado de que se aprovecharan de mí unos cuantos imbéciles en el pasado —dije con una gran dosis de autodesprecio.

Amreth me dedicó una sonrisa misteriosa mientras empezaba a quitarse la pechera.

—No estés celosa, Ciara. Tú también podrás hacerlo en un futuro no muy lejano... espero.

Parpadeé con confusión.

—¿Qué quieres decir?

—El día en que tú y yo nos unamos formalmente, te transmitiré algunas de mis habilidades. Concretamente, obtendrás visión nocturna y la capacidad de ver almas. No será tan poderosa como la mía, pero tú podrás saber quién te desea el mal y quién es sincero. También te curarás más rápido de las heridas y serás más resistente a las enfermedades en general.

Me quedé boquiabierta mientras él se reía con suficiencia, con un sonido profundo y gutural de lo más sexy.

—Vaya, lo espero con ansias —susurré.

Se echó a reír, colocó la pechera sobre la cama y se volvió hacia mí. Necesité toda mi fuerza de voluntad para no dejar que mi mirada codiciosa recorriera la perfección de su cuerpo. Eso no me impidió fijarme en el piercing de su pezón izquierdo y en el del ombligo. Su presencia reforzó aún más mi convicción de que acabaría descubriendo algunos más al sur de él.

—¿Te importaría enseñarme esa ducha primitiva? —me preguntó, con un brillo travieso en los ojos que me indicaba que estaba haciendo un trabajo terrible para no mirarle.

Por otra parte, mi instinto me decía que el desgraciado se había desnudado parcialmente a propósito para hacerme agua la boca.

—Por aquí —dije, escapando con demasiadas ganas de ocultar mi vergüenza.

Le conduje al patio privado donde estaba la ducha. Una vez más, no pude evitar otra carcajada poco caritativa al ver su expresión cabizbaja cuando vio con qué tenía que trabajar.

—Disfruta —dije burlonamente con voz cantarina.

Murmuró algo en voz baja mientras yo volvía a entrar. Nunca había sido el tipo de mujer maníaca hambrienta de sexo, pero el ardiente deseo de ir a echar un vistazo a mi hombre lavándose era casi abrumador.

¡Mi alma gemela estaba muuuuy bien!

Solo pensar en la perfección de su cuerpo me hacía babear, sobre todo aquel piercing impertinente en el pezón. Nunca me había gustado ningún tipo de modificación corporal, ya fueran implantes, piercings o incluso tatuajes. Claro que podía admirarlos en alguien que se los hubiera hecho realmente bonitos, pero nunca había sido algo por lo que me sintiera atraída.

En Amreth, era pura perfección.

Obviamente, yo era muy parcial en lo que a él se refería, pero todo lo que tenía que ver con él me excitaba de verdad. Para mi vergüenza, mi mente perversa empezó a sumergirse en todo tipo de fantasías traviesas relacionadas con él. Quería darle una patada a Mehreen por haber hecho antes todas esas insinuaciones y, sobre todo, por sacar el tema de sus poderes de íncubo. Al mismo tiempo, deseaba que le hubiera hecho profundizar aún más en ello para darme una idea más completa de lo que me esperaba el día en que Amreth y yo nos pusiéramos manos a la obra.

¿Cuándo ocurrirá realmente?

Para mi consternación, me invadió una oleada de decepción al saber que no se trataba de una unión oficial de la Agencia Primaria. Aunque Kayog nos emparejara, no recibíamos ninguno de los beneficios de la AP ni estábamos sujetos a sus normas y compromisos. Al pertenecer ambos a especies avanzadas, se nos dejó a nuestra suerte en lo que respecta a nuestro acoplamiento. Eso significaba que no teníamos ninguna obligación de consumar nuestra unión esta noche. Para empezar, ni siquiera estábamos casados.

Este comportamiento me resultaba tanto más confuso cuanto que yo no era de las que tienen sexo en la primera cita. Por supuesto, Amreth no era un tipo cualquiera al que estaba empezando a conocer para ver si las cosas podían convertirse en algo más significativo. La cuestión era cuánto de mi atracción e impaciencia por profundizar en la relación con él se debía a la química natural que había entre nosotros o a la predisposición creada por el hecho de saber que estábamos hechos el uno para el otro.

Mi mente regresó a sus poderes de íncubo. Había leído un par de cosas sobre ellos en el pasado. Sin embargo, teniendo en cuenta que la posibilidad de tener una relación con un Obosiano era muy remota por aquel entonces, no había investigado mucho al respecto. Cómo me arrepentía hoy de ello.

Un vistazo a mi reloj me hizo fruncir el ceño. Ya habían pasado veinte minutos desde que se metió en la ducha. Como no me parecía de los que se entretienen o sueñan despiertos mientras se lavan, me pareció demasiado tiempo.

Esperé un poco más, pero cuando empezaron a pasar los treinta y cinco minutos, finalmente decidí ir a verle por si había ocurrido algo o si necesitaba ayuda con algo. Había analizado su jabón y su agua, y ninguno de los dos representaba la menor amenaza para los humanos ni para los Obosianos.

Un poco nerviosa por importunarle, por si en realidad era de los que se pasaban la vida en la ducha, pegué la oreja a la puerta para oír si seguía corriendo el agua. No parecía estarlo, pero un ruido sordo se filtró a través de la puerta. Intrigada, llamé para anunciarme antes de abrir la puerta de golpe.

—¿Amreth? ¿Estás bien? —grité a través de la estrecha abertura.

—Estoy bien, puedes entrar —respondió.

Empujando la puerta un poco más, asomé la cabeza para echar un vistazo a lo que ocurría. Me quedé boquiabierta y abrí la puerta del todo mientras miraba fijamente a un Amreth bastante molesto. Estaba inclinado hacia delante, con las palmas de las manos apoyadas en la pared exterior de la ducha, una toalla envuelta alrededor de la cintura para ocultar sus partes más traviesas y sus enormes alas batiéndose lentamente detrás de él.

—¿Qué haces? —pregunté, desconcertada.

—Secando mis alas —dijo en tono malhumorado—. Había olvidado lo detestable que es no tener las alcachofas de ducha adecuadas, específicamente preparadas para lavar nuestras alas, o el secador para quitarnos todo el agua que queda entre los pliegues. No sabes lo que pica intentar dormir con las alas húmedas. Volando habría sido mucho más rápido. Pero dudo que a nuestros anfitriones les hiciera mucha ilusión verme rondando su aldea por la noche como un depredador listo para saltar.

Resoplé antes de taparme la boca con la mano para no reírme

—Tienes razón, no tengo ni idea de cómo es. Supongo que lavarlas también fue un quebradero de cabeza. Me cuesta mucho lavarme la espalda sin un cepillo de espalda. No me imagino intentando limpiar esas enormes alas.

—Me rendí a mitad de camino —dijo abatido—. Las contorsiones extremas solo te llevan hasta cierto punto con estas cosas.

—Pobrecito —le dije burlonamente—. Podrías haber pedido ayuda.

—No quería molestarte —murmuró.

—No me molesta, macho tonto —dije en tono castigador mientras me dirigía hacia las estanterías empotradas cerca de la ducha que contenían las toallas.

Para mi sorpresa, de repente pareció casi tímido cuando me acerqué a él con la toalla grande. Aquello me sorprendió. No veía mucho más de él ahora que cuando se había quitado la pechera. La única diferencia era que estaba descalzo y con una toalla alrededor de la cintura en lugar de los ajustados pantalones de cuero que llevaba antes.

Pero estoy a punto de tocarle... más bien de acariciarle con la toalla...

En el momento en que ese miserable pensamiento entró en mi mente, mi estómago se agitó al instante y mis dedos empezaron a crisparse de anticipación.

—¿Algún punto en particular en el que deba centrarme? —pregunté, orgullosa de que mi voz fuera mucho más firme de lo que esperaba.

—La base de mis alas, donde se unen a mi espalda, y los pliegues a lo largo de las espinas, por favor —dijo Amreth.

—De acuerdo. No dudes en decirme si lo estoy haciendo mal —dije mientras me colocaba detrás de él.

Amreth desplegó ampliamente sus alas. Aparte de que eran magníficas, realmente pude admirar su impresionante envergadura. Los músculos de su espalda ondulaban y se abultaban bajo el esfuerzo que requería aquella posición. A pesar de ello, parecía no suponerle ningún esfuerzo.

Empecé a frotarle la toalla en la espalda, a la izquierda de la columna y a lo largo de la base del ala. Le recorrió un escalofrío. Fue sutil, pero lo bastante fuerte como para que me diera cuenta. Se me revolvió el estómago al pensar que el disfrute de mi tacto había provocado aquella reacción. No saqué el tema y él tampoco.

—Tus alas son realmente preciosas —dije con nostalgia mientras admiraba su textura de obsidiana y cuero—. Pero deben de ser terriblemente pesadas.

Me miró por encima del hombro, con una sonrisa divertida en los labios.

—Técnicamente, tienes razón. Pero para mí no son diferentes de los demás miembros de mi cuerpo. He tenido toda una vida para acostumbrarme a ellas.

—Aun así, al principio debió de ser un reto —insistí.

Se encogió de hombros.

—Nacemos con ellas. Al principio tropezamos mientras nos adaptamos a su peso. Pero no es muy diferente de los bebés humanos que intentan encontrar el equilibrio cuando aprenden a ponerse de pie. Solo tenemos que tener en cuenta un par de extremidades más.

Pasé la toalla por la superficie coriácea, tomándome más tiempo del necesario para secar bien toda la humedad de las esquinas donde se unían las espinas. Tenía muchas ganas de frotarlo con la palma de la mano. Pero me parecía demasiado atrevido.

—¿Y la primera vez que tuviste que volar? ¿No fue terrorífico?

—No para mí —dijo con firmeza—. A algunos Obosianos les pone muy nerviosos. Incluso tenemos una fracción muy pequeña de nuestra gente que odia ser alada. Va más allá de no querer volar o tenerle miedo. Simplemente odian tener alas, algo que realmente me cuesta comprender. A mí me encantan mis alas. No podría imaginarme un mundo en el que estuviera siempre atado a tierra.

—¡Oh, vaya! Nunca imaginé que eso pudiera ser un problema —dije con auténtica sorpresa mientras me cambiaba a su otra ala—. ¿Qué les ocurre a esas personas? ¿Puede ayudar la terapia?

—Para algunos, la terapia les ayudará a superarlo. Esos casos suelen deberse a que la persona se enfrentó a algún trauma grave relacionado con el vuelo. Pero el porcentaje muy bajo de personas que se oponen de verdad a tener alas suelen manifestar esa aversión bastante pronto, de pequeños. A la mayoría les acaban quitando las alas.

—¡¿QUÉ?! ¿Hablas en serio? —exclamé.

Asintió con gesto adusto.

—Como el procedimiento no es reversible, tienen que esperar a llegar a la edad adulta. Si en ese momento siguen queriendo hacerlo, deberán pasar un año entero viviendo sin alas en una simulación de holocubierta. Solo entonces, si siguen queriendo hacerlo, se les practicará la operación. Afortunadamente, aunque el 8% de nuestra población quiere deshacerse de sus alas, solo el 2% se las corta. Los demás las conservan, pero sencillamente nunca vuelan.

—Maldita sea. Aunque pueda tener vértigo por el mero hecho de estar de pie en una silla, dudo mucho que me quiten las alas. Pero podría verme viviendo como una persona atada a tierra —dije tímidamente.

Amreth soltó un grito ahogado y se volvió para mirarme atónito.

—¿Tienes miedo a volar?

—Tengo miedo a las alturas —dije con expresión culpable.

—Te das cuenta de que te llevaré en brazos cuando volemos mañana hacia esa aldea, ¿verdad? —dijo, con cara de perplejidad.

Asentí con la cabeza.

—Sí. Mantendré la cara enterrada en tu pecho y los ojos bien cerrados.

—¡Pero te perderás las vistas! —exclamó, sonando escandalizado—. ¡Este planeta es precioso! Sería un crimen que te perdieras su belleza.

—Créeme, Amreth, es mejor que me pierda el paisaje a que te vomite encima o me mee encima de miedo —dije burlonamente mientras trabajaba en la parte delantera de sus alas, no es que aquellas lo necesitaran realmente, ya que claramente él había podido llegar a esa parte por sí mismo.

—No habrá ni vómitos ni pis —dijo con una seguridad que rayaba en la arrogancia.

—¿Ah, sí? —desafié.

Asintió con la cabeza.

—Te apaciguaré para que la altura no te resulte tan aterradora.

—¿Apaciguarme? —repetí—. Ahora me has despertado la curiosidad. ¿Cómo lo harás?

—Con mi *bakaan*, por supuesto —dijo.

Apenas pronunció esas palabras, me invadió una sensación de hormigueo, seguida rápidamente por la más fantástica sensación de paz y bienestar.

—¡Guau! ¡Eso es increíble! —dije, con la voz ligeramente entrecortada, como cuando acabas de recibir el mejor masaje corporal de la historia que te deja casi atontada, pero no del todo —. Ojalá tuviera ese poder cuando trato con pacientes angustiados o presas del pánico. Supongo que ése no es uno de los poderes que me transmitirás.

Sacudió la cabeza y me dirigió una mirada de disculpa.

—No. Pero estaré encantado de utilizarlo en tus pacientes en tu nombre.

—Eres demasiado amable —respondí burlonamente—. Sabía que los Obosianos podían hacerlo, pero nunca lo había experimentado directamente. En la nave, durante el ataque, uno de los guardias lo utilizó sobre la multitud presa del pánico para detener la estampida, pero yo estaba fuera del radio de su *bakaan*. Dicho esto, aparte de éste y tu Lumiak, ¿no son todos tus otros poderes de naturaleza sexual?

Vaciló

—Técnicamente, mi aura lo es en realidad. Acabo de utilizarla en su nivel más bajo contigo. Pero cuanto mayor es la intensidad y más erógeno es su efecto. De hecho, en su intensidad máxima, puedo hacer que llegues al clímax sin ni siquiera tocarte.

Me quedé boquiabierta

—¿Tu *bakaan* por sí solo podría provocarme un orgasmo? —pregunté, queriendo asegurarme de que realmente le entendía.

Sus ojos blancos como la plata se oscurecieron y su sonrisa de suficiencia adquirió un tono sensual que encendió al instante una pequeña chispa en la boca de mi estómago.

—Mmhmm, puede. Pero también tengo feromonas que pueden volverte completamente loca de lujuria. Y en cuanto a mi Lumiak, no es solo un poder ofensivo. A baja intensidad y utilizado en puntos erógenos muy estratégicos, puedo volverte loca con un placer instantáneo y poderoso, incluso mayor que el de alguien que se dirige con precisión a tu punto G.

Maldito hombre... o más bien macho. La forma en que bajaba la voz con cada una de sus palabras, por no hablar de las propias palabras, me hizo palpitar y doler en un santiamén. ¿Cómo coño podía burlarse de mí con tantas promesas de pasarlo bien sabiendo que no las cumpliría? Mi lado travieso quería pedirle que me diera una muestra... para la ciencia, claro. Por la forma burlona en que me miraba, el desgraciado sabía exactamente qué pensamientos pasaban por mi mente.

—Bueno, parece que tengo muchas cosas interesantes que esperar a medida que tú y yo nos acerquemos. Pero ten en cuenta que te has puesto el listón muy alto. Ahora tengo todo tipo de expectativas.

Resopló e hinchó el pecho con una confianza rayana en la arrogancia.

—Darte más placer del que puedas imaginar posible no es un reto para mí. Soy un Obosiano. Somos la encarnación de la sexualidad y la sensualidad.

Decir que se me encresparon los dedos de los pies sería el eufemismo del siglo.

—Alguien está fanfarroneando —dije burlonamente para ocultar lo mucho que me afectaban sus palabras.

—No, mi Ciara. *Nunca* presumo, y menos de esto. Pronto lo sabrás.

Fruncí el ceño al mirarle. No necesitaba leer mentes ni ver almas para saber que no bromeaba. Por segunda vez esta noche, me sorprendí a mí misma deseando que estuviéramos bajo las directrices de la AP para poder poner todo esto a prueba.

En lugar de eso, lancé un suspiro y recogí la toalla húmeda con la que le había estado secando.

—Bueno, supongo que ya hemos terminado, a menos que creas que me he dejado algún punto —dije con indiferencia, aunque consternada por el resquicio de esperanza que se encendió en mi interior al decir esa última parte.

—Gracias, Ciara. Pero no estés tan triste. Puedes tocarme cuando quieras, y no solo para secarme —dijo burlonamente.

Jadeé y le miré atónita.

—Somos almas gemelas —respondió de forma obvia en respuesta a mi expresión—. Todo de mí, todo lo que soy es tuyo.

Y ahí me estallaron los ovarios. Mil millones de respuestas me quemaron la lengua. En lugar de eso me sorprendí a mí misma soltando una pregunta completamente distinta.

—¿Cuánto te asustó descubrir que estabas emparejado con una humana? ¿Conmigo?

Al instante me estremecí interiormente. Aunque aquella pregunta me había atormentado desde el momento en que Kayog me dijo que Amreth era mi único y verdadero amor, me preguntaba cómo se sentiría al respecto. Según tenía entendido, a su pueblo no le impresionaba especialmente mi especie en general.

Los humanos eran demasiado propensos a romper las reglas o a llevarlas al límite. Nuestra moralidad podía ser muy fluida, sobre todo cuando nos beneficiaba, incluso en detrimento de los demás.

—No me asustó lo más mínimo. Al contrario, estaba eufórico —dijo con una convicción que hizo que un enjambre de mariposas levantara el vuelo en la boca de mi estómago.

—¿En serio? —pregunté, cuestionando de dónde venía esa necesidad irracional de sentirme tranquila.

Asintió con la cabeza.

—Hace tiempo que anhelo una compañera de vida. De hecho, el mismo día que Kayog me llamó para hablarme de ti, me lamentaba de no poder contratar los servicios de su agencia porque mi mundo natal era demasiado avanzado. Ninguna noticia podría haberme hecho más feliz, sobre todo sabiendo que, fueras quien fueras, juntos alcanzaríamos la armonía perfecta y compartiríamos el tipo de amor que mi mejor amigo Kronos ha encontrado con su Malaya.

Me pasé un mechón de pelo por detrás de la oreja y le sonreí

—No había buscado en absoluto. De modo que el hecho de que Kayog me soltara esto me tomó totalmente por sorpresa.

—Espero que el resultado no hubiera sido tan malo — preguntó Amreth, inclinando la cabeza hacia un lado.

La vulnerabilidad y la incertidumbre subyacentes en su voz, por muy sutiles que fueran, me dejaron perpleja. ¿Cómo podía un espécimen tan fino dudar siquiera remotamente de que cualquier mujer de sangre caliente desearía lanzarse sobre él?

—¿Estás de broma? ¿No sabes que las mujeres humanas babean constantemente por tu especie? Sabemos lo exigentes que son. Así que descubrir que mi alma gemela era un Obosiano fue un gran honor. Y hasta ahora, estás superando todo lo que esperaba. Y no me refiero a tu aspecto atractivo, que lo eres. También tener buen corazón, compasión, integridad y la capacidad no solo de seguir el ritmo de mis sandeces de ñoña, sino también de interesarte por las cosas científicas que vomito. Me has hecho sentir vista y escuchada en lugar de molesta como suelen hacer los demás que no saben de ciencia.

—Eres muchas cosas, pero no molesta, Ciara. La primera vez que Kayog me mostró un holograma tuyo, me quedé impresionado por tu belleza. Recuerdo que pensé que podrías ser una de las nuestras con tu piel oscura y tu pelo blanco plateado —dijo con nostalgia.

Resoplé, con la boca abierta para ocultar mi vergüenza.

—La mayoría de la gente me encuentra rara por mi piebaldismo. Es lo que hace que tenga el pelo blanco y esa mancha de piel descolorida en la frente —dije con una risa nerviosa.

—No eres rara. Solo un tonto lo pensaría. Más allá del hecho de que tu pelo coincida con los colores de mi pueblo, tu parche descolorido me parece impresionante. Es como tu propio circulo orgánico. Ojalá pudieras verte a través de mis ojos. Tu aura es fascinante y te ilumina desde dentro. Hace que tu coronilla brille.

Se me hizo un nudo en la garganta de emoción. Claro que sus palabras me conmovieron, pero fue la mirada de sus ojos y la sinceridad de su voz lo que me destrozó.

—Hablas de mi compasión e integridad, pero ¿no ves la tuya propia? Mucha gente en tus circunstancias habría dado la espalda a los Kreelar por secuestrarlos. Aku confía en ti porque tu bondad y determinación para ayudar a su pueblo irradian de ti con la fuerza de mil soles. No sé hasta qué punto soy inteligente, pero tienes talento para explicar conceptos complejos de forma comprensible y fascinante.

—¡Caramba! Si estás intentando que me gustes, lo estás haciendo muy bien —murmuré, con las mejillas encendidas de placer.

—¡Éxito! Para cuando acabemos de ayudar a esta gente, pretendo tenerte perdidamente enamorada de mí —dijo con voz llena de promesas—. Pero ven, volvamos dentro.

Asentí y colgué la toalla para que se secara en el perchero

que había junto a la pared interior de la ducha. Para mi sorpresa, Amreth extendió una mano hacia mí. Por instinto, la cogí. Su sonrisa de agradecimiento me hizo gracia. Me acarició suavemente el dorso de la mano con el pulgar antes de llevarme de vuelta al interior de la casa. Mi compañero se detuvo en medio de la sala de estar, que también estaba justo entre los dos dormitorios, y se volvió hacia mí.

—Supongo que deberíamos acostarnos esta noche, ya que debemos levantarnos temprano por la mañana —dijo con voz amable—. A pesar de las terribles circunstancias que nos han traído hasta aquí, me alegra que por fin estemos juntos. ¿Sería demasiado atrevido por mi parte pedirte un beso de buenas noches? Siéntete totalmente cómoda diciendo que no.

Mi estómago dio otra voltereta y necesité toda mi fuerza de voluntad para no aceptar con demasiado entusiasmo.

—No es demasiado atrevido —dije con mucho más aplomo del que sentía—. Y sí, puedes.

La suavidad de su sonrisa y la forma en que sus ojos blancos como la plata se oscurecían mientras me atraía cuidadosamente hacia su abrazo hicieron que mis partes femeninas se pusieran en alerta. Apoyé las palmas de las manos en su pecho desnudo, y un delicioso escalofrío me recorrió la espalda cuando sus fuertes brazos se cerraron a mi alrededor. Quería frotar mis manos por todo él, después de haber sido engañada por la toalla que había entre nosotros cuando le sequé las alas antes. Su piel era suave y cálida. Mis dedos ansiaban subir hasta sus hombros y los lados de sus brazos, cubiertos de escamas oscuras.

Obligando a mis manos a permanecer quietas, levanté la cara hacia la suya. Se inclinó hacia delante, ladeó la cabeza y luego apretó los labios contra los míos. Aunque sabía sin la menor duda que no había utilizado sus feromonas afrodisíacas ni su *bakaan*, el rayo de deseo que estalló en la boca de mi estómago con aquel mero contacto me dejó tambaleándome. Aún tenía menos sentido que el beso careciera de toda lujuria. Fue suave, tierno y muy respetuoso.

Demasiado pronto, rompió el beso. Casi gemí, aún no preparada para separarme de él. Para mi total deleite, justo cuando creía que iba a apartarme, Amreth estrechó su abrazo a mi alrededor y enterró su rostro en mi pelo, mientras yo hundía mi cara en su cuello. Esta vez, con voluntad propia, mis manos se deslizaron hacia arriba, acariciando las escamas oscuras en forma de chevrón que cubrían la curva de sus hombros, y luego se hundieron en la sedosidad de su larga cabellera blanca como la plata, en la nuca. Otro escalofrío me recorrió cuando sus alas nos envolvieron.

Siempre me pregunté cómo sería que me abrazaran así. Iba más allá de sentirme arropada y protegida. Me sentía como en casa.

No sabría decir cuánto tiempo permanecimos así, tranquilamente abrazados. Pero cuando abrió sus alas y aflojó su agarre a mi alrededor, una brutal sensación de desamparo me aplastó. Podría haberme quedado así con él para siempre. La ternura de sus ojos cuando me miró fijamente me derritió por dentro. Aún no le conocía bien, pero sabía con certeza inquebrantable que aquello no era más que un primer atisbo del profundo amor que acabaría ardiendo entre nosotros.

Me ahuecó la mejilla derecha con la mano, volvió a inclinarse hacia delante para rozar sus labios con los míos por última vez.

—Dulces sueños, mi compañera —dijo en un profundo susurro.

Su pulgar me acarició los labios, luego retiró la mano de mi mejilla.

—Buenas noches, Amreth —le susurré.

Se dio la vuelta y se dirigió a su habitación. Me quedé mirando su espalda que retrocedía, mientras dos de mis dedos se acercaban distraídamente a mis labios como si quisieran reavivar la sensación de su beso. No fue hasta que la puerta se cerró tras él cuando salí por fin de mi trance.

Me fui a mi habitación, aún dividida por la decepción de que no estuviéramos bajo las normas de la AP y el alivio de que pudiéramos arreglar las cosas entre nosotros a nuestro propio ritmo. Pero el pensamiento dominante mientras me metía en la cama y apoyaba la cabeza en la almohada era que me estaba enamorando del hombre con el que pasaría el resto de mi vida.

Cerré los ojos y sonreí.

CAPÍTULO 10

AMRETH

La primera noche compartiendo esta casa resultó ser mucho más reparadora de lo que esperaba. La noche anterior se produjo una auténtica conexión. En lugar de dar vueltas en la cama anhelando volver a abrazarla, el recuerdo de lo perfectamente que se sentía entre mis brazos me hizo compañía hasta la mañana.

Una parte de mí se avergonzaba de ser tan consciente de su excitación mientras su aura la transmitía en voz alta. Evidentemente, me complacía mucho que se sintiera atraída por mí. Pero quería una conexión emocional y espiritual con Ciara antes de ir más lejos. Como el sexo con uno de nosotros estaba garantizado que sería fenomenal, necesitaba sentir que teníamos algo más que la lujuria como base.

Pero ese abrazo...

Nunca había tenido una personalidad adictiva, hasta ahora. No había duda de que mi compañera se convertiría en mi nueva droga. Y le di la bienvenida.

Nos despertamos casi al mismo tiempo. Tras vestirnos rápidamente, nos encontramos en la sala de estar, donde le robé descaradamente un beso, seguido de un abrazo demasiado breve y sin alas. Podría haber intentado prolongarlo un poco, pero las luces brillantes de las almas que se acercaban me obligaron a ponerle fin.

Como Obosiano, podía ver almas en un radio muy amplio, incluso a través de muros y otros obstáculos que bloqueaban la visión normal de la gente. Ni siquiera los escudos invisibles podían engañarme.

Resultó ser Aku, que nos invitaba a reunirnos con los demás para tomar un desayuno rápido antes de separarnos cada uno en nuestra propia dirección. Tras la comida, el espectáculo que nos recibió fuera nos dejó boquiabiertos. Un puñado de monturas esperaba a nuestros compañeros y a sus escoltas.

—Son Saguls —explicó Aku—. Nos permiten recorrer distancias mucho mayores y mucho más deprisa que si corriéramos o nos columpiáramos en los árboles. Los anteriores humanos que llegaron aquí decían que se parecían a los caballos y se comportaban igual.

Mi compañero asintió.

—Ciertamente tienen el mismo tamaño que un caballo con una cabeza similar. Pero las curvas y la forma de sus cuerpos me recuerdan más a un galgo con las rayas de una cebra, la crin de un león y el cuerno de un unicornio, aunque con tres cuernos en su caso.

Aku y otro par de Kreelars cuyo nombre desconocía la miraron con parte de la confusión que yo compartía. Conocía los caballos, los leones y los unicornios, pero los galgos y las cebras no significaban nada para mí. Sospechaba que nuestros anfitriones tampoco habían oído hablar de ninguna de esas otras criaturas.

—¡Son preciosas! —exclamó Mehreen con una excitación casi infantil—. ¿Debo entender que cada uno de nosotros podrá montar uno?

Aku asintió.

—Sí. Espero que no sea un problema.

Ernst y Mehreen sacudieron simultáneamente la cabeza.

—La equitación es un entrenamiento obligatorio para ser Médico Interestelar destinado a algunos de los planetas primitivos. A menudo no es posible o no está permitido por los lugareños que utilicemos lanzaderas. Así que tenemos que ser capaces de adaptarnos a cualquier medio de transporte local disponible.

Una oleada de vergüenza me recorrió al sentir celos instantáneos cuando Ciara miraba con envidia a sus colegas mientras los Kreelar les enseñaban a montar en los Saguls. Había estado contando las horas, los minutos y los segundos hasta que por fin pudiera tenerla en mis brazos mientras surcábamos los cielos hacia nuestro destino. De ninguna manera dejaría que una bonita criatura alienígena me robara el momento de proximidad con mi compañera.

Afortunadamente, nuestro destino estaba demasiado lejos para que pudiéramos montar en esa montura. De hecho, nuestro escolta—Enre—se adelantó anoche para poder llegar por la mañana. Para mi sorpresa, justo antes de que los otros dos médicos y sus escoltas se pusieran en marcha, una mujer entró en el patio interior llevando un pequeño paquete. Se lo entregó a su jefe y éste se acercó a mí.

—Toma, por si los necesitas. Lo dudo, pero odiaría que te encontraras en una situación precaria con pocos medios para defenderte o defender a tu compañera. Confío en que mostrarás sabiduría en cuanto a *cuándo* deben usarse o *si* deben usarse en absoluto.

Me quedé boquiabierto al ver que me había devuelto el bláster y la espada.

—Tu confianza me honra —dije con toda sinceridad mientras le quitaba las armas.

—Como la integridad de ustedes nos honra. Buen viaje a los dos. Que su viaje sea fructífero —respondió Aku.

Con una última inclinación de cabeza, se dio la vuelta y saltó sobre su propia montura con una gracia y una destreza increíbles que gritaban la presencia de un depredador letal contenido tras su controlado exterior. Por fin me di cuenta de la importancia del trabajo que estábamos haciendo aquí y de la relación que estábamos desarrollando con su pueblo.

Entre sus capacidades físicas naturales y sus nuevos poderes, los Kreelar serían enemigos extremadamente letales en el campo de batalla. El hecho de que no hubieran logrado el viaje interestelar por sí mismos no significaba nada cuando especies claramente más avanzadas interactuaron con ellos en múltiples ocasiones en el pasado. Si uno de esos visitantes—o peor aún, sus amigos—les convenciera para volverse contra nosotros, las cosas podrían ponerse feas rápidamente. Los humanos ya les dieron una razón para estar resentidos con nosotros. Y su incursión en el Gladius demostró que podían causar estragos más allá de sus fronteras planetarias si lo deseaban.

Me aseguré las armas a la cintura mientras veíamos despegar sus monturas. Cuando franquearon la puerta del patio interior, me volví para mirar a mi mujer y la encontré mirándome con un aire de orgullo que me calentó hasta la médula. No había hecho nada especial para que nuestro anfitrión me demostrara ese nivel de confianza, pero me complacía que se deleitara tanto en ello. Su orgullo confirmaba que me había reclamado y que nos veía como una extensión la una de la otra.

—Vamos —dije con voz suave.

Ciara asintió y se pasó la correa de la bolsa alrededor del cuello para que colgara de lado sobre el pecho. Por suerte, Enre se llevó consigo la mayor parte del equipo y las medicinas que mi compañera necesitó anoche, y las ató a su montura.

Una llama se encendió en la boca de mi estómago cuando se acercó a mí y deslizó su brazo derecho alrededor de mis hombros cuando la levanté como a una novia. Se acomodó el bolso sobre el estómago antes de mirarme. La expresión de Ciara era ilegible, pero una parte de mí creía que ella también disfrutaba de aquella proximidad. No era lujuria lo que se arremolinaba en su interior, sino una tierna posesividad mezclada con una extraña sensación de bienestar por tenerla tan cerca, entre mis brazos, donde pertenecía.

—Allá vamos —dije suavemente antes de batir las alas y emprender el vuelo

A medida que ascendía, Ciara se tensaba gradualmente, su mano alrededor de mi hombro lo agarraba con más fuerza mientras se apretaba contra mí. Cerró los ojos y enterró la cara en el pliegue de mi cuello. Tharmok, ¡tómame! Se sentía tan bien contra mí. Pero la vergüenza aplastó inmediatamente aquella cálida sensación. Por mucho que me gustara aquella mayor cercanía con mi compañera, mis instintos protectores se sobrepusieron a mis necesidades egoístas.

—Tranquila, mi Ciara —le dije en tono tranquilizador mientras emitía un poco de mi *bakaan* para apaciguarla.

Un escalofrío la recorrió y su mano se apretó un poco más alrededor de mi hombro durante una fracción de segundo antes de mirarme con aire de asombro

—¿Ves? No es tan malo —dije suavemente.

Ella arrugó la cara, luego miró cautelosamente hacia abajo antes de cerrar los ojos y volver a enterrar la cara en mi cuello. Me reí entre dientes y la abracé con más fuerza antes de besarle la parte superior de la cabeza. Me encantaba la textura suave y flexible de su pelo. Era como rozar mi cara en una nube.

A pesar de todo, mi compañera echó unas cuantas miradas más a nuestro entorno mientras volábamos, y su miedo fue disminuyendo a medida que la belleza del paisaje retenía cada vez más su atención.

—Volar es una de esas cosas que me destrozaría perder —dije con nostalgia mientras abría bien las alas para planear sobre una corriente de aire—. Es la sensación de libertad total, de estar en completa armonía con el mundo. A veces hago acrobacias salvajes en el aire para divertirme. Mi hermano y yo solíamos perseguirnos mutuamente, lanzándonos retos ridículamente peligrosos para ver quién se desviaba primero mientras nos precipitábamos hacia una pared rocosa o por un acantilado.

—¿Por qué tengo la sensación de que no siempre acaba bien? —preguntó Ciara con tono de desaprobación.

—Porque no fue así —confirmé con una risita—. Menos mal que tenemos una regeneración acelerada, además de acceso a algunas de las mejores medicinas disponibles. Puede que me haya roto más huesos de los que me correspondían por culpa de un comportamiento imprudente. Controlar las travesuras salvajes de los jóvenes una vez que le cogen el gusto a la velocidad puede ser todo un reto.

—¿Y cómo se aprende a volar? —me preguntó, mirándome las alas por encima de los hombros cuando volví a batirlas—. ¿Te echan de una lanzadera o te tiran por un acantilado?

Resoplé y sacudí la cabeza

—Los padres suelen ser los que intentan evitar que los pequeños intenten volar demasiado pronto. Algunos niños reacios necesitan un poco de persuasión para ponerse en marcha. Pero para la mayoría de nosotros, la necesidad de imitar a nuestros padres y mayores es demasiado fuerte, por no mencionar el impulso instintivo de batir las alas. Lo único que nos impide volar desde el principio es la debilidad de nuestros músculos.

—¿Quieres decir que intentas despegar pero no puedes aletear con suficiente fuerza?

Asentí con la cabeza.

—Nos elevaremos un par de centímetros y volveremos a caer. Ni que decir tiene que nuestro entorno se desordena bastante en el proceso. Verás que las viviendas con crías suelen tener una decoración muy minimalista.

Se rio entre dientes.

—¿Significa eso que tendremos que acolchar todas las superficies de la casa el día que tengamos hijos? —preguntó Ciara burlonamente.

Un poderoso anhelo estalló en mi pecho ante aquel pensamiento. Definitivamente, quería tener hijos. Como acabábamos de conocernos, era obvio que no habíamos hablado de ello, pero me complacía enormemente que ella pareciera no solo abierta a la idea, sino que incluso pensara que era una conclusión inevitable.

—Puede que no sea mala idea para ciertas cosas. Si son la mitad de revoltosos de lo que solíamos ser mi hermano y yo, sería una medida acertada —confesé, sin arrepentirme.

—Me cuesta imaginarlos, o imaginarme a cualquier Obosiano, como alborotadores —dijo con expresión divertida—. Siempre parecen tan correctos y disciplinados.

Me reí.

—Es de los callados de quienes más debes desconfiar. No te dejes engañar por esa expresión estirada que proyecta mi gente. Somos como los demás, con nuestro sentido del humor, nuestro comportamiento travieso y nuestras enormes respuestas emocionales, incluidas las rabietas de diva, como les gusta describirlas a los humanos. Solo que tendemos a hacerlo a puerta cerrada.

—Vale, ahora quiero verte en plena crisis de reina del drama —dijo Ciara, con los ojos brillantes de picardía.

—Incumple la ley deliberadamente y puede que se cumpla tu deseo —dije burlonamente.

Para mi sorpresa, no respondió con un resoplido desdeñoso, como yo esperaba. Se puso sobria y estudió mis rasgos con sorprendente intensidad.

—No, Amreth. No creo que eso sirva. En realidad, creo que solo un dolor profundo y devastador te haría perder el control. Pero no dudo de que me reprenderás hasta que se me caigan las orejas.

—Eso sí que lo haré. ¿Por qué tengo la sensación de que estás tramando presionarme deliberadamente? —pregunté, mirándola con suspicacia.

La sonrisa petulante y desvergonzada que me dedicó fue toda

la respuesta que necesitaba. Sin poder resistirme, me incliné hacia delante y le besé la frente. Ella sonrió y levantó la cara para darme un beso en la mejilla. Mi corazón se derritió aún más y le di un suave apretón antes de volver a mirar hacia nuestro destino.

Hice un gesto hacia delante con la barbilla.

—Aquí está, el Pueblo Jaln. Deberíamos aterrizar en los próximos cinco minutos.

Ciara asintió, aunque no me pasó desapercibida la tensión que volvió a tensar su espalda.

—Irá bien, y no estaremos solos —dije tranquilizador—. Enre ya está allí, esperándonos.

Sonrió, pero su rigidez indicaba que aún se sentía aprensiva ante el saludo que nos esperaba. Utilicé un poco más de mi *bakaan* para tranquilizarla. Sin embargo, debía tener cuidado con la cantidad de mi aura tranquilizadora que emitía, ya que podría aturdirla o excitarla enormemente. Dadas las circunstancias, ninguna de las dos cosas sería ideal.

Al iniciar el descenso, evalué la aldea. Su tamaño era comparable al de Bryst, quizá incluso ligeramente mayor. También parecía más antigua, con una clara evolución de algunos de los edificios más viejos a los más nuevos. Como en la aldea de Aku, una serie de casas habían sido separadas del resto de la aldea por un patio interior. Empezaba a sospechar que todas las tribus se habían visto obligadas a erigir esa separación para aislar a sus miembros que enfermaran cuando la enfermedad empezara a propagarse.

Dirigiéndome hacia la zona abierta que servía de plaza a la aldea, alteré mi visión para evaluar el estado de ánimo general de los aldeanos. Hubiera esperado más halos azules, pero el tono general de amarillo era lo bastante pálido como para expresar cautela y no hostilidad. Al menos, en lo que respecta a la mayoría de la gente. Afortunadamente, un número no despreciable de ellos irradiaba un aura que solía reflejar alivio e incluso expectación. Solo un Kreelar tenía todos mis sentidos en alerta máxima. Estaban enfadados. Por desgracia, no podía decir si ese enfado iba dirigido contra nosotros o contra algo que no tenía nada que ver.

Para mi propio alivio, vi a Enre en medio de la plaza saludándonos con la mano y asegurándose de que le habíamos visto. Antes de nuestra partida de Bryst, Aku confirmó a través de su sistema de radio que todo iba bien y que nos esperaban.

Me molestó sobremanera que Ciara siguiera sintiéndose nerviosa—si no un poco asustada—cuando aterricé frente a Enre. Estaba de pie junto a una mujer Kreelar con una potente aura de autoridad. Parecía mayor que Aku y más cercana a mis cuarenta y seis años. Como la mayoría de sus hembras, era alta, bastante musculosa—pero no de forma masculina—con pelaje beige grisáceo claro y unos impresionantes ojos azules. Al igual que Aku, un anillo adornaba su frente y la distinguía como líder de la tribu.

—Ahí estás —dijo Enre con una gran sonrisa—. Me alegro de que hayas podido encontrar rápidamente el camino.

Aunque pronunció aquellas palabras en tono jovial, no pasé por alto el alivio subyacente en su voz. Entonces me di cuenta de que, por mucho que su gente respetara la autoridad de Aku, no compartían necesariamente sus opiniones en todo. Habían confiado en su juicio al permitirme traer a mi compañera hasta aquí por mi cuenta, pero no habían compartido igualmente su fe en mí. Eso no hirió mis sentimientos, sino que aumentó mi respeto por Aku como líder. Teniendo en cuenta todo lo que estaba en juego para ellos, decía mucho del nivel de lealtad que le profesaba su pueblo.

—Las indicaciones eran perfectas —dije suavemente mientras ponía a mi compañera de pie.

Se ajustó la correa del bolso sobre el pecho, se pasó los dedos por el pelo para peinárselo después de que el viento lo despeinara seriamente y sonrió amablemente a Enre y a nuestra anfitriona. A pesar de su persistente nerviosismo, el aplomo y la calma que mostraba me llenaron el corazón de orgullo. Si no fuera por mi capacidad para leer una gama limitada de emociones a través del aura de una persona, me habría dejado engañar por su aparente estoicismo.

—¡Bien, bien! Amreth, Ciara, dejen que les presente a Kald Vala, líder de la Aldea de Jaln. Vala, estos son los alienígenas de los que te hablamos, Amreth y Ciara, que están trabajando diligentemente para ayudar a salvar a nuestro pueblo —dijo Enre, señalándonos a su vez a mi compañero y a mí.

—Es un placer conocerlos, Amreth y Ciara —dijo Vala con voz amable—. El pueblo de Jaln les da la bienvenida y les agradece la ayuda que puedan prestarnos en nuestra difícil situación. Nosotros...

—*¡Samra telankay!* —gritó de pronto una voz masculina enfadada, interrumpiéndola.

Como era de esperar, mi implante de traducción no reconoció el idioma. Sin embargo, no lo necesité para adivinar la naturaleza de sus palabras. Las repitió en una letanía mientras cargaba hacia nosotros.

Al unísono, los demás aldeanos, que se habían reunido a poca distancia alrededor de la plaza para presenciar nuestra llegada, se dirigieron hacia el macho para retenerlo. Era el aura furiosa que percibí durante mi descenso. Por instinto, empujé a Ciara detrás de mí y desplegué las alas para ocultarla de la vista. Le agarraron de los brazos e intentaron retenerle mientras luchaba por liberarse, gritando las mismas palabras en bucle. La profundidad del dolor y la pena en su voz y en su rostro me dijeron todo lo que necesitaba saber.

La enfermedad se había llevado a un ser querido.

Enre y Vala adoptaron una postura protectora frente a nosotros. Eso borró cualquier duda que pudiera tener sobre sus intenciones o sobre la seguridad de mi compañera en esta aldea.

—¡Muti, cálmate! —ordenó Vala.

Puse la palma de la mano sobre cada uno de los hombros de Enre y Vala y los aparté suavemente para que dejaran de obstruir mi visión del macho que gritaba. Me lanzaron una mirada preocupada, pero yo mantuve los ojos fijos en Muti. No hice ningún gesto amenazador y, en su lugar, lancé sobre él una ráfaga concentrada de mi *bakaan*. Como tenía un área de efecto, las personas que se encontraban cerca de él también sintieron parte de mi aura tranquilizadora, y la tensión se desprendió de ellos, pero también aflojaron el agarre con el que intentaban retenerlo.

Al recibir la mayor concentración de mi poder, sus esfuerzos por liberarse se debilitaron, sus ojos se vidriaron ligeramente y sus gritos de rabia se convirtieron en palabras ininteligibles antes de transformarse en sonidos ahogados y llorosos. Mi corazón se rompió por él cuando cayó de rodillas, con el cuerpo sacudido por violentos sollozos. Muchas de las personas que le rodeaban se agacharon a su lado. Entrelazaron sus colas con las suyas, le acariciaron la cabeza y el lomo y le susurraron palabras tranquilizadoras en su lengua.

Ciara empujó mi ala izquierda, claramente deseosa de ver qué ocurría. Una vez controlada la mayor parte de la amenaza, doblé el ala y la atraje hacia mí. Vala se dirigió hacia Muti, se arrodilló frente a él y lo abrazó. Le susurró en su lengua de forma casi maternal. Seguí enviándole ondas apaciguadoras y sus sollozos fueron desapareciendo poco a poco. Vala se apartó, le tomó la cara con ambas manos y le secó las lágrimas con los pulgares.

Ella le dirigió unas palabras más. Él asintió, con los rasgos torturados por la pena, la desesperación y algo parecido a la culpa. Vala le besó la frente y le ayudó a levantarse al mismo tiempo que se ponía en pie. Señaló con la cabeza a un par de aldeanos. Enseguida se acercaron, sujetando uno de los brazos de Muti, y lo escoltaron con suavidad.

La jefa de su tribu siguió mirándole con una expresión triste y llena de lástima antes de volverse hacia nosotros. Como si siguieran su señal, el resto de los aldeanos también volvieron a centrar su atención en nosotros. Un rápido examen de sus emociones me aseguró que este incidente no les había vuelto más hostiles. Pero un indicio claro de desesperación se infiltró en sus emociones.

—Debido a la enfermedad que nos trajo tu gente, Muti está a punto de perder a su compañera. Ella está en estado crítico y sus dos hijos luchan por su vida —dijo amargamente una hembra a nuestra derecha.

A pesar de la dureza de su tono, su ira no iba dirigida específicamente contra nosotros, sino contra los alienígenas en general y contra la situación que estaba destruyendo a su pueblo. Una sola mirada severa de Vala la calmó.

—No hay palabras para expresar la pena que sentimos por la tragedia que se abatió sobre tu pueblo —dijo Ciara a la hembra con voz suave y llena de simpatía—. Los pocos que estamos aquí no somos sus enemigos. Tienen todo el derecho a estar enfadados. Nada de esto debería haber ocurrido. Nosotros personalmente no lo hemos provocado, pero haremos todo lo que esté en nuestra mano asegurarnos de detenerlo. Esto no traerá de vuelta a los que ya se han perdido. Solo podemos dedicarnos a evitar que vuelva a ocurrir.

—¿En realidad pueden hacerlo? —intervino Vala con un deje de desafío en la voz—. La enfermedad reapareció después de que los primeros humanos dijeran que estaba curada. Durante la última década, siguió reapareciendo. *Siempre* vuelve. Y esta vez está golpeando a mi tribu con más fuerza que nunca. Veintitrés de los míos empezaron a mostrar signos hace solo tres días.

—¡El mismo día que llegaron! —dijo la misma mujer, con la acusación subyacente audible en su voz esta vez.

Unas cuantas cabezas asintieron mientras otros presentes murmuraban sus acuerdos en su idioma. Otro rápido vistazo a sus auras me aseguró que aún no se estaban volviendo hostiles, aunque su ira estaba floreciendo. Aún no había nada ni remotamente alarmante, pero me preparé mentalmente para actuar con rapidez y poner a mi compañera a salvo si las cosas se torcían.

Habiendo aprendido la lección de la primera vez que me capturaron, me aseguré de traer un disruptor psíquico para que no pudieran volver a jugar con mi mente. En realidad, no creía que fueran a volverse contra nosotros. Pero cuando se trataba de la seguridad de mi mujer, no corría riesgos.

—Nuestra llegada ese día es pura coincidencia y no está relacionada de ningún modo —dijo Ciara en un tono que no admitía discusión—. El tipo de enfermedad que te aqueja solo se transmite a través de algo que comes. Además, transcurren varios días antes de que aparezcan los primeros síntomas. Así que, sea lo que sea lo que ha causado esta nueva oleada, los miembros enfermos de la tribu lo comieron mucho antes de que llegáramos a Kestria.

—¿Pero qué comida? —preguntó Vala—. ¿Y por qué solo ellos y no el resto de nosotros?

—Eso es lo que espero que puedas ayudarnos a determinar —dijo Ciara—. Tengo muchas preguntas al respecto que espero que nos pongan sobre la pista para encontrar la fuente. Pero Enre también ha traído kits de pruebas para que detectemos si alguno de sus almacenes de alimentos está contaminado actualmente, así como para averiguar si alguien más entre ustedes se ha infectado, pero aún no muestra signos.

—Las pruebas se guardaron en un lugar fresco, según tus instrucciones —dijo Enre rápidamente—. ¿Debo ir a buscarlas?

—Enseguida —dijo Ciara—. En primer lugar, tenemos que preparar las cosas de forma que podamos hacerlo ordenadamente y asegurarnos de que llevamos un registro de todas las personas que se han sometido a la prueba. También hay un pequeño cuestionario que necesitamos que rellenen.

—Sí —dijo Enre—. Ernst me explicó el procedimiento. Prepararemos las mesas y las sillas y tendremos listos los formularios.

—Gracias —dijo Ciara con una sonrisa de agradecimiento antes de volverse hacia Vala—. Naturalmente, necesitaría examinar a los pacientes. Pero también me gustaría saber si hay algo específico o inusual que les haya ocurrido a todos ellos durante la última semana o así.

Frunció el ceño mientras reflexionaba sobre el asunto.

—En realidad, no se nos ocurre nada. Al principio, pensamos que podría deberse a su peregrinación al templo de Svast. Todos vamos allí una vez al año para rezar y purificarnos. Los rituales duran una semana antes de regresar.

—Parece que todos comieron algo allí que les sentó mal —dije pensativo.

Vala negó con la cabeza.

—Al principio supusimos que algo en el templo les había hecho enfermar. Habría sido una tragedia, teniendo en cuenta que es el más sagrado de los lugares. ¿Por qué iban a castigarnos los dioses cuando íbamos a honrarles? Por término medio, participan juntas siete u ocho tribus diferentes. Esta vez, había nueve tribus. En cuanto enfermó la primera persona, nos pusimos en contacto con las demás aldeas cuyos miembros estaban presentes, pero solo en una había personas enfermas.

—¿Solo uno? —repitió Ciara pensativa—. ¿Cuánto dura el viaje desde aquí hasta el templo?

—Es un viaje de dos días a pie a través del bosque en cada dirección —respondió Vala, de forma objetiva—. Podríamos completarlo más deprisa, pero los peregrinos se detienen por el camino para lanzar oraciones de bendición sobre la tierra, comer y descansar. Acamparán para pasar la noche en el punto intermedio.

—¿Cuánto hace que volvieron del templo? —preguntó Ciara, con voz intensa.

Excitación no habría sido un término apropiado para describir sus emociones, pero estaba claro que parecía sentir que había dado con algo

—Volvieron hace ocho días, pero solo empezaron a mostrar síntomas cinco días después —respondió Vala.

—Es una información fundamental —dijo Ciara, mientras miraba distraídamente a Enre, que estaba colocando las mesas a poca distancia con la ayuda de otros aldeanos—. Nos da una ventana mucho más estrecha sobre cuándo se produjo la infección. La otra aldea con infectados, ¿a qué distancia se encuentra de aquí?

—Ni mucho menos —dijo Vala con desaliento—. Ésa es otra razón por la que eliminamos la posibilidad de que el viaje al templo fuera la causa. Entre la aldea Baki y nosotros hay un ancho río que deben cruzar en barca. Y una vez en la otra orilla, tienen que recorrer un largo camino a pie. Partieron por rutas completamente distintas.

—Pero cazaban para comer por el camino, ¿no? —argumentó Ciara.

Vala asintió.

—Cazamos y forrajeamos por el camino.

Comprendí de repente.

—Así que algo que recogieron en el bosque o cazaron en sus respectivos caminos estaba infectado —dije pensativo—. ¿Hay alguna posibilidad de que los animales sigan infectados, o ya estarían todos muertos?

—Realmente depende de si el prión que hiere a los Kreelars es normal para el animal, fruta o verdura que consumieron. Si es normal para ellos, entonces seguirán prosperando en esa zona. Pero si no lo es, tendríamos que encontrar uno que siga vivo.

—Nos llevaría algo más de medio día, aproximadamente doce horas, llegar al templo a pie, y quizá entre siete y ocho montados en un Sagul —respondió Vala.

—Lo que significa que tardaría apenas dos o tres horas en cada trayecto —dije.

—Me llevará unas seis horas probar a todo el mundo, así

como la comida. Así que eso funcionaría perfectamente —dijo Ciara con una chispa de entusiasmo en sus hermosos ojos.

Pero incluso mientras pronunciaba esas palabras, me invadió una oleada de inquietud. No quería dejar a mi compañera aquí sola. Por supuesto, Enre la protegería, y no dudaba de que Vala haría lo mismo. El aura de la gente que nos rodeaba había perdido poco a poco parte de su tono receloso, y cada vez había más rayas azules que indicaban que se relajaban a nuestro alrededor. Pero seguía inquietándome. Al mismo tiempo, yo podía hacerlo mucho más rápido que ellos.

Ajena a mi agitación interior, Ciara empezó a teclear unas instrucciones en su brazal, segundos antes de que el mío emitiera un pitido por un mensaje entrante.

—He enviado datos sobre los priones que buscamos —dijo Ciara—. Necesitaría que hicieras un escaneo aéreo de la flora y la fauna entre aquí y allí. Es muy probable que tu brazal no pueda detectar los priones sin analizar una muestra. Pero podrá detectar cualquier anomalía entre plantas y animales de la misma especie.

—Así que marcará cualquier animal o grupo de plantas que sean anormales en comparación con otros del mismo tipo —dije para confirmar que había entendido bien lo que quería decir mientras cargaba los nuevos datos en mi escáner.

—Exacto —dijo Ciara, sonriéndome con ese mismo brillo de orgullo en los ojos que me hacía la cosa más dulce.

Nunca me había considerado tonto, sino simplemente alguien de inteligencia estándar. Sin embargo, durante el último día, mi compañera me había hecho sentir cada vez más casi como un genio. Estaba descubriendo una nueva pasión al intentar resolver estos pequeños misterios.

Sonreí antes de lanzar una mirada cautelosa a la multitud. Para mi sorpresa, Ciara percibió inmediatamente mi incomodidad.

—Estaré bien en tu ausencia —dijo en tono tranquilizador—. Enre y Kald Vala se asegurarán de que estoy a salvo.

—Tu compañera no sufrirá ningún daño —confirmó Vala con una firmeza que hizo maravillas para aliviar algunas de mis preocupaciones—. No puede haber mayor deshonra que la de un anfitrión que permite que sus invitados sean maltratados en su casa. Por mi honor, y con mi vida, me comprometo a mantener a salvo a tu compañera mientras permanezca entre nuestros muros y hasta que sea devuelta a Bryst.

—Gracias, Vala —dije con sincera gratitud.

Me volví hacia Ciara y le acaricié suavemente la mejilla. Para mi deleite, ella apretó la palma de su mano contra el dorso de la mía y se inclinó hacia mi tacto. Incapaz de resistirme, me incliné hacia delante y la besé. Ella me correspondió con una ternura que me perturbó. Luchando contra el impulso de atraerla a mi abrazo y profundizar el beso, me enderecé y solté la mano a regañadientes.

—Volveré pronto.

—Ten cuidado ahí fuera —respondió con una sonrisa alentadora.

Asentí, lancé una última mirada significativa a Vala y emprendí el vuelo.

La primera hora transcurrió sin incidentes. Mi escáner recopiló datos sobre la flora y la fauna del subsuelo sin detectar nada inusual. Gracias a las anteriores visitas autorizadas a Kestria de los equipos de Elias Jacobs para trabajar con los Sangoth, la OPU ya disponía de una base de datos bastante extensa sobre las plantas y criaturas de este planeta. Con todo comprobado hasta el momento, me permití deleitarme con la belleza impoluta de este nuevo mundo.

Por mucho que odiara cómo aquellos médicos insensatos descarrilaron trágicamente las vidas de estas tribus con sus acciones descuidadas, podía comprender la tentación que condujo a esto. Este lugar era realmente un paraíso con innumerables escenarios perfectos para escapadas románticas. Divisé muchos por el camino a los que me encantaría llevar a Ciara para un cortejo en toda regla. Para mi vergüenza, me sorprendí preguntándome si sería aceptable tener una escapada así antes de nuestra partida. Como no íbamos a introducir nada extraño en su ecosistema, seguro que no habría problema.

Pero todos esos pensamientos errantes volaron de mi cabeza cuando mi escáner emitió un pitido. Un vistazo a la interfaz me indicó una serie de manchas anaranjadas en movimiento, de distintos tamaños, que pertenecían a animales. Levanté la vista y alteré mi visión para observar el aura de aquellas criaturas. Una mezcla de conmoción y excitación me invadió al ver el color burdeos grisáceo de sus auras. Esto correspondía a un estado de rabia sin sentido. Aquellas criaturas estaban rabiosas.

¿Quién o qué los infectó?

Rodeé la zona, marcando las coordenadas en el mapa de mi escáner mientras intentaba ver hasta dónde habían llegado las criaturas infectadas. También me di cuenta de que no todos los animales se registraban como rabiosos. De hecho, solo unos pocos. Aunque solo examiné rápidamente los resultados, me pareció extraño que no todos los animales de la misma especie presentaran los síntomas. No podía decir si se debía a que aún estaban en las primeras fases de la enfermedad, si aún no se habían infectado o si eran inmunes de algún modo.

Pero eso lo tendrían que evaluar personas más competentes que yo.

Para mi sorpresa, a medida que me alejaba hacia el oeste del camino que había estado siguiendo, apareció una densa mancha roja en el borde de mi radio de exploración. Se encontraba al otro lado del río, lo que inicialmente me hizo dudar. Intrigado, y sin querer dejar piedra sobre piedra, crucé la gran masa de agua. Una vez en la orilla occidental, introduje una consulta en el escáner. Me quedé boquiabierto cuando apareció una pequeña pantalla holográfica en mi brazal con información adicional que indicaba la presencia de una planta intrusa.

—¿Por qué es intrusiva esta planta? —pregunté a mi aparato.

—Esta planta no pertenece al ecosistema de Kestria —respondió la inteligencia artificial—. Coincide en un 94% con dos especies distintas de bayas de la Tierra: las fresas y las frambuesas.

Murmuré una maldición en voz baja mientras me recorría una emoción. Era cierto que las bayas estaban bastante lejos del lugar por donde deambulaban las criaturas infectadas. Pero si además los síntomas tardaban en manifestarse, los animales se habrían alejado en los días posteriores a consumirlas.

¿Al otro lado del río?

Eso no tenía sentido. Seguí volando más al oeste hasta que el escáner dejó de detectar más bayas. Pero sí detectó algunos animales enfermos, aunque en un número mucho menor que los que había encontrado en la orilla este. Retrocedí y continué casi un kilómetro hacia el este para ver si encontraba más bayas, pero no lo conseguí.

Por un momento, consideré la posibilidad de recoger algunas muestras, pero decidí no hacerlo. No era un científico y no sabía qué posibles consecuencias podrían tener mis acciones contra los Kreelar. No importaba que Ciara dijera que la infección solo se producía por consumo. Aquellas personas ya estaban sufriendo bastante sin que yo jugara aún más con sus vidas arriesgándome. Al menos, sabía específicamente dónde podían ser cosechados con los procedimientos de seguridad y contención adecuados. En lugar de eso, volé hasta algunas de las parcelas más grandes y tomé fotos de cerca.

Con el tiempo corriendo, volví al camino principal que habían tomado los peregrinos y proseguí el viaje hacia el Templo Svast. Una melodía inquietante llegó hasta mí mucho antes de que el bosque se abriera ante mí para revelar su esplendor. No necesitaba saber que se trataba de un lugar sagrado. Irradiaba energía divina. Sospechaba que parte de ella podía explicarse por la física, pero una parte de mí creía que la gente podía imbuir una zona de energía positiva o negativa cuando se expandía lo suficiente de forma repetida durante un largo periodo de tiempo.

El propio templo había sido tallado directamente en la cara de una montaña enmarcada por una cascada. Los altos pilares y las enormes puertas estaban intrincadamente adornados con símbolos tallados en una lengua extranjera que mi traductor no conocía. No parecía haber un acceso directo a la entrada principal por tierra. Había que atravesar el agua para llegar a las escaleras. Supuse que era una forma de ritual de limpieza antes de poder entrar.

Y exactamente lo que parecía estar ocurriendo ahora. Al menos cien peregrinos de todas las edades se habían reunido en el agua. Los más jóvenes se situaron más cerca de la escalera, que era la parte menos profunda. Los mayores se colocaron en la parte más profunda, con el agua llegándoles hasta la mitad de la cintura. Formaron una cadena continua con todos los de la misma fila cogidos de la mano. Las personas situadas al final de cada fila se enlazaban con la fila de delante o detrás cogiéndose de la cola de la persona que tenían delante.

Cantaban sin bailar exactamente, pero daban pasos de un lado a otro, de delante a atrás, y de vez en cuando inclinaban la cabeza en varios ángulos de forma sincronizada. Frente a ellos, de pie en lo alto de los cuatro escalones de la entrada, tres Kreelars también cantaban mientras realizaban gestos más amplios con los brazos y las manos. Vestían túnicas sin mangas con máscaras sin rostro que impedían conocer con seguridad su sexo.

Quise acercarme volando para ver mejor y disfrutar aún más del fascinante espectáculo, pero me di la vuelta. Aunque Vala no me dijo que me alejara del templo, me parecía sacrílego espiar sus devociones e inmiscuirme en su santuario. De todos modos, solo estaba aquí para determinar si se podían encontrar más plantas o animales infectados en la zona. El hecho de que no encontrara ninguno parecía confirmar por qué solo se había infectado un pequeño número de los peregrinos anteriores en lugar de todos.

Aunque me apresuré en mi viaje de regreso, acabé llegando a la Aldea de Jaln tras una ausencia de casi ocho horas. A pesar de sentirme cansado y hambriento, la emoción que dominó en mi interior al iniciar el descenso hacia la plaza fue el alivio al encontrar a Ciara corriendo hacia su centro con una amplia sonrisa.

Los demás aldeanos también irradiaban alivio, y especialmente Enre y Vala. Solo podía imaginar cuánto se habría minado la confianza que el pueblo tenía en ellos si yo no hubiera regresado.

Ciara se arrojó a mis brazos en cuanto aterricé, lo que me produjo la mayor de las maravillas. Podría acostumbrarme a este tipo de cálida bienvenida todos los días del resto de mi vida. Me conmovió aún más que no fuera el miedo y la necesidad de protección lo que lo provocara, sino la alegría genuina por el simple hecho de tenerme de vuelta.

—Bienvenida de nuevo, Amreth. Temíamos que te hubieras perdido —dijo Vala en tono burlón, aunque no pasé por alto la persistente preocupación subyacente que había sentido de verdad.

—No, pero me alejé mucho más de lo inicialmente previsto para investigar algunas anomalías —respondí antes de volverme hacia mi compañera—. Creo que esto te va a gustar.

Con un par de toques en la interfaz de mi brazal, busqué las fotos que había tomado y las mostré en la pantalla holográfica que se desplegó sobre él. Ciara jadeó, con los ojos desorbitados por la emoción. Le conté rápidamente lo que había encontrado, entre los animales rabiosos y los parches de bayas.

—Has hecho bien en no traer muestras —dijo Ciara distraídamente mientras ojeaba los informes del escáner antes de mirar a Vala—. ¿Conoces esas frutas? ¿Forman parte de tu dieta?

Sacudió la cabeza y los miró con una expresión de confusión compartida por Enre.

—Nunca había visto esas bayas. Desde luego, no están cerca de las zonas en las que cazamos o forrajeamos.

—No es realmente sorprendente —dije pensativo—. Sin el escáner, probablemente no me habría dado cuenta de su existencia. No eran visibles desde arriba, e incluso después de aterrizar, tuve que levantar algunas hojas para dejarlas al descubierto.

Ciara frunció los labios y asintió lentamente mientras reflexionaba sobre mis palabras.

—Eso es bastante habitual en las fresas silvestres. Esto explica algunas cosas. Lo ideal sería tener un laboratorio de campo directamente en esa zona. ¿Quizá podríamos montar algo utilizando tu lanzadera?

Acallé mi deseo instintivo de decir que sí y miré interrogante a Vala. Se me encogió el corazón cuando nos miró con expresión cerrada.

—Discutiré el asunto con los otros Kald —dijo sin comprometerse—. De todos modos, ya es demasiado tarde para que regreses a Bryst. Debes de estar cansado y hambriento. Vengan, descansen y coman. Esta noche dormirán todos aquí. Por la mañana tomaremos una decisión.

CAPÍTULO 11

AMRETH

Por mucho que comprendiera su reticencia, odiaba sentirme encadenado. A estas alturas, me parecía que habíamos demostrado lo suficiente como para que nos dieran aún más libertad para movernos y hacer lo necesario para resolver esta crisis. Como no tenía sentido causar revuelo, seguí la corriente.

Nos condujeron a una pequeña casa. Sorprendentemente, no estaba en el patio interior, sino en el pueblo propiamente dicho. Todas las del patio estaban ya llenas con los peregrinos infectados. Dos machos salían mientras nos acercábamos. Solo una vez dentro me di cuenta de que habían traído comida para mí. Para mi total vergüenza, mi estómago expresó ruidosamente su aprobación, haciendo que todos se rieran.

—Disfruten de la comida. Nos veremos por la mañana —dijo Vala.

Le dimos las gracias y la vimos marcharse. En cuanto la puerta se cerró tras ella, saqué de mi cinturón las armas que, afortunadamente, no tuve que utilizar hoy y eché un vistazo a la pared derecha, donde había estado la puerta del dormitorio de invitados de Bryst. Al no encontrar ninguna, giré la cabeza para mirar la pared opuesta. Solo entonces me di cuenta de que esta vivienda no tenía habitación de invitados.

—Por la sangre de Tharmok. Parece que solo hay un dormitorio. Puedo ir a preguntar si tienen una vivienda más grande —dije, rascándome la nuca—. O podría dormir en el sofá.

—¡Claro que no! —dijo Ciara, mirándome como si me hubieran dado demasiados golpes en la cabeza—. ¿Te has fijado en tu tamaño comparado con el de ese sofá? ¿Tienes ganas de dormir con las rodillas pegadas a la frente?

Resoplé y sacudí la cabeza, casi sintiéndome como un niño al que su madre regaña.

—Somos adultos, no animales rabiosos. Seguro que podemos compartir cama y comportarnos como personas civilizadas. Pero si te incomoda, te dejaré la cama y yo dormiré en el sofá.

—¡De ninguna manera! —dije, haciéndome eco de sus palabras anteriores pero con total indignación—. No dormiré cómodamente en una cama mientras mi compañera está apretada en un sofá.

—¡Exacto! —dijo con un exagerado aire de alivio al ver que por fin veía la luz—. ¿Ves lo escandaloso que te ha parecido? ¿Por qué supones que me parecería bien hacerte eso?

Arrugué la cara ante ella, sin encontrar una respuesta adecuada.

—Ambos necesitamos descansar como es debido. Así que este asunto está zanjado. Ahora vamos a darte de comer —dijo Ciara en un tono que no admitía discusión, mientras me hacía señas para que me sentara a la mesa.

Como noble Lord y Alcaide de mi propio Sector, no recordaba la última vez que alguien me dio órdenes. La única persona que me hacía saltar de alegría con una sola palabra era mi padre. Por otra parte, el padre de Kronos era capaz de hacer que se te licuaran las entrañas con una simple mirada. Y sin embargo, tras su exterior severo e intimidante, Lord Aramon era el más dulce de los machos, con el sentido del humor más seco. Nunca sabías si te estaba reprendiendo o tomando el pelo hasta que captabas su discreta sonrisa de suficiencia.

Sonreí, divertido por su actitud autoritaria, y me senté a la mesa. Ella no se sentó, sino que enseguida empezó a rebuscar en las tres bandejas de servir que nos habían traído, amontonando toda la carne que encontró en un plato, que luego colocó frente a mí.

—Les dije que no te gustaba la comida para pájaros —dijo Ciara burlonamente.

Solté una carcajada y se me calentó el pecho de afecto mientras ella solo tomaba un par de verduras con un trozo de carne blanca asada antes de acomodarse frente a mí al otro lado de la mesa.

—¿Eso es todo lo que comes? —pregunté, frunciendo el ceño ante la pequeña cantidad que había en su plato.

Se encogió de hombros.

—Ya he comido. Solo me uno a ti porque es un asco comer solo mientras tu compañero te mira fijamente. Ahora come. No te vas a morir de hambre bajo mi vigilancia.

Volví a asentir, agradecido por otro gesto considerado por su parte, y accedí. Decir que estaba hambriento no podría describir el vacío que sentía en el estómago. Volar requería mucha energía. A pesar de lo agradecido que estaba por la comida—que en realidad era deliciosa—ansiaba otro tipo de sustento. Se me hizo agua la boca al pensar en cómo sabrían sus emociones. No podía ni imaginar lo mucho más saciante y satisfactorio que sería alimentarse de ella.

Atenta como siempre, Ciara no entabló conversación enseguida, permitiéndome dar unos cuantos bocados para aplacar las punzadas más brutales. Casi inhalé los primeros trozos de carne. Aunque trató de disimularlo, no pasé por alto la diversión que había en sus ojos cuando me miró discretamente.

—Estaba preocupado por ti —dije al fin después de tragar otro bocado—. ¿Todo ha ido bien en mi ausencia?

Ella asintió

—Gracias por preocuparte, pero no era necesario. Todos fueron muy amables conmigo. De todos modos, Enre y Vala se pusieron totalmente en modo mamá osa protectora conmigo. Mantenerme a salvo era realmente una cuestión de orgullo y honor para ellos.

—Me alegra saber que no hubo incidentes —dije mientras cortaba un trozo de carne

—En realidad, hubo una noticia parcialmente buena y un incidente menor —enmendó Ciara—. La noticia semibuena es que he podido poner a la mujer de Muti en semisíntesis. Eso impide que la enfermedad avance. Le he inyectado unos nanobots que se dirigen a los priones que la están matando y ellos los erradican. Es un proceso muy lento. Pero parece que funciona.

—¿La curará? —pregunté, animándome.

Sacudió la cabeza.

—No. Solo va a rebajarla a un estado menos crítico en el que su cuerpo, con suerte, podrá combatir los priones mientras se adapta a los cambios de su evolución. Sus dos hijos han tomado muy bien el medicamento, así que cruzo los dedos.

—Es una noticia maravillosa. No puedo imaginar un regalo mejor para ese pobre hombre. Su dolor era tan vívido que casi podía tocarlo. Lo que tú y tu equipo están haciendo es fenomenal —dije con profunda admiración y respeto.

Sonrió tímidamente.

—Gracias. Pero no olvides que ahora tú también formas parte de ese equipo. Y con tu descubrimiento de hoy, podríamos acercarnos aún más al éxito.

—Como has dicho, crucemos los dedos —respondí suavemente—. ¿Pero mencionaste un incidente?

Ciara asintió.

—Cuando terminamos de hacer las pruebas a todo el mundo, y afortunadamente no encontramos ningún otro caso, empezamos a administrar la vacuna a todas las personas que no se habían infectado antes. Dos de ellas se obstinaron en no dejarse inyectar.

Fruncí los labios y asentí pensativamente.

—No me sorprende. Francamente, esperaba mucha más resistencia por parte de un mayor número de personas. Pero no se puede obligar a nadie a recibir ese tipo de tratamiento.

—Lo sé. Lo único que puedo hacer es explicarles los beneficios, pero al final, sigue siendo su elección. Con suerte, ver que los demás están bien y no sufren efectos negativos por ello puede acabar haciéndoles cambiar de opinión. En cualquier caso, rezo para que podamos encontrar un tratamiento o erradicar la fuente.

—¿Crees que las bayas son la fuente? —pregunté.

—Con su origen forastero, es muy probable. No debería haber fresas en Kestria. Por lo que nos contaron Sora y Aku, los médicos habían estado comiendo junto al río. Después de que Sora mordiera al hombre, la aturdieron y huyeron. Nunca volvieron para recoger la comida que habían dejado. Tampoco lo hicieron los Kreelar.

—Así que la fauna local se dio un festín con él —dije con repentina comprensión.

—Exactamente. Las bayas son una pesadilla para esto porque cada una tiene una concentración muy alta de semillas. Esas semillas atraviesan el aparato digestivo y a menudo salen intactas en las heces —explicó Ciara—. De todas las frutas que se les podían haber ocurrido, tenía que ser la que es muy fácil de propagar y cultivar. Las fresas solo necesitan tierra húmeda, algunos fertilizantes y mucho sol.

—Se cumplieron todas las condiciones —respondí pensativo.

—Sí. Tanto si los animales que las comieron enfermaron y regurgitaron las semillas, como si simplemente las pasaron a través de sus heces, las diseminaron. No sé qué cantidad de bayas había ni cuántos animales distintos las comieron, pero el lugar que me has mostrado está muy lejos de la zona donde se produjo este incidente inicial.

—Así que se está extendiendo. Pero, ¿cómo apareció al otro lado del río?

—Por la mañana, tendremos que hacer un desglose exhaustivo de la cadena alimentaria de su fauna. Los pequeños roedores y mamíferos que comieron las bayas solo viajarían hasta cierto punto con ellas. Tenemos que suponer que algunos pájaros también comieron esos frutos, y recorren distancias mucho mayores. Y luego están los grandes depredadores que se alimentan tanto de las aves como de los pequeños mamíferos. Si alguno de esos animales tiende a vagar o emigrar, se desplazaría con ellos.

—Pero han pasado casi diez años —dije frunciendo el ceño —. ¿No se habría extendido mucho más lejos y más ampliamente?

Mi compañera negó con la cabeza.

—No necesariamente. Este tipo de cosas tienden a ser exponenciales. Empieza poco a poco, con una pequeña mancha aquí y otra allá. Pero cuantas más parcelas haya, más criaturas se alimentarán de ella y más la propagarán. No todas las semillas liberadas en la naturaleza echarán raíces. Las probabilidades simplemente aumentan con el número de ocurrencias.

—¿Podemos acabar con todos esos parches de bayas? — pregunté mientras rellenaba descaradamente mi plato, esta vez con una mezcla de guarniciones y verduras.

Frunció el ceño y dejó el tenedor a un lado del plato vacío

—Es extremadamente difícil, y a menudo imposible, erradicar por completo una planta invasora. Una vez que empieza a extenderse, siempre hay alguna semilla en algún lugar que habrá escapado a la detección, o que está asentada en el sistema digestivo de alguna criatura esperando a ser liberada cuando y donde menos te lo esperas. Así que por mucho que consigas reducir su número, casi siempre vuelven. Controlar su propagación se convierte en una tarea permanente.

—Así que no hay soluciones —dije, cabizbajo.

—Hay medidas paliativas que podemos utilizar. Pero hará falta bastante tiempo de pruebas exhaustivas para asegurarnos de que no dañaremos la flora o la fauna locales en el proceso. Tenemos que estudiar todos los animales de la zona, tanto los infectados como los que parecen inmunes. Hemos resuelto problemas similares en el pasado con nanobots diseñados específicamente para impedir que un determinado tipo de proteína se adhiera a células concretas, impidiendo que se reproduzcan y matando así al organismo.

—¡Parece la solución perfecta! —dije de forma evidente.

—Es si esa célula es lo bastante única como para no encontrarse en otras formas de vida de la zona. No queremos exterminar accidentalmente otras plantas o animales en el proceso —explicó.

—Cierto, no se me había ocurrido. Por eso eres la científica —dije burlonamente.

Sonrió.

—Cada uno tenemos nuestras habilidades y nuestro propósito. Hoy has estado fantástico. Desde la forma en que me hiciste sentir segura durante el vuelo hasta aquí a pesar de mi miedo a las alturas, hasta cómo ayudaste a apaciguar a ese pobre hombre, cuando otros simplemente habrían respondido a su agresividad con violencia. Y cómo llevaste la misión que te encomendamos. Fuiste más allá investigando a fondo más allá del camino original acordado.

—Solo era sentido común —dije, con la voz un poco malhumorada cuando en realidad estaba provocada por la timidez ante sus elogios.

—Créeme, el sentido común es con demasiada frecuencia un bien escaso. No te subestimes. Y que conste que no creo que te hayas dado cuenta, pero te has ganado un gran respeto al no acercarte al templo. Vi la mirada en sus ojos cuando dijiste que te habías dado la vuelta. No hay palabras para describir lo orgullosa que estoy de ti.

Se me calentó el pecho y me sorprendí extendiendo una mano hacia ella por encima de la mesa. Para mi deleite, ella puso la suya en la mía sin vacilar.

—El sentimiento es mutuo, Ciara. Supongo que no me di cuenta de lo que viste porque estaba demasiado ocupado observando cómo reaccionaban hacia *ti*. Cuando llegamos esta mañana, sus auras irradiaban desconfianza y desesperación. Cuando he vuelto esta noche, he visto alivio, pero sobre todo esperanza. Lo que tú y tus colegas están haciendo es salvar a toda una especie. No podría haber mayor honor para mí que formar parte de esto.

—Y ciertamente estás demostrando ser una parte importante, en más de un sentido —dijo con una sonrisa.

Le di un suave apretón en la mano y le acaricié el dorso con el pulgar antes de soltarla.

—Bueno, he sudado todo el día. Debería ir a ducharme —dije, poniéndome en pie y recogiendo los platos vacíos de la mesa.

Ciara cogió los otros y me siguió hasta el lavabo para que pudiéramos lavarlos. Había algo extrañamente íntimo en que realizáramos juntos una tarea tan servil.

—¿Quieres que te lave las alas? —me ofreció mi compañera, cuando terminé de secar el último plato.

Me dio un vuelco el estómago y oculté lo mucho que me habían afectado sus palabras poniendo una expresión burlona en mi cara.

—Necesitaría estar desnudo mientras lo haces.

Se encogió de hombros, enarcó una ceja y me sostuvo la mirada inquebrantablemente.

—Sí, ¿y? Soy médico. No hay mucho que no haya visto ya. Así que, a menos que te resulte incómodo, o que la desnudez Obosiana sea letal para los humanos, no tengo ningún problema —contestó con sorna.

—¿Desnudez letal? Es la primera vez. Pero no, verme desnudo no te causará ningún daño.

—Entonces, está decidido, muchachote. Vamos a la ducha.

—¿Muchachote? —exclamé con una mezcla de diversión e incredulidad.

—He dicho lo que he dicho —respondió ella con voz cantarina mientras se adelantaba pavoneándose hacia la puerta del fondo.

Siguiendo su estela, me quité la pechera y la dejé sobre la encimera antes de salir de casa. Ella se quitó los zapatos y abrió el grifo. Para mi sorpresa, Ciara se quitó la ropa y la colocó ordenadamente en una pila junto a los estantes empotrados que contenían las toallas limpias. Cuando se volvió para mirarme en su gloriosa desnudez, me encontró mirándola fijamente, con la boca abierta y las manos congeladas en la cintura de los pantalones con los cierres magnéticos entreabiertos.

—¿Qué haces? Quítatelo —dijo, haciendo un gesto con la mano derecha para que me moviera—. Y no me mires así. No pienso empaparme la ropa mientras te lavo las alas, y yo también necesito ducharme

Eso me sacó de mi aturdimiento y obedecí de inmediato. A pesar de su tono y comportamiento directos y sin rodeos, no pasé por alto la pizca de timidez en sus ojos. Mil millones de palabras se agolparon en mi lengua. Quería decirle lo guapísima que era, pero también quería preguntarle si eso significaba que yo también tenía que lavarle la espalda.

Una parte de mí sentía que señalar que si se desnudaba cambiaría la dinámica entre nosotros, solo lo haría más incómodo. Pero otra parte creía que no reconocerlo lo haría aún más raro, como cuando algo era tan malo que preferías convencerte de que no estaba ocurriendo en vez de afrontarlo.

—Mis disculpas. Tu belleza me ha confundido —dije al fin —. Pero tienes razón. Práctico y eficaz. Lo apruebo.

Aunque resopló y me hizo una mueca, no pasé por alto la

forma sutil en que sus hombros se relajaron. Quería creer que lo había manejado adecuadamente.

—Ésas no son más que algunas de mis innumerables cualidades —dijo, sacudiéndose el pelo por encima del hombro de una forma teatral que me hizo reír—. Pero gracias por notarlo.

Me quité las botas y me bajé los pantalones mientras una oleada de nerviosismo me invadía. Me parecía una tontería preocuparme por lo que pudiera pensar de mi aspecto. Estaba muy en forma y dudaba que mi cuerpo le pareciera deficiente. Sin embargo, ¿sabía cómo era un pene Obosiano? ¿La excitaría o la angustiaría?

Me enderecé y me quedé de pie frente a ella, con la barbilla levantada con una pizca de desafío. Ciara no parecía inmutada ni turbada por el espectáculo que tenía ante sí. Con increíble audacia, dejó que su mirada me recorriera lentamente con una posesividad que hizo que la sangre se me acelerara hasta la ingle. Aunque innegablemente apreciativa, no había nada escabroso u objetivador en la forma en que me admiraba.

—Realmente eres un macho impresionante —dijo Ciara casi con nostalgia.

—Me alegro de que pienses así —añadí, sintiéndome inexplicablemente tímido.

Rápidamente se trenzó el pelo en una sola trenza que enrolló en un moño, entrelazando hábilmente el extremo a través de su cabello para que quedara recogido. El gesto hizo que sus turgentes pechos se inclinaran ligeramente hacia delante, atrayendo mis ojos hacia las oscuras areolas y las tensas yemas. Estarían aún más deliciosos con un piercing dorado.

Como si leyera los pensamientos que corrían por mi mente, mi compañera me señaló la región inferior.

—Desde el momento en que te conocí, me pregunté cuántos piercings tendrías y dónde estarían situados —dijo con voz suave.

Miré mi polla, que estaba medio erecta. En cuanto empezó a

desnudarse, mi pene se puso rígido. No me molestaba que ella tuviera esta prueba innegable de mi creciente excitación. Aunque podía percibirse como algo ofensivo, creía que la ausencia de deseo visible por mi parte cuando ella estaba completamente desnuda ante mí por primera vez habría sido mucho más problemática.

—Puedo afirmar sin vacilar que todos y cada uno de los Obosianos adultos, hombres *y* mujeres, tienen al menos un par de piercings o implantes en sus partes íntimas —dije divertido.

—A juzgar por la tuya, es mucho más que un par —dijo Ciara, arrugando la cara de forma ilegible.

Me miré la polla, recorriendo con la mirada las dos hileras de tres espárragos redondos a cada lado de mi longitud, cerca de la base, los barbillones al principio del tronco, el de la cabeza y los dos espárragos adicionales justo debajo del glande.

—Efectivamente. Tengo diez —dije de forma objetiva antes de estudiar sus facciones—. ¿Te molesta?

Para mi alivio, negó con la cabeza sin vacilar.

—En absoluto. De hecho, hace un poco de calor —añadió, pareciendo un poco avergonzada—. ¿Algún otro?

—En la lengua —respondí.

Ella asintió, y su rostro adoptó una expresión traviesa.

—Lo sé. Lo he sentido.

Eso me hizo reír, pero también me dio ganas de volver a besarla profundamente. Ahuyentando ese pensamiento errante de mi mente, dejé que mi mirada recorriera libremente—y con cierta avidez—la perfección de su cuerpo.

—Algunos de ellos también te quedarían muy bien —pensé en voz alta.

Para mi sorpresa, Ciara se puso rígida de inmediato, frunció el ceño y negó con la cabeza.

—Eso va a ser un pase difícil para mí —dijo en un tono que no admitía discusión.

Teniendo en cuenta su comentario anterior de que le parecían sexys, esa respuesta me sorprendió.

—¿Por qué? —pregunté con cuidado.

—Aunque aprecio y admiro sinceramente las modificaciones corporales en los demás, al menos cuando están bien hechas, personalmente no quiero ninguna en mí. Mis lóbulos perforados para pendientes son lo más lejos que llego. No tengo nada en contra, pero me gusta mi aspecto físico tal como es —dijo de forma suave, casi cautelosa.

—Lo comprendo —dije en voz baja.

Se movió sobre sus pies, parecía un poco inquieta.

—¿Te molesta?

Mi frente se levantó con sorpresa.

—¿Molestarme? En absoluto. Un poco decepcionado, quizá. E incluso eso me parece una palabra demasiado fuerte. Me encanta la estética de los piercings, ya que es una parte intrínseca de mi cultura, pero no esencial. Al fin y al cabo, es tu cuerpo. Nadie puede dictar lo que haces con él. Mientras seas feliz, eso es lo único que importa.

—¿Pero eso me hará menos atractiva para ti? —insistió ella.

—Ciara, tu aspecto físico no es tu principal atractivo. Lo es la luz de tu alma. Y la tuya me hipnotiza. Nunca nada podrá sustituir eso. Eres hermosa tal como eres. Y eso no cambiará, ni siquiera dentro de sesenta años, cuando los dos estemos arrugados y yo tenga una barriga de vino.

Se echó a reír.

—¿Quieres decir una barriga cervecera?

—Sí, eso —dije en tono divertido—. O como quiera que los humanos llamen a ese vientre de aspecto embarazado que les sale a los machos en sus últimos años.

Sin dejar de reírse, mi compañera se quedó mirando mi vientre plano con expresión melancólica.

—Mi abuelo tiene una bastante impresionante que mi abuela llama su bola de cristal. Siempre que él le pregunta alguna tontería, ella empieza a frotarla y mira en su interior como si quisiera encontrar la respuesta dentro antes de responder con algo totalmente ridículo.

Me tocó a mí soltar una carcajada mientras intentaba visualizar la escena.

—Esos seremos nosotros dentro de unos años, supongo.

Ella sonrió y sacudió la cabeza.

—Lo dudo. He visto Obosianos más viejos. Todos siguen estando odiosamente en forma a pesar de su edad crepuscular... no es que me queje. Pero vamos a meterte bajo el agua.

Asentí con la cabeza y enrosqué rápidamente mi propio pelo largo en un moño para que no se mojara. No iba a pasarme horas intentando que se secara de forma natural justo antes de acostarme.

Nos metimos bajo el agua para mojarnos. Mis ojos se fijaron inmediatamente en la forma en que el agua resbalaba por su piel. Me invadió la envidia más irracional, deseando que fueran mis manos y mi lengua las que se deslizaran así sobre ella. Quería lamer cada gota que quedaba en la seda oscura que ansiaba explorar.

Como había una sola pastilla de jabón, la utilizamos por turnos, haciendo espuma antes de intercambiarla. Ver cómo se frotaba el jabón por el cuerpo, sobre todo en los pechos y entre los muslos, me puso duro como una piedra en cuestión de segundos. Aunque ella fingió no verlo, no me pasó desapercibida la sonrisa de suficiencia que se dibujó discretamente en la comisura de sus labios.

Pero dos podrían jugar a ese juego.

Esperando mi momento, hice un gesto con la barbilla a su espalda.

—¿Quieres ayuda? —le ofrecí.

—Sí, por favor —respondió ella, con una extraña luz encendida en sus ojos castaño grisáceos.

Se dio la vuelta y mis ojos se fijaron en las curvas de su

trasero. Tharmok, ¡tómame! Debería ser ilegal que algo fuera tan condenadamente tentador. No podía decidir si me apetecía más agarrarle las mejillas con ambas manos o arrodillarme y darle un mordisco. Su trasero exigía ser mordido.

Reprimiéndome, me obligué a mirar hacia arriba mientras empezaba a lavarle la espalda. Lejos de distraerme, eso solo me puso aún más duro. Su piel era tan suave, tan cálida bajo mi contacto. Sentirla estremecerse mientras mis manos se deslizaban por su espalda, a ambos lados de la columna, hizo que mi polla se sacudiera en respuesta. A pesar de sus intentos de permanecer estoica, me llegó el aroma de su excitación.

Durante una fracción de segundo, consideré la posibilidad de atreverme y deslizar las manos por su frente para burlarme de sus pezones. Una parte de mí creía que ella no se opondría a tal acto, tal vez incluso lo acogería con satisfacción. Pero otra consideraba más prudente contenerme. No se trataba solo de que no quisiera que me considerara demasiado presuntuoso o irrespetuoso. Necesitaba que Ciara supiera que podía confiar en que no intentaría aprovechar cualquier oportunidad para aprovecharme de ella, sobre todo en un entorno vulnerable.

Terminé, solté las manos—con mucha reticencia, por cierto —y di un paso atrás. Mi compañera se giró inmediatamente para mirarme, con un rostro ilegible. Sus pezones tensos, en posición de firmes, casi parecían gritar enfadados su consternación por haber sido tan ignorados y descuidados.

Actuando con indiferencia, volví a enjabonarme mientras ella se metía en el agua para enjuagarse. Con los ojos clavados en los suyos, empecé a lavarme la polla y los testículos, desafiándola en silencio a que apartara la mirada. La expresión lasciva que descendió por sus facciones hizo que se filtrara una gota de precum, afortunadamente oculta por el jabón.

Mi estómago dio un triple salto mortal cuando ella se apartó de repente del agua, acortando la estrecha distancia que nos separaba para quitarme el jabón. Estaba tan cerca que, cada vez que inspiraba, el movimiento de su pecho hacía que sus pezones me rozaran. Durante un estúpido segundo, pensé que iba a inclinarse y besarme. En lugar de eso, agitó la toallita que yo no había visto en su mano.

—Lista para tus alas —dijo con voz cantarina.

El brillo burlón de sus ojos dejaba claro que se había dado cuenta de mi decepción y se deleitaba en el poder que tenía sobre mí.

—Gracias —dije con voz controlada mientras luchaba contra el impulso de azotar aquel delicioso trasero suyo.

Procedió a lavarme las alas de un modo eficaz, pero demasiado rápido para mi gusto. Cuando las había secado antes, Ciara se había tomado su tiempo, haciendo que la tortura del placer durara tanto para nuestro disfrute como para nuestra consternación. Estaba claro que deseaba tocar mis alas con sus propias manos, igual que yo deseaba que lo hiciera

Estos juegos de decoro a los que jugamos sí que son molestos.

Y, sin embargo, no me molestaban en absoluto. Creaban tensión y expectación. Cuando por fin se cumpliera ese deseo, la experiencia sería aún más especial.

—Entonces, ¿cómo es que un espécimen tan fino de masculinidad como tú seguía soltero? —preguntó de repente Ciara mientras limpiaba la parte delantera de mi ala izquierda.

Resoplé y la miré de reojo, más halagado de lo que jamás admitiría.

—La respuesta obvia es que aún no te había encontrado —respondí burlonamente—. Pero, como puedes imaginar, vivir en Molvi hace más difícil encontrar pareja.

—Cierto. Un planeta-prisión no parece exactamente el escenario ideal para una cita —respondió. Aunque su tono era ligero y un poco juguetón, noté la expresión preocupada que se dibujó en sus facciones.

—No lo es —concedí—, pero no por las razones que tú

crees. Contrariamente a lo que piensa la mayoría de la gente, Molvi no es solo un gran lugar aterrador infestado de asesinos y psicópatas, así como un ejército de bestias sanguinarias y aterradoras. Todo eso está definitivamente ahí, pero contenido en cada uno de nuestros Sectores. El resto del planeta es tan hermoso como la naturaleza salvaje de la que disfrutas aquí. Tenemos una capital con centros comerciales, restaurantes, lugares de ocio, escuelas y diversos negocios que atienden las necesidades cotidianas de las personas y familias que viven allí.

—¡Dios mío! ¿De verdad? —exclamó Ciara.

No pude evitar una sonrisa ante el tono aliviado y esperanzado de su voz.

—Sí, mi compañera. Ningún Alcaide podría tener una familia si no pudiera disfrutar allí de una vida normal, segura y cómoda. El problema es que la mayoría de la gente ya está casada, o son los vástagos más jóvenes de esas parejas. Las escuelas en Molvi solo llegan hasta cierto punto. Una vez que el estudiante está preparado para pasar a una educación más avanzada, como un título universitario, suele volver a Vargos, nuestro mundo natal.

—Ya. Ya veo.

—Evidentemente, viajaba con frecuencia a mi país y me invitaban a muchos actos en los que mis padres intentaban buscar pareja —dije, incapaz de contener una mueca de disgusto que hizo reír a Ciara—. Mi pueblo también es muy aficionado a las fiestas ostentosas en las que alardean de sus mansiones y riqueza en Molvi, lo que presenta oportunidades para conocer a una pareja potencial. Pero a pesar de todas sus comodidades y belleza, la vida en un planeta prisión no es para todo el mundo.

—Tiene que ser muy limitante para ciertas profesiones —concedió mientras daba vueltas a mi alrededor para empezar a lavarme el dorso de las alas.

Me molestó que lo hiciera justo en ese momento. Quería ver su cara cuando abordáramos aquel tema tan delicado. En un par de semanas—un mes como mucho, esperaba—podríamos volver a nuestras vidas. Por mucho que quisiera complacerla, mi situación hacía que tuviera que ser ella la que siguiera. ¿Era eso un impedimento?

—¿Sería eso un problema para ti? —pregunté en voz baja.

Se me oprimió el pecho cuando no respondió de inmediato. Miré por encima del hombro para observarla. Para mi alivio, no parecía angustiada ni incómoda, sino que parecía estar evaluando algunas cosas.

—La verdad es que me da igual dónde vivir —respondió al fin—. En los últimos años, me he dedicado más a la investigación, que puedo llevar a cabo casi en cualquier lugar siempre que haya un laboratorio lo bastante avanzado. Pero incluso eso requiere viajar de vez en cuando. A veces, estamos fuera unas semanas, hasta un par de meses.

—Podemos solucionarlo —respondí rápidamente—. Conseguirte acceso a un laboratorio de primera categoría no sería un problema. Ya tenemos un par de instalaciones de investigación de alto nivel en Molvi. En cuanto a tus viajes, si Kayog y Linsea consiguieron tener un matrimonio tan exitoso a pesar de que cada uno de ellos tuvo que ir a todos los confines de la galaxia, estoy seguro de que nosotros también podemos hacerlo.

Sus labios se estiraron en una sonrisa melancólica, su rostro se suavizó con una expresión soñadora.

—Son tan perfectos juntos. He visto a muchas parejas profundamente enamoradas incluso después de muchos años de matrimonio. Pero creo que nunca he estado en presencia de dos personas en tan perfecta armonía la una con la otra. No soy del tipo celosa, pero deseo tanto lo que ellos tienen.

—Lo haremos —dije con convicción—. Somos almas gemelas.

Sonrió y terminó de lavarme las alas antes de empujarme bajo el agua para enjuagarme.

—¿Quién cuida ahora de tu Sector? —preguntó Ciara, cogiendo una toalla.

—Mi mejor amigo, Kronos. Es el Alcaide del Sector contiguo al mío. Mi primo Arthas también está a la espera para ayudar en caso necesario. Pero me siento culpable por mi ausencia —admití tímidamente, mientras extendía una mano para cogerle la toalla.

Para mi sorpresa, mi compañera ignoró mi mano y procedió a secarme el pecho. Aunque aturdido, no me opuse.

—¿Es un problema grave? ¿Podría socavar tu estatus de Alcaide de tu Sector? —preguntó con una pizca de preocupación.

Eso me conmovió más de lo que podría expresar. No necesitaba ser un genio para saber que tenía reservas sobre instalarse en Molvi. Otra persona se habría alegrado al pensar que mi prolongada ausencia posiblemente me haría perder mi puesto para no tener que mudarse allí conmigo. Que su preocupación se centrara inmediatamente en mí decía mucho de ella.

—No —respondí en tono tranquilizador—. Haría falta algo extremadamente grave para que destituyeran a un Alcaide. Es más, detesto ser una molestia para los demás. Kronos ya está muy ocupado con sus propios Cuadrantes, por no mencionar el hecho de que su compañera humana está muy avanzada en el embarazo de su primer hijo. Debería estar ahí apoyándole y calmándole, en lugar de ser una carga.

Apenas conseguí terminar la frase, pues mi cerebro se distrajo cuando Ciara introdujo el dedo índice por el tejido afelpado de la toalla para trazar cuidadosamente alrededor del piercing en forma de barra de mi pezón izquierdo. La forma en que mi compañera rodeó la areola no me dejó ninguna duda de que me estaba tomando el pelo a propósito.

Evitó deliberadamente el contacto visual mientras terminaba de secarme el pecho. Bajó la toalla hasta mi pelvis. Durante medio segundo, creí que continuaría el viaje hasta mi polla.

Contuve la respiración, preparándome para ello, pero la desdichada mujer apartó la toalla hacia la derecha mientras daba vueltas a un lado. La sonrisa petulante, casi maliciosa, que se dibujó en sus labios me hizo desear ponerla sobre mis rodillas y azotarla con fuerza.

—Quizá no estés siendo una verdadera carga —me dijo con indiferencia mientras me secaba el brazo—. Si está tan nervioso por su primer hijo, puede que le estés haciendo un gran favor a su mujer. Si se preocupa constantemente por ella o se asusta cada vez que estornuda, puede que ella esté deseando dejarle inconsciente para tener un poco de paz. Mantenerlo ocupado puede ser una bendición.

Resoplé y asentí lentamente.

—Puede que Malaya le haya gritado una o dos veces que solo estaba embarazada y que no estaba inválida —contesté riéndome.

—¿Lo ves? —dijo Ciara triunfante—. Pero lo entiendo. También odio cuando mi carga de trabajo acaba recayendo en otra persona porque las circunstancias me impiden ocuparme yo misma de ella.

Un ronroneo involuntario salió de mi garganta cuando empezó a secarme la espalda. Probablemente rozó accidentalmente aquel punto sensible justo en la esquina superior, cerca de mi columna vertebral, donde mi ala se unía a mi espalda. En realidad, no lo llamaría erógeno y, sin embargo, frotar el músculo justo allí siempre resultaba muy placentero. No era el tipo de placer que te haría llegar al clímax, sino el que te hacía languidecer como durante un masaje corporal completo.

—A alguien le ha gustado —dijo Ciara con suficiencia.

—Desde luego, alguien lo hizo —dije, mi voz sonaba más grave—. Es mi punto débil. Es muy relajante que me lo masajeen.

Ciara resopló.

—Bueno, eso ha sido sutil....

—¿Qué quieres decir? —pregunté con una voz demasiado inocente que no la engañó lo más mínimo.

Para mi sorpresa—y deleite absoluto—amasó aquel músculo con la mano desnuda, provocándome un violento escalofrío, seguido de otro ronroneo retumbante, casi un gemido. Mi compañera rio entre dientes y siguió con sus caricias unos segundos más. Casi gemí cuando se detuvo.

—Punto débil debidamente anotado. Espera que abuse descaradamente de él para que cedas a cualquier exigencia irrazonable que pueda plantearte en el futuro —dijo con una sonrisa impenitente.

Me reí.

—Por eso, sí, probablemente te daría mi alma.

Se rio y continuó secándome el ala.

—¿Pero qué hay de ti, Ciara? ¿Por qué una mujer tan guapa, inteligente y con tanto éxito como tú seguía soltera? —pregunté.

—Estuve prometida a un imbécil que me engañó durante mucho tiempo. Después de dejarle, me volví mucho más exigente —respondió desdeñosa—. Presté más atención a las señales de que la persona pudiera ser un usuario o un narcisista. Si te sirve de algo, conocí a algunos hombres decentes, pero siempre me faltaba algo. Meterse en una relación condenada al fracaso desde el principio me parecía inútil. Así que permanecer soltera era más sencillo.

—Por mucho que odie que te hicieran daño, me alegro de que ese imbécil mostrara su verdadera cara antes de poder reclamar lo que era mío. Habría infringido la ley para librarme de él —dije con tono objetivo.

—¡Amreth! —exclamó Ciara, con su indignación mezclada con una gran dosis de asombro y diversión.

La miré por encima del hombro con expresión impenitente.

—Parece que encontrar a mi pareja ha desbloqueado mi lado más oscuro.

—Eso parece... Y es bastante sexy —susurró con una sonrisa.

Abrí la boca para replicar, pero solo se me escapó un grito ahogado. Con los ojos fijos en los míos, me pasó la toalla por el trasero. Levantó mi rabo, lo limpió en toda su longitud, su mano se cerró alrededor de la punta antes de volver a deslizarse hacia abajo, como quien acaricia una polla. Tragué con fuerza cuando volvió a mi nalga derecha. Ciara se hizo a un lado y volvió a girar delante de mí mientras me secaba el muslo derecho. Contuve la respiración mientras ella frotaba con descaro la toalla sobre mi polla. Separé los labios e inspiré bruscamente cuando ella la rodeó con ambas manos para limpiarla en toda su longitud. Odiaba que aquella toalla se interpusiera entre y nosotros, impidiéndome el contacto directo con ella. Mi compañera se tomó su tiempo para limpiarme los huevos, dándoles un sutil apretón en el proceso.

Mis colmillos ardían por la necesidad de hundirme en la tierna carne de su cuello y atarla a mí.

Lejos de terminar, Ciara rompió por fin el contacto visual mientras se agachaba lentamente ante mí. Me secó cuidadosamente las piernas, una tras otra, con la mirada fija en mi miembro. Un rayo de fuego estalló en la boca de mi estómago cuando la examinó de cerca. No fueron mis piercings lo que atrajo su atención, sino las escamas en forma de chevrón que cubrían la parte superior de mi pene y las suaves púas que lo recubrían por los lados. Se inclinó tanto que, por un instante, creí que presionaría su boca contra él.

Para mi consternación, la mocosa volvió a mirarme con una sonrisa traviesa y un brillo provocativo en los ojos.

—Muy bonito —dijo burlonamente mientras se enderezaba lentamente.

Mil millones de pensamientos pasaron por mi mente y el doble de palabras me quemaron la lengua. Pero algo se rompió en mi interior cuando sus duros pezones rozaron una vez más mi pecho. Moviéndome a la velocidad de una serpiente atacante, mi mano derecha agarró su pelo por la nuca con voluntad propia y atrajo su rostro hacia el mío. Mi cola la envolvió posesivamente, aplastando su cuerpo contra el mío.

Me di cuenta de que la estaba besando cuando mi boca presionó brutalmente contra la suya en un beso voraz. El suave crujido de la tela quedó vagamente registrado en mi cerebro cuando la toalla cayó al suelo y Ciara me rodeó el cuello con los brazos. La levanté, con las dos manos detrás de los muslos, y ella me rodeó la cintura con las piernas. Mi polla hinchada palpitaba contra su vientre mientras profundizaba el beso. Me pasó los dedos por el pelo, liberándolo del moño improvisado en el que lo había atado. El pelo cayó en cascada y ella lo apretó en mi nuca con ambas manos.

Sujetándola con una mano por detrás de los muslos, le acaricié la espalda con la otra. Su piel aún estaba un poco húmeda, pues no se había secado después de que ambos nos enjuagáramos. Pero no me importaba, y a ella tampoco.

Rompí el beso y clavé los ojos en mi mujer. Las palabras no eran necesarias. Ella sonrió y sus manos se aferraron con más fuerza a mi pelo. Le devolví la sonrisa y reclamé sus labios. Pecho contra pecho, la llevé de vuelta al interior.

CAPÍTULO 12

AMRETH

Cada paso hacia nuestra habitación hacía que mi sangre corriera a toda velocidad por mis venas. Un deseo ardiente tenía un charco de lava arremolinándose en la boca de mi estómago. No entendía cómo podía haberme puesto duro tan fácilmente. Tenía la intención de darle a Ciara un cortejo prolongado. Pero ahora solo podía pensar en lo desesperadamente que deseaba perderme en ella, sentir cada centímetro de su cuerpo envuelto en el mío, el sonido de sus gemidos en mis oídos y el sabor de su placer en mi lengua.

Aun sosteniendo su peso con un brazo detrás de los muslos, abrí a ciegas la puerta del dormitorio con la mano libre. Ciara me acariciaba ávidamente el pecho y el costado, lo que dificultaba aún más cualquier pensamiento racional. Quería... necesitaba más.

Nunca antes había entrado en esta sala. Como Alcaide y Guerrero Obosiano de Élite, mi primer instinto debería ser examinar rápidamente mis alrededores para evaluar cualquier amenaza potencial y los detalles tácticos que podrían utilizarse defensiva u ofensivamente en caso de que surgieran problemas.

Pero solo tenía ojos para la gran cama apoyada en medio de la pared del fondo.

Sin dejar de besar a mi compañera, me dirigí hacia ella, antes de tumbarla con cuidado sobre el mullido colchón. Cuando intenté enderezarme, Ciara me agarró por los hombros, acercándome más. Me reí entre dientes y cedí. Me subí a la cama y me puse encima de ella. Mi compañera abrió las piernas para que yo pudiera acomodarme entre ellas. Manteniendo mi peso con el antebrazo izquierdo apoyado en el colchón, rompí el beso y rocé con mis labios todo su rostro, y especialmente aquella hermosa corona de su frente.

Cogí su cuello con la mano derecha y le levanté la barbilla con el pulgar, dejando al descubierto la arteria palpitante en la que mis colmillos ansiaban hundirse. Pero me limité a cubrirle el cuello de besos, chupando la tierna carne del pliegue, justo antes de que se curvara hacia su hombro. El suspiro de placer de Ciara resonó directamente en mi polla. Besé su pecho y se me hizo agua la boca al acercarme al premio que me había estado tentando durante lo que me pareció una eternidad.

Me aferré a su duro pezón como un macho hambriento, chupándolo y lamiéndolo con fervor. Mi compañera me recompensó con un gemido voluptuoso, y un escalofrío la recorrió cuando también le pellizqué el pezón izquierdo con los dedos.

Levanté la cabeza para mirar el hermoso rostro de Ciara, invoqué mi Lumiak en el dedo índice y envié una pequeña descarga eléctrica a la parte inferior de su pezón. Al instante, mi compañera echó la cabeza hacia atrás y gritó. Un violento espasmo sacudió su cuerpo y sus músculos abdominales se contrajeron varias veces. Respirando agitadamente, levantó la cabeza para mirarme, conmocionada.

Le dediqué una sonrisa de suficiencia, enseñándole los colmillos de una forma que me pareció un poco amenazadora. Utilizado con la intensidad adecuada, en el lugar adecuado, nuestro Lumiak podía enviar una ráfaga de placer tan intensa que coqueteaba con el orgasmo, sin llegar a alcanzarlo... Bueno, a menos que se utilizara directamente sobre el clítoris.

Con la mirada fija en la suya, saqué la lengua y la estiré lentamente. Se quedó boquiabierta cuando la punta continuó más allá de mi barbilla, hasta mi yugular. Otro escalofrío la recorrió. Mi sonrisa se ensanchó y sus ojos brillaron cuando volví a bajar la cabeza para lamer un rastro de su vientre plano hacia mi premio aún mayor.

El delicioso aroma de su almizcle hacía que mi polla palpitara de necesidad. Crecía con más fuerza a cada segundo, al ritmo de su excitación. Encontrar los pétalos de mi mujer ya resbaladizos para mí avivó las llamas del brasero que ardían en lo más profundo de mi ser. Tenían el tono más hermoso de rosa y marrón oscuro con un toque de púrpura. Aunque su clítoris hinchado suplicaba mi atención, la necesidad de saborear a mi compañera me cabalgaba con demasiada fuerza.

Le acaricié la raja con la punta de mi lengua, que era más puntiaguda que la de un humano. Ciara jadeó y su mano izquierda se cerró en torno a mi cuerno principal derecho. Al instante, sentí una descarga de lujuria en la entrepierna. Quería que me agarrara los dos cuernos principales y tirara de ellos. Pero podía esperar. Solo podía rezar para que lo hiciera una vez que estuviera dentro de ella hasta las pelotas.

Introduje mi lengua en su raja. El sabor agrio de su esencia encendió mis entrañas. Un hambriento gruñido de aprobación vibró en mi garganta mientras apretaba la boca contra su sexo y hundía aún más la lengua. Un grito estrangulado escapó de Ciara, y su mano derecha se aferró a mi otro cuerno. La polla me dolía y palpitaba por la necesidad de reclamarla, pero me concentré en mi festín.

El sonido de sus gemidos en mis oídos era la música más dulce mientras empezaba a follármela con la lengua. Sus paredes internas eran tan cálidas y suaves que imaginar cómo se sentirían alrededor de mi longitud me estaba volviendo loco. Aceleré el movimiento de mi lengua entrando y saliendo. Para aumentar su placer, me aseguré de frotar sistemáticamente mi perforación lingual contra el sensible manojo de nervios de su punto G.

En un santiamén, las caderas de Ciara giraron y su agarre se estrechó en torno a mis cuernos. No era tan firme como me gustaba, pero cada tirón involuntario seguía resonando directamente en mi polla. Solo cuando sus piernas empezaron a temblar alrededor de mi cara, presté por fin a su clítoris la atención que merecía desde hacía tiempo.

Sin dejar de saquear su apretada vaina con mi lengua, froté su pequeño nódulo con el pulgar. Apenas lo rocé, mi mujer estalló. Gritó, su cuerpo se agarrotó mientras el éxtasis la arrasaba. La esencia de Ciara se derramó sobre mi lengua, y devoré ávidamente cada gota. Mi pulgar y mi boca la mantuvieron en vilo durante un rato más. Por fin, cedí y levanté la cabeza para mirarla.

Mi compañera parecía un poco aturdida, con los labios entreabiertos mientras respiraba agitadamente. El rápido subir y bajar de su pecho no hizo más que atraer de nuevo mi atención hacia sus turgentes pechos. Por mucho que quisiera enterrarme dentro de ella y sentir su clímax en mi polla, aún no había terminado de jugar con ella.

Me arrodillé entre los muslos de mi mujer y separé más sus piernas, dejándola totalmente desnuda y expuesta a mi mirada posesiva. Tharmok, ¡golpéame! Era impresionante, y mía. Toda mía. La haría gritar mi nombre una y otra vez antes de que acabara la noche.

Ciara parpadeó, sobresaltada por un movimiento repentino en el borde de su visión, antes de darse cuenta de que era mi cola uniéndose a la fiesta. Sus ojos se abrieron de par en par al ver cómo se deslizaba por su vientre y se deslizaba por cada uno de sus pechos, acariciando las duras yemas por el camino. Su respiración se entrecortó cuando reanudó su viaje hacia arriba y se enroscó alrededor de su cuello. Apoyé las palmas de las manos en el colchón, a cada lado de ella, y me incliné hacia delante para estudiar sus rasgos mientras empezaba a apretar la cola, estrechando ligeramente sus vías respiratorias.

Alteré mi visión para examinar su aura en busca de cualquier signo de angustia o incomodidad. Me inundó con un fascinante arco iris de colores que hizo que se me hiciera agua la boca al instante por la necesidad de saborear su energía. Necesité toda mi fuerza de voluntad para no ceder a la tentación de atiborrarme de sus emociones.

Aunque la mantenía enrollada alrededor del cuello de Ciara, aflojé el agarre de mi cola solo para extender su punta hacia su boca. Sin necesidad de instrucciones, mi compañera separó inmediatamente los labios para recibirlo. Un gruñido bajo y animal vibró en mi pecho cuando empezó a chuparla de una forma lasciva que me encendió la sangre.

Mostrándole los colmillos, cerré la mano derecha en torno a mi polla, apretando la base casi dolorosamente para acallar su necesidad de estallar. Cada movimiento de su cabeza al balancearse sobre mi rabo resonaba directamente en mi polla. Cuando mi mujer hizo girar su lengua alrededor de la punta, casi podía sentirla en mi glande. Joder, si la dejaba seguir, Ciara podría hacerme llegar al clímax solo con esto. Temía lo rápido que me haría desmoronarme si era mi polla a la que dedicaba tanta atención

Jadeó, parecía casi indignada cuando de repente aparté la cola. Intentó discutir, pero le estrangulé el cuello con ella, con rostro severo, dejándole claro que debía comportarse. Durante una fracción de segundo, me preparé para la posibilidad de que se rebelara. No quería una verdadera sumisa, pues no me consideraba un Dom en el sentido tradicional. Sin embargo, aunque me gustaba tener el control en el dormitorio, no me oponía al intercambio ocasional de poder si mi pareja quería llevar la iniciativa.

Pero en ese mismo instante quería salirme con la mía, lo que requería su sumisión. Obviamente, cedería si ella se opusiera claramente y solo podía esperar que no lo hiciera.

Mi corazón se aceleró cuando ella se relajó de repente, cediendo ante mí.

—Buena chica —susurré mientras aflojaba la cola antes de retraerla por completo—. Voy a alimentarme de ti, Ciara.

Mi tono era casi amenazador al pronunciar esas palabras. Una vez más, quería su consentimiento. Técnicamente, podría hacerlo sin que se diera cuenta, y no le quitaría nada. Pero sería como violar su cuerpo y su confianza.

Para mi deleite, se lamió los labios de una forma que gritaba anticipación y se acercó a mí. Me quedé mirando sus manos mientras me acariciaban el pecho y su pulgar me acariciaba el pezón derecho. Sus palmas eran como brasas ardientes sobre mi piel, me calentaban hasta los huesos. Coloqué mis propias manos en su cintura, acariciando un camino hacia sus pechos mientras invocaba mi Lumiak. Ella jadeó cuando los zarcillos eléctricos incendiaron sus terminaciones nerviosas; la agradable sensación se acentuó con ráfagas de placer cuando rocé sus zonas erógenas con mis rayos.

Antes de que pudiera adaptarse por completo a mis ministraciones, emití ondas gradualmente crecientes de mi *bakaan*. La intensidad de mi aura actuó como una inyección de éxtasis líquido directamente en sus venas. En un abrir y cerrar de ojos, gimió y se retorció sobre la cama por el duelo de placer entre mi bakaan y Lumiak. Su espalda se arqueó sobre el colchón y me agarró los antebrazos con una fuerza contundente cuando la punta de mi cola se introdujo entre sus muslos.

Como era de esperar, encajaba mejor que mi lengua, y la utilicé descaradamente no solo para darle placer, sino también para prepararla para recibir mi mayor grosor. Por los dientes de Tharmok, ella era impresionante. Su aura irradiaba como un caleidoscopio de luces resplandecientes, bañándola en un halo hipnotizador mientras gemía de dicha.

Mis ojos brillaron cuando empecé a alimentarme de ella, luego casi rodaron hasta mi nuca cuando su sabor divino me atravesó. ¡Joder! Era como beber de la fuente de los mismísimos dioses. Me atiborré de sus emociones, bañándola aún más con mi *bakaan* para aumentar su placer mientras mi polla la penetraba sin descanso.

El agudo grito de éxtasis de Ciara me sacó de mi aturdimiento. Su cabeza rodó de un lado a otro mientras volvía a volar. Aunque dejé de alimentarme de ella, mis colmillos ansiaban enterrarse en su cuello, inyectarle mi esencia e incluso beber un poco de su sangre. Ya no era algo que mi gente hiciera realmente, pero a veces nos permitíamos nuestros impulsos más primarios en momentos de emociones abrumadoras como éste.

Dejé que mi *bakaan* y mi Lumiak se desvanecieran, y saqué mi polla de mi mujer, para sustituirla por mis dedos. Mientras ella seguía volando en las alas de la dicha, besé y acaricié a Ciara, con mi mano derecha estirándola para que me recibiera.

Una vez que volvió a la realidad, saqué los dedos, lamí con avidez su esencia y me acomodé con cuidado encima de mi compañera. Ella me rodeó con los brazos y el aire de asombro de sus hermosos ojos castaño grisáceos—que casi se habían vuelto negros de pasión—me convirtió en un charco desordenado. Obviamente, aquello no era amor. Apenas nos conocíamos. Pero me permitió vislumbrar el tipo de vínculo que florecería entre nosotros con el tiempo.

No podía esperar.

—Mi Ciara —susurré con ternura mientras apartaba un mechón húmedo de su frente—. ¿Me aceptas, mi compañera?

—Sí —susurró ella, con la voz un poco áspera de tanto gritar —. Te acepto, Amreth.

Sonreí, dejando traslucir la ternura y la pasión que despertaba en mí antes de reclamar sus labios. Deslicé una mano entre nosotros, alineé mi polla con su abertura y empecé a introducirme suavemente. A pesar de lo mojada que la había dejado y de lo relajada que estaba, su cuerpo no tardó en resistirse. Ya me lo esperaba, pero eso no disminuyó mi ardiente impaciencia por ser uno con mi alma gemela.

Invocando el control adquirido durante años de riguroso entrenamiento para convertirme en Alcaide, me obligué a mantener un ritmo lento, introduciéndome con empujes cuidadosos y superficiales. Todo el tiempo le susurraba dulces palabras de aliento, la besaba y la acariciaba. Mi Ciara correspondía a cada caricia con la misma pasión.

Y entonces fuimos uno.

Sus uñas se clavaron en mi espalda cuando empecé a moverme. Su apretado agarre de mi polla amenazaba con deshacerme con cada golpe. Aunque estaban destinados a procurar sensaciones adicionales a nuestra hembra, los pinchos que recubrían los laterales de mi polla eran altamente erógenos. La forma en que sus paredes internas las apretaban al entrar y salir hacía saltar chispas por toda mi región inferior y por mis piernas.

Envuelto en el calor abrasador de su cuerpo, fui cediendo a la pasión que despertaba en mí. A medida que aumentaba el ritmo, penetrándola más rápido, más profundo y más fuerte, mi compañera levantaba la pelvis, correspondiendo a mis embestidas. Un infierno estalló en mi interior. No podía saciarme de ella, de la forma febril en que me acariciaba y me arañaba, de la dulzura de su lengua mezclándose con la mía y del sonido de su placer.

Pero sobre todo, el sabor de ese placer...

Me atiborré un poco más de sus emociones. Mi mente me gritaba que parara, pero no podía. Era demasiado bueno, demasiado divino. Me recorrió una cantidad insana de energía. Sentía la piel a punto de estallar por el desbordamiento de energía que me daba alimentarme de ella. Quería estar en lo más profundo de ella, envolverla y tomarla toda dentro de mí. Sin principio ni fin, Ciara y yo completamente entrelazados como uno solo.

En poco tiempo, ya estaba golpeando dentro de ella. Mis alas se desplegaron, ansiando alzar el vuelo con mi compañera y completar nuestro vínculo. Temía vagamente que mis instintos salvajes se apoderaran de ella y la reclamaran irrevocablemente sin su consentimiento en mi rabiosa necesidad de hacerla mía para siempre. Pero me ahogaba en una vorágine demasiado poderosa de emociones y dicha. Tanto, que no llegué a ver el clímax de Ciara.

De repente gritó, y sus uñas romas me rasgaron salvajemente la espalda mientras su orgasmo se abalanzaba sobre ella. Sus paredes internas se aferraron a mi polla y me arrancaron mi propia liberación. Echando la cabeza hacia atrás, rugí y me introduje profundamente dentro de mi mujer. Mi semilla estalló con una violencia que me dejó aturdido. Salió disparada dentro de Ciara en potentes chorros de éxtasis líquido. Todo mi cuerpo tembló mientras permanecía profundamente enterrado, apretando mi pelvis contra la suya hasta que me consumí por completo.

Destrozado, me desplomé en la cama junto a ella y rodé sobre mi espalda, atrayéndola conmigo. Respiraba con dificultad, con la cabeza apoyada en mi pecho. Rodeé con mi cola y mis brazos su esbelto cuerpo cubierto por una fina capa de sudor. Un escalofrío la recorrió y la piel se le puso de gallina. Cerré mis alas en torno a ella para mantenerla caliente y a salvo... para tenerla cerca.

—Eres mía, Ciara. Ahora y siempre —susurré.

Se acurrucó más profundamente contra mí y me dio un suave beso en el pecho.

—Como tú eres mía —le susurró ella.

Sonreí.

CAPÍTULO 13

CIARA

Las manos errantes de Amreth me despertaron de mi letargo. Aunque maravillosamente dolorida, participé con gusto en otro revolcón salvaje con él. Mi hombre no se había jactado al afirmar que el sexo con él sería fuera de serie. Decir que tenía mis partes femeninas cantando arias no podía ni siquiera empezar a hacerle justicia.

La audacia con la que había iniciado todo aquello entre nosotros aún me dejaba boquiabierta. No era mojigata, pero tampoco era de las que se meten rápidamente en la cama con una nueva cita. Claro que Amreth y yo teníamos una conexión mucho más fuerte que ésa. Éramos almas gemelas. Pero eso no significaba que tuviéramos que precipitarnos.

Mi cerebro excesivamente analítico seguía intentando racionalizar por qué lo había hecho, aunque no me arrepentía de nada. Obviamente, tener a un macho tan bueno, listo y dispuesto a hacer cochinadas conmigo había sido una tentación difícil de resistir. Sin embargo, por muy excitada que me pusiera, mi libido no me controlaba. Entre nosotros había algo más que atracción animal. También me di cuenta rápidamente de que, por mucho que Amreth se calificara de alfa, era extremadamente respetuoso y protector.

Más de una vez percibí su deseo de llevar las cosas un poco más lejos o de ser más coqueto. Se contuvo sistemáticamente, dejando claro que me dejaría marcar un ritmo que me resultara cómodo. Me encantó que buscara mi validación y mi consentimiento en todo momento. Incluso cuando anoche se volvió más dominante y controlador, ni una sola vez me sentí amenazada o coaccionada. Sabía sin ninguna duda que una sola palabra habría bastado para que dejara de perseguir lo que me hacía sentir incómoda.

La forma en que me tocaba, me besaba y me hablaba me hacía sentir a la vez segura y adorada. Me estaba enamorando perdidamente de mi íncubo.

Con mucha reticencia, por fin salimos de la cama y nos duchamos juntos. Cuando nos sentamos a la mesa para tomar el generoso desayuno que nos trajeron los Kreelar, Amreth arrugó la cara ante la comida. Teniendo en cuenta la gran cantidad de carne que nos habían proporcionado, su reacción no tenía sentido.

—¿Qué ocurre? —pregunté, confusa.

Ver cómo sus orejas puntiagudas de elfo se oscurecían y su rostro adoptaba un aire de vergüenza despertó aún más mi curiosidad.

—No tengo hambre —murmuró.

—¿Cómo que no tienes hambre? Los últimos días has sido un pozo sin fondo —exclamé—. Teniendo en cuenta tu esfuerzo de anoche, y de esta mañana, añadiría, deberías estar muriéndote de hambre.

Mi voz se entrecortó y mis ojos se abrieron de par en par por la repentina comprensión, mientras su rostro se ensombrecía aún más. A pesar de todos mis esfuerzos, no pude evitar soltar una carcajada ante su expresión mortificada.

—¿Alguien se ha indigestado por alimentarse demasiado de su compañera? —pregunté en tono burlón.

La cara de malhumor que puso fue toda la respuesta que necesitaba. Me reí un poco más, sintiendo simpatía, diversión y una gran dosis de petulancia a partes iguales.

—Eso es culpa tuya por saber tan condenadamente bien —refunfuñó.

—Lo siento... Bueno, en realidad no. Pero dudo que haya algo que pueda darte para aliviarte el estómago —dije en tono pícaro.

—No es mi estómago —dijo de la misma manera contrariada —. La energía se almacena en mi interior, y hace que sienta la piel a punto de estallar. Técnicamente, es comparable a un estómago demasiado lleno, pero extendido por todo el cuerpo.

—¡Ay! —dije esta vez con sincera compasión—. ¿Hay alguna forma de aliviar esto?

Asintió con la cabeza.

—Solo necesito gastar parte de la energía que almacené para hacer sitio. Normalmente, me deshago del exceso de energía mientras cargo los cristales de energía de los distintos Cuadrantes de mis reclusos. Solo tendré que salir fuera y gastar algo de energía.

—¿Por qué no lo hiciste cuando salimos a ducharnos? —pregunté con auténtica curiosidad.

—Porque dudo que a nuestros anfitriones les hubiera gustado ver un enjambre de rayos disparándose hacia el cielo sobre su aldea —replicó Amreth burlonamente.

Resoplé, imaginándome la escena. Sí, a los Kreelars no les habría hecho ninguna gracia, sobre todo si realmente estaba lanzando una gran cantidad. Había visto lo impresionantes que podían ser las descargas eléctricas de los Obosianos a niveles letales. Era aterrador.

—Pediré a Vala que me deje alejarme un poco de la aldea para hacerlo.

—Buena idea —respondí con una sonrisa.

Momentos después, como en respuesta a su comentario, Vala se dejó caer para informarnos de que los Kalds de las otras tribus habían accedido a permitirnos viajar libremente por su territorio, incluso entre sus aldeas con su nave. No hizo falta decírselo dos veces a mi compañero.

Le acompañé al exterior. Me dio un beso antes de volar de vuelta a su nave para buscar una lanzadera que utilizaríamos como nuestro propio laboratorio de campo. Pero antes iría a recoger unas bayas al bosque y daría un rodeo por Bryst para entregárselas a Mehreen y Ernst. Entonces podrían probarlas y analizarlas a fondo en el laboratorio desplegable, que poseía el equipo adecuado para ello.

Volví a echarme a reír cuando empezaron a caer rayos a lo lejos en la dirección general hacia la que él había despegado. Era tonto, superbonito e increíblemente halagador. Amreth no me parecía el tipo de persona que se complace en exceso en las cosas o que tiene una personalidad adictiva. Que mis emociones le hubieran resultado tan deliciosas que no pudiera contenerse hasta el punto de sentirse incómodo era el mayor cumplido que podía haberme hecho.

Suspirando con nostalgia, me dirigí al despacho de la sala de reuniones de la aldea para establecer una llamada con Mehreen y Ernst mediante el sistema de comunicación por radio de los Kreelar. Me sentí muy rara, como si me hubiera teletransportado a un futuro distópico en el que la sociedad hubiera vuelto a los viejos tiempos en los que la mayor parte de la tecnología había desaparecido del planeta. Se sentía aún más extraño sin video. Situaciones como ésta me recordaban lo excesivamente cómodos que nos hacían los avances tecnológicos, y cómo a menudo dábamos por sentadas tantas comodidades, sin apreciar realmente sus ventajas hasta que las perdíamos.

—Hemos hecho grandes progresos —dijo Ernst con orgullo —. Todas nuestras pruebas confirmaron que, efectivamente, es el estrógeno el que mata más rápidamente a las hembras. Como sabes, interactúa con su hipocampo y su corteza prefrontal para aumentar la sinaptogénesis.

Antes de que terminara comprendí lo que estaba ocurriendo.

—¡Por supuesto! —exclamé—. La enfermedad provoca las mutaciones cerebrales que les otorgan sus poderes. Con el estrógeno potenciando la formación de nuevas sinapsis, ¡los cerebros de las hembras mutan demasiado deprisa!

—Exacto, y con esas nuevas sinapsis aumenta la actividad de los neurotransmisores. Excepto que los priones alteran la función normal de las neuronas, lo que provoca una síntesis incorrecta y sinapsis dañadas. Sus cuerpos se ven desbordados antes de que tengan la oportunidad de defenderse, y mueren —explica Mehreen—. Hemos hecho algunas pruebas y simulaciones que demuestran que los antagonistas de la hormona liberadora de gonadotropinas funcionan en ellas como en los humanos e impiden que sus ovarios liberen estrógenos.

Fruncí el ceño.

—Eso está muy bien, pero ¿es suficiente?

—Aumentará significativamente sus posibilidades de supervivencia, sobre todo si les administramos los antagonistas de la GnRH adecuados. Podría ser necesaria una inmovilización parcial para ayudar a aquellas cuya enfermedad ya ha progresado demasiado. Pero si se detecta pronto, administrar antagonistas de la GnRH a las hembras elevará sus probabilidades de vencer a la enfermedad a niveles comparables a los de los machos.

—¡Buen trabajo! —dije con una sonrisa—. Amreth pasará por Bryst en las próximas horas. Ha ido a buscar su lanzadera y, de camino, recogerá algunas bayas para ti. Por favor, dale algunos antagonistas de la GnRH para que pueda administrárselos a las hembras de aquí que lo necesiten.

—Lo haré —dijo Ernst, con la voz burbujeante de entusiasmo—. Ya he empezado a investigar una forma de erradicar permanentemente las fresas aquí. Pero mis pruebas se basan en las de la Tierra. Estoy impaciente por tener en mis manos las locales.

—Por mi parte, estoy buscando formas de inmunizar a los Kreelar o, al menos, de amortiguar significativamente sus efectos. Entre ambas opciones, deberíamos ser capaces de encontrar una solución viable —dijo Mehreen.

—Perfecto. En cuanto regrese Amreth, iremos directamente al bosque para estudiar el suelo, la flora circundante y los animales que se alimentan de ella. Con suerte, obtendré datos útiles.

—Me parece un buen plan —respondió Mehreen con entusiasmo.

Charlamos un poco más antes de terminar la conversación. Mientras esperaba a Amreth, revisé a los pacientes. Para mi alivio, el tratamiento que les habíamos administrado funcionaba de momento. Evidentemente, no era una cura, pero impedía que los priones se reprodujeran. A menos que consiguiéramos encontrar una cura—lo cual seguía siendo dudoso—no habría curación milagrosa. Lo único que podíamos hacer ahora era proporcionar un protocolo antagonista a los infectados para ralentizar la progresión de la mutación el tiempo suficiente para que sus cerebros se adaptaran. Este tiempo extra les permitiría sobrevivir a los cambios.

También trabajé con sus curanderos para formarles y enseñarles métodos naturales utilizando su tecnología actual para analizar sus alimentos en el futuro, así como para detectar infecciones precozmente en los pacientes. La idea no era trastornar aún más su sociedad vertiendo un montón de tecnología avanzada para que pudieran recuperar el control sobre su salud. Necesitaban ser capaces de manejarlo por sí mismos utilizando métodos acordes con su nivel tecnológico actual.

En cuanto llegó Amreth, lanzó una serie de drones para inspeccionar la zona en busca de animales más pequeños que se alimentaran de las bayas. En los próximos días, los Kreelar organizarían una cacería para sacrificar a las rabiosas criaturas de mayor tamaño que vagaban más al norte. Aku y sus compañeros de tribu capturaron un par de bestias vivas para que Mehreen y Ernst las sometieran a pruebas para ver cómo podíamos intentar salvar también a otras criaturas de esas especies, en caso de que no consiguiéramos eliminar por completo la presencia de las bayas en el planeta. Con suerte, sería algo parecido a una vacuna contra la rabia en la Tierra.

Por fin, Amreth divisó el lugar perfecto para asentar la lanzadera. Estaba rodeado de múltiples parches de bayas y unas cuantas guaridas Onei. Cuando exploró la zona por primera vez, consiguió captar un par de imágenes de las adorables criaturitas.

Poseían la grupa más redondeada de un castor, pero el cuerpo más esbelto y la longitud de la cola de una nutria. Eran maestros del camuflaje, gracias a su pelaje verde que se confundía fácilmente con el musgo y la hierba, al abanico en forma de hoja que tenían en la punta de la cola y, sobre todo, a esa adorable cabeza de ojos enormes, nariz ratonil con boca diminuta y coronilla en forma de hojas de helecho. Tanto tiempo como el Onei permanecieron inmóviles, que realmente lo confundirías por formar parte de la maleza.

Según Vala, eran pequeños mamíferos relativamente inofensivos, algo comparables a los conejos, al menos por cómo los describía. Se alimentaban principalmente de hojas, frutos y nueces. En raras ocasiones, sobre todo ante la escasez de alimentos, se alimentaban de pequeños insectos. Eran extremadamente rápidos, con dientes muy fuertes y afilados que les permitían romper la cáscara de los frutos secos. Así que, aunque normalmente salían corriendo cuando se asustaban, si los atrapabas, los Oneis podía infligirte algunas heridas desagradables con una mordedura lo bastante fuerte como para cortarte un dedo y unas garras tan afiladas que te harían trizas.

Pero yo tenía mi arma especial en forma de un Obosiano de aspecto muy sexy. Tomé posición cerca de un arbusto alto, con guantes y almohadillas alrededor de las muñecas y los antebrazos para protegerme. El engreído ni siquiera utilizó un escudo de sigilo para acercarse a la criatura que se ocultaba entre dos gruesas raíces de cuerda de un árbol alto. Las anchas hojas de las plantas silvestres que se alzaban sobre los arbustos de bayas ocultaban parcialmente al Onei. En realidad, de no ser porque el escáner de mi brazal confirmó su presencia, nunca lo habría detectado, ni tampoco a las bayas.

No es de extrañar que los frutos pasaran desapercibidos durante tanto tiempo, sobre todo porque aún no se habían extendido lo suficiente hacia el sur como para estar en zonas donde los jóvenes Kreelars pudieran haber jugado y tropezado con ellos.

Amreth empezó a disparar su *bakaan* de forma concentrada hacia el lugar donde se encontraba la criatura. Había dado la vuelta en dirección opuesta a la mía para poder arrear al Onei hacia mí en caso de que intentara huir. Aunque el área de efecto no alcanzaba mi posición, al instante me sentí acalorada y molesta por el mero recuerdo de cómo me destrozó con él la noche anterior.

Una serie de pensamientos muy inapropiados empezaron a correr por mi mente. Los reprimí, castigándome mentalmente por ser una pervertida. El Onei que intentaba huir cuando por fin se dio cuenta de que Amreth se acercaba en silencio me hizo volver a centrarme. El desgraciado era rápido. Salté hacia delante para atraparlo, pero se me escurrió entre los dedos y siguió avanzando solo para tropezar de repente, pareciendo aturdido.

Miré a Amreth con un deje de indignación y sospecha. Había disminuido claramente su aura tranquilizadora, permitiendo que la criatura escapara de mí y solo la frenó después de que yo fallara. La mirada demasiado inocente en su rostro parecía confirmarlo. Pero antes de que pudiera pronunciar palabra, hizo un gesto que decía que nos diéramos prisa antes de que el Onei huyera.

Me apresuré hacia la pequeña preciosidad, solo para verla despegar de nuevo segundos antes de que pudiera agarrarla.

—¡Desgraciado! —exclamé, fulminando con la mirada a Amreth—. ¡Basta ya!

Una vez más, adoptó una expresión excesivamente dramática, pero esta vez mostrando el aire de culpabilidad más deshonesto que jamás había visto.

—¡Perdóname, mi compañera! Me distraje tanto con tu belleza que olvidé lo que estaba haciendo. Déjame agarrarlo por ti —dijo.

—Sí, hazlo —le contesté, arrugando la cara ante él.

No podía decidir si quería patearle el culo o besarle. En realidad, quería ambas cosas. Le miré con desconfianza y le observé pavonearse, con la cola balanceándose lentamente de un lado a otro en lo que percibí como una provocación y una burla. El Onei seguía dando algún que otro paso hacia delante, pero parecía inseguro sobre lo que quería hacer, si ir o venir.

Amreth lo cogió sin esfuerzo y sin el menor signo de resistencia. Abrí rápidamente mi maletín médico y recuperé el estilete que también hacía las veces de jeringuilla para extraer muestras de sangre. Estaba a punto de coger un paño estéril para limpiar la zona en la que haría la punción cuando mi compañero me detuvo.

—Deja que te lo traiga —se ofreció Amreth.

—No pasa nada. Yo me encargo —respondí con una sonrisa de agradecimiento que se congeló segundos después.

—¡Insisto! —dijo Amreth, antes de volver a dejar al Onei en el suelo para que pudiera tomar el recipiente redondo.

—¡¿Qué coño?! —grité mientras la criaturita levantaba el vuelo y desaparecía entre la maleza.

—¿Ups? —dijo Amreth.

No supe qué expresión se dibujó en mi rostro, pero Amreth no se quedó a pedir explicaciones y se limitó a batir las alas, volando hacia atrás hasta situarse a una distancia prudencial de mí. Se echó a reír cuando una retahíla de palabrotas salió de mi boca. Pero aunque tenía ganas de lanzarle una gran roca para que le diera justo en esa mancha de escamas que tenía entre los cuernos principales, también me entraron ganas de reír.

Me fastidiaba sobremanera que se retrasara el trabajo serio. Y, al mismo tiempo, me encantaba ver su lado infantil y juguetón. Cuando desapareció en el bosque durante unos segundos antes de regresar con el Onei cómodamente acurrucado en sus brazos, le vi acortar la distancia que nos separaba con sentimientos encontrados. Aunque podía ver el humor en sus burlas—e incluso las disfrutaba a pesar de mi arrebato—también me preguntaba si era de los que no saben cuándo abandonar mientras van por delante.

Como si hubiera leído los pensamientos que cruzaban mi mente, se detuvo frente a mí y cruzó sus miradas con las mías.

—Prometo portarme bien esta vez —dijo con expresión seria, aunque no se me escapó la pizca de diversión en su voz.

—Bien —dije, medio en serio y medio en broma—. Esto debe de ser angustioso para los Onei.

Esta vez, toda burla desapareció de su rostro mientras negaba con la cabeza.

—No está angustiado. Se dio cuenta enseguida de que no le haríamos daño. A veces puedo ser un mocoso, pero nunca maltrataría a un animal, y menos para entretenerme.

Mientras pronunciaba esas palabras, rascó suavemente a la criatura detrás de la larga escama en forma de hoja que parecía cubrirle la oreja derecha. Mi corazón se derritió al instante cuando el Onei estiró el cuello e inclinó la cabeza hacia la izquierda para permitirle un mejor acceso.

—Vaya, parece que le agradas —dije en voz baja.

—¿Y quién no? —preguntó con suficiencia

Resoplé y le di un golpecito juguetón.

—Quédate quieto, Sr. Adorable, para que pueda extraer algunas muestras —respondí en un tono falsamente severo.

La criatura permaneció felizmente quieta en los brazos de mi compañero. Aquella calma no era totalmente natural, hasta el punto de que podía sentir el *bakaan* de Amreth, pero era muy débil. Sospechaba que ahora era más para mantener estoico al animal mientras yo extraía la sangre y menos para evitar que se escabullera.

—Me encantan las mascotas —reflexioné en voz alta—. Cuando éramos pequeños, teníamos un perro, un gato y un acuario lleno de tortugas. No me gustaban mucho. Eran las mascotas de mi padre. Pero las otras dos me encantaban. Como médico itinerante, me parecía cruel adoptar mascotas si no podía proporcionarles la estabilidad adecuada que requerían. Y no quería abandonarlos durante semanas. Establecerme contigo en Molvi lo arreglaría.

—Y luego te conseguiremos una mascota o dos... o cinco —dijo Amreth con una sonrisa.

Me reí entre dientes y le dirigí una mirada inquisitiva antes de volver a mirar los frascos de sangre, que empecé a etiquetar.

—¿Tienes animales domésticos? —pregunté mientras colocaba el primer vial etiquetado en el compartimento de refrigeración del recipiente.

Enarqué una ceja ante la sonrisa casi maligna que estiró sus labios, dejando asomar entre ellos las puntas de sus colmillos.

—Yo sí, pero son del tipo aterrador que nadie en su sano juicio consideraría siquiera acariciar —dijo con autodesprecio.

—¿Cómo qué? ¿Tienes un tanque de pirañas?

Se rio y sacudió la cabeza.

—Mis mascotas miden bastantes metros de largo, tienen cinco cabezas llenas de dientes de daga y el tipo de veneno que mataría incluso a la persona más resistente en pocos minutos. También pueden volar y apuñalarte con el desagradable dardo que tienen en la punta de la cola.

—Hablando de encanto —dije con un estremecimiento que solo hizo que se riera más.

—Los Faernychs no son amistosos. Son criados y educados específicamente para vigilar los bosques que rodean nuestros Cuadrantes. Tienen un vínculo con su Alcaide que suele impedir que nos ataquen personalmente. Pero nunca debes darlo por sentado. Sin embargo, su entrenamiento evitará que nos rocíen con su ácido.

—No me gustan tus mascotas —dije mientras empezaba a escrutar a los Onei, que aún parecían contentos de permanecer en brazos de Amreth.

No podía culparla.

—No pasa nada. No son muy sociables, así que no esperarán mimos tuyos —añadió bromeando—. De todos modos, nunca salen del bosque.

Incliné la cabeza hacia un lado y le dirigí una mirada evaluadora

—¿Qué te hizo querer convertirte en Alcaide?

—A menudo se espera que el primogénito de un Alcaide asuma ese manto una vez que alcanza la edad adulta —dijo encogiéndose de hombros.

Le miré con curiosidad.

—¿Así que lo hiciste por deber?

Sacudió la cabeza.

—Se espera, pero no se exige. Al fin y al cabo, el puesto hay que ganárselo. En primer lugar, debes poseer los rasgos del Guerrero, que nos permiten invocar a nuestro Lumiak. Contrariamente a la creencia popular, no todos los Obosianos pueden convocar rayos. O mejor dicho, la mayoría solo puede convocar el tipo de chispa débil suficiente para dar placer a su pareja durante los juegos preliminares, pero no lo suficiente para utilizarla de forma ofensiva o defensiva.

—¿Lo que significa que algunos de los tuyos que podrían haber querido convertirse en Alcaides son eliminados por defecto? —pregunté.

Asintió con la cabeza.

—Es esencial para el papel. Aunque pudieras encontrar alternativas al Lumiak cuando se trata de controlar a los reclusos que se portan mal o a las bestias salvajes que vagan por los bosques circundantes, lo sigues necesitando para la red eléctrica. Generamos la energía eléctrica que alimenta cada Cuadrante de nuestros Sectores. Construir una central eléctrica o cualquier otra fuente de energía no solo sería costoso, sino ineficaz.

Dejé de pasar el escáner para mirarle con asombro.

—¿Así que eres literalmente una batería andante? Eso de expulsar el exceso de energía esta mañana no era solo una exageración demasiado dramática. ¿Lo decías en serio?

Se rio y asintió.

—Si tu laboratorio desplegable se quedara sin energía debido a un largo periodo sin sol suficiente para recargar las baterías, podría maximizarlas por ti en menos de diez minutos.

Silbé entre dientes mientras completaba la exploración.

—Se me ocurren unas cuantas personas a las que les encantaría tenerte cerca. Las facturas de la electricidad pueden ser una locura en algunos planetas.

—Ya lo creo. Si no, también lo estarían en Molvi. A decir verdad, al principio no estaba seguro de querer ser Alcaide.

—¿Oh? ¿Qué ha cambiado?

—Yo no diría que algo cambió, sino más bien que las cosas se me fueron aclarando a medida que crecía. Siempre dudé entre convertirme en Alcaide o en Juez. ¿Sabes cómo incentivan los humanos a sus vástagos para que sean abogados, médicos o ingenieros?

—Sí, absolutamente.

—Para nosotros, es un juez, un agente de la ley o hacerse cargo de lo que sea el negocio familiar.

—¿No es un Alcaide? —pregunté, sorprendida, antes de indicarle que liberara al Onei.

La adorable criatura, no más grande que un gato doméstico común, miró a Amreth con expresión casi ofendida por haber sido descartada. Teniendo en cuenta lo ansiosa que había estado antes por huir, esperaba que no se quedara más tiempo del necesario. Pero no huyó. Tras quedarse un momento más a nuestro alrededor, se alejó unos metros de donde estábamos para ir a comer más bayas.

—Ya no quedan Sectores por asignar —dijo Amreth mientras me agachaba junto a los arbustos para tomar algunas muestras de tierra—. Así que, a menos que tu familia posea uno, o te cases con alguien que lo tenga, tus posibilidades de convertirte en Alcaide son prácticamente nulas.

—¡Dios mío! ¿Hay tantos prisioneros que todo el planeta ha sido utilizado como Cuadrantes?! —pregunté, atónita.

Sonrió y sacudió la cabeza.

—No. Solo un tercio del planeta se utiliza actualmente para encarcelamientos. La mitad sigue siendo naturaleza virgen, y el resto está ocupado por la ciudad y los sectores residenciales. Actualmente no hay necesidad de espacio adicional. Si llegara ese día, la competencia por conseguir esas nuevas parcelas será feroz.

—Me sorprende que tu pueblo no las haya urbanizado a pesar de todo —dije pensativa—. En la Tierra, cualquier terreno urbanizable se explota al máximo. La codicia es algo poderoso.

—Lo es —concedió mientras me entregaba otro recipiente para que pudiera colocar más muestras de la flora circundante—. Pero ese tipo de cosas suelen conducir a la corrupción y a errores judiciales. Si tienes instalaciones vacías, querrás llenarlas para no incurrir en déficit. A su vez, puede llevar a las autoridades a detener a personas con excusas endebles y a los jueces a dictar sentencias más largas y duras de lo necesario. También hará que los Sectores existentes dejen de tener suficientes reclusos para que su funcionamiento actual sea razonablemente sostenible.

—¿Eso sería malo para tu familia? —pregunté.

Sacudió la cabeza.

—Somos una casa noble. Nuestra riqueza se remonta a siglos

atrás, con bastantes negocios lucrativos y de gran éxito. La materia prima que necesitamos para algunas de nuestras fábricas se recoge en mi Sector. Pero pago a mis reclusos a precio de mercado por todo lo que deciden recolectar. Por tanto, financieramente, nos daría igual comprar a nuestros presos o a otra empresa.

Sonreí.

—No sabes cuánto aprecio que compenses justamente a los presos en vez de utilizarlos como mano de obra esclava. Durante mucho tiempo, así trataron los humanos a los presos en las cárceles privatizadas.

Me devolvió la sonrisa.

—Los Obosianos no somos perfectos, pero en lo que respecta al sistema penal, creo sinceramente que hay muchas cosas que hacemos bien. Tengo suficientes primos, por no hablar de mi propio hermano, de raza guerrera, que podrían haber llegado a Alcaide en mi lugar. Como nunca me interesó la gestión empresarial, hacerme cargo de una de nuestras fábricas no me atraía.

—Creo que habrías sido un Juez maravilloso. ¿Por qué elegiste la otra opción?

Me miró con picardía.

—¿Me gusta el castigo?

Resoplé y me trasladé a otro parche de plantas y árboles para recoger más muestras, mientras él me sujetaba el recipiente.

—Ya lo veo. Pero en serio, ¿por qué?

—Porque no podía quedarme encerrado en una sala juzgando a los demás —dijo, sobrio—. Necesito estar activo. Necesito estar al aire libre. Para llegar a ser Alcaide, nos sometemos a un entrenamiento extremadamente intenso que muchos abandonan. En cuanto a dificultad, es comparable al de los Navy Seals. Pero a eso hay que añadir el combate aéreo con y sin armas. Me enganché a pesar de las dificultades del entrenamiento.

—Y eso sí que valió la pena —dije burlonamente mientras le dedicaba a su cuerpo una mirada muy significativa y admirativa.

Se rio entre dientes e inclinó la cabeza en señal de agradecimiento

—Sin embargo, más allá de eso, necesitaba sentir que estaba marcando una diferencia en la vida de las personas. Como Juez, los condenas y sigues adelante. Como Alcaide, puedes intentar ayudarles a volver al camino de la redención. Cada persona a la que ayudaste a mejorar, a encontrar su camino y a pasar a vivir una vida justa y productiva es la mayor victoria con la que uno puede soñar.

Se me encogió el pecho por la forma tan apasionada en que habló de ello. Me proporcionó otro atisbo del macho verdaderamente bueno que había enterrado dentro de su severo e intimidante exterior Obosiano.

—¿Ocurre a menudo que puedas redimir a tus reclusos? —pregunté con voz suave.

Frunció los labios y sus hombros se encorvaron imperceptiblemente

—Lamentablemente, ni de lejos con la frecuencia que me gustaría. Tenemos una tasa de éxito respetablemente alta con los reclusos del Cuadrante 1. Pero eso disminuye casi exponencialmente cuanto más oscuros son los Cuadrantes. Aun así, ha habido redenciones en el Cuadrante 4 en el pasado. Me esfuerzo por seguir aumentando esa proporción con el tiempo. Pero, ¿y tú? ¿Qué te impulsó a convertirte en Médico Interestelar?

Sonreí e hice un gesto con la cabeza para que volviéramos a la lanzadera a traer las muestras que habíamos recogido.

—Como tú, es algo familiar. Mis padres son cirujanos plásticos. Se pusieron muy contentos cuando les dije que iba a seguir sus pasos en el campo de la medicina. Pero enseguida les dije que no me dedicaría a la cirugía plástica. Siguen estando orgullosos de mí, pero les molestan muchas de mis decisiones —dije con una pizca de autodesprecio.

—¿Cómo qué? —preguntó con auténtica curiosidad.

—A lo largo de los años, recibí algunas ofertas bastante halagadoras para ocupar puestos de prestigio en el campo de la medicina. Pero esos puestos se convierten más bien en relaciones públicas, políticas y administrativas en las que te limitas a dar conferencias, mezclarte con la élite engreída y perder realmente esa conexión práctica con la magia de la curación. Como tú, quiero marcar una diferencia tangible en la vida de las personas. Esos papeles lujosos o la clínica aún más lujosa de mis padres no me sirvieron.

Amreth abrió la puerta de la lanzadera y me hizo un gesto para que entrara primero antes de seguirme dentro.

—La cirugía plástica no solo está relacionada con modificaciones de la vanidad —replicó suavemente—. Para muchos pacientes, la cirugía reconstructiva fue lo único que les devolvió la vida tras un grave accidente o lesión, por no hablar de los que nacieron con graves defectos congénitos.

Asentí con la cabeza.

—Eso es absolutamente cierto. De hecho, al principio me lo planteé seriamente. Mis padres incluso se ofrecieron a añadirlo como un nuevo servicio en su clínica. Pero el gusanillo de la aventura me picó con fuerza. Quería salir ahí fuera y enfrentarme al tipo de retos que nunca encontraría en el entorno controlado de una clínica local. Los mundos y las personas que he visitado y descubierto me han cambiado de formas que nunca podría expresar con palabras. En todos los sentidos que importan, esas experiencias me han hecho mejor persona.

—Entiendo lo que quieres decir —dijo pensativo—. Trabajar estrechamente con mis reclusos también me ha abierto los ojos y ampliado mis horizontes. A menos que interactúes con ellos directamente y a través de durante un largo periodo de tiempo, olvidas que primero son personas y luego delincuentes. Me ha obligado a conocer sus diversas culturas y circunstancias. Por muy estricto que sea en el cumplimiento de la ley, ser Alcaide me ha recordado que la gente no nace delincuente. La sociedad y las circunstancias suelen ser las culpables. Me encanta poder deshacer el daño que les llevó a ese lugar para empezar.

—Igual que puedo intentar deshacer el daño causado a mis pacientes, tanto si les llegó intencionadamente como si se debió a un accidente, sobre todo cuando se debe a la imprudencia de algún idiota —dije, con una pizca de ira filtrándose en mi voz al recordar las circunstancias que condujeron a la tragedia que asolaba a los Kreelar—. Solo deseo poder decirles a mis padres que todo está bien y que volveré a casa cuanto antes.

—Ya lo saben —dijo Amreth en tono vacilante.

Sorprendida, casi dejo caer el recipiente que iba a colocar sobre el mostrador de la bodega de la lanzadera, que habíamos convertido en un laboratorio improvisado.

—¡¿QUÉ?!

Lanzó un suspiro y pareció elegir cuidadosamente sus palabras antes de contestar.

—¿Recuerdas que te mencioné que Maeve me ayudó a localizarte hasta aquí?

—Sí —dije, la irritación en mi voz indicaba claramente que no veía qué tenía que ver eso con la pregunta que acababa de hacer.

—Me pidió que enviara un mensaje en cuanto tuviera confirmación visual de tu presencia —explicó—. En un principio, habría bastado con que los Pacificadores, y tal vez incluso los Enforcers, acudieran a arremeter si hubieran corrido algún tipo de peligro o mostrado angustia. Por eso, antes de que me capturaran, envié a Maeve la grabación de ustedes tres saliendo del laboratorio mientras yo seguía explorando.

—Claro —dije, la tensión me sangraba por la espalda—. Eso tiene sentido. Pero no confirma que lo recibiera ni que se lo transmitiera a mis padres. Después de todo, tú mismo has dicho que estamos en la Zona Muerta, y que la comunicación con el resto de la galaxia es una apuesta arriesgada, en el mejor de los casos, antes de que la señal viaje lo suficientemente lejos como para ser captada por uno de los repetidores.

—Eso habría sido cierto si no fuera porque encontré la respuesta de Maeve cuando regresé a la nave esta mañana —replicó.

—¡¿Qué?! ¿Por qué no me lo has dicho antes? ¿Qué dijo? —pregunté, sintiéndome algo ofendida.

—Decía que habían recibido mis dos mensajes.

—¿Tus *dos* mensajes? —exclamé antes de que pudiera continuar, interrumpiéndole.

Asintió con la cabeza.

—El primer mensaje fue el que te conté. Pero aquella primera noche, cuando Aku me permitió ir a buscar mis efectos personales, le envié un segundo mensaje informándole de que estábamos bien, a salvo, y de que nos quedábamos voluntariamente para ayudar a curar a su pueblo. Sin eso, habrían enviado a alguien a investigar, y las cosas podrían haberse puesto feas. Si no hubieran sido los propios Enforcers, puedo garantizarte que mi familia habría venido a buscarme.

—Me parece bien —dije, aún sorprendida por todo aquello.

—Cuando fui a buscar la lanzadera esta mañana, encontré otro mensaje en el que Maeve confirmaba que sus tres familias y los Enforcers han sido informados de la situación —continuó Amreth—. No interferirán, pero permanecen a la espera. En realidad, creo que están en órbita o no muy lejos de aquí.

Fruncí el ceño.

—¿Por qué? ¿Qué te hace decir eso?

—Sus respuestas son demasiado rápidas —respondió con naturalidad—. Sin un repetidor cerca, la señal debería tardar una media de un par de días en captarse.

—¿Pero por qué no me dijiste nada de esto antes? ¿Qué está pasando? No soy partidaria del secretismo, sobre todo en las circunstancias actuales —dije, mirándole con inquietud.

Odiaba los fuertes recuerdos que tenía de mi ex prometido

imbécil. Mantenía tantas cosas en secreto para poder aprovecharse de mí que ahora tenía problemas de confianza.

Amreth se pasó una mano nerviosa por su largo pelo blanco plateado, con el ceño fruncido en la frente cubierta de escamas oscuras.

—Estoy atrapado en una posición extraña —dijo, sonando frustrado—. Creo que quieren que sea muy discreto.

—¿Discreto? —repetí, desconcertada—. ¿Sobre qué?

—Es difícil de explicar. Son varias señales sutiles entretejidas en la conversación y los mensajes. Desde el principio tuve la clara impresión de que me estaban reclutando como agente libre para esta misión específica, de modo que pudieran mantener una negación plausible si algo salía mal. Y creo que está ocurriendo algo mucho más grande por lo que necesitan asegurarse de que nadie sepa que estamos aquí.

—¿Crees que hay algo de juego sucio? —pregunté con una pizca de preocupación.

Amreth asintió con expresión adusta.

—Sí, creo que sí. Puede que le esté dando demasiadas vueltas, pero había una sola palabra fuera de lugar al final de su mensaje. Decía simplemente "Kalmia" como quien escribe su nombre a modo de firma.

Me eché atrás.

—¿Kalmia? ¿Como en ese enorme caso de corrupción que provocó víctimas masivas?

Volvió a asentir.

—No puedo asegurarlo. Pero, como a ti, es lo primero que me vino a la mente.

Sacudí la cabeza en señal de desacuerdo.

—Eso no tiene sentido. Las bayas que están matando actualmente a los Kreelar crecieron orgánicamente durante la última década. Los análisis informáticos del patrón de propagación lo confirman. Ningún asesino vino aquí y plantó estas bayas. Los animales hicieron que se encontraran en todos estos lugares distintos —argumenté.

—No creo que esto tenga nada que ver con las bayas —dijo Amreth pensativo—. Estoy de acuerdo con tu razonamiento en cuanto a que las bayas se propagan de forma natural. Pero para mí, Kalmia no se refiere a la situación actual en la que toda una especie se dirige lentamente hacia la extinción a lo largo de varias décadas. Más bien implicaría que alguien está enviando a un grupo de asesinos para acabar rápidamente con toda la población Kreelar.

—¡¿Pero por qué?! —exclamé, negándome a creer que alguien hiciera algo tan insensato, atroz e inmoral.

—Para que esta historia nunca salga a la luz —respondió Amreth con una convicción que me produjo un frío escalofrío—. Aku mencionó que había individuos poderosos que provocarían un terrible desenlace para su pueblo si hacían público esto desde el principio en lugar de secuestrarte.

Asentí con la cabeza.

—Cierto, a mí también me lo dijo cuando le interpelé al respecto. Pero, ¿quién podría ser?

—Como parte del mensaje que he enviado a Maeve, le he pedido que profundice en la historia y en las identidades de la tripulación de Elias en aquel entonces. Habría un registro de todos los miembros de su equipo. Quizá investigando los antecedentes de cada uno de ellos, podríamos encontrar una conexión.

—Si de verdad están pensando en enviar asesinos, tenemos que avisar a los demás —dije, con voz tensa.

Para mi sorpresa, negó vehementemente con la cabeza.

—A los demás no —dijo enérgicamente—. Estoy de acuerdo en que debemos informar a Aku. Sin embargo, por el momento esto es pura especulación por mi parte. ¿Y si me equivoco? No hay necesidad de sembrar el pánico entre la gente hasta que tengamos razones más sólidas para creer que se trata de una amenaza real. Francamente, he dudado en decírtelo.

—¿Por qué? —pregunté, con el dolor que sentía audible en mi voz—. Sé que acabamos de conocernos, pero te confiaría absolutamente todo.

—No es que no confíe en ti, mi Ciara. Solo que no quiero asustarte con un montón de especulaciones infundadas —dijo Amreth con una sinceridad que alivió parte de la irracional sensación de rechazo que sentía—. Ya tienes tanto sobre tus hombros que me parece irresponsable añadir aún más a tu plato.

—Te agradezco que intentes protegerme —dije suavemente —. Pero la sinceridad es muy importante para mí. Prefiero tener una fea verdad que pueda averiguar cómo sortear que vivir en una feliz ignorancia hasta que la realidad me abofetee finalmente en la cara. No puedo prepararme para un golpe que ni siquiera sabía que se me venía encima.

—Te pido disculpas, mi compañera —dijo con expresión culpable—. Prometo ser más transparente en el futuro. Solo me revuelve la cabeza que Aku afirme que castigaré a los responsables. Ojalá me dijera algo más que esas crípticas frases de una sola línea que provocan más preguntas que respuestas.

—No puede —dije en tono comprensivo—. Eso del Vidente y la Oráculo es bastante lioso. Todos los juegos relacionados con el Destino son complicados. Si uno de ellos te dice que no puede entrar en mayores detalles, solo tienes que aguantarte y aceptarlo.

Frunció el ceño y estudió mi rostro con indisimulada curiosidad.

—¿Cómo lo sabes?

—La Tierra forma parte de la Alianza Galáctica, ¿recuerdas? Oímos hablar mucho de Oráculos y Videntes. Si te dicen demasiado sobre lo que han vislumbrado de tu futuro, puede influir en tus elecciones de forma equivocada. Todos hacen un juramento de sangre de decir siempre la verdad, pero también de no tratar nunca de dictar el camino que uno debe seguir, sobre todo cuando se trata de Oráculos, ya que ven posibilidades, no certezas inmutables como los Videntes. El libre albedrío es esencial.

—¿Pero no quedaría a mi libre albedrío actuar o no si me dijeran claramente lo que ocurriría? —argumentó Amreth—. Si me dicen que una persona se ahogará en un momento y lugar concretos, puedo elegir ignorarlo, ir allí a intentar rescatarla, enviar a alguien en mi lugar o intentar advertir a esa persona de que no se acerque al agua en ese momento crucial.

—Claro, pero esa premisa inicial sería el tipo de cosa que te diría el Vidente o la Oráculo —repliqué—. Las opciones que has enumerado son los tipos de caminos que ve una Oráculo. Lo que no te dirá es que si vas tú mismo, salvarás a esa persona, pero te ahogarás en el proceso. No te dirá que si lo ignoras, otra persona intentará rescatar a la víctima y provocará un desastre masivo que se cobrará un centenar de vidas más. Tampoco dirá que enviar a otra persona allí les permitirá descubrir que eran almas gemelas, o que advertir a esa persona de que no se meta en el agua en ese preciso momento le permitirá ir a un lugar diferente donde entablará un negocio que traerá la prosperidad a todo un pueblo en graves apuros.

—¿Pero por qué no iban a mencionar esos dos caminos con resultados positivos? Entonces podría elegir el que creyera más beneficioso. Seguiría ejerciendo mi libre albedrío —argumentó Amreth.

Sonreí.

—En realidad, no. Porque en ese punto, simplemente estás eligiendo entre las dos opciones moralmente más adecuadas. Pero cada camino tiene su propio conjunto de efectos dominó. Tu ahogamiento al intentar rescatarla pondrá en marcha la creación de una serie de nuevas leyes y medidas de seguridad en torno a esa zona que salvarán innumerables vidas más en el futuro. Así que tu sacrificio mereció la pena. Cuanto más desordenas los hilos del Destino, más vidas acaban viéndose afectadas, ya sea positiva o negativamente.

—Por eso los *amigos* de los Kreelar se negaron a implicarse más. Los posibles caminos que veían tenían demasiados efectos negativos —respondió pensativo.

Asentí con la cabeza.

—Créeme, no hay nada que odie más que me digan que espere y ya se verá. Pero lo entiendo. Me calienta el corazón saber que de algún modo, de alguna manera, llevarás ante la justicia a los hijos de puta que han causado todo este dolor.

—Esto, me comprometo —dijo con una fiereza que era sexy de cojones.

Sonreí, acorté la distancia que nos separaba y le rodeé la cintura con los brazos. Me devolvió el abrazo, envolviéndome con su cola mientras una tierna emoción se instalaba en sus apuestos rasgos.

—Gracias por compartir todo esto conmigo —dije con sincera gratitud—. Me alegro mucho de que estés aquí. Me haces sentir segura y apoyada, como si todo fuera posible y que, sea cual sea el obstáculo que se nos presente, prevaleceremos. Gracias por venir a rescatarme.

—Siempre, mi Ciara. Siempre —dijo Amreth en tono solemne.

Sonreí y levanté la cara para recibir su beso. Sí, era mi alma gemela.

CAPÍTULO 14
AMRETH

Durante los tres días siguientes, mi compañera y yo nos establecimos en una cómoda rutina. Me encantaba acompañarla en lo que empecé a etiquetar como nuestras excursiones. La ayudaba en todo lo posible, aunque deseaba poder hacer más. Su inteligencia, sus habilidades y su ética de trabajo no dejaban de sorprenderme. No pretendería entender ni la mitad de las cosas que hacía, pero me alegraba de poder acelerar el proceso capturando los animales que necesitaba analizar, recogiendo algunas de las muestras necesarias y haciéndola volar por donde quisiera.

Por encima de todo, me encantaba estar con ella.

Me estaba enamorando perdidamente de mi mujer. Era una tontería cómo mi mente buscaba constantemente formas de hacerla sonreír. Por extraño que parezca, de vez en cuando sentía el impulso irracional de molestarla. No tanto como para que se enfadara conmigo, pero sí lo suficiente como para que pusiera esa mirada que gritaba que quería darme una patada en el culo. Había algo en ello que la hacía jodidamente sexy.

Hoy terminamos nuestras últimas pruebas en la región y preparamos nuestro regreso a Bryst. Ciara hizo una última ronda de comprobación de los pacientes de la aldea antes de despedirnos de Vala.

—Gracias por todo lo que has hecho por mi tribu —dijo Vala, con voz profunda de gratitud—. Quiero agradecerte especialmente lo que hiciste por la familia de Muti. Dudo que alguna vez se hubiera recuperado de la pérdida de su compañera. La amaba desde la infancia. Todos habíamos hecho las paces con el hecho de que ella moriría.

Una poderosa emoción recorrió el rostro de mi mujer mientras sonreía al líder de la aldea. Sentí orgullo al contemplar a Ciara.

—Sigue luchando y aún no está completamente fuera de peligro —advirtió Ciara con suavidad—. Pero ahora las cosas pintan bien. Aunque no voy a prometer nada, mientras los sanadores sigan administrando los tratamientos, tengo grandes esperanzas de que ella y los demás salgan adelante.

—No temas, Ciara. Tus instrucciones se seguirán obedientemente. Hasta que llegaste, solo teníamos oscuridad en el horizonte. Ahora, el sol vuelve a salir. Nos entristece verte marchar. Ten en cuenta que siempre tendrás un hogar con la tribu de Jaln —dijo Vala.

Mi compañera parpadeó varias veces para contener las lágrimas que le punzaban los ojos.

—Gracias —respondió ella con voz un poco temblorosa—. Pero aún no te librarás tan fácilmente de mí. Dentro de una semana volveremos para revisar a los pacientes y ver cómo les va a los demás. Mientras tanto, no dudes en llamarnos por radio si algo te parece raro. Nada es demasiado insignificante. No podemos correr riesgos.

—Te doy mi palabra. Buen viaje, Hermana.

Esa última palabra destrozó a mi compañera. Para mi sorpresa, ambas hembras intercambiaron un abrazo. Cuando se soltaron, Vala también se despidió calurosamente de mí, pero entre ella y mi Ciara se había formado un vínculo innegable.

Toda la aldea nos coreó mientras volvíamos a subir a la lanzadera. Nunca había experimentado algo así.

—Ahora entiendo a qué te refieres con querer marcar la diferencia en la vida de la gente —dije en voz baja mientras pilotaba la lanzadera de vuelta a Bryst.

Sonrió, su rostro aún mostraba las fuertes emociones que esta despedida despertaba en ella.

—No siempre son tan expresivos —respondió con una mirada melancólica—. Alguna forma de aplaudir, vitorear u ofrecer regalos es algo habitual dependiendo de la situación. Los cánticos son mucho más raros. Por otra parte, mi papel rara vez dura hasta que la enfermedad es cosa del pasado. Normalmente, solo me quedo el tiempo suficiente para encontrar la cura o el tratamiento. Luego paso a otra misión, y las enfermeras de campo o los médicos generales se quedan para seguir el tratamiento. Así que a menudo son ellos los que lo celebran.

Fruncí el ceño.

—Me parece un poco injusto.

Ella resopló y sacudió la cabeza.

—Encontrar la cura es solo la punta del iceberg. Quienes se ocupan de los días, semanas y meses siguientes tratando a los pacientes tienen el trabajo más duro. No es fácil presenciar tanto sufrimiento mientras se intenta dar tanto a los enfermos como a sus seres queridos esperanza y fuerza para seguir luchando. Te rompe el corazón cada vez que tienes que desconectar a los que no lo consiguieron. Y no dejas de preguntarte si había algo que podrías haber hecho mejor, antes o de forma diferente que les hubiera salvado.

Fruncí los labios y asentí lentamente, sin haberlo mirado desde ese ángulo.

—Ya veo lo que quieres decir.

—Todo el mundo en cada paso del proceso es importante y esencial. Así que no, no envidio a las enfermeras y a los médicos que al final reciben la mayoría de los elogios. Se lo merecen todo. Saber que mi trabajo contribuyó a ese éxito es la mayor recompensa que podía esperar. Ayudé a salvar esas vidas.

—Eso hiciste, mi compañera —dije con orgullo.

Aterrizamos en Bryst poco después. Una vez más, nos recibieron calurosamente, casi como héroes. Era una tontería, pero me pareció que nuestras acciones en Jaln se reflejaban positivamente en ellos, como si fuéramos un miembro de su tribu que ayudaba a uno de sus vecinos. Al fin y al cabo, Aku respondía de nosotros y de nuestras intenciones.

—Más de los nuestros partirán en peregrinación la próxima semana —dijo Aku mientras terminábamos de llevar al laboratorio desplegable las últimas muestras que Ciara y yo habíamos recogido a primera hora del día—. Saldremos por la mañana para despejar los caminos principales al templo. Se ha visto un número cada vez mayor de criaturas rabiosas merodeando cerca de nuestra aldea y cotos de caza.

—Estaré encantado de ayudarte —ofrecí inmediatamente mientras dejaba el recipiente sobre el mostrador—. Mis drones pueden ayudar a localizarlos a todos, y será mucho más rápido llegar hasta ellos y deshacernos de los cadáveres con mi lanzadera.

—Gracias. Agradecemos la oferta —dijo Aku con calidez.

No necesitó especificar que esperaba que lo hiciera. Tenía sentido. Por sí solos, tardarían semanas en explorar sus extensos bosques, y probablemente muchas bestias se les escaparían de las redes mientras seguían vagando.

—En realidad, ya que están ahí fuera, deberían marcar la ubicación de los arbustos de bayas e incluso empezar a arrancarlos —intervino Ernst mientras abría una de las cajas que habíamos traído—. Tengo entendido que la tribu Jaln ya ha empezado a exterminar las fresas de su zona.

—Pensábamos hacerlo después del sacrificio —dijo Aku.

Ciara negó con la cabeza.

—Creo que deberías deshacerte de las bayas primero o al

mismo tiempo. El tipo que tienes creciendo aquí es lo que llamamos fresas de día neutro, lo que significa que fructifican continuamente desde la primavera hasta el otoño. Esperaba que tuvieras las que fructifican solo una o dos veces por temporada.

—Claro que no. Habría sido demasiado fácil —dijo Aku, con la voz cargada de sarcasmo.

—Sacrificar a todas las bestias rabiosas solo hará que haya un montón más merodeando mientras se sigan comiendo las bayas. Así que hasta que tu gente haya decidido qué quiere hacer con estas bayas y cuál será el mejor método de contención en el futuro, te sugiero que las desentierres por completo y podemos ayudarte a ajustar el pH del suelo para que les resulte más difícil volver a crecer. Lo que hemos ideado hasta ahora no es una solución permanente, pero reducirá drásticamente la probabilidad de que más criaturas contraigan la rabia y, por extensión, de que tu gente enferme.

—Podemos ocuparnos de ambos durante el sacrificio de mañana. Los drones pueden rastrear al mismo tiempo a los animales y las parcelas de bayas. Si los desentierran sobre la marcha, podemos quemarlos en el incinerador de la lanzadera —sugerí.

—Excelente idea —dijo Aku con aprobación—. Reuniré a algunas personas más para que cuiden de las bayas mientras cazamos.

Aquella noche, volver a aquella primera casa me resultó extraño. Era casi como volver a nuestro hogar. Naturalmente, rechacé la habitación de invitados para compartir el dormitorio de Ciara, que también tenía una cama más grande y más adecuada para mi estatura, aunque no es que durmiéramos mucho.

Aún me avergüenza cómo me atiborré repetidamente de sus emociones. No podía evitarlo. Durante el puñado de días que pasé en la Aldea de Jaln, la tribu había empezado a hacer bromas sobre mi extraña costumbre de lanzar una cantidad insana de rayos a lo lejos todas las mañanas. Al principio, temían que algo o alguien me hubiera enfurecido, incitándome a descargar mi furia de ese modo. Luego, su cautela dio paso rápidamente a la diversión. Cuando le pregunté a mi compañera si se había enterado de la causa de mi comportamiento, juró su inocencia. A juzgar por su aura, decía la verdad.

Entonces, ¿cómo lo adivinaron? Suponiendo que lo hicieran...

Pensar que se daban cuenta por lo alto que gritábamos era mortificante. Aun así, seguía siendo difícil para ellos establecer la conexión. Por lo tanto, me convencí de que no tenían ni idea, sino que simplemente les divertía un comportamiento que consideraban estrafalario.

Aquella mañana, Aku y dieciséis Kreelars se unieron a mí a bordo de la lanzadera. El regreso sería un poco estrecho si pensábamos volar de vuelta con los cadáveres de las criaturas. Al final, acordamos quemarlos in situ para evitar traer de vuelta innecesariamente algo que pudiera ser perjudicial para la gente.

Liberé cinco drones, enviándolos por delante para explorar las zonas vecinas del camino que utilizarían los peregrinos. En poco tiempo, encontramos la primera pareja de bestias salvajes a las que llamaban Murthis. De todas las criaturas infectadas, representaban la mayor amenaza. Con al menos tres metros de largo y dos de alto, las bestias poseían los hombros anchos y el cuerpo estilizado de un depredador. Ciara afirmó que parecían como si un león gigante hubiera tenido un hijo con un dinosaurio. Tuve que buscar esto último para averiguar a qué se refería.

Tenía un corto pelaje verdoso en el vientre y escamas verdes a lo largo del grueso cuello, el pecho y la espalda. Unas escamas aún mayores cubrían sus patas y piernas felinas, así como su cola reptiliana, que ostentaba una serie de afiladas púas óseas a lo largo de su parte superior. La cabeza era innegablemente reptiliana, de forma triangular, con una boca ancha llena de dientes de daga y una lengua larga y bífida. Unos enormes cuernos, también cubiertos de púas en el borde superior, brotaban de la frente y se curvaban a ambos lados de la cara.

A pesar de su enorme tamaño y peso, el Murthis podía moverse a velocidades demenciales. Su mandíbula era lo bastante fuerte como para cortar carne y hueso de un solo mordisco. Afortunadamente, solían viajar en pequeñas manadas de unos quince miembros. La mayoría de los machos solo permanecían con las hembras y las crías que engendraban en ellas hasta que los cachorros tenían edad suficiente para empezar a cazar junto a sus madres, lo que normalmente duraba unos seis meses. Entonces, los machos volvían a partir por su cuenta, aunque permanecían dentro del territorio que compartían con hasta otros diez machos.

Justo cuando esperaba que no tuviéramos que sacrificar a las madres y sus cachorros, los drones detectaron una manada sospechosamente grande, al menos dos o casi tres veces el número normal de bestias. Un rápido sobrevuelo con el dron indicó que eran todas hembras con sus cachorros. Parecían nerviosas, las madres formaron un círculo alrededor de sus crías.

—Las hembras están uniendo sus fuerzas para proteger a sus crías de los machos enfurecidos —dijo Aku—. Por favor, dime que ninguna de ellas está infectada.

—Los escáneres no muestran ninguna infección entre estas hembras o sus cachorros —dije con alivio

—Perfecto. Ocupémonos entonces de los machos enfermos —dijo Aku.

Aterricé la lanzadera en un pequeño claro, a medio kilómetro de la bestia rabiosa más cercana. Como la primera vez que me capturaron, los Kreelar no iban armados hasta los dientes. Cualquiera diría que simplemente iban de paseo por el bosque. Todos llevaban esos pantalones abombados con un taparrabos decorativo encima. Descalzos y con el pecho desnudo, llevaban un cinturón de armas y brazales, con alguna que otra correa en el pecho.

Mientras que mi cinturón de armas incluía una hoja—no del todo una espada, pero más larga que una daga—y un bláster, los Kreelar solo tenían una cerbatana apenas más gruesa que una pajita, una daga y una pequeña bolsa que contenía los dardos que dispararían a sus objetivos.

—¿Qué? —preguntó Aku cuando me sorprendió mirándolas mientras salíamos de la lanzadera.

—Solo pensaba que tus armas son mínimas para enfrentarte a bestias tan imponentes —dije con cuidado.

Al unísono, los Kreelar resoplaron, mirándome como si hubiera dicho algo absurdo.

—Mira y aprende, mundano —dijo burlonamente una hembra.

Con la misma velocidad alucinante que habían mostrado cuando vinieron a por mí, los Kreelar salieron corriendo en la dirección que mi escáner indicaba que se encontraban un par de machos rabiosos. Se dividieron en dos grupos, uno trepando por los árboles de la izquierda y el otro por los de la derecha. Aku siguió corriendo por el suelo en línea recta. Activé mi escudo de sigilo y levanté el vuelo, siguiendo al líder.

Ver a sus compañeros de tribu balancearse de árbol en árbol me dejó sin aliento. Ahora que ya no intentaba huir de ellos, podía admirar la proeza física que suponía. Saltaban con facilidad entre seis y ocho metros hasta el siguiente árbol, se agarraban a una rama con una mano y utilizaban su impulso para impulsarse hacia el árbol siguiente. Me recordaba al movimiento hipnótico de un péndulo, sus cuerpos oscilaban de un lado a otro mientras se agarraban con la mano izquierda, saltaban al siguiente árbol, cogían una con la mano derecha y volvían a saltar en un bucle infinito.

El movimiento de todos aquellos Kreelars viajando a velocidades comparables y en una sincronía casi perfecta hacía que todo pareciera una especie de coreografía letal. Actuando como cebo, Aku se precipitó por el suelo hacia su objetivo. En cuanto la bestia reparó en él, cargó con un rugido que helaba la sangre. Luché contra el impulso instintivo de abalanzarme sobre el líder de los Kreelar y apartarlo del peligro.

La atrevida confianza con la que siguió corriendo hacia una bestia salvaje de al menos cuatro veces su masa me asombró. Verle sacar simplemente su cerbatana me pareció aún más temerario. Pero su aura no indicaba miedo, sino concentración y determinación. De repente se desvió hacia un árbol mientras la bestia se acercaba a él. En el último momento, Aku saltó a una altura imposible sobre el Murthis. Se encabritó sobre sus patas traseras para intentar destripar al Kreelar con sus despiadadas garras, pero falló por completo. Antes de que pudiera volver a ponerse a cuatro patas, al menos tres o cuatro dardos hicieron blanco en su vientre, disparados por los compañeros de tribu que pululaban entre los árboles.

Pero mis ojos estaban fijos en Aku. Con una gracia y una destreza fenomenales, dio una patada desde el tronco de un árbol cercano, agarró una rama con la cola, la utilizó para balancearse hacia la criatura y le disparó un dardo en la nuca. Soltó la cola y aprovechó el impulso para aterrizar de nuevo a poca distancia de la criatura. Me quedé boquiabierto cuando el Murthis se tambaleó bajo el efecto de la droga que recubría los dardos. Se desplomó justo cuando Aku corría hacia él.

Agarrando a la criatura por los enormes cuernos que enmarcaban su cabeza, Aku le rompió el cuello con un poderoso movimiento. Y así, sin más, se acabó. El respeto que sentía por su pueblo se multiplicó por mil. La admiración por sus habilidades era solo una ínfima parte. Fue la forma misericordiosa y eficaz en que despacharon al animal lo que realmente me impresionó. También me encantó que, como su líder, no se quedara sentado en casa y les dejara hacer el trabajo sucio. Bajó a las trincheras y asumió el papel más peligroso.

A pesar de mi escudo de sigilo, Aku levantó la cabeza para mirar la posición exacta en la que me encontraba, con una expresión de suficiencia en el rostro. Aún me perturbaba el hecho de que pudieran verme con tanta claridad. Odiaba lo vulnerable que me hacía sentir, lo cual resultaba irónico teniendo en cuenta que mi gente aprovechaba ese mismo poder para rastrear a nuestros prisioneros.

Asentí en señal de concesión antes de buscar a la hembra que se burlaba de mí por observar y aprender. Estaba agazapada en una gruesa rama a unos metros a mi derecha. Me guiñó un ojo con una sonrisa juguetona que me hizo resoplar.

Aku emitió un único sonido agudo que hizo que todos se movieran al unísono en dirección a la siguiente bestia, excepto dos de los Kreelar, que se acercaron a su presa. Ambos se tomaron unos instantes para rociar algo sobre el cadáver. Supuse que repelería a cualquier carroñero que quisiera darle un mordisco hasta que pudieran volver y deshacerse de él. Marqué el lugar en mi brazal antes de alcanzar al resto de la tribu. Llegué justo a tiempo para ver cómo acababan rápidamente con el siguiente objetivo.

Una vez más, me di cuenta del mortífero ejército que serían en la batalla. No se trataba solo de su velocidad y eficacia, sino también de lo increíblemente silenciosos que eran mientras volaban literalmente entre los árboles. Primitiva o no, la OPU necesitaba establecer una alianza con los Kreelar y cultivar esa relación para el futuro.

Con el siguiente objetivo situado a una distancia considerable, aterricé cerca de Aku, y el resto de sus compañeros de tribu también descendieron de los árboles.

—Impresionante trabajo —dije mientras desactivaba mi escudo de sigilo—. Aunque tengo curiosidad por saber por qué no utilizaste tu habilidad de disrupción mental en lugar de precipitarte directamente sobre una bestia enfurecida.

—Concretamente porque están enfurecidos —dijo Aku con una sonrisa—. La mente de un animal rabioso ya está demasiado confusa para que nuestros poderes funcionen. En realidad, tu capacidad calmante podría ralentizarlos, ya que deja al objetivo un poco atontado.

—Estaría encantado de hacerlo —me ofrecí inmediatamente —. Aunque no parece que lo necesites.

Me sonrió con una suficiencia que me hizo sacudir la cabeza. En ese instante, me di cuenta de que le echaría de menos cuando dejáramos este planeta. En otras circunstancias, creía que él y yo podríamos haber llegado a ser amigos íntimos.

—Quitaremos las bayas de esta zona antes de pasar a la siguiente bestia —dijo Aku pensativo mientras miraba a nuestro alrededor.

—Iré a buscar una plataforma volante para que podamos llevar los cadáveres al incinerador de la lanzadera, así como las cajas para meter los arbustos —respondí.

—Gracias, amigo mío —dijo Aku.

Una vez más, observé con asombro la eficacia con la que trabajaba cada uno de ellos, su fuerza física y su resistencia rivalizaban fácilmente con algunos de los Guerreros más en forma que conocía. En más de una ocasión me pregunté si tendrían algún tipo de mente colmena. Nada concreto me hizo suponerlo. Era solo una combinación de cosas en la forma en que requerían poca comunicación mientras trabajaban colectivamente hacia un objetivo común.

Formaron una fila y avanzaron mientras arrancaban los arbustos de bayas, el tallo y las raíces. Algunos de sus compañeros de tribu les seguían de cerca sujetando las cajas en las que arrojaban las plantas, al tiempo que observaban el suelo en busca de señales de que se hubieran dejado algo. Mientras las llenaban, cogí algunas de las cajas, las llevé de vuelta a la lanzadera y luego las vertí en el incinerador.

De momento, los Kreelar y el equipo de mi compañero acordaron no jugar con el pH del suelo hasta que comprendieran mejor cómo podría afectar a la fauna circundante. Aunque sus pruebas iniciales indicaban que sería seguro utilizar algunos sulfatos de aluminio para bajar el pH y hacerlo menos adecuado para las fresas que prosperaban en suelos más ácidos, no había prisa. La limpieza actual nos daría una prórroga lo bastante larga para poder realizar antes pruebas más exhaustivas.

Todos volvieron a la lanzadera y nos trasladamos a otro sector. Despacharon a cuatro Murthis más, así como a un puñado de criaturas rabiosas menos letales y más pequeñas que aún amenazaban a la fauna local.

Avanzamos a un ritmo fenomenal que hacía presagiar que podríamos despejar toda la zona al final del día siguiente. A primera hora de la tarde, volvimos a la aldea para comer y para que los Kreelar se reabastecieran de dardos. Esta vez, en lugar de comer en la sala de reuniones situada junto al laboratorio desplegable del patio interior, nuestros anfitriones nos invitaron a reunirnos con ellos en su salón de reuniones

Era habitual que comieran juntos, aunque no todos comían al mismo tiempo. Aunque en la sala cabía toda la tribu, normalmente acudían en grupos más pequeños, como los bebés con sus padres o cuidadores, los granjeros y artesanos como una oleada separada, y luego los cazadores, aunque no necesariamente en ese orden. Eso no impedía que la gente de los distintos grupos llegara en un momento distinto o se mezclara con los demás. Por lo menos, los Kreelar parecían ser muy informales, con un fuerte sentido de la comunidad.

No tenían monedas formales. Todo se basaba en el comercio, bienes por bienes o servicios, ya fuera dentro de la tribu o con sus vecinos. El hecho de que nos invitaran a compartir su comida decía mucho que ahora nos aceptaban como amigos y no como simples intrusos. Con suerte, nos daría la oportunidad de conocer más a fondo su sociedad, que guardaban celosamente en secreto para nosotros.

No podía culparles por mostrarnos solo lo estrictamente necesario para que pudiéramos cumplir nuestra tarea aquí.

Cuanto menos supiéramos de ellos, menos expondrían vulnerabilidades potenciales que pudieran explotarse más tarde.

Había varias mesas en la esquina trasera del edificio, con grandes ventanales que daban a la plaza. En una larga mesa se había dispuesto un bufé. Fue una de las primeras veces que vi cómo utilizaban la electricidad, con amplias bandejas que mantenían frías algunas de las ensaladas y verduras, y quemadores que mantenían calientes los platos cocinados.

Mientras los cazadores que nos habían acompañado se dispersaban por varias mesas, Aku y Enre se instalaron con mi compañera, sus colegas y yo en la nuestra. Disfrutamos de la comida mientras manteníamos una conversación informal. La mayor parte de ella la dedicaron nuestros anfitriones a preguntarnos por nuestras vidas fuera del mundo. No me extrañó cómo desviaban hábilmente cualquier esfuerzo que hiciéramos para que nos contaran más cosas sobre su propio pueblo.

En otras circunstancias, podría haber resultado desconfiado, si no un poco ofensivo. Pero no era el líder de toda su especie. Sospechaba firmemente que él y los demás Kalds habían acordado evitar compartir información excesiva, ya que podría afectarles a todos. Como solo un puñado de ellos nos había conocido, no tenían motivos para confiar en nosotros, a pesar de la floreciente amistad que teníamos con Aku.

Al menos, sus preguntas eran inofensivas. No intentaba husmear en nada que pudiera poner en peligro nuestra propia seguridad. Era el tipo de charla amistosa que tendríamos con un nuevo conocido sobre nuestras familias, aficiones y lo que nos llevó a nuestras respectivas carreras.

Justo cuando nos disponíamos a salir de nuevo, sonó mi comunicador. Intrigado, eché un vistazo a su interfaz, pensando que solo era una notificación de que mis drones exploradores habían detectado más bestias salvajes. Para mi sorpresa, era un mensaje real.

"Tienes compañía".

—¡¿En nombre de Tharmok...?! —susurré para mis adentros.

Una serie de coordenadas y una frecuencia seguían a esa única frase. La identidad del remitente era desconocida. Técnicamente, no debería recibir este tipo de mensaje directo aquí. No utilizaba la radiofrecuencia analógica básica, sino una digital que requería conectividad.

—¿Qué ocurre? —preguntó Ciara, con la misma curiosidad que los demás.

Compartí con ellos el contenido del mensaje y luego redirigí uno de mis drones más cercanos a esas coordenadas para ver qué ocurría.

—¿Compañía? —resonó Aku, endureciéndose su rostro y su voz—. ¿Han venido más naves alienígenas?

—Supongo que eso es lo que significa —dije con cuidado mientras activaba la pantalla holográfica de mi brazal para mostrar la imagen de la cámara de mis drones—. Dame un minuto.

Al principio, no mostraba nada, ni siquiera cuando ajustaba el escáner al radio más amplio. Volví a calibrar el aparato para que escaneara en la frecuencia indicada en el mensaje. En cuestión de segundos, detectó una nave camuflada a poca distancia. Se me cayó el estómago cuando el zoom reveló una nave Nazhral.

—¡Joder! Eso no puede ser bueno —dijo Ernst.

—¿Quiénes son? —preguntó Aku, con un brillo de sospecha y traición en sus ojos marrón amarillento—. ¿Qué hacen aquí?

—Por la nave, pertenecen a una especie con bastante mala reputación en lo que se refiere al contrabando y la piratería —expliqué con cautela—. Pero no tengo ni idea de quiénes son, ni de por qué han venido aquí. Lo averiguaremos todos juntos. Si estuviéramos tramando algo malo, no estaría compartiendo esto contigo en tiempo real.

Aku parecía avergonzado por haber insinuado que podíamos estar traicionándoles. Me dirigió una mirada de disculpa y yo sonreí, indicando que no me sentía ofendido. Dadas las circunstancias, tenía motivos para sospechar de los alienígenas.

El dron siguió discretamente a la nave. Por suerte, los había puesto todos en modo sigiloso para evitar causar molestias a la fauna mientras inspeccionaba el terreno. Como no poseía los avanzados sistemas antidetección de un dron de grado militar, me preocupaba que nuestros objetivos pudieran detectarlo. Sin embargo, como los intrusos no tenían ningún motivo concreto para sospechar que íbamos tras ellos, siguieron felizmente a lo suyo, aparentemente sin escanear en busca de amenazas potenciales.

Para nuestra conmoción colectiva, su nave se dirigió directamente al Templo Svast. Aku pronunció una serie de palabrotas en su idioma. Enre enseñó los dientes, con la misma furia visible en sus facciones. Aunque no se trataba de mi planeta ni de mi santuario sagrado, me sentí personalmente violado cuando les vi aterrizar en un gran claro cercano al camino que conducía a la entrada.

—Gracias a Dios que ahora mismo no hay peregrinos allí —reflexionó Ciara en voz alta—. No puedo imaginar lo feas que se habrían puesto las cosas de otro modo.

—Parece increíblemente conveniente —replicó Aku, con el mismo enfado visible en su rostro—. Ayer mismo, más de cuatrocientos de los nuestros estaban allí. Mañana llegarán cientos más por la mañana. ¿Cómo sabían que tenían que venir hoy para pasar desapercibidos?

Fue una pregunta excelente que desencadenó muchas más, todas las cuales darían probablemente el tipo de respuestas que yo temía. Pero el desembarco de dos pasajeros de la nave provocó otra onda expansiva entre nosotros. A pesar del modelo de la nave, no eran un par de Nazhrals los que salieron, sino un humano y un Raitheano

—¿Qué demonios? —exclamó Ciara en voz baja.

Aunque aturdido, ordené inmediatamente al dron que capturara sus imágenes para intentar el reconocimiento facial. Por desgracia, como no tenía acceso a la red, tendría que transferir los datos a mi contacto más tarde para intentar identificarlos

Ambos intrusos atravesaron la corta distancia que separaba el camino del agua junto a la entrada del templo. El humano permaneció en el borde mientras el Raitheano se adentraba en el agua. Vadeó la parte poco profunda, deteniéndose de vez en cuando unos segundos antes de volver a moverse. Luego se zambulló en la parte más profunda, desapareciendo por completo de la vista mientras su compañero observaba en silencio.

—¿Qué están haciendo? —preguntó Aku—. ¿Quiénes son? ¿Y son una amenaza?

Frunciendo el ceño, negué con la cabeza, sin encontrar una explicación satisfactoria.

—No estoy seguro. Llegaron en una nave que no pertenece a ninguna de sus especies. Pero podrían haberla comprado usada en un astillero por un precio razonable. No parece que hayan hecho otra cosa que meterse en el agua. Es agua salada, ¿verdad?

Aku asintió.

—Como puedes ver, los Raitheanos son una especie anfibia. Necesitan sumergirse en agua salada a intervalos regulares. Así que eso podría explicar por qué hace esto —dije, aunque mi tono dejaba claro que mi propia explicación no estaba ni remotamente cerca de convencerme.

—Me parece justo —dijo Aku, con la voz aún cargada de sospechas—. Pero ¿por qué nuestro templo? Hay mucha agua en todas partes. Algunas de las zonas que sobrevolaron de camino a Svast tenían costas grandes y despejadas en las que les habría resultado mucho más cómodo aterrizar. Esto parece demasiado deliberado.

—¡Oh, Dios! —exclamó de repente Ciara—. ¡Es Kalmia! ¡Han venido a matarnos a todos!

CAPÍTULO 15

CIARA

Una poderosa sensación de terror me invadió incluso mientras pronunciaba aquellas palabras. Mis compañeros jadearon, conmocionados y confusos, mientras me miraban con incredulidad.

—¡¿Qué?! —exclamó Aku—. ¿Matarnos a todos, cómo? ¿Qué es eso de Kalmia?

Me lamí los labios nerviosamente mientras me pasaba los dedos por el pelo, con la mente acelerada mientras observaba a los intrusos. En la Tierra, a los Raitheanos se les solía llamar Krakens. Poseían una parte superior del cuerpo similar a la de los humanos, con un torso, dos brazos y una cabeza, pero con gruesos tentáculos en lugar de pelo. Y la parte inferior de su cuerpo estaba formada por ocho tentáculos como los de un pulpo, pero solo la mitad de ellos tenía ventosas.

—Los Raitheanos, como el macho que ves con el humano, comparten similitudes con ciertas criaturas de la Tierra llamadas calamares y pulpos. Se les reconoce por los tentáculos que forman la mitad inferior de su cuerpo en lugar de patas —expliqué—. En general, son una especie pacífica, pero también poseen algunas habilidades extremadamente letales.

—¿Cómo qué? —insistió Aku.

—Pueden producir crecimientos perlados que llamamos concreciones calcáreas —continué—. Suelen tener forma de pequeños guijarros o piedras. Pueden ser lisas o rugosas, pero normalmente en los Raitheanos parecen rocas rojas.

Aku se puso rígido y su rostro adoptó una expresión asustada que me heló hasta los huesos. No era de los que mostraban miedo abiertamente.

—No debería haber rocas rojas en el río —susurró con cara de espanto.

—¡Exacto! No sé por qué lo sé, pero....

—Mi amiga nos advirtió de que podría ocurrir —respondió Aku desdeñosamente, interrumpiéndome—. ¿Qué hacen exactamente estas rocas? ¿Son peligrosas?

Aquel comentario me desconcertó. Quería preguntar qué más había mencionado su amiga al respecto, pero ya habría tiempo más tarde para ello.

—Los moluscos como los calamares suelen producir perlas o esas concreciones como defensa natural contra irritantes, parásitos o heridas. Si un objeto extraño se aloja en el interior de su cuerpo y no pueden expulsarlo, lo recubrirán con una especie de nácar para evitar que les siga dañando. En los Raitheanos, es un poco diferente, ya que forman un recubrimiento fibroso y no cristalizado como el nácar.

—De acuerdo —dijo Aku vacilante, esperando a ver adónde quería llegar.

—Las perlas hechas de nácar son extremadamente difíciles de destruir, mientras que las fibrosas se desmoronan con bastante facilidad bajo presión o bajo una exposición prolongada a algo que pueda diluirlas, como el agua —expliqué.

Sus ojos se abrieron de comprensión.

—Normalmente, las concreciones calcáreas no son una amenaza, ya que suelen contener solo una astilla de madera u otros irritantes similares que se incrustaron en el interior de sus cuerpos. Pero en una guerra muy desagradable en la que participaron los Raitheanos, descubrimos que podían utilizar esa capacidad de forma letal para eliminar a un número masivo de personas. Poseen un veneno natural que puede infligir una terrible enfermedad comparable a lo que en la Tierra llamamos malaria.

—¿Una enfermedad letal? —preguntó Aku.

Dudé.

—Puede serlo si no se diagnostica y trata rápidamente. Los Raitheanos producen dardos muy finos del tamaño de una aguja que pueden disparar desde las ventosas de sus tentáculos. Normalmente los disparan a distancia de la misma forma que tú lo haces con tus cerbatanas, que es como infectan a sus objetivos.

—Bien, pero ¿qué tiene eso que ver con las rocas rojas? —preguntó Aku, sonando un poco molesto e impaciente.

Le hice un gesto para que me aguantara mientras intentaba resumir todo el concepto de forma aún más sucinta.

—El problema es que, durante esa guerra, los Raitheanos comieron deliberadamente plantas tóxicas que les permitieron segregar un ácido virulento que mezclaron con su veneno antes de recubrir sus dardos con la combinación. Del mismo modo que envuelven una esquirla o un irritante con una membrana fibrosa en su cuerpo, también pueden envolver con ella sus dardos letales. Y se convierten en bombas de relojería —dije.

—El Raitheano está saliendo del agua —dijo de repente Amreth, interrumpiéndonos.

Había nadado una distancia considerable desde donde entró inicialmente. Eso me preocupó aún más. ¿Había esparcido un montón de piedras por el lecho del río?

—Tu dron debe escanear el agua para detectar la presencia de esas rocas —dije, con voz tensa.

—Necesito sus parámetros —respondió Amreth—. Puedo configurar éste por ahora, pero tengo un segundo dron en camino. Este primero tiene que quedarse con la nave por si se mueven.

Asentí y empecé a introducir rápidamente algunos parámetros, que esperaba que fueran suficientes. De lo contrario, tendríamos que esperar a que se marcharan para que llegara el segundo dron y se acercara lo suficiente al agua para que la cámara captara su posible presencia.

Al salir del agua, el Raitheano retorció seis de sus ocho tentáculos en grupos de tres, formando un par de piernas improvisadas que le permitían caminar de una extraña y tambaleante forma bípeda. Era una práctica habitual entre los suyos, ya que podían saborear con las ventosas de sus tentáculos y no les importaba mucho lamer el suelo. Es cierto que podían bloquear el receptor del gusto, pero siempre quedaban algunas migas cuando se deslizaban sobre cualquier superficie.

Para nuestra sorpresa, en cuanto alcanzó al humano, ambos machos volvieron a subir a su nave y emprendieron el vuelo. Simultáneamente, el brazal de Amreth emitió un pitido en el que el dron enviaba una confirmación de que, efectivamente, había detectado piedras Puricis en el agua.

—Debemos ir enseguida y detenerlos —dijo Aku mientras se ponía en pie de un salto y emprendía la marcha hacia la salida, Enre siguiéndole de cerca.

—Espera —dijo Amreth en tono de mando—. No podemos ir tras ellos en la lanzadera. Si las cosas se calientan, su nave nos destruirá. ¿Y qué pasa con las piedras? ¿Cuánto tardarán en envenenar el agua?

—La cáscara fibrosa tardará algún tiempo en disolverse —dije pensativa—. Todo depende del grosor que les haya dado. Si sabía que el templo estaría vacío hoy, pero que mañana vendría gente, entonces lo habrá hecho lo bastante grueso como para que dure al menos veinticuatro horas.

—Lo que nos da mucho tiempo para ir tras ellos —insistió Aku.

—Sí, pero solo si mis suposiciones son correctas —le advertí —. Puedes ir tras ellos mientras Mehreen, Ernst y yo vamos tras las piedras del templo. Solo necesitamos un momento para reunir el equipo y los trajes de materiales peligrosos.

—Si quieres acompañarnos, tenemos que utilizar la lanzadera para volar hasta la nave —intervino Amreth cuando Aku abrió la boca para argumentar en contra de ese retraso adicional—. No tendría sentido que monopolizáramos ambas naves mientras dejamos estas piedras más tiempo del necesario en su santuario sagrado. El dron las está rastreando. No escaparán. Hagámoslo bien.

Con los dientes apretados, Aku nos hizo un gesto rígido con la cabeza

—Mientras te preparas, haré que Sora envíe un mensaje a Vala y a los demás Kalds para advertirles de que se mantengan alejados de cualquier agua que comparta arroyo con el templo.

—Es una idea excelente —dije con una sonrisa de agradecimiento.

Nos apresuramos a ir al laboratorio desplegable y tomamos todo lo que necesitábamos. Mientras subíamos a la lanzadera, un millón de pensamientos diferentes se dispararon en mi mente. En cuanto nos acomodamos en el asiento del copiloto y Amreth nos puso en el aire, compartí las teorías que echaban raíces en mi cabeza.

—Creo que por fin lo he conseguido —dije pensativa—. El Puricis, la bomba de piedra roja que producen los Raitheanos, serviría efectivamente para repetir la Kalmia. Cualquiera que entre en contacto con ella no solo enfermará. El ácido también los licuará desde dentro. Para cuando haya seguido su curso, la persona estará completamente irreconocible y se habrá convertido en un charco de sangre.

—¿Así que todos los peregrinos serían aniquilados? —preguntó Aku con enfado.

—Sería peor que eso —dije disculpándome—. El Puricis es

muy contagioso, una vez que aparecen los síntomas. La muerte es atroz, pero se produce rápidamente. La bacteria se transmite por simple contacto, pero sobre todo a través del sudor del paciente. Dura unas veinticuatro horas. Pero en cuanto aparece la fiebre, el paciente muere en menos de una hora.

—¿Qué es esa Kalmia que mencionas? —preguntó Aku, con cara de angustia.

—Fue una masacre que tuvo lugar entre dos cárteles rivales —explicó Amreth—. Uno de los cárteles envenenó la fuente de agua del complejo de sus enemigos. Acabó con todos. Lo que me preocupa es que si los asesinos están apuntando ahora a tus templos, saben que ésta es la estación en la que la mayoría de tu pueblo se adentrará en esa agua. ¿Quién podría tener ese tipo de información sobre sus costumbres?

—Nadie debería —dijo Aku con impotente frustración—. Incluso nuestros amigos saben muy poco de nosotros. No curiosean del mismo modo que nosotros no curioseamos sobre ellos. Así que está claro que los alienígenas nos espían. Lo que me lleva a tus propios amigos. ¿Quién les avisó de los asesinos?

—La misma amiga que me dijo que viniera aquí a rescatar a mi compañera —respondió Amreth de forma objetiva.

—¿Confías en ellos? —insistió Aku.

—Sí. Sin este mensaje, mañana o dentro de un par de días, nos despertaríamos ante una tragedia irreversible —dijo Amreth —. La pregunta es ¿por qué? ¿Quién los odia tanto como para intentar aniquilarlos cuando aparentemente solo quieren seguir con sus vidas?

—La respuesta es, obviamente, que los poderosos que nos dijeron nuestros amigos nos perseguirían con saña si lo hacíamos público —respondió Aku.

—¡Por la sangre de Tharmok! —exclamó de repente Amreth, con los ojos muy abiertos—. ¿No dijiste que Elias afirmó que la criatura del origen del SS12 se descompuso demasiado rápido para que tuvieran algo que mostrar? ¿Que casi se licuó?

Me quedé boquiabierta.

—Sí. Ésa es la explicación que dio cuando le preguntaron por ello. No puede ser una coincidencia. Utilizó el Puricis como referencia para justificarlo todo. Pero, ¿por qué llegaría a tales extremos por aquel incidente inicial? No tiene sentido.

—Sea cual sea el motivo, está claro que quieren acabar con los Kreelar y borrar todo rastro de su existencia —dijo Amreth en tono áspero, con sus ojos blancos como la plata brillando con determinación inquebrantable—. Vamos a atrapar a esos desalmados. Tienen que dar la cara.

Los cinco minutos de vuelo hasta la nave de Amreth parecieron una eternidad. En cuanto aterrizamos, Aku salió corriendo de la lanzadera. Comprendía su impaciencia. Su pueblo ya había sufrido mucho, esta nueva amenaza sería el golpe final.

—Ten cuidado y vuelve conmigo de una pieza, ¿me oyes? —le dije a Amreth mientras permanecíamos junto a la rampa de la lanzadera.

—Te lo prometo, mi compañera. Tú también ten cuidado ahí fuera. No acabo de encontrarte para perderte ya —respondió.

—Ni hablar. Te quedas conmigo —dije con una sonrisa a pesar de la aprensión que me retorcía por dentro.

Intercambiamos un beso, demasiado breve, pero no podíamos entretenernos más. Aku probablemente perdería la cabeza de todos modos, y con razón.

En cuanto Amreth salió, volví a mi asiento mientras Mehreen pilotaba la lanzadera fuera del hangar hacia el templo. Apenas un minuto después de nuestra partida, la nave de Amreth despegó. Reprimí las terribles imágenes que querían introducirse en mi mente sobre todas las formas en que las cosas podían salir mal. Recordarme a mí misma que Amreth era un Guerrero de élite y un Alcaide de Molvi me ayudó a aliviar algunos de mis temores.

Me preocupaba mucho por él. La perspectiva de una vida sin él era insoportable.

Pero a medida que nos acercábamos al templo, volví a

centrarme en la tarea que teníamos entre manos. Nos pusimos rápidamente los trajes protectores. Para consternación de Enre, no eran adecuados para él ni para los otros dos Kreelars que venían con nosotros, en gran parte debido a sus colas.

Afortunadamente, los rastreos posteriores de la zona no revelaron la presencia de ninguna otra persona, cámara o dron que los supuestos asesinos pudieran haber dejado atrás. Eso demostraba un exceso de confianza o un alto grado de descuido. Fuera cual fuera el motivo, nos sirvió de mucho.

Mientras nos adentrábamos en el agua, me invadió una oleada de ira. Era una forma tan cobarde y solapada de eliminar a gente que no había hecho absolutamente nada, salvo intentar vivir su vida en paz. Si no hubiéramos visto al Raitheano meterse en el agua, las posibilidades de que alguien descubriera lo que había ocurrido habrían sido escasas o nulas

Debido a su tamaño relativamente pequeño, detectar las piedras Puricis sería casi imposible si no supieras de antemano de su presencia. E incluso así, tuvimos que utilizar nuestros escáneres, ya que pasábamos junto a algunas de ellas, que se mezclaban demasiado convenientemente con el lecho del río. Recogimos veintidós guijarros y los guardamos en un contenedor de riesgo biológico.

—¿Es muy grave? —preguntó Enre, con voz tensa, mientras sellaba el recipiente.

—¿Para el agua? —pregunté.

Asintió, con la espalda rígida.

Le dediqué una sonrisa tranquilizadora.

—Ernst está tomando algunas muestras de agua para analizarlas más a fondo en el laboratorio, pero todos nuestros escáneres iniciales muestran que es segura. Las piedras tienen una capa bastante gruesa. Estoy segura de que no se ha filtrado nada. Lo detectamos todo a tiempo y no hay ninguna corriente fuerte que pudiera haberlas arrastrado. Además, el agua está relativamente fría. Eso ralentiza la descomposición del caparazón fibroso. Si el agua hubiera estado caliente, habría sido más problemático. Todo debería ir bien.

—Gracias —dijo Enre, con la voz cargada de emoción—. Nuestro pueblo no puede soportar otra tragedia a gran escala.

Sus compañeros asintieron, con expresión sombría.

—Y vamos a hacer todo lo que esté en nuestra mano para asegurarnos de que no ocurra —dije tranquilizadoramente—. Volvamos a la aldea, probemos este material y destruyámoslo.

CAPÍTULO 16

AMRETH

Perseguimos a la nave en modo sigilo. A juzgar por su patrón de vuelo, parecía tener en mente un destino muy concreto. Introduje algunas instrucciones en mi tablero de navegación para que la inteligencia artificial calculara su posible trayectoria.

Sentado en la silla del copiloto, Aku murmuró de repente una retahíla de palabrotas en su idioma. Le miré inquisitivamente.

—Ese mapa que muestra tu aparato apunta directamente a Lenph —dijo Aku con enfado—. Es otro templo similar a Svast, pero situado en otro territorio. Estamos cerca de cruzar la frontera.

—¿Es ilegal? —pregunté con cuidado—. ¿Hay algún conflicto entre sus territorios?

Sacudió la cabeza.

—Los Kreelars son un pueblo pacífico. Todos seríamos uno si la tierra no fuera tan vasta y las distancias tan grandes. Todos somos una gran familia. Pero sería poco realista que todas las tribus acudieran al mismo templo. El viaje sería demasiado largo.

—¿Cuántos templos de este tipo tienen? —pregunté a Aku.

—Tres en total. Pero esos otros dos territorios, Lenph y

Durgh, no se han visto afectados por la enfermedad. Solo las tribus que rinden culto en el Templo de Svast se han visto afectadas. La enfermedad no ha viajado más allá de nuestro territorio.

Asentí con gesto adusto.

—Las bayas aún no se han extendido más allá de tus fronteras. Asegurémonos de que nunca lo hagan.

Aumenté nuestra velocidad para reducir aún más la distancia que nos separaba de nuestra presa. Quería poder interceptarlos antes de que el Raitheano pudiera empezar a soltar sus piedras envenenadas en el río. Solo los dioses sabían el daño que ya se había hecho en el Templo de Svast.

Un vistazo a la pantalla superpuesta de la cámara del dron me mostró la zona por la que volaba la nave enemiga, así como un contorno fantasmal de la propia nave. Desde nuestra posición actual, no podíamos ver a través de su camuflaje.

Toqué algunas instrucciones para que en cuanto estuviéramos a quinientos metros de ellos, el piloto automático se pusiera en marcha y nos mantuviera a una distancia estable de ellos. El objetivo era acercarnos sigilosamente en cuanto bajaran la rampa. A juzgar por sus acciones anteriores en el Templo Svast, eran bastante descuidados y confiaban demasiado en que nadie les seguía.

—¿Qué haces? —preguntó Aku cuando empecé a teclear un mensaje en otra pantalla.

—Enviando imágenes de los dos intrusos a mi amiga —respondí—. Disponemos de tecnología de reconocimiento facial que podría ayudar a averiguar sus identidades y, con suerte, localizar a los cómplices que pudieran tener o incluso quién es su empleador. Tenemos que encontrar la fuente antes de que intenten atacar de nuevo.

—Bien. Deben responder de sus crímenes —gruñó Aku—. Lo sabríamos...

Una solicitud de comunicación le interrumpió, sobresaltándonos a ambos.

—¡¿En nombre de Tharmok...?! —susurré.

No debería haber una respuesta tan rápida, y mucho menos una solicitud de comunicación directa. No había relés ni satélites cerca. O al menos, en teoría...

—¿Qué pasa? —preguntó Aku.

—Una solicitud de comunicación de mi amiga. Voy a aceptarla —respondí.

Me hizo un gesto rígido con la cabeza, con una tensión casi palpable.

Un millón de pensamientos se dispararon en mi mente cuando el rostro de Maeve apareció en mi pantalla en cuanto acepté la comunicación. Dijo que estaría en otra misión. Y, sin embargo, aquí estaba, lo bastante cerca como para tener una videoconferencia en directo en una zona donde eso no debería ser posible.

—Maeve —dije a modo de saludo—. Éste es Aku, el líder de la tribu que nos acoge. Aku, ésta es Maeve, mi amiga.

—Es un placer conocerte, Kald Aku —respondió Maeve.

—Lo mismo digo —respondió Aku sin comprometerse, con voz educada, pero fría.

—No pretendo ser brusca ni grosera, pero no puedo mantener esta conexión demasiado tiempo —continuó Maeve—. Estamos analizando los datos que enviaste, Amreth. ¿Cuál es tu estado?

—Nos estamos acercando a ellos. Tenemos la intención de enfrentarnos a ellos en cuanto aterricen. Creemos que se dirigen a otro templo —respondí antes de echar un vistazo a la superposición de la imagen de la cámara del dron—. De hecho, puedo verlo a lo lejos. Ya casi han llegado. Tenemos que darnos prisa.

—Persíganlos lejos de Kestria, pero no se entreguen a la persecución —ordenó Maeve.

—¡¿QUÉ?! ¡De ninguna manera! —siseó Aku—. Vamos a atrapar a esos asesinos y responderán ante mi pueblo.

—¡Deben enfrentarse a la justicia! —argumentó Maeve—. La ley...

—¡A *Dramsta* con tus leyes! ¡Esto es Kestria! —gritó Aku, con los músculos hinchados de ira—. ¡Ustedes, los alienígenas, causaron la muerte de innumerables personas de mi pueblo, y ahora se atreven a dictar cómo se tratará a los culpables!

Maeve levantó las palmas de las manos en un gesto apaciguador.

—No pretendemos dictar nada ni imponer nuestra voluntad a tu pueblo. A pesar de los trágicos sucesos ocurridos, ten la seguridad de que respetamos la soberanía de todos ustedes. Sin embargo, necesitamos pruebas irrefutables contra las personas que ordenaron estos crímenes y financiaron este atentado para que puedan enfrentarse a la justicia. No pueden matarlos.

—¿Por qué no íbamos a hacerlo? —desafió Aku, con su enfado aún audible—. Sus restos serán prueba suficiente. A diferencia de ellos, no utilizaremos venenos que licuarán sus cuerpos hasta hacerlos irreconocibles.

—Tiene razón, Aku. Sin ellos vivos y obligados a declarar, será más difícil demostrar su culpabilidad —dije en tono tranquilizador—. El hecho de que tengamos sus cuerpos no significa que vinieran a tu mundo natal con malas intenciones, ni siquiera que vinieran intencionadamente. Podría ser una trampa para perjudicar a alguien con quien tenemos un conflicto.

—Tienes tus aparatos de grabación —replicó Aku.

—Así es —concedí—. Sin embargo, esos videos pueden trucarse, modificarse para que muestren lo que nosotros queremos que muestren. Muchos tribunales no les concederán mucho peso a la hora de dictar sentencia.

—¡Están aterrizando! —dijo Aku, desviando su atención a la visualización superpuesta en la pantalla que mostraba a nuestra presa iniciando el descenso—. ¡Acelera!

A diferencia del Templo de Svast, no era necesario recorrer un estrecho sendero hasta el río que conducía a la entrada. Un gran claro enmarcaba cada lado del río, que conducía a la formación rocosa en la que se había tallado este templo. Unos cuantos árboles, colocados a intervalos equidistantes, adornaban los bordes de la orilla, y sus largas ramas casi formaban un arco sobre el río.

—Lo siento, Maeve. Tenemos que irnos —dije disculpándome.

—¡Por favor, Amreth! ¡No los mates! Son vitales para este caso —suplicó Maeve.

—Tomo nota. Adiós —respondí sin comprometerme.

Apretó los labios con resignación y me hizo un gesto rígido con la cabeza. Terminé la comunicación y me dirigí a toda velocidad hacia el templo. Me maldije interiormente por no haber presionado más antes. A pesar del largo viaje que habíamos hecho, pensé estúpidamente que tendríamos algo más de tiempo y, por tanto, controlé la velocidad para reducir las posibilidades de que nos descubrieran.

Para mi sorpresa, aunque su nave aterrizó, no bajaron la rampa de inmediato. De hecho, no pareció ocurrir nada en los cinco minutos que tardamos en alcanzarlos a gran velocidad. Reduje la velocidad de la nave y aterricé a doscientos metros de ellos. Aun así, permanecieron dentro sin dar señales de salir.

Otro mensaje entrante casi me hace saltar del susto. ¡Por la sangre de Tharmok! ¿Cuándo me puse tan nervioso? Para mi sorpresa, era una señal analógica de Ciara. Mi alivio inicial dio paso rápidamente a la preocupación de que algo hubiera salido mal.

—¿Ciara? —dije en lugar de saludar en cuanto se estableció la comunicación—. ¿Va todo bien?

—Sí. Nos ocupamos de todo en el templo —respondió—. Si encuentran más piedras, no las toquen. Envía las coordenadas y vendremos a ocuparnos.

—Ahora mismo están en otro templo. Pero, por alguna razón, no salen de su nave. Nuestros sistemas no indican que nos hayan detectado, pero empiezo a preguntármelo —respondí, odiando no poder verle la cara.

—No me sorprende —respondió Ciara inmediatamente con seguridad, tomándome por sorpresa—. Los Raitheanos necesitan tiempo para crear más de esas piedras. Teniendo en cuenta la cantidad que recuperamos del río, y dependiendo de lo hábil que sea, debería tardar aproximadamente una hora en crear una cantidad similar con un grosor comparable de caparazón fibroso. Eso significa al menos otros quince o veinte minutos.

El alivio me inundó.

—Es una excelente noticia.

—¿Es seguro el Templo Svast? —intervino Aku.

—De momento, tenemos motivos para creer que no ha sufrido ningún daño. Las pruebas iniciales indican que el agua es segura, pero vamos a seguir haciendo análisis más exhaustivos —respondió Ciara.

—Perfecto. Intentaremos impedir que echen algo al agua. Te enviaré un mensaje cuando todo esté controlado aquí —respondí.

—Entendido. Cuídate —dijo Ciara.

En cuanto terminó la comunicación, me volví para mirar a Aku.

—No podemos matarlos, amigo mío —dije en tono amable.

Su rostro se endureció de inmediato. Podía soportar su ira, pero el brillo de traición en sus ojos me hirió profundamente.

—*No* voy a dejar que escapen y luego solo esperar que algún forastero les atrape y les haga responder de sus crímenes —gruñó—. Tú, por encima de todos los demás, como Alcaide de la principal prisión de tu alianza, deberías comprender que las leyes locales deben aplicarse cuando se ha cometido un crimen contra el pueblo.

—Lo hago, amigo mío. Créeme. Pero estos dos machos son meros soldados en el gran esquema de las cosas —dije en tono razonable—. Si decides torturarlos o matarlos, sean cuales sean mis sentimientos personales al respecto, no puedo interferir. Éste es tu planeta y, por tanto, tus normas.

—Exacto. Y nuestras normas dicen que se presentarán ante los Kalds para enfrentarse a nuestra ira —espetó Aku.

Suspiré y mi mente se apresuró a buscar un argumento que pudiera convencerle. Era una situación extraña. Como Alcaide, e incluso durante mi servicio obligatorio como Pacificador como parte de mi formación, nunca había tenido que lidiar con este tipo de conflicto diplomático. Como solo había interactuado con planetas miembros de la OPU, teníamos un conjunto de leyes que se aplicaban a todos, que también tenían en cuenta sus leyes planetarias individuales.

—Ahora mismo tienes un poder increíble. Los muertos no hablan. A partir de ellos, podemos reunir pruebas suficientes que nos lleven hasta los autores intelectuales. Si han hecho esto a tu gente, lo más probable es que hayan hecho lo mismo o incluso algo peor a otros. Hay que detener a los poderosos a los que aludió tu amigo. Estos dos podrían ayudarnos a conseguirlo.

Me miró fijamente durante largo rato sin decir palabra. Por un breve instante, tuve la esperanza de haberle entendido, pero su rostro volvió a endurecerse.

—Hablarán —respondió.

Abrí la boca para volver a discutir, pero su mirada me dijo claramente que lo dejara estar. Solté otro suspiro y me puse en pie. La sospecha que se encendió instantáneamente en sus ojos me picó de nuevo. Por mucho que comprendiera su enfado, odiaba que aquella situación hubiera bastado para socavar gravemente la amistad y la confianza que habíamos ido construyendo poco a poco desde nuestra llegada.

—Voy a colocar cargas PEM en su nave —dije en respuesta a su pregunta no formulada—. Son dispositivos que liberarán una potente descarga eléctrica que destruirá sus motores y sistemas de navegación —expliqué—. Si intentan huir, puedo activarlo a distancia y asegurarme de que no puedan escapar.

Aku se relajó de inmediato, la desconfianza dio paso a una mezcla de aprobación y gratitud. No me cabía la menor duda de que tenía la intención de molerlos a palos. Francamente, en su lugar, yo querría hacer lo mismo. Solo esperaba poder convencerle cuando llegáramos a esa parte.

La cuestión principal para mí era quiénes y cuántas naves acechaban en órbita. No podía asegurar que Maeve estuviera entre ellas. De hecho, sospechaba que había sido sincera al afirmar que estaba en otra misión en otro lugar. Pero la claridad de nuestro videcom implicaba que la OPU probablemente había colado un satélite, un repetidor o una de esas naves de comunicación que actuaban como satélite. Me inclinaba mucho por esta última opción, pues evitaría sospechas, ya que tales naves estaban camufladas para pasar desapercibidas en caso de ser detectadas.

Solo sabía de su existencia por mi habilitación de alta seguridad como Alcaide, ya que esas naves se habían utilizado anteriormente durante las redadas para detener a algunos de los reclusos que aterrizaban en mi Sector.

La OPU no podría tener una pequeña flota allí. Aunque consiguieran hacerlo sin ser detectados, una vez que se deslocalizaran para atrapar a los asesinos—suponiendo que consiguieran huir de nosotros—crearía un problema diferente dentro del sistema judicial si asaltaban la Zona Muerta sin una orden judicial. Una o dos naves eran mucho más probables. Pero también significaba que los asesinos lo tendrían más fácil para escapar. Los PEM se encargarían de que no lo hicieran.

Saqué los dispositivos PEM de la armería y un par de blásters, uno de los cuales le tendí a Aku. Alzó la nariz ante él antes de mirarme como si hubiera hecho algo ofensivo. Asintiendo con la cabeza, devolví el arma a su sitio y le ofrecí un brazal.

—Tiene un escudo de energía que se activa así —dije, demostrándolo al activar el de mi propio brazal.

—No será necesario —dijo Aku.

Esta vez le miré con fastidio.

—Si las cosas se ponen feas con esos dos machos, dispararán

sus armas contra ti. Los disparos de Bláster son desagradables y te matarán. Está bien si no quieres usar un Bláster, ya que requieren cierto entrenamiento, pero no hay razón para que no uses un escudo. No tengo intención de volver a tu aldea sin que camines por tu propio pie.

—Cuidado, Obosiano. Empiezas a sonar como si te importara —replicó en tono burlón—. Pero estaré bien. No nos entretengamos. Según la estimación de tu compañera, saldrán en cualquier momento.

—Al menos, utiliza la función de escudo sigiloso personal del brazal —insistí con exasperación preventiva, esperando a que volviera a rechazarme.

Para mi sorpresa, frunció los labios antes de hacerme un gesto con la cabeza.

—La función de invisibilidad podría ser útil. Consiento en ello.

Me quedé boquiabierto mirándole, y se me cerró la boca con un sonido audible cuando levantó una ceja burlona hacia mí. Después de mostrarle cómo encenderlo y apagarlo, discutimos rápidamente nuestra estrategia y salimos de la nave.

Volví a comprobar que su escudo sigiloso estaba correctamente activado antes de que saliéramos del radio de camuflaje que rodeaba nuestra nave. La expresión de su rostro era casi feroz. A pesar de haber pasado varios días entre su gente, Aku había hecho un gran trabajo manteniéndonos casi a oscuras sobre ellos. No sabía cómo elegían a su Kald, pero sospechaba que no solo se trataba de liderazgo y diplomacia, sino también de ser el alfa supremo. Y ahora mismo, su rostro expresaba en voz alta que en su interior acechaba un depredador salvaje y despiadado.

Le hice un gesto para que se apartara mientras yo me acercaba rápidamente a la nave. Con el corazón palpitante, me acerqué sigilosamente a la parte trasera de la nave, agachándome todo lo que pude para colocar la carga PEM lo más cerca posible del motor, pero también en un ángulo que fuera difícil de percibir visualmente sin llamar deliberadamente tu atención.

Estaba a punto de girar hacia el otro lado para colocar el segundo imán cuando el sonido quejumbroso de la rampa al bajar me sobresaltó. Mi cabeza se sacudió hacia Aku. A través de su escudo de sigilo, se me apareció como una silueta fantasmal. Pero no ocultaba nada de la expresión salvaje que descendía por sus facciones mientras adoptaba una postura defensiva, dispuesto a embestir. Le hice un gesto para que no se moviera todavía. Sus ojos me miraron durante un breve segundo antes de volver a centrarse en los dos hombres que salían de la nave Nazhral.

Aku se sacó la cerbatana del cinturón mientras yo me acercaba sigilosamente a él. Mis ojos se abrieron de par en par cuando sacó unas garras despiadadas que no sabía que poseía. Ni siquiera durante la cacería contra los Murthis las había extendido tanto. Sabía que los Kreelar podían extender un poco sus garras, lo que hacían habitualmente para trepar más fácilmente a los árboles. Pero esto era otra cosa. Me recorrió un escalofrío por la espalda al darme cuenta de que podía ser otra señal de que no les dejaría vivir.

—Este planeta es realmente hermoso —dijo el Raitheano mientras bajaba por la rampa de esa extraña manera que hacía su pueblo cada vez que torcía sus tentáculos para convertirlos en piernas improvisadas—. Es una verdadera lástima envenenarlo a él y a sus gentes. No hay placer en matar a los inocentes.

—¿A quién le importa? —dijo el hombre con una mezcla de fastidio y desprecio—. No seas un maricón de mierda. Solo son un puñado de monos parlantes. Ni siquiera tenemos que ensuciarnos las manos para deshacernos de ellos. Es el montón de créditos más fácil que habré hecho en mucho tiempo.

—No se trata de los créditos —refunfuñó el Raitheano al dejar de andar unos pasos después de bajar de la rampa—. Hay cosas más importantes que eso.

—Nada es más importante que eso, pedazo de imbécil. ¿Desde cuándo te has vuelto tan malditamente sentimental?

Se encogió de hombros.

—No soy sentimental. No perderé el sueño por ellos. Simplemente no me complace joder a alguien que no me ha hecho nada malo. No hay honor en envenenar a gente que no molesta a nadie.

—Mira, ahórrame la actuación de canalla arrepentido. Vete a cagar para que podamos largarnos de aquí. Hay unas cuantas buenas zorras en la Estación Espacial Galathea que van a rebotar en mi polla con todos esos créditos que estamos ganando. Así que ponte a cagar ya.

—Yo no defeco en el agua. Crear Puricis lleva su tiempo, y deben durar cuarenta y ocho horas antes de deshacerse —dijo el Raitheano con una mirada de desprecio hacia su compañero—. Su gente sigue viajando hasta aquí.

—Me importa una mierda todo eso. ¡Solo hazlo!

—¡Te preocuparás cuando no recibas tus créditos por un trabajo mal hecho, estúpido humano! Si el veneno se libera demasiado pronto, la flora, la fauna y los peces de los alrededores estarán todos muertos para cuando llegue su gente. Sabrán que ha ocurrido algo. ¿Qué crees que nos hará Marilia cuando los Enforcers estén alertas?

Mi corazón dio un salto al oír aquel nombre. ¿Se refería a Marilia Hesper, la directora ejecutiva de Typhoon Pharma, el mayor conglomerado farmacéutico intergaláctico? Aquel nombre era demasiado singular para ser una coincidencia.

El humano murmuró algo inaudible en voz baja, y la amenaza pareció convencerle de que retrocediera.

—Ya casi he terminado —dijo finalmente el Raitheano de mala gana—. Dame cinco minutos más.

—¡No lo creo! —siseó Aku mientras dejaba caer su escudo sigiloso.

Gemí interiormente por habernos delatado tan pronto. El

Raitheano podría haber hecho algunas revelaciones más que nos ayudarían a acorralar a todos los implicados en este lío.

Ambos asesinos jadearon al girar bruscamente a la derecha para mirarnos. El humano echó mano instintivamente a su bláster, mientras que el Raitheano levantó los dos tentáculos que le quedaban y que no había envuelto en sus piernas improvisadas. Antes de que ninguno de los dos pudiera disparar, Aku lanzó un dardo al humano con su cerbatana. Se clavó en el cuello del hombre. La mano izquierda del humano voló hacia el punto de entrada mientras intentaba disparar. El disparo salió desviado, y retrocedió tambaleándose, pues la fuerza del paralizante actuaba sobre él a una velocidad demencial.

Apenas le presté atención mientras se desplomaba y sus ojos se volvían vidriosos, me lancé hacia delante mientras activaba mi escudo de energía para detener la andanada de dardos envenenados que el Raitheano lanzó hacia Aku desde las ventosas de sus tentáculos. Chocaron contra mi escudo, haciéndolo brillar. Sentí un hormigueo en las manos cuando invoqué mi Lumiak y lo lancé contra el Raitheano. Él esquivó hacia la izquierda en un giro, antes de volver sobre sus tentáculos ahora desplegados.

Esta vez, levantó cuatro tentáculos para disparar una segunda ráfaga de dardos mientras se deslizaba en un patrón errático hacia la rampa para hacerse más difícil de apuntar. Pero le corté el paso, volando en su trayectoria mientras le lanzaba más Lumiak. Aku también estaba ya en movimiento. Corrió hacia el Raitheano, saltando a una altura imposible para evitar los proyectiles.

El Raitheano activó su propio escudo de energía, bloqueando mi rayo, pero quedando expuesto al dardo de Aku. Gritó de rabia cuando sintió su aguijón al incrustarse en su cadera. Al darse cuenta de que nunca conseguiría volver a su nave y de que no podría enfrentarse a los dos él solo, corrió hacia el río. Mantuvo su escudo levantado delante de él mientras se deslizaba hacia atrás a una velocidad asombrosa y disparaba sus propios dardos contra nosotros.

Sentí la energía psiónica que emanaba de Aku medio latido antes de que el Raitheano flaqueara. Parpadeó varias veces y sacudió la cabeza como alguien que intenta recuperarse de una bofetada brutal. Volé hacia él, sin obstáculos, mientras centraba sus ataques en mi compañero, que seguía sin usar escudo. Era un esfuerzo insensato, ya que el Kreelar se movía demasiado rápido, saltando y apartándose del peligro a una velocidad vertiginosa mientras disparaba su cerbatana casi como un arma automática.

Muchos—si no todos—los dardos de Aku dieron en el blanco. Sin embargo, el Raitheano no se entumeció ni se paralizó al instante como el humano. Entonces se me ocurrió que probablemente estaba recubriendo cada dardo con su membrana fibrosa antes de que el veneno pudiera afectarle negativamente.

¿Pero puede neutralizarlos realmente tan rápido?

Esa era una pregunta para otro momento. A pesar de que Aku perturbó psíquicamente su mente, el Raitheano consiguió deslizarse hasta el borde de la orilla. Me abalancé sobre él, con la esperanza de atraparlo antes de que se metiera en el agua, lo que dificultaría enormemente su abordaje. Para mi sorpresa, Aku saltó a un árbol de la orilla, justo encima de nuestra presa. Giró alrededor de la rama, lanzando la cola como un lazo, y se agarró a uno de los tentáculos del Raitheano justo cuando se zambullía en el agua.

Como un gimnasta que gira alrededor de una barra horizontal, Aku giró hacia el claro, arrastrando consigo al Raitheano. Lo arrojó al suelo con una fuerza brutal. Aturdido, intentó volver sobre sus tentáculos y levantar su escudo para desviar cualquier ataque nuestro, pero no fue lo bastante rápido. Mi Lumiak le golpeó directamente en el pecho. Su cuerpo se paralizó y cayó al suelo, sacudido por los espasmos. Luchando contra el impulso de golpearle una vez más con mayor intensidad, saqué mi bláster y le disparé al máximo nivel de aturdimiento. Su cuerpo se sacudió una vez más antes de quedar inerte.

Aku se puso en pie y corrió la corta distancia que lo separaba de su presa caída. La mirada asesina de sus ojos me produjo otro escalofrío.

—De momento está inconsciente —dije preventivamente mientras me agachaba junto al Raitheano—. Durará unos diez minutos. Voy a ponerles el collar de control tanto a él como al humano. Evitaremos que intenten escapar o atacarnos. En su caso, también impedirá que produzca sus dardos venenosos.

Aku no respondió. Se quedó allí de pie, observándome, con las garras totalmente extendidas y los dedos crispados como si luchara contra el impulso de despedazar al macho inconsciente. Saqué el collar de mi cinturón y lo coloqué rápidamente alrededor del cuello del Raitheano antes de configurarlo para su especie específica. Enviaría señales neuronales distintivas que inhibirían determinadas funciones.

Me acerqué al humano, que seguía consciente, pero paralizado. Aún podía hablar y pensar racionalmente, pero le pesaban demasiado los miembros para moverlos. Incluso hablaba con dificultad cuando empecé a proferirme insultos cuando le cerré el collar alrededor del cuello.

—Llevémoslos de vuelta a su nave —dije, desconcertado por la fría, por no decir sádica, intensidad con la que Aku seguía mirando al macho inconsciente.

Levanté al humano y lo llevé en brazos de vuelta a la rampa. Tenía sentimientos encontrados cuando Aku agarró al Raitheano por la muñeca del brazo derecho y lo arrastró tras de sí como si fuera un peso muerto. Según las normas galácticas, se consideraría un maltrato abusivo e ilegal de un prisionero. Me dieron ganas de pedirle que lo llevara de un modo más compasivo, pero me mordí la lengua. Esta pequeña aspereza era mejor que una ejecución sumaria.

Los llevamos al puente y los sentamos en las sillas próximas a los puestos científico y táctico. Tras encadenarlos a sus asientos, me volví hacia el tablero de navegación e intenté llamar a Maeve. Para mi sorpresa, volvió a responder casi de inmediato. Cualquier duda que aún albergara sobre si tenían una nave de comunicaciones o un satélite temporal en órbita se desvaneció.

—¿Están vivos? —preguntó inmediatamente.

—Por ahora —respondió Aku con voz fría.

Maeve se pellizcó los labios, pero no discutió.

—Dame acceso a su ordenador. Te enseñaré cómo.

Seguí sus sencillas instrucciones y, en cuestión de segundos, se iluminó todo el panel de navegación.

—Gracias —dijo Maeve, con voz tensa, mientras miraba a mi compañero, que seguía sobresaliendo por encima de los prisioneros. Volvió a centrar su atención en mí, mientras sus ojos hablaban por sí solos—. Cuento contigo, Amreth.

Asentí, comprendiendo su petición tácita. Era mucho pedir, pero esperaba conseguirlo.

—El Raitheano mencionó algo sobre una tal Marilia. Sospecho que podría tratarse de Marilia Hesper. Quizá quieras investigarla.

La enigmática sonrisa que me dedicó, mezclada con una pizca de triunfo en sus ojos castaño oscuro, me dio a entender que ya estaba sobre ella.

—Tomo nota —respondió ella de forma indiferente—. Maeve fuera.

Aunque puso fin a la comunicación, sabía que la mejor hacker de los Enforcers estaba borrando todos y cada uno de los datos de la nave, incluidos los registros de comunicaciones. Todo lo que pudiera recopilarse no se le escaparía.

En cuanto me reuní con Aku junto a los prisioneros, dirigió su atención al humano, que estaba consciente y furioso. A juzgar por la quietud general de su cuerpo, la parálisis aún le afectaba.

—¿Quién te ha enviado? —exigió Aku, que al parecer había esperado a que yo terminara antes de empezar el interrogatorio.

—Quiero un abogado —dijo el humano con arrogancia.

—¡Estás en Kestria, *smarva*! Aquí no tienes abogado. Éste es *mi* mundo y seguirás *mis* reglas.

—No me importan tus normas, mono estúpido. No voy a hablar sin un abogado —espetó, levantando la barbilla desafiante.

El muy tonto no parecía darse cuenta de lo precaria que era su situación. Creía tontamente que mi presencia le proporcionaba algún tipo de protección. En cualquier otro mundo, eso habría sido cierto, pero no aquí.

Aku ladeó la cabeza y una sonrisa amenazadora se dibujó en sus labios.

—Sabes, más temprano recuperamos las piedrecitas que tu amigo dejó caer en las aguas sagradas del Templo de Svast —dijo con voz dulzona y enfermiza—. Como los Kreelars creemos en tratar a los demás como ellos nos tratan a nosotros, me siento bastante inclinado en darte un baño con ellas. Nuestra amiga Ciara mencionó algo sobre que el agua caliente acelera la experiencia. Dime humano, ¿qué prefieres? ¿Un baño caliente o una conversación amistosa?

Con cada una de sus palabras, el humano palidecía un poco más. Tenía la piel bronceada de alguien acostumbrado a trabajar al aire libre. Parecía tener entre cuarenta y tantos años, con el pelo negro y grasiento hasta los hombros, barba de dos días, ojos azules y brillantes y una nariz torcida que indicaba que se la había roto al menos una o dos veces. Alto y larguirucho, me pareció el tipo de persona que intentaría resolver los problemas con prontitud con un bláster, pero que huiría del combate cuerpo a cuerpo.

—La tortura es ilegal —siseó, intentando parecer valiente a pesar del miedo que se filtraba en su voz mientras volvía su atención hacia mí—. ¡Díselo!

—No tengo nada que decirle —respondí con indiferencia,

encogiéndome de hombros—. Ya le has oído. Éste es su planeta. Por lo tanto, cumplimos sus normas.

—¡Pero eres un Obosiano! ¡Has jurado defender las leyes! —exclamó el hombre, con un pánico cada vez mayor.

—Exacto. Y su gente hace las leyes locales. Yo las acataré. Si los Kreelar autorizan la tortura, no puedo hacer nada al respecto.

—¡Estás mintiendo! —gritó, aferrándose a la negación—. Este planeta es miembro de la OPU. Realizamos intercambios con los Sangoths.

—Este planeta *no* es miembro de la OPU —corregí—. Los Sangoths tienen un acuerdo limitado con ellos, pero no se extiende a ninguna otra especie de aquí. Ésta es la Zona Muerta. La Organización de Planetas Unidos no tiene jurisdicción aquí, como tampoco la tienen los Enforcers ni los Pacificadores. Así que, a menos que quieras que tus tripas se conviertan en papilla, te sugiero que empieces a hablar. Porque te aseguro que Aku estará más que encantado de darte a probar lo que tenías reservado para su pueblo.

Esta vez, por fin comprendió la gravedad de su situación. Se lamió los labios, nervioso, mientras intentaba encontrar una respuesta. Miró a su compañero, atado junto a él, solo para descubrir que seguía inconsciente. El Raitheano se despertaría de un momento a otro, aunque no le sería de ninguna ayuda.

—No sé nada —dijo al fin el humano—. Solo soy una mano contratada. Éste era uno de sus muchos contratos. Mi trabajo consistía en llevarlo para que pudiera soltar su mierda en tres templos y en los pozos si era necesario.

—¿Por qué? —gruñó Aku—. ¿Por qué nos has hecho esto?

El humano se encogió de hombros, con un movimiento apenas perceptible debido a la persistente parálisis.

—Es bastante obvio. Nos dijeron que exterminásemos a los monos y a los científicos.

Una furia cegadora se apoderó de mí, no solo por la continua falta de respeto hacia los Kreelar, sino también por la insensibilidad con la que expresó su intención de asesinar a toda una especie junto a mi compañera y sus colegas.

—Harías bien en cuidar tu tono, humano —siseé—. No estás en posición de hablar con desprecio a personas que son mucho mejores de lo que tú nunca serás. Ahora responde a la maldita pregunta. ¿Por qué te enviaron a matarlos?

—No lo sé, y me importa una mierda. Me ofrecían una buena cantidad de dinero y yo solo quería cobrar. Por qué, y quién salga herido en el proceso no es mi puto problema —replicó el hombre con beligerancia.

—¡Mientes! —Aku rechinó entre dientes.

Estaba en lo cierto. Un rápido vistazo al aura del hombre confirmó su engaño, y también algo más. Me vino a la mente la traición.

¿Qué está tramando?

Una potente oleada de energía psiónica me sobresaltó. Ni siquiera un segundo después, el humano gritó y empezó a salirle sangre de la nariz. Con los dientes enseñados y una expresión despiadada en el rostro, Aku miraba al hombre con un odio que me produjo un escalofrío. Necesité toda mi fuerza de voluntad para no intervenir. No creía en la tortura. Pero, como especie avanzada, disfrutaba de muchos beneficios de la tecnología que ayudaban a soltar ciertas lenguas reacias. Quería creer que mi compañero no llevaría las cosas a un punto en el que no tendría más remedio que intervenir.

Por mucho que creyera en el respeto a las leyes de su pueblo, no podía quedarme de brazos cruzados viendo cómo se cometía un asesinato, por mucho que la víctima lo mereciera.

La oleada de energía psiónica terminó tan bruscamente como había empezado. La cabeza del hombre cayó sobre su pecho, y sus gritos se convirtieron en gemidos de dolor mientras respiraba agitadamente.

—Habla o haré que desees morir —dijo Aku con voz amenazadora—. Tu pueblo trajo muerte y sufrimiento al mío con una enfermedad que casi nos aniquila. Y ahora, nos amenazas con exterminarnos. Me dirás por qué.

—¡No sé nada! ¡Te lo juro! —suplicó el hombre.

Aku no insistió y se limitó a propinarle otra generosa ración de golpes psiónicos. Se me revolvió el estómago, cada fibra de mi ser me gritaba que lo detuviera. Aquél no era el modo de hacerlo. Me preocupaba aún más que, aunque su voz gritaba sinceridad en cuanto a que no sabía nada, el aura del humano seguía diciendo que estaba engañando sobre algo.

Cuando la sangre empezó a manar de la oreja del hombre, puse una mano en el hombro de Aku de forma apaciguadora. No dije ni una palabra. Me miró de reojo y nuestros ojos se cruzaron por un momento. Estaba claro que quería decirme de un modo poco amistoso que me retirara. Para mi agradable sorpresa y alivio, cedió y detuvo su ataque.

El hombre resolló y lloró, desapareciendo toda su arrogante bravuconería anterior.

—No sabe nada —dijo de repente el Raitheano, sobresaltándonos a ambos.

Seguía con la cabeza inclinada, lo que daba la impresión de que seguía inconsciente. Los tentáculos más cortos y estrechos que colgaban de su cabeza, y que hacían las veces de pelo, ocultaban su rostro, reforzando la ilusión de que seguía desmayado. Lo levantó, la membrana nictante de sus párpados dobles parpadeó mientras nos miraba con expresión ligeramente aturdida.

—Bruce no es más que un soldado. Es demasiado estúpido para que la gente le confíe nada más allá de lo específico de sus tareas —dijo el Raitheano con voz cansada.

—Pero *tú* sabes lo que pasa —repliqué.

—Sé *algo* de lo que ocurre, pero no todo —corrigió antes de desviar su atención hacia Aku—. No sé nada de la enfermedad que los científicos intentan curar. Pero la existencia continuada de tu pueblo se ha convertido en una amenaza demasiado grande ahora que han encontrado la forma de viajar fuera de este mundo. Nuestro empleador no puede arriesgarse a que los expongas.

—¡Cállate, Nylar! —siseó Bruce.

—No, cállate *tú*, estúpido humano —replicó Nylar, mientras le lanzaba una mirada de reojo de disgusto—. No nos van a rescatar. Pero eres demasiado tonto para verlo.

—¡Eso no lo sabes! —replicó Bruce.

—Mira el monitor —dijo Nylar, señalando con la barbilla la pantalla superpuesta sobre el tablero de navegación—. La inteligencia artificial está transfiriendo actualmente todos nuestros datos. Tienen a alguien lo bastante hábil como para tomar el control de nuestra nave a distancia. A estas alturas, ya han visto y manejado nuestra llamada de rescate de emergencia preprogramada. Estamos jodidos. Así que será mejor que nos sinceremos.

—Efectivamente, hemos tomado el control del ordenador de tu nave —confirmé, mientras entrecerraba los ojos desconfiadamente hacia él—. ¿Pero por qué de repente eres tan cooperativo?

—Porque o morimos hoy aquí, o tenemos un *accidente* en el camino de vuelta, o nos encontramos con un destino igual de terrible en Molvi. Sea como sea, estamos jodidos. Typhoon Pharma no querrá que hablemos. Así que prefiero hacerlo ahora para tener la oportunidad de una mayor protección frente a los Enforcers. Seguro que tienen a algunos de los suyos ahí fuera. No hay forma de que nos hubieran detectado tan rápidamente, ni de que hubieran conseguido piratear nuestras naves en una Zona Muerta de la forma en que lo están haciendo ahora.

Asentí en señal de concesión, con el corazón acelerado al oír esta confirmación sobre la implicación de Typhoon Pharma. Que su aura tampoco mostrara engaño alguno me emocionó aún más.

—Sabía que no debía haberme metido con un mundo tan bonito, y menos con lugares de culto —añadió Nylar con autodesprecio.

—Y sin embargo lo hiciste —dijo Aku con dureza—. ¿Por qué?

—Tenía que hacerlo. Es mi trabajo. Para que conste, no conozco todos los secretos, solo sé que si se descubre lo que ha ocurrido aquí, surgirán demasiadas preguntas que harán que la gente investigue demasiado de cerca a Typhoon Pharma —respondió el Raitheano con indiferencia—. El problema se centra en gran medida en Noah Montel, el hijo del director general de una relación anterior.

—¡Noah! Conozco ese nombre —exclamó Aku—. Así se llamaba el humano al que mordió Sora.

Nylar resopló.

—Evidentemente. Ese cabrón se mete constantemente en líos. La mayor parte de mi carrera la he pasado escondiendo su mierda. Tras la última gran tragedia que provocó, pensé que estaba acabado. Pero Elias Jacobs accedió a aceptarlo en su equipo cuando nadie más lo hizo.

—¿Por qué ha hecho eso Jacobs? —pregunté—. ¿Y por qué nadie más se llevó a Noah?

—Por créditos, por supuesto —respondió Nylar de forma objetiva—. Jacobs estaba fracasando a la hora de conseguir nuevos fondos para su investigación. Noah quiere jugar a médico de campo, pero no sabe seguir las reglas y se aburre enseguida. En este caso concreto, el proyecto no estaba resultando lo bastante lucrativo.

Fruncí el ceño y mi confusión se reflejó en el rostro de Aku.

—¿Qué quieres decir con que no es suficientemente lucrativo? —pregunté.

—La investigación sobre los Sangoth siempre fue una gran apuesta en la que nadie creía realmente. Pero solo era una fachada. Typhoon siempre sospechó que no daría resultado. Pero les dio una excusa legal para estar en Kestria, a pesar de la Directiva Primaria. Hay una razón por la que Typhoon intenta involucrarse en proyectos en planetas primitivos. Les permite ir siempre por delante de los demás cuando se trata de descubrimientos importantes. Envían a gente como Noah como exploradores a recorrer zonas prohibidas del planeta para buscar nuevas medicinas, plantas o recursos que explotar.

—¿Pero por qué atacar a mi pueblo? —desafió Aku—. Seguro que tu Typhoon no va por ahí exterminando a la población local de cada planeta que intenta explotar.

—No lo sabemos, pero tu caso fue único en el sentido de que la acción de Noah enfermó a tu gente —explicó Nylar—. Se habían presentado muchas denuncias contra él a lo largo de los años por infracciones anteriores y violaciones de los protocolos médicos y de seguridad. Si Jacobs hubiera denunciado lo ocurrido, Noah habría perdido su licencia. Aparte de que su madre siempre fue excesivamente protectora con él, no podía perder al eficaz agente de explotación de mundos primitivos que Noah demostró ser.

—Lo entiendo. Pero todo esto ocurrió hace más de una década. Nuestra investigación actual indica que el origen de la nueva enfermedad está causado por una especie invasora de bayas —repliqué—. Si eso saliera a la luz, Jacobs podría argumentar que no hay pruebas de que su equipo las trajera a Kestria. Varias personas vienen a trabajar con los Sangoth bajo estrictos permisos. Uno de ellos podría ser el responsable.

—Que se habría aplicado de no ser por el SS12 —contraatacó Nylar—. Eso lo cambió todo para bien y para mal.

—¿Cómo así? —preguntó Aku.

—Sin el suero, todo el mundo habría seguido adelante una vez curada tu gente. Pero el suero suscitó muchas preguntas sobre la fuente. Las misiones de trabajo con los Sangoth también eran un problema. Tarde o temprano, uno de los temporeros acabaría descubriendo a los Kreelar, lo que sacaría a la luz aquel incidente. Pero pasaron los años y no ocurrió nada, así que pensamos que todo iba bien. Y entonces empezaron los mensajes.

—¿Qué mensajes? —pregunté.

—Nuestras exigencias de que Elias arregle lo que nos hizo su equipo —respondió Aku en su lugar.

—Salvo que Elias ya no es el investigador débil y casi arruinado que era entonces —dijo Nylar—. El SS12 le ha hecho increíblemente rico e influyente. Aunque Typhoon pudo silenciarle en su momento, ya no tiene un control tan grande sobre él. Empezó a enviar mensajes a Marilia, directora ejecutiva de Typhoon, diciendo que hacía tiempo que debían haber aclarado el incidente. Naturalmente, ella no estaba de acuerdo. Me encargó que dejara muy claro que él debía guardar silencio sobre el asunto y dejar que ella se encargara.

—¿Estás diciendo que Jacobs no está implicado en nada de este complot de asesinato? —insistí.

Asintió con la cabeza.

—Jacobs es un imbécil odioso, pero nunca quiso mantener nada de esto en secreto. Marilia le obligó a ello para proteger sus propios intereses.

—¿Qué más ibas a hacer además de envenenar nuestros templos? —preguntó Aku.

—Nada —respondió Nylar—. Íbamos a dejar que mi Puricis hiciera su trabajo. Dentro de una semana, debíamos volver para una segunda dosis si era necesario.

—¿Pero por qué? Enviamos esos mensajes hace muchos meses —insistió Aku—. El ataque a su nave fue hace más de dos semanas. ¿Por qué venir ahora?

—Porque recibimos la confirmación de que tenían aquí a científicos tratándolos. Inmediatamente sospeché que era una trampa y se lo dije a Marilia. Pero ella insistió en que viniéramos y acabáramos con todos.

—¿Qué te hizo pensar que era una trampa? —pregunté, desconcertado.

—Porque los Enforcers nunca filtran nada a menos que *quieran* que esa información salga a la luz. Y siempre es una trampa para idiotas y crédulos —dijo Nylar con expresión abatida.

Y eso era cierto. Recordaba demasiado bien cómo me "animaron" a filtrar información similar sobre las incursiones piratas de la Corporación Levendoc después de que Gaelec cumpliera su condena en Molvi.

—Y, sin embargo, has venido —desafió Aku.

El Raitheano resopló y sonrió con resignación

—Al igual que Elias, no tenía muchas opciones. Llevo demasiado tiempo trabajando para Marilia. Una vez que te metes demasiado, no hay vuelta atrás hasta que te liberan, lo que rara vez ocurre, o la muerte te reclama.

—¿Estás resignado a esta muerte ahora que te han capturado, pero no te habrías arriesgado para evitar acabar con toda una especie que, según tú mismo admites, es inocente? —gruñó Aku.

Para mi sorpresa, Nylar no respondió de inmediato y se tomó un momento para reflexionar sobre su respuesta.

—A decir verdad, ustedes no eran personas para mí... no realmente. Eran meros objetivos... una tarea. No me gusta hacer daño a nadie que no me haya hecho nada malo, pero eso nunca me ha impedido hacerlo, si era mi trabajo. La compasión y la empatía no tienen cabida en mi trabajo. Tengan en cuenta que no ha sido nada personal —respondió de forma objetiva.

Lejos de apaciguarle, las palabras del Raitheano indignaron aún más a Aku, que le enseñó los dientes.

Nylar levantó la barbilla desafiante.

—Querías la verdad, la tienes. Nunca pretendí que fuera bonita.

—Debería matarte —respondió Aku, con una voz peligrosamente suave y grave—. Debería llevarlos ante el pueblo para que les dieran a ambos una muerte lenta e insoportable. Pero incluso eso sería demasiado amable.

Mi corazón saltó de esperanza al oír sus palabras, sobre todo cuando se volvió para mirarme.

—He oído que Molvi es un lugar terrible para servir —dijo Aku.

Sonreí.

—Desde luego que sí.

—Todo depende del Cuadrante en el que sirvas —dijo Nylar con despreocupación—. Ya he estado en Molvi y he salido ileso, como puedes ver.

—Nunca serviste en el patio de Dakon —repliqué en tono gélido—. Nadie sobrevive allí a sus condenas. Y puedo asegurarte que es exactamente donde ambos aterrizarán por sus crímenes.

El Raitheano tuvo la decencia de parecer desconcertado al oír aquellas palabras. Dudaba que creyera que sobreviviría a una segunda condena en Molvi, pero probablemente nunca esperó que tuviera lugar en el peor Sector de todo el planeta. Dakon no dividía su Sector en Cuadrantes. Todos los reclusos compartían el mismo espacio. Por lo tanto, solo aceptaba a los criminales más crueles, despiadados e irredimibles. Pocos duraban más de unas semanas, algunos ni siquiera un par de días.

—Me parece un castigo adecuado —dijo Aku—. Espero que pienses en nosotros todos los días de tu estancia allí.

El pitido de una comunicación entrante nos hizo a todos mover la cabeza hacia el tablero de navegación. Incluso cuando fui a aceptarla, mi instinto me dijo lo que había ocurrido. Como era de esperar, Maeve volvió a aparecer en pantalla.

—Déjame adivinar, ¿lo has oído todo? —pregunté.

Sonrió sin comprometerse, antes de desviar la mirada hacia mi amigo.

—Con tu permiso, Aku, podemos hacernos cargo desde aquí. Tengo pleno control de la nave. Como probablemente preferirías que ningún otro alienígena invadiera tu espacio, puedo sacar esta nave de tu planeta a distancia y llevar a estos prisioneros bajo nuestra custodia para que se enfrenten a la justicia.

La miró en silencio durante un momento antes de dirigirme

una mirada inquisitiva. Aquello me golpeó fuerte, pero de la forma más maravillosa. La confianza que depositaba en mí significaba mucho para mí. Una vez más, se me oprimió el pecho al pensar que muy pronto nos separaríamos y que probablemente no volveríamos a vernos. Me hubiera imaginado que entablaríamos una amistad tan estrecha como la que compartía con Kronos.

—Confío en ella con mi vida y respondo sin vacilar de que se encargará de que no escapen a la justicia —respondí con firmeza.

Asintió y volvió a mirar a Maeve.

—En ese caso, son tuyos.

—Gracias, Aku. Por mi honor, te prometo que llevaremos ante la justicia a todos los implicados en la tragedia que asoló a tu pueblo. Ten en cuenta que tu cooperación de hoy nos ayudará a salvar innumerables vidas y a vengar a más personas agraviadas por Typhoon —dijo Maeve con fervor—. Con tu permiso, nos pondremos en contacto contigo en el futuro para mantenerte al corriente de los acontecimientos.

—Te lo agradecería —dijo Aku a regañadientes.

Maeve se volvió hacia mí, el brillo de gratitud mezclado con una inconfundible chispa de triunfo casi me hizo sonreír. No necesitó hablar para que yo supiera que me estaba felicitando por una misión cumplida. En ese instante, me di cuenta de que mi sospecha inicial de que me estaban reclutando como agente libre había sido acertada. Los Enforcers esperaban todo el tiempo que las cosas desembocaran en este resultado. Mi instinto me dijo además que siempre sospecharon de Typhoon Pharma, pero que simplemente carecían de pruebas o de causa probable suficiente para conseguir las órdenes necesarias para una investigación en toda regla.

—Gracias por su ayuda en este asunto. Haznos saber si necesitas algo que te ayude a resolver la situación de los Kreelar. Con esta detención, la OPU está ahora oficialmente en condiciones de implicarse y prestar todo el apoyo necesario.

—Eres muy amable —respondí cortésmente, consciente de cómo sus palabras ponían tenso a Aku—. Discutiremos el asunto con los científicos y los Kreelar Kald para que tomen la decisión si desean más ayuda externa.

Volvió a sonreír y asintió en señal de concesión. Esta vez me di cuenta de que no solo había esperado una respuesta así de mí, sino que además lo había hecho de forma burlona para recordarme que, según ella, yo tenía mejores dotes diplomáticas de las que me atribuía.

Le devolví la sonrisa.

—Ten en cuenta que he colocado un detonador PEM cerca de su motor. Puedo quitarlo al salir.

Ella resopló y sacudió la cabeza.

—Gracias por el aviso, pero no te preocupes. Nos ocuparemos de ello cuando hayamos recuperado la nave.

Nos despedimos por última vez.

—Vámonos a casa —le dije a Aku cuando se cortó la comunicación.

La amable sonrisa que me dedicó me conmovió hasta lo más profundo.

—Te sigo, Hermano.

Ignorando la voz suplicante de Bruce, salimos de la nave bajo la mirada resignada del Raitheano. Cuando nos instalamos de nuevo en mi nave, Maeve ya estaba haciendo despegar a distancia la nave Nazhral. Despegó segundos antes que nosotros.

—¿Se enfadarán los otros Kalds por haber liberado a los asesinos? —pregunté cuidadosamente mientras volábamos de vuelta a casa.

—Al principio, algunos lo estarán. Pero todos se alinearán con mi decisión —dijo Aku con confianza—. No se puede permitir que lo que nos ocurrió a nosotros les ocurra a otros. Y, sobre todo, el líder debe responder por la acción que indujo a otros a cometer. Sería inconcebible permitir que esos dos asesinos cargaran con toda la culpa, para ser sustituidos después por otros dirigidos por la misma mano sucia. Quiero que esta tal Marilia y Noah vean cómo se desmorona todo su mundo del mismo modo que nosotros vimos morir lentamente el nuestro durante años.

—Y nos aseguraremos de que lo hagan —prometí.

—Sé que lo harás.

Completamos el viaje en un ambiente cordial, durante el cual me señaló algunos puntos de referencia de su mundo, entretejiendo parte del folclore relacionado con ellos. Cuando nos acercamos a la aldea, señaló una gran zona abierta donde podía aterrizar la nave.

—Está un poco lejos para ti. Podría dejarte un poco más cerca, por aquí —dije, señalando otro espacio suficientemente grande para aterrizar.

Sacudió la cabeza.

—No hay que caminar mucho más. Y puedes dejar allí tu nave. No hace falta que la dejes en otro sitio y vuelvas volando.

Levanté la ceja.

—¿Estás seguro?

Asintió con la cabeza.

—Gracias por lo que has hecho hoy. Sin tu advertencia, nunca lo habríamos sabido y todos habríamos muerto. Nuestros amigos nos dijeron que llevarías a nuestros enemigos ante la justicia. Pero han superado todas las esperanzas que pusimos a sus pies. Tengan en cuenta que los cuatro se han ganado su lugar entre mi pueblo.

—Nos honras, Aku —dije, con un nudo en la garganta mientras sonreía en señal de gratitud. Aún no sabía mucho sobre su sociedad y sus gentes, pero sabía lo suficiente para darme cuenta de que no se trataba de un simple gesto de cortesía, sino de un regalo excepcional.

—Vamos a casa, Hermano.

CAPÍTULO 17

CIARA

Los gritos de júbilo del exterior me hicieron salir corriendo del laboratorio. Antes de que la puerta terminara de abrirse, levanté la cabeza para escanear el cielo. En cuanto vi que la nave de Amreth se acercaba, se me escapó un chillido de excitación. Corrí como una loca fuera del patio, atravesé la plaza del pueblo y salí por las puertas mientras todos me miraban con expresión divertida.

Técnicamente, no tenía derecho a salir del patio interior sin escolta. Pero algo cambió innegablemente antes, tras nuestro regreso del templo. Ese cambio ya se había ido produciendo gradualmente de forma mucho más sutil. Pero hoy, la tragedia que ayudamos a evitar lo puso todo patas arriba.

Aunque sospechaba que los Kreelars de otras aldeas seguirían mirándonos con recelo y desconfianza, ahora los miembros de la tribu de Bryst nos abrazaban plenamente.

Amreth aterrizó su nave en un claro a trescientos metros por lo menos de la aldea. Aunque me enorgullecía de mantenerme en forma, cuando llegué a la nave ya estaba sin aliento, temiendo constantemente que volviera a despegar tras soltar a Aku para ir a aparcarla en el acantilado donde normalmente la guardaba.

Para mi conmoción—pero también agradable sorpresa—encontré a ambos machos caminando uno al lado del otro en dirección a la aldea. Su rostro se iluminó al verme, y batió las alas, volando apenas un par de metros por encima del suelo para acortar la distancia que nos separaba. Me lancé a sus brazos y él me atrapó. Aplasté sus labios en una especie de beso brutal en el que volqué tanto mi felicidad como mi alivio por verle de vuelta

Todavía volando cerca del suelo, nos hizo girar antes de volver a aterrizar. Rompí el beso, hundí la cara en su cuello e inhalé profundamente su aroma. Me invadió una sensación de paz y de estar en casa. Me envolvió con sus alas y me estrechó mientras permanecíamos abrazados en silencio.

Al cabo de unos segundos o incontables minutos—no sabría decirlo, ni me importaba—Amreth abrió las alas y me soltó. Retrocedí un paso e inmediatamente le examiné de pies a cabeza en busca de cualquier signo de lesión.

Se rio entre dientes.

—Estoy bien, mi compañera. Los dos estamos bien.

Seguí acariciándole el pecho y los brazos antes de estirar el cuello para buscar a Aku, con una pizca de culpa retorciendo mis facciones. Miré por encima del hombro y lo encontré de pie a una distancia respetuosa para concedernos algo de intimidad. Nos observaba con un aire de diversión casi paternal, lo cual era una tontería teniendo en cuenta que yo era mayor que él.

—¿Estás bien? —le pregunté, aunque seguía apoyado en Amreth—. ¿Algún herido?

Sacudió la cabeza mientras se acercaba a nosotros

—Ninguno de los dos está herido y pudimos detener a los asesinos antes de que contaminaran el templo.

—¿Dónde están? —pregunté, mirando por encima de su hombro hacia la nave, como si pudiera ver a través de su casco hasta el calabozo.

—Los tienen los Enforcers —respondió Amreth.

—¿¡Qué!? ¿Cómo? —exclamé.

—Te lo explicaré todo cuando volvamos con los demás —dijo Amreth en tono apaciguador.

Me ardía la lengua de ganas de bombardearle a preguntas. No quería esperar, pero tampoco tendría sentido que contara la historia dos veces. Obviamente, Mehreen y Ernst, así como todo el pueblo, querrían saber qué había pasado.

Acabamos dividiéndonos, y Aku reunió a su gente dentro de su sala de reuniones, mientras que los cuatro alienígenas entramos en el laboratorio desplegable. Al principio, nos dolió un poco que no nos incluyeran, teniendo en cuenta nuestra importante contribución en el asunto. Pero Enre y los otros dos Kreelars que nos escoltaron hasta el templo de Svast ya informaron a todo el mundo de lo que hicimos allí. Esta segunda actualización sería más sobre la forma en que su líder manejó a los asesinos y las probables acciones que querrían tomar de cara al futuro como pueblo. En su lugar, yo tampoco querría que unos extraños nos espiaran, independientemente de lo amistosa que hubiera llegado a ser nuestra relación.

En cuanto nos instalamos en la sala de reuniones del laboratorio, Amreth nos hizo un relato detallado de los hechos. Todos nos quedamos atónitos ante todas aquellas revelaciones, sobre todo en lo referente a la implicación de Marilia. Y, sin embargo, no debería estar tan conmocionado. No era ningún secreto que las grandes empresas actuaban a menudo de forma muy cuestionable cuando se trataba de aumentar sus beneficios o de seguir siendo líderes en su campo. Esto era especialmente cierto en la industria farmacéutica. Quien inventaba la primera patente podía ganar miles de millones de créditos. Si el descubrimiento permitía el tratamiento entre especies, el potencial monetario se disparaba exponencialmente.

El SS12 hizo obscenamente ricos a Elias Jacobs y a Typhoon Pharma. Y esta riqueza estaba a punto de ser desviada—al menos para Typhoon—tanto en concepto de daños punitivos como para financiar los esfuerzos que serían necesarios para hacer lo correcto con los Kreelar.

Con los planetas primitivos bajo la Directiva Primaria, siempre se complicaban bastante las cosas, ya que no podías simplemente arrojarles un montón de créditos como compensación o compartir tecnología. Pero eso era un reto que debían resolver personas más cualificadas que yo en ese campo

—¡Vaya! Las cosas están a punto de ponerse muy feas para Typhoon —reflexionó Mehreen en voz alta—. Son una corporación enorme, con laboratorios y equipos de investigación en casi todo nuestro sector de la galaxia. Investigarlos va a ser una empresa demencial. Podría llevar años.

Amreth asintió sombríamente.

—Desde luego que podría. Pero eso no significa que las consecuencias no vayan a notarse antes. Los Enforcers irán a por las frutas que cuelguen más bajas para conseguir una condena rápida y poder tener mayor acceso a todo para poder presentar más adelante más cargos por delitos anteriores. Solo me enfurece que algunos de ellos puedan no ser procesables debido a la prescripción. Aun así, tengo la sensación de que serán suficientes para asegurarse de que nunca vuelvan a saborear la libertad.

—Deberían haber dicho la verdad en vez de intentar encubrir a Noah —dijo Ernst—. Puedo entender que una madre quiera proteger a su hijo, pero él siempre daba demasiados problemas. Al mismo tiempo, no estoy seguro de hasta qué punto fue por amor materno o simplemente por codicia. Después de todo, no debía ser fácil encontrar a alguien con las credenciales médicas adecuadas dispuesto a hacer ese tipo de trabajo turbio.

—En cualquier caso, están jodidos —dije encogiéndome de hombros—. ¿Pero qué pasará con Elias?

Amreth frunció los labios al reflexionar sobre la pregunta.

—Realmente depende. Obviamente, habrá algunas repercusiones por ocultar lo que ocurrió aquí. Esa negligencia privó a los

Kreelar de los controles periódicos de los que se habrían beneficiado durante los años siguientes, lo que habría evitado que esta tragedia se prolongara durante casi una década. Todo se reduce a cuánto se le coaccionó para que guardara silencio. Según la declaración del Raitheano, Marilia amenazó gravemente a Jacobs. Si un delito se comete bajo coacción, podría ser exonerado.

—Pero yo creía que eso no se aplicaba si causaba la muerte de otro —replicó Ernst.

—Las pruebas hasta ahora no apuntan a que ninguna de las acciones de Jacobs condujera a muertes directas —dijo Amreth —. No estuvo presente ni fue responsable de lo que hizo Noah. Trató rápidamente a los Kreelar en cuanto se dio cuenta de que estaban infectados. Su delito fue no informar de ello a la Orden Médica galáctica. Pero eso fue bajo coacción, cuando tenían pocos motivos para pensar que la enfermedad volvería. Y, de hecho, la causa fue una fuente completamente distinta que él no podía sospechar y no tenía ni idea de que existiera hasta que los amigos de los Kreelar les ayudaron a enviarle un mensaje.

—E informó inmediatamente a Typhoon, solicitando que lo hicieran público —completé por él—. Puede que se salga con la suya, o al menos solo con un duro tirón de orejas. El tiempo lo dirá. Aun así, la caída de Typhoon es el mejor castigo posible. Esperemos que envíe un mensaje escalofriante a otras corporaciones y conglomerados que utilizan este tipo de tácticas inmorales para enriquecerse.

—Totalmente de acuerdo —dijo Mehreen.

—Pero es tarde —dije al fin—. Me vendría bien una ducha, una buena comida y algo de descanso y relajación.

—Oh, seguro que *descansarás* —dijo Mehreen, moviendo las cejas.

La fulminé con la mirada mientras los otros dos se reían.

—En realidad, sí que vas a descansar —dijo Amreth con expresión traviesa—. Creo que alguien se ha ganado un día de balneario en mi nave, que casualmente está aparcada a poca distancia.

—¡Oh, claro que sí! —exclamé, provocando de nuevo la risa de mis compañeros.

Dimos las buenas noches a nuestros amigos, y no me opuse cuando Amreth me tomó en brazos y me llevó volando a la nave. Por otra parte, permaneció lo bastante cerca del suelo como para que no me mareara con mi tonto miedo a las alturas.

Era la primera vez que realmente podía visitar la nave. No solo era de última generación, sino que también me llamó la atención que se situaba definitivamente en el extremo superior del espectro en cuanto a lujo. Aunque hablábamos con frecuencia de cómo sería nuestro futuro una vez que todo esto se resolviera, en realidad nunca hablamos de cosas insignificantes como las finanzas.

No era rica, pero vivía muy cómodamente y me situaba en la mitad superior de la clase media. Aparte de la riqueza generacional heredada de mis padres, mi trabajo como epidemióloga me proporcionaba unos ingresos envidiables. Pero estaba claro que Amreth pertenecía a una clase mucho más alta. Al fin y al cabo, era un Lord.

Siempre me hacía gracia pensar que, una vez casados, me convertiría oficialmente en Lady Ciara. Me daban ganas de cacarear de un modo muy poco propio de una dama. Teniendo en cuenta lo pomposa que me parecía la mayoría de la gente durante acontecimientos como el simposio en el que me secuestraron, un título así estaba un poco desaprovechado en alguien como yo. Solo agradecí que Amreth no pareciera estirado ni obsesionado con la jerarquía y el reconocimiento de su rango. Eso sí que habría sido un problema.

Sin embargo, me deleité con la paleta de colores y la decoración del gran recipiente. Sospeché que reflejaba su propia estética en casa. Por alguna razón, había esperado un montón de colores oscuros, desde distintos tonos de gris hasta rojos profundos y marrones oscuros. En cambio, el interior era mayoritariamente blanco, con beige claro y ocasionales toques de obsidiana. Tenía algo muy zen y pacífico.

—Me gusta esta paleta de colores —dije mientras me conducía a la parte trasera de la nave, que tenía cuatro dormitorios, dos de ellos con sus propias salas de higiene y los otros dos compartiendo una.

—Me alegra oírlo —dijo Amreth con una sonrisa—. Mi casa comparte una paleta de colores similar. Me encanta lo espacioso y relajante que hace sentir el espacio. Tenemos un montón de ventanas enormes, con enormes terrazas en las tres plantas de la mansión. Estoy deseando que la veas. Obviamente, serás libre de hacer las modificaciones que desees para que te resulte más atractiva.

—A juzgar por lo que estoy viendo hasta ahora, dudo que sea necesario —dije con toda sinceridad—. Pero desde luego estoy impaciente por verlo.

—Bueno, aquí está el primer vistazo —dijo mientras abría una puerta de lo que resultó ser un dormitorio impresionante.

Me quedé boquiabierta al ver la enorme cama, que ocupaba al menos un tercio del espacio. Parecía casi lo bastante ancha como para que Amreth pudiera tumbarse en ella con las alas abiertas. La ropa de cama y los cojines en tonos terrosos añadían algo de calidez con un agradable toque de color. Apenas miré el cómodo sofá de madera oscura con cojines de felpa beige frente a una pantalla de video gigante. Para mi sorpresa, no había mesa de desayuno ni escritorio de trabajo en la habitación. Pero fueron los grandes cuadros abstractos que adornaban las paredes los que atrajeron mi atención.

Nunca había sido del tipo capaz de soltar nombres de artistas famosos o invertir en arte de coleccionista escandalosamente caro. Pero sentía verdadero aprecio por la obra de quienes eran capaces de transmitir un sentimiento o suscitar una emoción con su creación, desde un simple dibujo hasta una escultura o una canción. No era capaz de expresarlo con palabras y tampoco lo creía necesario. Para mí, se trataba simplemente de abrazar cualquier emoción que despertara en nosotros. Y estas piezas resonaron en mí.

—Sí, realmente creo que me va a encantar tu casa tal y como está —dije con nostalgia mientras admiraba las obras de arte.

Sonrió, me besó la sien y me llevó de la mano a una habitación contigua.

Casi se me salen los ojos de las órbitas cuando entré en la sala de higiene. No había bromeado al decir que tenía un spa literal. La habitación era más grande que la mayoría de los camarotes de los cruceros comunes. La enorme bañera empotrada llamó mi atención al instante. Amreth no exageraba cuando presumía de su tamaño. Chillé como una colegiala y aplaudí mientras él se reía.

Entonces me fijé en la ducha, aún más enorme, que ocupaba casi toda una pared. Además de los cabezales de ducha que colgaban del techo, una serie de chorros corporales se alineaban en la pared. A juzgar por su número y ángulos, habían sido diseñados específicamente para soportar la amplia envergadura de las alas de un Obosiano. No me extraña que mi hombre se sintiera tan miserable sin su comodidad. En la esquina, unas largas tiras que parecían respiraderos verticales en la pared, y una cuadrada en el techo, parecían actuar como una especie de secador.

Frente a la ducha, una larga encimera con un lavabo doble estaba situada delante de un espejo que llegaba hasta el techo. En el otro extremo de la ducha, separado por una pared de privacidad, había un inodoro apoyado sobre una pequeña plataforma que lo elevaba. Teniendo en cuenta el gran espacio que había entre el inodoro y la pared del fondo, me di cuenta de que la distancia y la elevación eran para acomodar sus alas y su cola.

—Ésta es una réplica casi perfecta de la sala de higiene en suite del dormitorio principal de mi casa —dijo Amreth antes de acercarse a un dibujo arremolinado en la pared, cerca de la entrada, con una piedra luminosa al lado—. Aquí dentro encontrarás toallas limpias y otros artículos de aseo necesarios. Solo tienes que agitar la mano delante de la piedra.

Me quedé boquiabierta cuando el dibujo arremolinado pareció convertirse en un líquido espeso, el dibujo se desenredaba para revelar las estanterías que había dentro.

—Vale, eso es súper genial —dije, impresionada.

Me dedicó una sonrisa de suficiencia.

—Es la norma para las puertas en Vargos, y por extensión en Molvi. Si alguna vez necesitas abrir una puerta, solo tienes que agitar la palma de la mano delante de la piedra. Para cerrarla, agita el dorso de la mano delante de ella.

—Tomo nota —dije, emocionada ante la idea de todas las demás maravillas que descubriría en su mundo.

—Bien. Ahora quítate la ropa y vamos a mojarte —dijo Amreth con una voz sugerente que al instante hizo que se me encresparan los dedos de los pies.

Solté una risita y obedecí mientras él iba a llenar la bañera de agua.

—Ahora vuelvo —dijo con tono misterioso, despertando mi curiosidad.

Mi mirada se detuvo en él cuando salió de la habitación, admirando su fuerte espalda y la forma en que su larga cola se balanceaba suavemente tras él. El recuerdo de las traviesas maneras en que lo utilizaba me hizo palpitar instantáneamente en todos los lugares adecuados. Rebosante de expectación, terminé de desnudarme y doblé la ropa sobre la encimera. Me acerqué a la bañera, que se estaba llenando a una velocidad impresionante, y sumergí la punta de los dedos de los pies para comprobar la temperatura. Una sonrisa se dibujó en mis labios al comprobar que la temperatura era perfecta. Bajé los dos escalones y me metí en el agua con un gemido voluptuoso.

El suave silbido de la puerta al abrirse tras de mí reclamó mi atención. Mis ojos se abrieron de par en par al ver a Amreth seguido de una bandeja flotante con dos copas llenas de una bebida espumosa que parecía champán, y dos platos cargados de rodajas de frutas exóticas en uno y lujosos chocolates gourmet en el otro.

—¡Dios mío! ¿De dónde has sacado eso? —exclamé, enderezándome en la bañera mientras él se acercaba y colocaba la bandeja a la altura perfecta frente a mí.

—Las traje conmigo con la intención de que las disfrutáramos durante nuestra primera cita después de liberarte —dijo Amreth con suficiencia mientras empezaba a quitarse la ropa—. En realidad había el equivalente a fresas bañadas en chocolate como parte del menú. Pero, dadas las circunstancias, pensé que ya habíamos visto suficientes por un tiempo y las dejé fuera.

Resoplé, divertida y conmovida por su consideración.

—¡Maldita sea, eres tan dulce!

—Normalmente, me ofendería que me describieras así, pero esta vez lo permitiré —dijo bromeando—. No te he liberado exactamente, pero tenemos motivos para celebrarlo.

—Así es —coincidí mientras me deleitaba con los ojos de mi hombre—. En más de un sentido.

Para mi sorpresa, no se unió a mí en la bañera, sino que se sentó de lado en el borde elevado, con los pies en el suelo. Amreth cogió las dos flautas y me dio una. La cogí, con el corazón palpitando mientras me miraba con una profundidad de afecto que me perturbó.

—A ti, mi Ciara, la mayor bendición que los Dioses podrían haberme concedido. Siempre me pregunté cómo sería mi alma gemela. Esperaba que fuera amable, inteligente, divertida, cariñosa y, por supuesto, respetuosa con la ley —añadió con un guiño burlón, haciéndome soltar una risita.

Se puso sobrio y me acarició suavemente la mejilla con los nudillos.

—Pero tú superaste todo eso. Eres audaz, valiente, compasiva y desinteresada. Día tras día, te veo esforzarte al máximo para salvar a estas personas con empatía y respeto. Ni una sola vez has contemplado siquiera cómo el éxito en este empeño podría reportarte elogios y aclamaciones. Solo te importa su bienestar. Y eso se nota. No puedes ni empezar a comprender lo orgulloso que estoy de reclamarte como mía.

Se me hizo un nudo en la garganta y unas estúpidas lágrimas intentaron aguijonearme los ojos para que me uniera a la fiesta. No creía estar haciendo nada especial, aparte de lo necesario y lo correcto. Pero su respuesta me conmovía hasta la médula.

—Me encanta que no tengas miedo de decir lo que piensas, de mantenerte firme en tus creencias y de ir tras lo que quieres. Y, sobre todo, me encanta lo feliz que me siento simplemente estando a tu lado. La mera idea de ver tu cara y de oír tu voz me hace sonreír. Me estoy enamorando de ti, Ciara. No puedo esperar a que empecemos nuestra vida juntos.

—Y yo tampoco puedo esperar a empezar nuestra vida juntos. Tú también has superado mis sueños más salvajes. Cada cualidad que has enumerado sobre mí, podría devolvértela. Mi mayor temor era que fueras demasiado rígido. Pero eres extremadamente humilde, de mente abierta y estás dispuesto a ver las cosas desde la perspectiva de otra persona. Eres protector sin ser controlador, tienes principios, pero no eres un santurrón, eres disciplinado, pero juguetón y, sobre todo, eres el mejor mimoso del mundo. Esos abrazos con alas son de otro nivel —añadí burlonamente.

Resopló y me sacudió la cabeza.

—Me encanta que no te lo pensaras dos veces antes de venir a rescatarme. Me encanta que te adaptaras rápidamente a la nueva situación y no dudaras en hacer lo correcto, incluso en detrimento de tu propia carrera en Molvi. Eres tan desinteresado como dices que soy. Y todo el mundo aquí lo ve. Estoy aún más orgullosa de ti que tú de mí.

—Dudo que eso sea posible —dijo, intentando sonar juguetonamente malhumorado para ocultar lo mucho que le conmovían mis palabras.

—Créeme, lo es. Posees tanto poder del que podrías abusar fácilmente y, sin embargo, siempre buscas la opción pacífica que evite el derramamiento de sangre. Me haces sentir segura, respetada y valorada. Me estoy enamorando de ti, con cola, alas, cuernos y todo.

—¿También piercings? —preguntó.

Solté una carcajada, mientras él se reía cariñosamente.

—Sí, también piercings. Sobre todo ésos —añadí, lanzando una mirada significativa a su entrepierna.

—¡Bien! Porque cuando volvamos a casa, sospecho que el Cónclave me concederá más algarium como recompensa por mi contribución a la resolución de esta crisis. Empieza a pensar dónde querrás que añada esos piercings.

Me quedé boquiabierta, mientras él se reía con suficiencia.

El Cónclave era la máxima autoridad legal de Vargos, el mundo Obosiano. El algarium era el raro metal que utilizaban para sus perforaciones, todas las cuales debían ganarse mediante hazañas o logros notables. Necesitaba averiguar qué le había hecho merecedor de todos los que actualmente adornaban su cuerpo.

—Hasta entonces, por nosotros —dijo Amreth, sin esperar mi respuesta.

—Por nosotros —repetí mientras chocábamos nuestras copas.

Bebimos. Resultó ser algo más parecido a un rosado afrutado, aunque bien podría ser una versión Obosiana del champán, aunque no es que me importara especialmente. Nunca me había gustado el alcohol. Pero esto estaba delicioso.

Para mi sorpresa, Amreth no participó en las golosinas de los dos platos, sino que se colocó detrás de mí, agachado en el borde de la bañera, para darme un masaje adecuado en los hombros. Un fuerte ronroneo salió de mi garganta.

—Come, mi compañera, y disfruta de que te cuiden —dijo Amreth.

—¿No vas a comer? —pregunté, cogiendo uno de los bombones.

—No. Dejo espacio para el apetitoso festín que pienso darme un poco más tarde —respondió en un tono sugerente que no dejaba lugar a dudas sobre su significado subyacente.

Una agradable llama se encendió en la boca de mi estómago mientras me entregaba al masaje y disfrutaba un poco más de las delicias. Utilizó su *bakaan* a un nivel muy bajo para relajarme aún más. Con una orden vocal, activó el sistema de sonido, que empezó a reproducir una relajante música Obosiana.

Terminé mi bebida, mordisqueé unas cuantas frutas y chocolatinas más y dejé la bandeja a un lado cuando Amreth me soltó de los hombros para rodear la bañera. Me dio un vuelco el corazón cuando se metió en la enorme bañera, que aún tenía espacio de sobra para que al menos otro adulto se nos uniera cómodamente. Sin embargo, Amreth se sentó frente a mí, en el otro extremo, en lugar de acurrucarse conmigo. Solo entonces me di cuenta de que estaba a punto de darme un masaje en los pies y las piernas. Otro fuerte ronroneo salió de mi garganta. Me recosté contra la bañera, con la nuca apoyada en el borde elevado, mientras recibía los mimos de mi hombre.

Su tacto era mágico. Tardé un momento en darme cuenta de que aquel pequeño cosquilleo se debía a que utilizaba cantidades ínfimas de su Lumiak mientras me masajeaba. Me pregunté brevemente si no sería un esfuerzo arriesgado, ya que el agua era un gran conductor de la electricidad. Pero, a sus cuarenta y seis años, confiaba en que ya sabría qué era seguro y qué no hacer con sus poderes.

Cuando terminó, yo estaba totalmente lánguida, sintiendo que todo mi cuerpo flotaba en una nube. Amreth salió de la bañera y activó los chorros de burbujas. El agua caliente empezó inmediatamente a agitarse a mi alrededor, dándome otro masaje de cuerpo entero que me convirtió en un charco.

Mi compañero rio con suficiencia mientras se inclinaba hacia delante para besarme. Le devolví el beso, deseando que se acurrucara conmigo en la bañera. Pero se enderezó y se dirigió a la ducha. Sintiéndome un poco desamparada, le observé somnolienta mientras empezaba a lavarse. Era todo un espectáculo ver todos aquellos chorros de agua sobre él y, en especial, sobre sus alas.

Parecía un dios pagano mientras los abría de par en par. Se me hizo agua la boca al ver cómo levantaba los brazos para empezar a lavarse el pelo. Expuso cada centímetro de su delicioso cuerpo a mis ávidos ojos. La luz ambiental se reflejaba justo en sus piercings, llamando aún más mi atención sobre ellos. Tragué saliva, recordando cómo se sentían en mi lengua, así como las pequeñas escamas y los suaves pinchos a lo largo de su cuerpo.

Se dio la vuelta para enfrentarse a los chorros corporales mientras le golpeaban la parte delantera de las alas. Mi mirada se deslizó sobre los fuertes músculos de su espalda, que rodaban bajo su piel marrón grisácea. Seguía el camino por su columna vertebral que se curvaba hacia su larga cola. Aunque algo gruesa en la base , no ocultaba los globos deliciosamente redondos de su trasero. Me picaban los dedos de ganas de agarrarlos con ambas manos. Por otra parte, también deseaba dar a cada mejilla un sólido mordisco

Levantó la cara hacia el agua que llovía de las alcachofas de la ducha. Al cabo de un momento, detuvo el agua y se volvió para mirarme de nuevo. Con los ojos cerrados, apoyó las palmas de las manos contra las puertas de cristal, con la cabeza ligeramente inclinada. Solo entonces oí un silbido muy sutil, que supuse que procedía de la secadora. Segundos después, noté efectivamente el movimiento de su largo pelo blanco plateado, que indicaba que el viento soplaba a través de él.

Me di cuenta de que había salido de la bañera cuando empecé a caminar hacia la ducha. Los ojos de Amreth se abrieron de golpe medio latido antes de que yo llegara a la ducha. Sus iris blanco-plateados, que habían sido casi completamente engullidos por la esclerótica negra que los rodeaba, recuperaron de repente su tamaño normal cuando me miró fijamente. Se enderezó y retiró las palmas de las manos de las puertas de cristal. Las abrí de un tirón y entré; la tibia corriente de aire de la secadora me acarició suavemente.

Sin mediar palabra, acorté la distancia con mi compañero y apoyé las palmas de las manos en su pecho. Levanté la cara para recibir su beso, que me dio generosamente. Nuestras lenguas se mezclaron, haciendo que un rayo de deseo me recorriera. Era más estrecho que el de un humano, con una textura ligeramente más áspera que potenciaba todas las sensaciones, sobre todo en los lugares más traviesos. Incluso la perforación en medio de su lengua aumentaba la experiencia.

Me acarició la nuca con la mano derecha, y la izquierda se deslizó por mi espalda en una suave caricia antes de posarse en mi trasero. Rompí inmediatamente el beso, sin dejar que tomara el control del momento. Era dominante por naturaleza en el dormitorio. Aunque yo no solía tener problemas para ceder en ese aspecto, en aquel momento quería saciar mi apetito por él a mi manera.

No intentó contenerme cuando empecé a salpicarle besos a lo largo de la mandíbula y por la curva del cuello. Me encantaba la suave textura de su piel, ligeramente curtida en comparación con la humana. Las escamas en forma de galón de sus hombros me hacían cosquillas en las palmas al rozar los bordes mientras lo acariciaba.

Mi boca se aventuró hasta su pezón izquierdo. Me había vuelto adicta a chupar el pequeño piercing que tenía allí. Ver el placer que me producía siempre me hacía sentir culpable por no tener mis propios piercings para que jugara con ellos. Seguía pensando que nunca me haría ninguno, pero me oponía con menos firmeza ahora que me había familiarizado con el suyo. El hecho de que nunca volviera a sacar el tema, ni siquiera intentara presionarme para que lo consiguiera, tuvo mucho que ver. Me encantaba que respetara de verdad mi autonomía corporal y que me quisiera tal como era.

El profundo estruendo de su gemido de aprobación resonó directamente en mi clítoris. No había mayor excitación que el hecho de que el hombre al que amabas fuera tan increíblemente sensible y receptivo a tus caricias. Amreth nunca parecía saciarse de mí, igual que yo lo ansiaba a él constantemente. Lamí y chupé su pezón durante un rato más, chupando el pequeño capullo mientras pellizcaba el otro con la mano izquierda.

Reanudé mi viaje hacia abajo, deteniéndome para prestar un poco de atención al otro piercing de su ombligo. Sentir cómo se contraían sus músculos abdominales bajo mis palmas avivó aún más la llama que crecía en mi vientre. Los froté con las manos, antes de trazar cada surco cincelado con la lengua.

Amreth respiró sibilante cuando mi mano derecha recorrió un camino entre sus muslos para envolver audazmente su longitud. ¡Maldición! Nunca me cansaría del tacto sobrenatural de su polla en mi mano. Su *xinnix*—las pequeñas púas que recubren los lados de su tronco—los dos conjuntos de escamas en la parte superior de su longitud y los numerosos piercings diseminados a lo largo y en la cabeza proporcionaban una multitud de sensaciones que me hacían palpitar de anticipación. Cualquier cosa que hiciera en mi palma al empezar a acariciarlo se multiplicaría por mil en mi interior.

Me agaché ante él, deleitando mis ojos con la perfección que era. Inclinándome hacia delante, empecé inmediatamente a burlarme de la hendidura de su cabeza con la lengua antes de dibujar círculos alrededor del glande. Mi otra mano acarició y apretó sus testículos, deleitándose con su textura inusualmente suave. Los dedos de Amreth se deslizaron por mi pelo, agarrándolo lo bastante flojo como para no frenar mis movimientos, y un sonido estrangulado emanó de él cuando lamí toda su longitud unas cuantas veces antes de llevármelo a la boca.

Decir que era enorme no podría ni siquiera empezar a hacerle justicia. Por extraño que parezca, era yo la que se sentía engañada por no poder meter mucho más dentro de mi boca. Realmente deseaba poder hacerle una garganta profunda. Pero lo compensé acariciándolo en contrapunto al movimiento de mi boca. El sonido profundo y gruñidor de sus gemidos en mis oídos me empapó en cuestión de segundos. Sentía los pechos pesados y los pezones me dolían por la necesidad de atención.

A pesar de su fenomenal autocontrol, Amreth empezó a mecerse suavemente como reacción a mis ministraciones. La primera vez que lo hizo, temí que me destrozara las amígdalas en cuanto le dominara la pasión. Por suerte, incluso cuando el placer lo cabalgaba con fuerza, nunca se olvidaba de mantenerme a salvo. Por una razón completamente irracional, eso me incitó a querer hacerle perder aún más, como en una necesidad masoquista de superar sus límites.

Me encantaba su sabor, ligeramente picante como el jengibre dulce. Por desgracia, con demasiada frecuencia me privaba del placer de saborearlo plenamente. Era un antojo extraño que había desarrollado específicamente para él, teniendo en cuenta que nunca me había gustado demasiado tragar. Sin embargo, me encantaba todo lo que hacía con él y nunca tenía suficiente. Amreth tenía un problema con llegar primero al clímax. Le obsesionaba asegurarse de que yo me corriera al menos un par de veces antes de que él pudiera disfrutar de su propia liberación.

Como si hubiera leído los pensamientos que cruzaban mi mente, Amreth empezó a tirar suavemente de mi pelo para apartarme de él. Por la forma en que sus músculos abdominales se contraían espasmódicamente y que sus piernas temblaban ligeramente, estaba a punto de caerse. Me negué a que me quitara mi premio, apreté con fuerza la base de su polla y aceleré el movimiento de mi cabeza, que se balanceaba frente a él. Cuando intentó tirar con un poco más de fuerza, recurrí a la vergonzosa táctica que descubrí que haría que se deshiciera en segundos.

Rozaba con mis dientes las sensibles puntas de su *xinnix*. Para él, eran como puntos G externos. En el momento justo, su cuerpo se agarrotó y su mano se aferró dolorosamente a mi pelo mientras gritaba. Aunque lo había provocado deliberadamente, casi me ahogo con el primer chorro potente que me entró en la boca. Tragué, preparándome para más, pero el desdichado macho se echó hacia atrás, sujetándome el pelo con demasiada fuerza como para permitirme intentar aguantar.

Siseó y cerró la mano en torno a la base de su polla, justo debajo de la mía que aún intentaba acariciarle. Amreth la apretó con fuerza, conteniendo el flujo de su semilla. Me lamí los labios de forma lasciva, con un brillo travieso en los ojos mezclado con una pizca de desaprobación por no dejarme del todo hacer lo que quisiera con él.

Pero incluso mientras seguía temblando ligeramente por la agonía del éxtasis, me miró fijamente con una expresión casi feroz que expresaba claramente que me había portado mal y que iba a castigarme por ello. Las palpitaciones entre mis muslos se dispararon mientras me preparaba para su represalia.

Y llegó rápidamente.

—¿Te gusta jugar sucio? —dijo gruñendo—. Dos pueden jugar a eso.

Una oleada increíblemente potente de su *bakaan* se abalanzó sobre mí. Grité, arqueando la espalda mientras un violento orgasmo me arrasaba. Dos fuertes brazos me levantaron justo antes de que me desplomara sobre el suelo de baldosas.

Aferrada a sus hombros, con el cuerpo tembloroso, intenté volver a orientarme mientras el fuego corría por mis venas y mi clítoris palpitaba casi dolorosamente. El pecho de Amreth contra el mío vibró con una risita de suficiencia. Me besó la mancha blanca de la frente—mi coronilla, como él la llamaba—y luego me rozó con los labios la sien hasta la oreja derecha.

—¿Qué tal un juego diferente? —susurró en un tono casi malicioso.

Aún demasiado aturdida, intenté preguntarle qué quería decir. Pero me acarició el trasero, su mano se deslizó entre mis muslos y se curvó hasta alcanzar mi clítoris. El único sonido que emití fue otro grito de éxtasis, mientras él descargaba un rayo de Lumiak sobre mi pequeño clítoris hinchado. Se me pusieron los ojos en blanco al sentirme una vez más arrebatada.

Oleada tras oleada de dicha se abatió sobre mí mientras Amreth me mantenía volando alto con una mezcla de su *bakaan* y usos estratégicos de su rayo en zonas erógenas entre dos caricias. Tardé demasiado en darme cuenta de que su cola se había unido a la refriega, entrando y saliendo de mí con frenesí, mientras mi compañero me cubría la cara y el cuello de besos apasionados.

Un tercer orgasmo se apoderó de mí, esta vez gradualmente en lugar de la forma salvaje en que Amreth había desencadenado los dos anteriores. Me aferraba a él con todas mis fuerzas, deseando más y temiendo romperme en mil pedazos. Mi cerebro apenas podía procesar las dulces palabras que me dirigía, mi mente estaba demasiado aturdida por el placer abrumador. Las interminables ristras de gemidos que salían de mí y la sangre que me rugía en los oídos hacían aún más difícil oír lo que decía.

Y, sin embargo, cuando sacó su rabo de mí para sustituirlo por su grueso eje, sus palabras atravesaron la niebla lujuriosa que nublaba mis pensamientos

—Una vez más, mi amor. En mi polla... Juntos.

Como cada vez que nos acoplábamos, me llenaba hasta el borde, su circunferencia no despreciable me estiraba hasta lo que parecía mi límite. Sin embargo, no me saciaba. Cada embestida me arrancaba un gemido estrangulado tras otro. Entre los pinchos de su *xinnix* y los piercings que recubrían su eje, mis paredes internas se vieron sometidas a un indescriptible asalto sensual que me hizo cantar arias. El piercing en forma de barra de su cabeza y las escamas de la parte superior de su pene rozaban sistemáticamente mi punto G con una precisión mortal, entrando y saliendo, volviéndome loca de placer.

El mundo que me rodeaba dejó de existir, todo mi universo se redujo a sentirlo a él, dentro de mí y a mi alrededor. Un infierno me consumía por dentro, cada terminación nerviosa ardía en un torbellino de sensaciones.

Amreth empezó a bombear dentro de mí cada vez con más fuerza y rapidez, su respiración se volvió agitada y me llegaba al oído en breves y sonoras ráfagas a medida que se acercaba al límite. Al poco rato, me estaba penetrando con fuerza, agarrándome por detrás con ambas manos, con sus garras parcialmente extruidas clavándose en mis mejillas. Su polla me estaba destrozando mientras mi clímax definitivo se precipitaba hacia mí con la furia desenfrenada de un tsunami.

Se me agarrotó la columna vertebral y una luz cegadora estalló ante mis ojos mientras me derrumbaba una vez más. Mis paredes internas se aferraron a la polla de Amreth, intensificando la sensación de sus púas, escamas y piercings en mi interior. Unió su voz a la mía, sus manos en mi trasero apretaron su agarre de forma casi dolorosa. Me sorprendió que sus garras no me rompieran la piel.

Su semilla salió disparada dentro de mí, bañando mis maltrechas entrañas con un flujo abrasador mientras él seguía metiéndose y sacándose de mí. Aplastó mis labios con un beso voraz, tragándose mis gemidos de éxtasis. Lo rompió y enterré la cara en su cuello, destrozada y sin huesos. Vagamente, sentí que retrocedía a trompicones y que se apoyaba en la pared, probablemente intentando recuperar el equilibrio. Cómo consiguió aferrarse a mí desafiaba a la lógica. Me sentí agradecida por ello.

La lluvia de agua que caía sobre nosotros me sacó de mi aturdimiento. Me sentía demasiado aplastada para moverme, pero no tuve que hacerlo. Con una ternura y un cuidado infinitos que me desquiciaron, Amreth nos lavó a los dos y me mantuvo acunada entre sus brazos, besándome y susurrándome palabras de amor mientras el secador soplaba aire caliente sobre nosotros.

Luego me llevó a su habitación, me tumbó con cuidado en el gran colchón antes de unirse a mí. Amreth me atrajo hacia él, envolviéndome con su cola y sus brazos, y cubriéndonos con sus enormes alas.

Me dormí en los brazos de mi compañero, sintiéndome segura, amada... en casa.

CAPÍTULO 18

CIARA

En la semana que siguió a la captura de los dos asesinos, muchas discusiones diplomáticas dominaron la mayoría de nuestras interacciones con los Kreelars. Ahora que todo había salido a la luz, la OPU y los Enforcers hicieron formalmente la oferta que Maeve mencionó a Aku y Amreth. Querían proporcionar personal y recursos tecnológicos para ayudar a encontrar una cura o un tratamiento y erradicar la invasión de las fresas.

Mientras que antes habría animado automáticamente a una especie primitiva en su situación a aceptar esa ayuda, el poco tiempo que pasé aquí entre ellos me ayudó realmente a comprender mejor su reticencia. Esta gente sufría un auténtico trauma por sus interacciones con los alienígenas. El intento de genocidio no hizo sino multiplicar por mil su angustia

Además, no era tan ingenua como para creer que la oferta era puramente altruista. Sí, la OPU y los Enforcers querían hacer lo correcto por los Kreelar, pero también pretendían congraciarse con ellos, sentando las bases de futuras alianzas

Aunque mis colegas, Amreth y yo nos ganamos plenamente su confianza, los Kreelar no estaban tan dispuestos a extender la misma a los demás. Al mismo tiempo, incluso con el laboratorio desplegable y Amreth ocupándose de la mayor parte de la exploración, éramos demasiado pocos para la envergadura del trabajo a realizar. Disponer de un equipo completo, especialmente para los análisis, la realización de simulaciones y la preparación de los tratamientos, aceleraría significativamente nuestro progreso. Y lo que es más importante, el acceso a la tecnología punta que faltaba en el laboratorio desplegable y la conectividad con la infinita base de datos de la Junta Médica Galáctica supondrían una gran diferencia.

Aunque al principio los Kalds se negaron a permitir que aterrizaran en su planeta más alienígenas, consintieron en la colocación permanente de un satélite de retransmisión en órbita para darnos por fin la conectividad que necesitábamos. También accedieron a que un equipo permaneciera en órbita a bordo de una nave científica para recoger gran parte de nuestra carga.

Al final de la semana siguiente, desarrollamos un suero que recubría los priones con una sustancia que impedía su absorción. No era un antídoto, sino un tratamiento para los que ya estaban infectados. Seguíamos recomendando encarecidamente la vacunación, pero confiábamos en que este medicamento funcionaría.

El mayor debate para ellos como pueblo era decidir qué querían hacer con las fresas. Los nuevos poderes que introdujeron estas mutaciones eran ahora una parte permanente de su pueblo. En realidad, nuestras investigaciones indicaron que esta mutación siempre estuvo destinada a producirse más adelante, como parte de la evolución natural de su especie. Solo que los priones la desencadenaron mucho antes de lo que estaban preparados.

La cuestión era si erradicar el desencadenante y permitir que su pueblo intentara volver a su línea temporal normal en la medida de lo posible, o tomar ahora el control de esa evolución y activar la mutación en sus propios términos. La realidad era que, aunque consiguieran deshacerse de todas las fresas que había, esa capacidad psiónica ya existía ahora entre su pueblo. Algunos niños nacerían con ella, y otros podrían desarrollarla de repente, mientras permanecía latente entre los demás. Crearía una clase diferente de personas en su población que podría causar una grieta o un desequilibrio de poder que podría descarrilar todo su futuro.

Si lo aceptaran, podrían cultivar ellos mismos las bayas en un entorno controlado y administrarlas deliberadamente en pequeñas cantidades a su pueblo antes de la pubertad. Combinada con la medicina que ideamos, podrían garantizar una mutación segura para todos.

Cualquiera que fuera su elección, seguía exigiendo la erradicación de las bayas en estado salvaje. Y eso reabrió las discusiones sobre permitir la entrada de alienígenas en su planeta. Ya llevábamos aquí un mes. Con la crisis principal ya evitada y todas las personas infectadas estabilizadas y mutando de forma segura, ya no podíamos justificar la retención de Amreth aquí, alejado de sus obligaciones.

En realidad, técnicamente podría haberse marchado en el par de días siguientes a la detención de los asesinos. Pero necesitábamos que hiciera de chófer con su lanzadera. Si Amreth hubiera dejado su lanzadera y hubiera vuelto a casa con su nave, Mehreen, Ernst y yo habríamos estado demasiado ocupados con el trabajo científico para hacer de taxistas. De todos modos, no quería dejarme atrás, lo que secretamente me hacía feliz.

Al final, en gran parte gracias a mi compañero, los Kreelars acabaron accediendo a permitir que cinco pequeños equipos examinados por Amreth vinieran a eliminar todas las fresas, así como a rastrear, tratar o sacrificar a cualquier animal infectado. Cada equipo consintió en ser supervisado por un par de Kreelars asignados. Como tardarían muchas semanas en completar la tarea, se les proporcionó alojamiento en los patios interiores de la aldea con la que estaban emparejados.

Tras más debates, los Kreelar decidieron que los individuos —no su tribu ni los Kalds—elegirían si desencadenaban su mutación. Instalamos un invernadero especial en cada uno de los tres templos, donde sus Adhias—que actuaban como sus líderes espirituales—supervisarían el crecimiento y la administración de las bayas. A partir de los diez años, si la mutación no se producía por sí sola, un Kreelar podía decidir si consumía las bayas, que le serían entregadas por un Adhia.

Pasé mi última semana en Kestria repasando la formación adicional sobre los Kreelars creando sus propias pruebas de detección, tratando a los pacientes infectados con casos supervisados de personas que consumían deliberadamente las bayas. Mehreen y Ernst acordaron quedarse hasta que todo estuviera terminado, lo que probablemente llevaría al menos otros tres meses.

Sin embargo, me ofrecí voluntaria para participar en las revisiones de seguimiento que tendrían lugar cada seis meses durante los dos primeros años, y luego una vez al año durante los tres siguientes, con una visita final en el décimo año. Con el satélite de retransmisión, ahora disponían de un método directo para ponerse en contacto con nosotros y pedirnos ayuda en caso de que algo fuera mal entre las revisiones. Naturalmente, Amreth me escoltaría en esas visitas. No era tanto para protegerme como para pasar el rato con su nuevo amigo. Si no me agradaran tanto Aku y Vala, casi estaría celosa.

El día de nuestra partida me destrozó. Siempre me emocionaba un poco al dejar una misión, pero ésta lo llevó a otro nivel. Vala, los sanadores y los Adhias con los que trabajaba vinieron a despedirnos. Ver a Muti y a sus dos hijos me sobrecogió.

Todo el pueblo se reunió en la plaza. Para mi sorpresa, formaron un círculo perfecto alrededor de Amreth y de mí en múltiples anillos concéntricos. Cada persona cogía la mano de su vecino y entrelazaba su cola con la de la persona que tenía delante, en el anillo más pequeño. A medida que los anillos interiores contaban con menos personas, una de cada dos personas tendría la cola entrelazada con dos personas. Vala, Aku, Enre y dos Adhias nos rodearon a Amreth y a mí cuando nos pusimos cara a cara.

Cogí ambas manos de mi compañero. Mientras su cola se entrelazaba con la de Aku, Enre y uno de los Adhias envolvieron con su propia cola cada una de las pantorrillas de Amreth, mientras Vala y el otro Adhia hacían lo mismo conmigo. Todas las personas de la aldea estaban completamente unidas, manos y cola, formando un círculo ininterrumpido.

Como uno solo, los Kreelars empezaron a cantar una melodía inquietante que hizo que se me pusiera la piel de gallina en cadena. De vez en cuando, los Adhias pronunciaban palabras en su lengua mientras la gente seguía cantando. No sabía lo que decían, ni falta que me hacía. Aku mencionó que querían arrojar sobre nosotros la bendición de un viajero. Pero a un nivel visceral, creí que era mucho más profundo que eso, que nos estaban haciendo miembros oficiales de su tribu.

Amreth había descrito una escena parecida en el templo cuando voló allí por primera vez para buscar animales infectados. Que nos involucraran en un ritual que claramente era sagrado para ellos me conmovió hasta la médula.

Cuando terminó el canto, la gente soltó las manos y las colas, pero permaneció en un único círculo suelto a nuestro alrededor. Muti y su vástago se acercaron a nosotros. Se me hizo un nudo en la garganta cuando me entregó una tela doblada bellamente bordada, que resultó ser una manta con varios símbolos, entre ellos el emblema de la tribu Jaln.

—Mi amada y yo hicimos esto para ti. Ella quería estar aquí, pero aún se está recuperando —dijo Muti con la voz tensa por la emoción—. Yo tejí la manta y mi Ranae la bordó con los símbolos de la vida, el amor y la felicidad, porque eso es lo que tú nos devolviste. Cada vez que la envuelvas a tu alrededor, que sepas que son nuestros brazos y nuestros corazones los que te abrazan.

—Gracias a los dos —dije, con la garganta casi demasiado

constreñida para hablar—. Ayudarlos es una gran bendición en sí misma. Apreciaré este regalo.

Puso la palma de la mano sobre el pecho e inclinó la cabeza. Para mi sorpresa, cada uno de sus hijos agarró a su vez mi mano derecha y apretó la frente contra su dorso. Simultáneamente, rodearon mi pantorrilla con sus colas. Fue breve, e inmediatamente me soltaron antes de dar un paso atrás y sonreírme con sus adorables caritas.

Les devolví la sonrisa, con el corazón lleno a rebosar. La familia retrocedió cuando Vala y Aku se adelantaron. Cada uno llevaba uno de esos collares de cuentas ornamentadas que usaba su gente, aunque no eran simples cuentas. Parecían piedras esculpidas con cristales o gemas preciosas atrapadas en su interior. Yo no los compararía con geodas, pues sus exteriores rivalizaban con el guijarro más pulido, y el cristal o gema interior era demasiado claro, liso e iridiscente.

Los collares también parecían mucho más elaborados y lujosos que aquellos con los que los miembros de la tribu se adornaban a diario.

—Esto es un *ondishae* —dijo Vala, sosteniendo el collar ante mí, mientras Aku hacía lo mismo con el suyo ante Amreth—. Es a la vez un importante símbolo de identidad y un vínculo comunitario. Todos los Kreelar reciben uno el día en que son destetados de su madre o nodrizas, alrededor de los siete u ocho años. En los años siguientes, a medida que establezcan relaciones estrechas con los demás y se forjen su lugar entre la tribu, también crecerá *su ondishae*.

—¿Crecer? —repetí con curiosidad.

—Tiene dos partes. El *ondi* —explicó Aku, quitando la parte central del collar, que resultó ser una sola cadena con una sarta de siete gemas más grandes—. Y el *shae* —añadió, mostrando la otra parte, mucho más grande, que tenía cuatro cadenas, cada una adornada con innumerables gemas-piedra pequeñas y esculpidas—. La primera piedra del *ondi* representa la tribu a la que perteneces o en la que has nacido, mientras que las demás indican las otras tribus que te reclaman como pariente o amigo.

Apreté una palma contra mi pecho mientras su significado calaba hondo. Siete gemas... Siete tribus nos reclamaban.

—Los *shae* son muestras de amistad de personas cuya lealtad, respeto o amor te has ganado por alguna gran hazaña —continuó Vala—. No se dan a la ligera, pues toda la unidad familiar debe estar de acuerdo antes de que pueda otorgarse, lo que representa una media de entre cuatro y ocho personas que deben estar de acuerdo en que está justificado. Tus *shaes* cuentan cada uno con ciento veintisiete piedras.

—No tenemos palabras —dijo Amreth, con la voz llena de las emociones que yo sentía.

—No hacen falta palabras —dijo Aku en tono ligeramente burlón—. No se espera que uno lleve su *ondishae* a diario. Al ser más pesado, el *shae* suele exhibirse en nuestras casas en un lugar de honor. Pero es habitual llevar el *ondi* como collar, enrollado alrededor de nuestros brazales o integrado en nuestros cinturones.

Levantó el antebrazo de forma ostentosa. Solo entonces me di cuenta de que, en efecto, llevaba el *ondi* bien sujeto al brazal. Antes solo pensaba que lo había adornado con gemas incrustadas.

—Éste es un regalo de todos los kreld y sus tribus por lo que han hecho por nosotros. Son Kreelars, si no de sangre, al menos de corazón. Siempre serán bienvenidos aquí —dijo Vala con voz solemne.

Murmuré un gracias mientras me colocaba el collar alrededor del cuello. Aunque no era incómodo ni doloroso, era innegablemente pesado, lo que explicaba por qué nadie lo llevaría a diario, suponiendo que recibiera tantas fichas. Entonces me di cuenta de que actuaba como una pulsera de amuletos, pero en la que las buenas acciones podían hacerte ganar una nueva.

Para mi sorpresa, Aku colocó el *shae* alrededor del cuello de

Amreth, pero ató el *ondi* a su muñeca. Vala me abrazó y reclamó mi atención. Me abrazó de un modo casi maternal, aunque me pareció que podría tener un par de años menos que yo. Le devolví el gesto con el mismo afecto.

Me soltó, me besó la frente y retrocedió un paso.

—Que las luces divinas brillen siempre sobre ti de la misma forma que ahuyentaste la oscuridad que nos sofocaba. Hasta que volvamos a encontrarnos, Hermana, que tus días con tu compañero estén llenos de toda la felicidad que mereces, y más.

—Hasta que volvamos a vernos, que todas las tinieblas permanezcan siempre a raya y que tú y tu pueblo reciban todas las bendiciones —dije.

Justo cuando nos disponíamos a partir, Aku sacó una cerbatana de su cinturón de armas junto con una bolsa. Una vez más, me quedé atónita por mi falta de capacidad de observación. Del mismo modo que no me había fijado en el *ondi* de su brazal, tampoco me había dado cuenta de que llevaba una segunda cerbatana y una bolsa adicional para dardos. Extendió ambas a Amreth, que las cogió enarcando una ceja, con aire inquisitivo.

—No puedes llamarte cazador experto hasta que no puedas derrotar a tu presa utilizando nada más que tu cerbatana y tus atributos físicos naturales, excluyendo los poderes psiónicos —dijo Aku burlonamente.

Amreth resopló mientras le aceptaba el regalo.

—¿Es un desafío?

—Lo es —confirmó Aku con una sonrisa casi maliciosa—. La próxima vez que nos visites, veremos qué tal te va contra un Murthis.

—Reto aceptado —dijo Amreth con una suficiencia mezclada con una pizca de arrogancia—. Asegúrate de invitar a muchas otras tribus a unirse al festín esa noche. Traeré suficiente carne con esa pequeña cerbatana para alimentar al menos a cinco de ellos.

Todos nos echamos a reír, mientras yo sacudía la cabeza cariñosamente hacia Amreth. Ambos machos se pusieron sobrios, y entonces Aku puso la mano en el hombro de mi compañera.

—Buen viaje, Hermano. Hasta la próxima vez que nos veamos, que el sol y las estrellas iluminen siempre el camino que recorras —dijo Aku.

Tras unas cuantas despedidas más y unos abrazos amistosos con Mehreen y Ernst, partimos hacia una nueva aventura, la mayor y más importante para mí: mi nueva vida con mi alma gemela.

En cuanto abandonamos el planeta, lo primero que hice fue llamar a mis padres. Verlos llorar a ambos, sobre todo a mi siempre estoico padre, me afectó bastante. Como ya había dicho Amreth, sabían que yo estaba bien. Pero había una gran diferencia entre que te dijeran algo y verlo con tus propios ojos. No les hizo mucha gracia oír que no volvía a casa, sino que me iba directamente a Molvi. Por muy impresionados que estuvieran con mi compañero, como la mayoría de la gente, tenían una imagen espantosa del planeta prisión. En sus mentes, era un mundo abrasado, supurante de criaturas demoníacas, aguas pútridas y el aire lleno de humos tóxicos sulfurosos.

Hasta que Amreth no les envió imágenes de su hogar y del paisaje circundante, no cedieron un poco. Aún se quejaban de que no volviera a la Tierra. De hecho, me hacía sentir culpable. En su lugar, probablemente yo también querría abrazar a mi bebé para asegurarme de que, efectivamente, estaban bien. Al mismo tiempo, yo había estado en innumerables misiones y me había mantenido alejada de la Tierra durante dos o tres años seguidos, y solo hablaba con mis padres una vez a la semana a través del vidcom. Pero la promesa de que volaríamos con ellos a Molvi o a Vargos para nuestra boda dentro de un par de meses les tranquilizó aún más.

El viaje de dos días a Molvi acabó siendo como una miniluna de miel, en la que Amreth se desvivió por mimarme de todas las formas posibles. Obviamente, nos aseguramos de ser creativos con todas las habitaciones y superficies de la nave. Eso no me impidió sacar unos minutos para ver a Mehreen y Ernst.

La OPU y los Enforcers permanecieron inquietantemente callados. No debería sorprenderme, teniendo en cuenta que este tipo de caso tan importante requeriría una gran investigación y que tomaran medidas muy cuidadosas. No querían que el culpable se librara por algún tecnicismo por haber estropeado las cosas al precipitarse demasiado. No dudaba de que Marilia supiera ya que algo había ido mal con sus asesinos. Probablemente trataría de eliminar todas las pruebas incriminatorias posibles, aunque sospechaba que lo había hecho a lo largo de los años ante la eventualidad de que se produjera tal giro de los acontecimientos.

Quería verla ante la justicia por todo el dolor y el sufrimiento que provocó, permitió o perpetuó. Pero, por encima de todo, quería que Aku y los Kreelar fueran reivindicados. Depositó una enorme confianza en nosotros. Su experiencia con los alienígenas había sido más que negativa. Si la OPU y los Enforcers no cumplían la justicia que habían prometido, el daño a la floreciente relación que estábamos construyendo con ellos sería irreparable. Solo esperaba que llegaran pronto noticias o consecuencias.

Nuestra llegada a Molvi me dejó sin aliento. A pesar de las bellas imágenes que Amreth compartió con mis padres y de que él me hablara de la belleza del planeta prisión, no había podido quitarme el persistente temor de que fuera un lugar espantoso y deprimente. Pero mi compañero no había estado alardeando cuando comparó el paisaje de Molvi con la belleza salvaje e indómita del planeta natal de los Kreelar.

La casa de Amreth—*nuestro* hogar—casi hizo que se me salieran los ojos de las órbitas. De nuevo, me había mostrado imágenes, pero la realidad superaba cualquier cosa que hubiera podido imaginar. Su enorme tamaño me dejó sin habla. Al parecer, como ocurría con la mansión—por no decir castillo—de todo Señor del Infierno, su casa estaba tallada directamente en la cima de la montaña. Tenía tres pisos con amplias terrazas en cada nivel, lo bastante anchas para albergar al menos a doscientas personas. Una piscina olímpica ocupaba la mayor parte de la terraza del nivel inferior. Una cascada natural vertía en ella. Un patio interior permitía más ventanas del suelo al techo en las partes internas de la casa, evitando que diera sensación de claustrofobia.

Al igual que su nave, la casa era mayoritariamente blanca, con algunos toques de color beige claro y marrón oscuro o negro. Múltiples plantas y flores fragantes le daban el toque de color necesario para hacerla cálida en vez de clínica. Jardines y flora aún más asombrosos alfombraban el suelo al pie del escarpado acantilado bajo las terrazas.

—Esto es precioso —dije, apoyándome en la barandilla de la terraza principal mientras contemplaba el jardín de abajo y el frondoso bosque que se extendía sin fin más allá—. Parece el escenario perfecto para un picnic.

Para mi sorpresa, Amreth soltó una carcajada mientras me miraba como si hubiera perdido la cabeza.

—Un picnic para las plantas, sí. Definitivamente, no para nosotros —dijo, divertido—. Todas las plantas de ahí abajo, incluida la hierba, te matarán. Algunas se tomarán su dulce tiempo para hacerlo, manteniéndote vivo en la peor agonía mientras te devoran lentamente, otras te matarán al instante, sus esporas básicamente harán que tus venas y capilares revienten como agua congelada en una tubería, y luego están las que o bien te asfixiarán antes de comerte, o bien te escupirán el ácido más virulento que existe para que quedes licuado, incluidos tus huesos, y absorberán los nutrientes a través de sus raíces.

—¡¿Qué coño?! —exclamé, horrorizada—. ¿Por qué guardas una mierda así por ahí?

—Porque forma parte de los sistemas de defensa y disuasión para evitar que los prisioneros se escapen —contestó Amreth de forma objetiva—. Para que conste, los prisioneros son informados de antemano de todas las defensas letales establecidas alrededor de sus Cuadrantes y en todo el Sector. Si deciden arriesgarse a pesar de todo, allá ellos.

Un escalofrío me recorrió mientras examinaba el colorido jardín de aspecto casi pacífico que había debajo

—¿Por qué hacerlo tan bonito y acogedor si esos bichos raros están a punto de volverse locos contigo? ¿Por qué no poner en su lugar enredaderas nudosas con espinas del tamaño de puñales, setas gigantes con los tipos de colores de neón que gritan "estoy a punto de joderte más allá de lo reconocible"?

Amreth volvió a reír y me dedicó una sonrisa indulgente.

—Porque tengo que mirar estas plantas todos los días cuando me relajo en mis terrazas. Prefiero una vista bonita a una nudosa.

Fruncí los labios, aún angustiada por todo aquello.

—Me parece justo. Pero ahora la pregunta es: ¿cuántas veces has "disfrutado" con el espectáculo de uno de tus reclusos siendo masacrado por las flores?

Se rio un poco más, aparentemente divertido por mi expresión dramática.

—Paz, mi amor. Nunca ha ocurrido. Ésta es la última defensa... bueno, menos el acantilado, que es imposible de escalar. Nadie ha sobrevivido jamás intentando cruzar el bosque. Hay muchas cosas desagradables merodeando por allí, incluido un río con bichos aún más desagradables. No temas, mi compañera. Esta casa es segura y no sufrirás las cosas menos sabrosas que ocurren de vez en cuando en los Cuadrantes.

—De acuerdo —dije, sonando lejos de estar convencida.

Sonrió.

—No te angusties tanto, mi Ciara. No encontrarás estas plantas letales en el resto de Molvi. Están bioingeniadas específicamente para nuestros Cuadrantes y estrictamente contenidas en ellos. Pero ven, es hora de que conozcas a nuestros Nundars. Nos han preparado un banquete apropiado y están impacientes por conocerte.

Inmediatamente se me aceleró el pulso y la tensión endureció mi columna vertebral. A pesar de la curiosidad que sentía por conocer a los escurridizos familiares de los que Amreth hablaba con tanto cariño, no podía evitar preocuparme de que no respondieran bien ante mí. Elegían cuidadosamente a qué casa se unirían, pues eran extremadamente sensibles a las emociones de la gente. ¿Y si no les gustaba la mía? ¿Y si mi aura les resultaba tan insoportable que se planteaban abandonar Amreth antes que someterse a mi mera presencia?

¡Basta ya, mujer! Eres el alma gemela de Amreth. ¡Están obligados a quererte!

Eso me apaciguó un poco, pero al notar mi nerviosismo, mi compañero me tranquilizó aún más con su *bakaan*. Le dediqué una tímida sonrisa de gratitud.

—No te inquietes. Ya te quieren. Percibo su excitación. Normalmente, se esconden y esperan unos días para presentarse formalmente, para dar tiempo a la pareja a adaptarse a su nuevo hogar. Pero están impacientes por conocerte. Tu aura les atrajo desde el momento en que saliste de la nave.

Con el estómago revuelto, dejé que Amreth me llevara de la mano al interior de la casa. Las enormes puertas acristaladas del suelo al techo se abrieron ante nosotros para revelar una gran sala de estar formal. Una vez más, tenía un aire muy zen, pero lo bastante lujoso como para preguntarme si un decorador de interiores profesional había logrado semejante maravilla.

Sin embargo, fueron las dos docenas de extraños seres que nos recibieron en el interior los que retuvieron toda mi atención. Eran bípedos, con un cuello muy largo y rayado rematado por una cabeza en forma de cono. Sus caras no eran del todo planas, sino que tenían una protuberancia de nariz casi en forma de hocico sobre un par de labios muy finos. Un bigote largo y peludo, de color beige más pálido que su piel, enmarcaba su ancha boca. Sus pies se asemejaban a pezuñas en forma de estrella, y una gruesa cola les seguía de lejos. Vestían largas túnicas bordadas que me recordaban a los trajes medievales.

Me miraron con ojos grandes y curiosos, rebosantes de amabilidad.

—*Bienvenido a casa, Amo. Saludos, Ama* —dijo una voz en mi cabeza mientras todos los Nundars se llevaban la mano derecha al pecho.

Solo entonces me di cuenta de que solo tenían dos dedos extremadamente largos en cada mano, provistos de garras de dos puntas. Pero seguí concentrada en sus palabras.

Aunque sabía que había *oído* aquel saludo, no habían sido palabras reales ni una voz real, como cuando un telépata se comunicaba mentalmente con nosotros. Había sido más bien una transferencia de pensamientos que simplemente comprendí. Amreth mencionó de pasada que tenían una forma de mente colmena. No utilizaban nombres individuales, y siempre debías dirigirte a ellos como a una unidad. No sabía cuál de ellos había hablado en nombre de los demás.

Una parte de mí sentía que debería estar algo asustada por aquellos seres extraños. Sin embargo, instintivamente me encontré sonriendo y sintiéndome a gusto. El hecho de que fueran personas espirituales brillaba con luz propia. Irradiaban un aura de paz y bondad en la que solo querías envolverte.

—Gracias —dijo Amreth con afecto—. Ciara, te presento a mis Nundars.

—Es un placer conocerlos —dije afectuosamente.

—Los Nundars prepararon un festín Recetas de la Tierra compartidas por los Nundars de Lady Malaya. Serviremos cuando estén listos.

Eso me inquietaba. Aún tenía que conocer a Malaya, la esposa de Lord Kronos, el mejor amigo de Amreth. Pero que nuestros Nundars se tomaran la molestia de aprender recetas humanas para hacerme sentir bienvenida me conmovió hasta la médula.

Amreth hinchó el pecho, rezumando orgullo y gratitud en respuesta a sus Nundars.

—Gracias, amigos míos. Son muy considerados. Comeremos cuando termine de enseñarle a mi compañera su nuevo hogar —dijo Amreth.

Como uno solo, inclinaron la cabeza antes de dispersarse. Para mi sorpresa, un puñado pasó junto a nosotros y salió de la casa por las grandes puertas del patio, mientras los demás se dirigían en dirección opuesta, hacia el interior. Entonces caí en la cuenta de que el primer grupo probablemente iba a recuperar nuestros objetos personales de la nave.

—¡Son increíbles! —susurré, con la voz llena de asombro.

—Lo son, y piensan lo mismo de ti. Estoy deseando que nos unamos para que puedas ver sus auras como yo. Brillan con colores aún más hermosos para ti que para mí. Mis sentimientos están heridos —dijo con un mohín.

Me eché a reír

—¡No tengas celos de mi irresistible encanto! Pero oye, anímate. Si estás a mi lado el tiempo suficiente, ¡puede que se te pegue! Entonces serás tan encantadora como yo.

Resopló.

—Si eso es lo que hace falta, espera muchos roces en un futuro próximo —dijo, con la voz llena de promesas.

Me reí y dejé que me enseñara la mansión que ahora llamaría hogar

EPÍLOGO

CIARA

El mes siguiente en Molvi resultó ser todo un torbellino. Entre fortalecer mi relación con Amreth, familiarizarme con mi nuevo mundo natal y ordenar mi carrera, el tiempo pasó volando. Pero mi vecina y nueva mejor amiga Malaya fue una gran bendición. Al haber pasado por todo ese proceso de traslado, tenía todos los trucos y consejos para que todo fuera lo menos doloroso posible.

Decir que era un ángel es poco para hacerle justicia. Malaya era divertida, ingeniosa y siempre dispuesta a ayudar. De hecho, tuve que reprenderla para que descansara con su enorme barriga cuando se acercaba el momento de dar a luz a su primer hijo. Verla pasar por aquel embarazo también alivió muchas de mis preocupaciones sobre futuros bebés con Amreth. Las mujeres se quejaban a menudo de que el feto les daba patadas en la vejiga y los riñones como si les hubieran robado el dinero del almuerzo, pero los bebés Obosianos eran protectores por naturaleza.

Según tengo entendido, podían sentir cualquier molestia que causaran a sus madres e instantáneamente se vigilaban a sí mismos para no afectarla negativamente. Claro que eran demasiado grandes, pero no hasta un punto debilitante.

Como Malaya era la reportera oficial del Cónclave y de los Enforcers, le tocó escribir la estremecedora primicia sobre las detenciones masivas de Marilia Hesper, su hijo Noah Montel y otros innumerables asociados. La caída de Typhoon Pharma conmocionó a toda la industria. El gigante farmacéutico fue puesto bajo tutela mientras la justicia seguía su curso. Naturalmente, Amreth y yo concedimos a Malaya una extensa entrevista en la que profundizamos en las penurias y la devastación que sufrieron los Kreelar.

La reputación de Elias Jacobs recibió una fuerte bofetada al verse arrastrado por el tsunami legal. Sin embargo, llevaba años preparándose para ese día. A las pocas horas de hacerse públicas las primeras acusaciones, su ejército de abogados ya estaba presentando peticiones de sobreseimiento con una impresionante cantidad de documentación acreditativa y detallados precedentes que justificaban por qué debía ser exonerado de toda responsabilidad debido a la coacción y coerción a las que Marilia le sometió durante años. Y entonces también empezó a correr la prescripción.

La comadreja había sido lo bastante astuta como para tener comunicaciones escritas en las que expresaba su necesidad de hacerlo público, que sistemáticamente eran rechazadas con amenazas poco sutiles. Dudo que esas peticiones estuvieran motivadas por una verdadera angustia moral. Simplemente se estaba cubriendo el culo con astucia.

Al final, se libró con una severa reprimenda y una multa considerable, que en realidad no era nada teniendo en cuenta la riqueza que le proporcionó la SS12. Aunque una parte de mí deseaba que se enfrentara a consecuencias más graves, no podía discutir el resultado. Al fin y al cabo, nada de esta tragedia podía achacársele a él específicamente. Nunca alentó ni consintió las aventuras sexuales de Noah que desencadenaron el encuentro inicial. Noah pasó las fresas de contrabando sin su conocimiento. Y no tenía ningún motivo razonable para justificar un registro de las pertenencias de su equipo o para seguir sus movimientos.

Esto podría haberle ocurrido a cualquier otro jefe de equipo de investigación con un compañero de equipo cabrón.

Todo el proceso duraría al menos un par de años antes de que se completaran todas las acusaciones y juicios. Pero al menos, Marilia, su hijo y los acólitos más cercanos tenían garantizado un viaje a Molvi. Me sorprendió que Amreth deseara que no acabaran en el Cuadrante de Dakon. Habría esperado que les deseara el peor de los destinos. Pero allí morirían demasiado rápido. En un Sector como el suyo o el de Kronos, sufrirían durante años antes de morir.

¿Me convertía en un monstruo el hecho de desearles también un dolor prolongado?

Lo único que importaba era que Aku y los Kreelar estaban más que satisfechos con el resultado, sobre todo tras confirmarse que la investigación había revelado más fechorías a otras especies primitivas. De hecho, la OPU creó el laboratorio más demencial de Molvi. Efectivamente, me reclutaron para realizar investigaciones avanzadas en diversos campos relacionados con las especies primitivas. La mayoría de ellas se referían a los mismos planetas afectados negativamente por las acciones mercenarias de Typhoon Pharma. Afortunadamente, ninguno de los descubiertos hasta ahora había sufrido algo tan trágico como los Kreelar. Sin embargo, uno de los casos más repugnantes que descubrimos afectaba a su división de productos de belleza. Habían estado manipulando la comida de reptiles salvajes para modificar su piel y sus escamas. Una vez que las criaturas terminaban de mudar, los empleados farmacéuticos se abalanzaban sobre ellas y recogían la piel para utilizarla en cremas rejuvenecedoras absurdamente caras.

La manipulación afectó negativamente a esos animales, haciendo que su muda fuera extremadamente dolorosa y reduciendo su esperanza de vida. También hizo que esos reptiles fueran impropios para el consumo de las especies primitivas que solían cazarlos y para las que constituían una importante fuente dietética.

Por mucho que odiara que ocurrieran cosas así, estaba en las nubes, pues ése siempre había sido el tipo de proyectos en los que aspiraba a trabajar. Además, a Amreth le hacía más que feliz saber que yo tenía una carrera satisfactoria aquí mismo, en Molvi. Aunque intentaba mostrarse relajado siempre que hablábamos de nuestro futuro juntos, podía ver en el fondo de sus ojos el miedo a no conseguir que Molvi fuera un lugar lo bastante bueno para que me estableciera de forma permanente.

Tal como predijo, el Cónclave le concedió trescientos gramos de algarium por su contribución a la salvación de los Kreelar. En realidad, solo debería haber recibido la mitad y el resto me lo habrían regalado a mí. Pero como aún no nos habíamos casado oficialmente, no podían darme ninguno, pues estaban reservados a los Obosianos, lo que se aplicaba por extensión a sus cónyuges y descendientes. Aun así, me conmovió que incluyeran mi parte en la suya para que pudiera dármela una vez que se celebrara nuestra boda dentro de unos meses.

El desgraciado asunto se iba posponiendo con todo lo demás que estaba ocurriendo, por no mencionar el hecho de que tanto sus padres como los míos se estaban volviendo locos por querer celebrar la boda más grande y más genial combinando rituales humanos y Obosianos. A Amreth y a mí nos habría parecido bien fugarnos. Pero estábamos dispuestos a dejar que nuestros padres se divirtieran con aquella locura, siempre y cuando se hicieran cargo de la carga, cosa que hicieron con entusiasmo.

Esta noche, dos semanas después de ser honrada por el Cónclave, regresé a casa y acomodé mi lanzadera personal en la plataforma de aterrizaje, al borde de la terraza principal. Bajé por la rampa y encontré a Amreth esperándome en la entrada con expresión misteriosa. El hecho de que aún llevara puesta la pechera puso en alerta todos mis sentidos. A estas horas, a menos que algún incidente le obligara a volver a uno de sus Cuadrantes, a mi compañero le gustaba pavonearse con el pecho desnudo, igual que las mujeres humanas nos quitamos el sujetador en cuanto volvemos a casa del trabajo o de hacer recados.

—¿Qué está pasando? —pregunté antes de estirar el cuello para mirar por encima de su hombro y ver si teníamos un invitado improvisado.

No se me ocurría quién podía ser, ya que normalmente me habría avisado con antelación, aunque solo se tratara de Kronos y Malaya. De todos modos, se sentía lo bastante cómodo con ambos como para no llevar top ni pechera en su presencia. En más de un sentido, eran como hermanos para nosotros.

—Tengo una sorpresa para ti —dijo con aquella misma expresión ilegible.

—¿Uno bueno, espero? —dije, sintiendo curiosidad, pero también una pizca de preocupación.

—Quiero creer que así será —respondió, con su mirada clavada en la mía.

Acorté la distancia que nos separaba. El hecho de que me abrazara al instante y de que su expresión se suavizara con una ternura rayana en la adoración me quitó al instante parte de la tensión. Se inclinó hacia mí y me dio un beso apasionado que hizo que se me doblaran los dedos de los pies y me temblaran las rodillas. Apenas habían pasado cinco meses desde que nos conocimos tras su intento de rescate, pero habían bastado para que me enamorara perdidamente de mi íncubo. Siempre esperé que la pasión inicial que ardía tan ferozmente entre nosotros las dos primeras veces que estuvimos juntos acabaría convirtiéndose en algo tierno y cómodo con el tiempo. Pero solo parecía seguir creciendo, como si ni un millón de vidas bastaran para saciar el hambre y la fiebre que nos consumían.

Me soltó, me cogió de la mano y me atrajo hacia la gran mesa que había junto a la piscina. Solo entonces reparé en dos vasos altos, una botella de vino espumoso puesta a enfriar y una caja mediana entre ellos.

—¿Qué es eso? —pregunté, intrigada—. ¿Qué estamos celebrando?

—Por fin he decidido cómo utilizar el algarium, pero necesito tu consentimiento para proceder —dijo, con una pizca de nerviosismo filtrándose en su voz.

—¿*Mi* consentimiento? —repetí, sorprendida—. Como tú mismo has dicho muy bien, tu cuerpo es tuyo para que hagas con él lo que te plazca. No necesitas mi permiso para perforarte cualquier parte del cuerpo que desees. Y eres lo bastante instruido en el tema como para no tomar una decisión que podría ser perjudicial para tu salud o bienestar a largo plazo.

—Tienes razón —dijo con cuidado—. Pero esta vez también afecta a *tu cuerpo*.

Me puse rígida, y mi rostro se cerró de inmediato mientras un escalofrío me recorría. No hacía ni cinco minutos que había estado pensando en lo locamente enamorada que estaba de aquel hombre. ¿Acaso respetaba tan poco mis límites que intentaba hacerme sentir culpable para que me hiciera piercings después de haberle dicho claramente que no? ¿Creía que, al tenerlos ya hechos, no tendría valor para rechazarle?

—No es lo que piensas —añadió rápidamente al ver mi reacción física—. Dijiste inequívocamente que no te harías piercings, y lo respeto. Lo que tengo en mente no requerirá ninguna modificación corporal por tu parte.

—Ooookey —dije con cuidado, la tensión me sangraba por los hombros mientras echaba un vistazo a la caja—. Entonces, ¿qué es?

Amreth alargó una mano hacia la mesa. Para mi disgusto, en lugar de coger la caja para revelar su contenido, tomó la botella y se tomó su tiempo para abrirla y llenar los vasos. Le fulminé con la mirada, pero él siguió sonriendo con suficiencia, con un desafío en los ojos.

¡Reto aceptado!

Dos podían jugar. Mientras él estaba a medio llenar el segundo vaso, yo intenté rápidamente tomar la caja. Justo cuando las yemas de mis dedos rozaban la superficie, la cola de Amreth me rodeó la muñeca y me apartó la mano.

—¡Oye! —exclamé indignada.

—¡Chica traviesa! —refunfuñó—. Prohibido tocar.

—Dijiste que era un regalo para mí —argumenté antes de volver a tomarlo con la mano libre.

El desgraciado me soltó la muñeca y me rodeó con su cola a la velocidad del rayo, aplastándome los brazos contra los costados y atándome como a una maldita salchicha.

—¿Pero qué...?

Se rio entre dientes y me miró con una expresión de insufrible suficiencia, mientras sus ojos chispeaban de picardía.

—Un objeto solo se convierte en un regalo después de haber sido entregado —dijo Amreth en tono ligeramente reprensivo—. Esta caja no te ha sido regalada. De hecho, lo que contiene *no es* para ti.

Sorprendida, dejé de luchar contra su cola que me ataba y me quedé boquiabierta mirándole con sorpresa y confusión.

—¿No lo es? —pregunté, dándome una patada interior por repetir lo obvio.

Sacudió la cabeza con expresión burlona.

—No. Éste es tu regalo *para mí*, si antes aceptas el mío.

Esta vez, me quedé mirándole sin habla, con la mente en blanco para saber qué demonios estaba pasando. Para mi sorpresa, en lugar de volverse aún más engreído y travieso, Amreth parecía de repente un poco nervioso, casi tímido, mientras desenrollaba la cola que me sujetaba.

—En los meses transcurridos desde que nos conocimos, me he enamorado perdidamente de ti, mi Ciara —dijo en un tono casi solemne—. Como Kayog nos consideraba almas gemelas, desde el principio ha sido una conclusión inevitable que tú y yo nos casaríamos. Desde luego, nuestros padres van a por todas en ese sentido.

La pizca de burla con que pronunció esa última frase me hizo resoplar y luego asentir con la cabeza. Pero me sentí aún más confusa sobre a dónde quería llegar. Si no fuera por su frase inicial, en la que reiteraba su amor por mí, estaría a punto de hiperventilar ante la perspectiva de que se dispusiera a dejarme.

—Da la sensación de que nada de esto se gestionó de la forma normal y adecuada. Todo se hizo al revés. Pero quiero hacerlo bien. *Te mereces* que esto se haga bien —dijo, haciendo que mi corazón palpitara.

Se me cortó la respiración cuando Amreth dio un paso atrás antes de arrodillarse. Con los ojos desorbitados, le vi sacar una cajita del bolsillo y sostenerla ante mí. Se me saltaron las lágrimas cuando abrió la tapa y reveló el anillo de compromiso más impresionante. Parecía como si hubieran entretejido algario en el tipo de trenzas que yo me hacía de vez en cuando en el pelo. En el centro, las vueltas creaban un delicado receptáculo que contenía una hermosa piedra Kreelar, del mismo color que mis ojos, y grabada con el símbolo de la eternidad.

—Quiero que seamos uno, ahora y siempre, en cuerpo y alma, porque nos elegimos y nos amamos. Quiero que te unas a mí, y que estos anillos sean la representación física del compromiso que contraemos el uno con el otro, de acuerdo con tu cultura, y abrazando también la mía. ¿Me aceptas, Ciara?

Y que surja la cascada.

Las lágrimas empaparon mis mejillas mientras lloraba y reía lloriqueando mi consentimiento. Me tembló la mano cuando me puso el anillo en el dedo. Una extraña mezcla de diversión por mi tonta reacción y de alegría por mi aceptación se reflejó en las hermosas facciones de mi compañero. Cuando por fin me dio la caja de la mesa para que le pusiera el otro anillo en el dedo, casi se me cae demasiadas veces para contarlas de la emoción, lo que le hizo estallar en carcajadas.

Al final, lo conseguí y me lancé a sus brazos. Fue una tontería que reaccionara así ante lo que técnicamente era una mera formalidad, pero eso lo hizo realmente perfecto. La consideración con la que ideó una forma de hacerme partícipe de un aspecto importante de su cultura, respetando mis límites, significó todo para mí. Que lo hiciera de ese modo, dejando claro que no me daba por sentada solo porque todo el mundo nos viera como una conclusión inevitable, me hizo sentir querida y valorada.

Reclamó mis labios en un beso posesivo que me encendió la sangre al instante. Alcancé los broches de su pechera, ansiosa por acceder sin trabas a la perfección que él era. Para mi sorpresa, Amreth me agarró de las muñecas, deteniéndome. Rompió el beso y me miró fijamente mientras yo lo miraba confundida.

—Quiero establecer un vínculo contigo. ¿Das tu consentimiento? —preguntó, sus ojos parpadeaban entre los míos.

Mi corazón dio un salto. Me lamí los labios nerviosamente, con la excitación y una pizca de miedo revolviéndome el estómago. Los Obosianos solo podían unirse una vez en la vida, vinculando su alma por toda la eternidad a la pareja elegida. Ni siquiera la muerte de su cónyuge permitía al superviviente formar un nuevo vínculo con otra persona. Se casaban realmente para toda la vida. Por eso, que me pidiera que me uniera a él no era un compromiso hecho a la ligera. Su intención era que estuviéramos juntos mientras respiráramos.

El vínculo en sí no me asustaba. Estaba más que convencida. Pero normalmente lo hacían mientras volaban. Lo más probable es que mi yo enclenque arruinara el momento orinándome o vomitando de miedo por culpa de la altura. Según la descripción que Malaya me había dado de su vuelo de enlace con Kronos, era como avergonzar incluso a las montañas rusas más salvajes y rompecuellos del mundo. Aunque no me dio muchos detalles, se trataba de un juego bastante travieso. El vínculo también causó bastante dolor a los humanos, ya que nos modificó ligeramente, no solo para mejorar nuestro sistema inmunitario , sino también para otorgarnos la capacidad de ver almas, aunque no en la misma medida que un Obosiano de sangre pura.

Pero haría falta mucho más que eso para impedir que me uniera al amor de mi vida. Al diablo con mi miedo a las alturas. No dejaría que arruinara lo mejor que me había pasado nunca.

—Sí, Amreth, lo consiento. Quiero pasar el resto de mi vida contigo —dije con voz un poco temblorosa.

—Amor mío —susurró, reclamando mis labios con un fervor que me destrozó.

Me levantó e instintivamente rodeé su cintura con las piernas, concentrándome en la sensación que me producía y reprimiendo los primeros indicios de miedo que intentaban arraigarse en mi corazón. Para mi sorpresa, Amreth no levantó el vuelo con un solo y poderoso batir de alas, como era su costumbre. En lugar de eso, empezó a caminar despreocupadamente hacia la casa sin romper el beso. Cuando las puertas gigantes se abrieron con un suave silbido, me aparté para mirarle inquisitivamente.

Sonrió con ternura.

—No es necesario volar. Lo único que importa es tu comodidad y bienestar. Los Obosianos sin alas también pueden vincularse permaneciendo en tierra.

Se me oprimió el pecho de amor por mi compañero y de culpa por privarle de la experiencia plena del vínculo.

—Eres maravilloso conmigo. Siento haberte privado de...

—No me has privado de nada —interrumpió con severidad mientras se dirigía a nuestro dormitorio—. Puedo volar en cualquier momento, cualquier día. El vínculo no consiste en surcar el cielo, sino en unir dos almas. Me da igual dónde y cómo lo hagamos. Solo quiero que mi alma sea una con la tuya.

—Eres tan malditamente perfecto. No sé qué he hecho para merecerte —susurré, con la voz llena de emoción.

Resopló.

—No dirás eso la próxima vez que te moleste solo por diversión.

Me reí entre dientes, asintiendo mientras me llevaba a nuestra habitación. Podía ser un pesado insufrible, que me daba ganas tanto de estrangularlo como de besarlo. Pero todos esos pensamientos se esfumaron de mi mente cuando volvió a dejarme frente a nuestra cama. ¿Cómo era posible que alguien me hiciera sentir tan amada con una sola mirada?

No hablamos, nuestras manos lo hicieron todo mientras nos deshacíamos mutuamente de nuestras ropas entre suaves besos y caricias. En este instante, no había nada de la habitual lujuria desenfrenada que normalmente nos encendía. Era amor puro y ternura infinita. Me levantó con cuidado y me tumbó en la cama antes de unirse a mí. Durante la siguiente eternidad, adoró cada centímetro de mi cuerpo, sus manos y su lengua sobre mí me llevaron lentamente a un clímax suave, a diferencia de los estremecedores que me provocaba a menudo, y que me dejaban completamente destrozada. Éste me hizo volar alto, envuelta en una nube de dicha y bienestar total.

Comprendí que me estaba preparando para el mordisco que sellaría nuestro vínculo. Antes de que bajara del todo, se colocó encima de mí y empezó a introducirse con cuidado. Nunca me cansaría de sentir su enorme polla estirándome y llenándome hasta el borde. Sus escamas, *xinnix* y piercings contra mis paredes internas y mi punto G me hicieron crestear de nuevo rápidamente. Me besó, nuestras lenguas se mezclaron mientras aceleraba gradualmente el movimiento de sus caderas.

Rompió el beso y levantó la cabeza para mirarme. Una mirada a la expresión de su rostro convirtió mi voluptuoso gemido en un jadeo estrangulado. Sus iris blancos y plateados se habían encogido tanto que casi habían desaparecido en el mar negro de su esclerótica. Sus colmillos desnudos parecían más largos y afilados, y sus puntas brillaban con una gota de lo que sospeché que era su esencia de unión. Pero fue la forma feroz en que me miraba, como una bestia salvaje a punto de devorar a su presa, lo que hizo que mi estómago diera un par de volteretas.

Antes de que pudiera hacer o decir nada, Amreth se movió a la velocidad vertiginosa de una serpiente atacante y me enterró los colmillos en el cuello. Una intensa sensación de ardor estalló en el punto de punción. Abrí la boca para gritar de dolor, pero en su lugar salió un grito de éxtasis cuando él me descargó inmediatamente una poderosa oleada de su *bakaan*, arrancándome un orgasmo instantáneo y poderoso.

Simultáneamente, algo pareció romperse en su interior y desató su pasión sobre mí. Con sus colmillos aún llenándome las venas de su esencia, mi compañero me folló con fuerza, y cada golpe de su enorme polla me provocaba abrasadores rayos de fuego que recorrían todo mi cuerpo, mientras una demencial ola de placer tras otra se estrellaba contra mí, alimentada tanto por su cuerpo que me destrozaba como por su aura que me hacía perder el control. Este interminable torbellino de dicha ahogó la sensación de ardor de su esencia ácida, que me devoraba por dentro.

Mi cerebro sabía que aquel dolor debería hacerme retorcer de agonía. Sin embargo, eran gemidos interminables de éxtasis los que brotaban de mí mientras hundía las uñas en la poderosa espalda de mi compañero. Un placer casi insoportable crecía en mi interior mientras levantaba la pelvis para recibir su embestida mientras él me penetraba. Al mismo tiempo que por fin me di cuenta de que me había sacado los colmillos, también noté que las abrumadoras sensaciones que me embargaban no me pertenecían exclusivamente a mí.

Ahora también sentía el placer de Amreth como si fuera mío.

Un violento orgasmo se abalanzó sobre mí. Medio latido después, echó la cabeza hacia atrás, rugiendo su propia liberación, llenándome con el calor abrasador de su semilla. Una luz cegadora estalló ante mis ojos, y los ecos del clímax de Amreth resonaron en mi interior con una fuerza tan brutal que temí que mi mente se fracturara. Creó un bucle interminable de su placer alimentando el mío y el mío alimentando el suyo, hasta que no hubo principio ni fin entre nosotros, solo un crescendo infinito de éxtasis.

Éramos un solo cuerpo, una sola alma.

Se desplomó sobre mí, con el cuerpo temblando por el mismo espasmo de felicidad que el mío. Para mi sorpresa, se puso de lado, de cara a mí, en vez de boca arriba, y me tiró encima de él como hacía normalmente. Sintiéndome despojada y engañada por el calor envolvente de su abrazo, abrí los ojos para mirarle, pero me di cuenta de que la misma luz brillante seguía cegándome.

Parpadeé un par de veces, confundida por lo que estaba apagado. Entonces la luz empezó a brillar con el más asombroso patrón iridiscente de forma circular, mientras el rostro de Amreth empezaba a emerger del resplandor luminoso. Me quedé boquiabierta al comprender de repente que el resplandor cegador retrocedía hasta formar un halo hipnotizador alrededor de la cabeza de mi compañero.

—¡Oh, Dios! Lo veo —susurré, paralizada.

Amreth me sonrió con infinita ternura y alegría

—Sí, mi compañera. Ahora puedes ver mi alma de un modo que ningún otro ser vivo puede ni podrá ver jamás. Te amo. Mi luz, todo lo que soy, todo lo que siempre seré es tuyo, Ciara.

—Como yo soy la tuya. Eres mi corazón, mi amor, la otra mitad de mi alma, ahora y siempre.

Finalmente rodó sobre su espalda, atrayéndome hacia su abrazo y cerrando sus alas a nuestro alrededor. Segura y protegida en los brazos de mi amado, con los corazones y las almas entrelazados, estaba en casa.

FIN.

SAGUL

ONEI

MURTHIS

FAERNYCH

NUNDAR

KRONOS & MALAYA

OTRAS OBRAS DE REGINE ABEL

AGENCIA PRIMARIA

Casada Con Un Hombre Lagarto

Casada Con Un Naga

Casada Con Un Hombre Pájaro

Casada Con Un Minotauro

Casada Con Wonjin

Casada Con Un Tritón

Casada Con Un Dragón

Casada Con Una Bestia

Casada Con Un Dríade

Casada Con Un Íncubo

Casada Con Krogal

Casada Con Una Polilla

Casada Con Un Hombre Gato

Casada Con Amreth

Casada Con Kayog

LOS GUERREROS XIAN

Doom

Legion

Raven

Bane

Chaos

Varnog

Reaper

Wrath

Xenon

Nevrik

Rogue

CRÓNICAS VEREDIANAS

Escapando Del Destino

Destino Ciego

Criando A Amalia

Giro Del Destino

Manos Del Destino

Desafiando Al Destino

Destino Imperial

BRAXIANOS

Anton's Grace

Ravik's Mercy

Krygor's Hope

Keran's Dawn

LOS REINOS DE LAS SOMBRAS

Destinata Al Espectro

Destinata A La Parca

Destinata Al Licántropo

LA NIEBLA

El Mistwalker

ACERCA DE REGINE

La autora de best-sellers de acuerdo a USA Today, Regine Abel, es una adicta a la fantasía, lo paranormal y la ciencia ficción. Todo lo que tenga un poco de magia, un toque inusual y mucho romance la hará saltar de alegría. Le encanta crear guerreros alienígenas y heroínas sin pelos en la lengua que se desenvuelven en nuevos mundos fantásticos mientras se embarcan en aventuras llenas de acción, misterio y giros inesperados.

Pero antes de dedicarse a la escritura a tiempo completo, Regine se había entregado a sus otras pasiones: ¡la música y los videojuegos! Tras una década trabajando como ingeniera de sonido en el doblaje de películas y en conciertos en directo, Regine se convirtió en diseñadora profesional de juegos y directora creativa, una carrera que la ha llevado desde su casa en Canadá hasta los Estados Unidos y varios países de Europa y Asia.

Facebook
https://www.facebook.com/regine.abel.author/

Sitio Web

https://regineabel.com

Gruppe de lectores Regine's Rebels
https://www.facebook.com/groups/ReginesRebels/

Boletín informativo
http://smarturl.it/RA_Newsletter

Goodreads
http://smarturl.it/RA_Goodreads

BookBub
https://www.bookbub.com/profile/regine-abel

Amazon
http://smarturl.it/AuthorAMS

www.ingramcontent.com/pod-product-compliance
Lightning Source LLC
Chambersburg PA
CBHW060931030726
47503CB00003B/551
9781998678464